WALTER SERNER

Das Hirngeschwür

DADA

Goldmann Verlag

Die vorliegende Ausgabe der *Gesammelten Werke* Walter Serners beruht auf der von Thomas Milch herausgegebenen Werkausgabe: Walter Serner, *Das Gesamte Werk*, die zwischen 1979 und 1984 in acht Einzel- und zwei Supplementbänden im Klaus G. Renner Verlag, Erlangen und München, erschienen ist und der im Kern die 1927 im Paul Steegemann Verlag, Berlin, erschienene siebenbändige Werkausgabe »letzter Hand« zugrunde liegt.

Für die vorliegende Ausgabe wurde die bei Klaus G. Renner erschienene Edition noch einmal sorgfältig durchgesehen: verbliebene Satzfehler wurden korrigiert, die Anmerkungen wurden verbessert und erweitert, und die Bandfolge wurde teilweise neu geordnet. So entspricht die Anordnung der zehn Bände nunmehr der Chronologie der Erstveröffentlichung der Werke Serners. Außerdem konnten die beiden Supplementbände in die Einzelbände integriert werden: Walter Serners juristische Dissertation *Die Haftung des Schenkers* erscheint jetzt in Band I, *Über Denkmäler, Weiber und Laternen*, und das von Thomas Milch zusammengestellte Gaunerwörterbuch *Das fette Fluchen* wurde in Band X, *Der Abreiser*, aufgenommen. In Band VII, *Posada*, wurde auf die Wiedergabe der Varianten des privaten Erstdrucks, Wien 1926, (vgl. Serner, *Das gesamte Werk*, Band 6, Erlangen und München 1980, S. 127-155) verzichtet.

Der Goldmann Verlag
ist ein Unternehmen der Verlagsgruppe Bertelsmann

Made in Germany · 11/88 · 1. Auflage
Genehmigte Taschenbuchausgabe

Umschlaggestaltung: Volker Pfüller, Berlin (DDR)
Druck: Presse-Druck Augsburg
Verlagsnummer: 9208
G. R. · Herstellung: Sebastian Strohmaier
ISBN 3-442-09208-6

Dr. WALTER SERNER
Zch 7 / Neptunstr. 16

[o. D.]

Dr. Walter Serner
LUGANO
poste restante
Lieber Herr Tzara, anbei ein paar Adressen; auch die durchgestrichenen können Sie ausprobieren. Senden Sie mir bitte das nächste »Dada«-Heft.

Herzlich grüßend

S.

[Zürich, o. D.]

Lieber Tzara,

meine Nase ist blau wie eine Birne und schmerzt entsetzlich. Kann nicht ausgehen! Bitte schicken Sie mir die Kassetten!

Herzlich Ihr

Serner

Zürich, 2. August 1918

Lieber Herr Tzara,

wollen Sie bitte sich nach einem *sehr guten* Arzt erkundigen und ihn *sofort* zu mir schicken. – Ich bitte Sie jedoch *dringend, niemandem* etwas davon mitzuteilen und mich nicht zu besuchen!!!

Mit herzlichstem Dank und ebensolchem Gruss

Ihr

Dr. Serner

Lavaterstrasse 71/II
Zürich 2

Teilen Sie mir bitte *brieflich* mit, welchen Arzt Sie zu mir schicken.

Zürich, 3. August 1918

Lieber Herr Tzara,

Herr Dr. Prohaska war gestern abends noch bei mir. Er war sehr freundlich. Ich hatte Anfang dieser Woche eine Rezidive, die sich gestern plötzlich sehr verschlimmerte. Daher mein Brief. Heute ist mir wider alles Erwarten um vieles besser, sodass ich in wenigen Tagen flott zu sein hoffe.

Besten Dank für Ihre Bemühungen und Wünsche!

Herzlichen Gruss

Ihr

Serner

Dr. WALTER SERNER [Stempel]

Monsieur Tristan Tzara
Hotel Seehof
Schiffländе
Zurich 1

Genève, le 30 nov. 18

Cher M. Tzara,

1. Au café (genre Terrasse) le café-crême coûte 40 cts. Parbleu!

2. J'ai reçu les 25 frs. Merçi beaucoup!

3. Les restaurants donnent du pain jusqu'aux 100 g sans tickets. C'est bath, n'est ce pas?

4. J'habite dans l'atelier du M. Sch. sans un fourneau, mais assez comfortable (il y a un lavoir et *un* lit large). Da lui corda! Pas?

5. Etes-vous content chez – Katz? – (aha – nai, nai – aha!)

6. Içi, on aime la France tellement violant qu'on pouvait perdre son amour. Mais la vie est très bon marchée. Ça y est –

7. M. Hardekopf est déjà là. Je ne l'ai parlé que courtement. (? Bon français?)

8. On m'a dit que M. F. Picabia ne se trouve plus à Genève.

9. Marthe est très gentille et tout ce genre qu'on ne peut pas voir à Zurich.

10. Les chantants sont véritablement superbes. Superbes! S. S. S.

11. Les trains sont chers. C'est vrai!

12. Mais: on éstîme beaucoup içi les exotes.

13. Mes salutations les plus cordiales!

Serner

Genève, poste restante

Genève, le 30 nov. 18

Cher M. Tzara

1. Au café (genre Terrasse), le café-crème coûte 40 cts. Parbleu!
2. J'ai reçu les 25 frs. Merci beaucoup!
3. Les restaurants donnent des grains jusqu'aux 100g sans tickets. C'est batta, n'est ce pas?
4. J'habite dans l'atelier de M. Seg. sans un fourneau, mais assez confortable (il y a un lavoir et un lit large). Ça lui colle! Pas?
5. Êtes-vous content chez -Kate? – (Aha – mai, nai – aha!)
6. Ici, on aime la France tellement violent qu'on pourrait pendre son amour. Mais la vie est très bon marché! Ça y est —
7. M. Vaselatkyff est déjà là. Je ne l'ai parlé que courtement. (? Bon français?)
8. On m'a dit que M. F. Picabia ne se trouve plus à Genève.
9. Maïtha est très gentille et tout à genre qu'on ne peut pas voir à Zurich!.

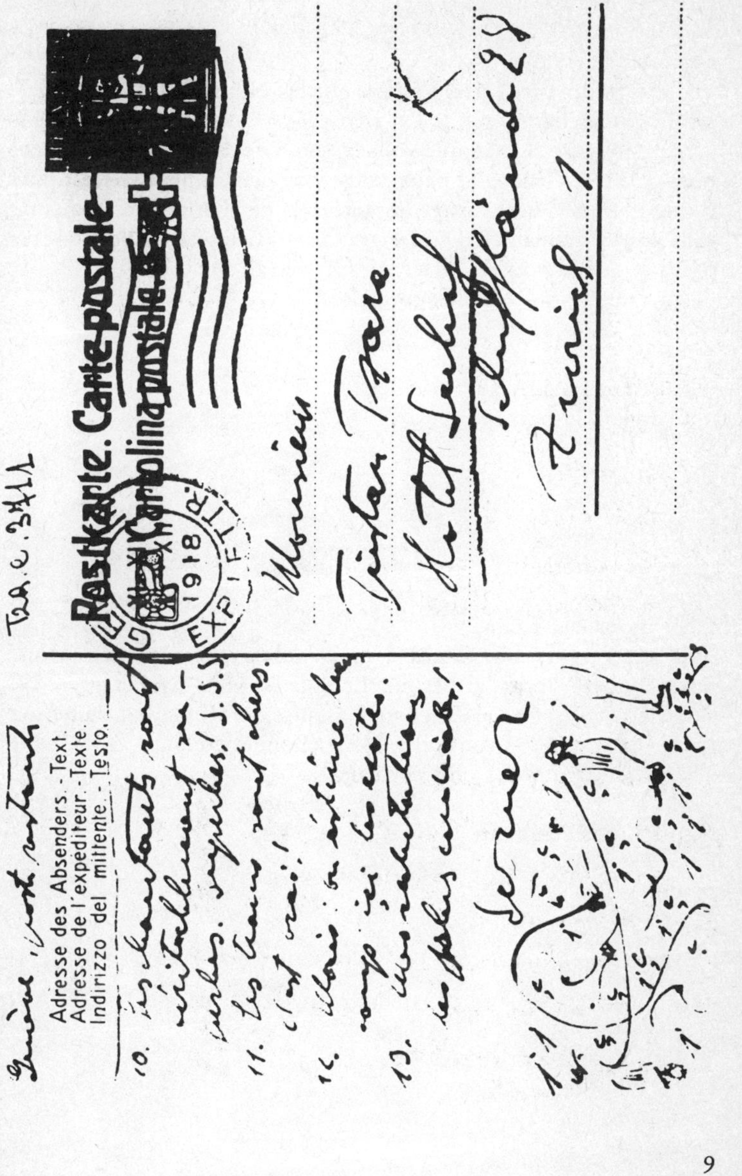
Postkarte. Carte postale. Cartolina postale.

Adresse des Absenders. - Text.
Adresse de l'expéditeur. - Texte.
Indirizzo del mittente. - Testo.

Monsieur
Tristan Tzara
Hotel Seehof
Schifflände 28
Zürich

[Gleiche Adresse]

Genève, 20 déc. 18

Cher M. Tzara,

merci pour votre carte. J'éspère que la »Nouvelle Gazette de Z.« publiera mes lignes que je l'ai envoyées à cause de ce fameux M. Schalk. Je regrette bien que vous êtes encore dans la grande purée; mais quant à Genève je peux vous consoler un peu: elle est plus tranquille que je croyais et les autorités des Permis de Séjour ne sont pas très aimables. J'ai des grandes difficultées. Je dois douter presque que je pourrai rester ici. On verra!

Mes salutations les plus cordiales!

Serner

Que fait DADA 3?
C'est joli là-bas, hein?

[Gleiche Adresse]

Genève, 24 déc. 18

Cher monsieur Tzara,

je serais très réconnaissant si vous vouliez m'envoyer les »Monstres choisis« dont j'ai besoin. Et puis: si vous lisez dans la N. Zürcher Ztg. ce que je l'ai envoyé à cause du M. Gerber, faites me savoir ça s. v. pl. – Vous allez bien? (Bonne fête?)

Mes salutations les plus cordiales!

Serner

Genève, poste restante

[Gleiche Adresse]

Genève, 17 jan. 1919

Cher Monsieur Tzara,

j'ai reçu Dada 3 que j'ai lu avec très grande amusement. J'éspère que je pourrai lire les efforts de votre »discours-explosion« dans le Kunsthaus. – Au même temps je vous envoie un livre de P. Fort comme une sorte incroyable de la bêtise »arriviste«. Vous ne le devez pas renvoyer. Bientôt vous reçevrez de moi un autre livre que j'éstime profondement et qui est rare: l'autobiographie du Stendhal. Si vous partez pour Paris, laissez-moi savoir votre train, afin que je puisse vous saluer. Or, et ce serait plus joli, restez quelque jours ici! – Il est presque excepté que je viens à Zurich les prochains-mois. C'est parce que je suis entièrement occuppé ici: je vis quand-même presque retiré; mais ce »presque« c'est plus qu'il signifie.

Salutations très cordiales

Serner

A travers de tout, je regrette bien la mort de Karl Liebknecht. C'était horrible. Fi, fi, fi!!

[Gleiche Adresse]

Genève, 26 jan. 1919

Cher Monsieur Tzara,

quant à Katz, je me rappelle exactement que j'ai payé le loyer seulement jusqu'au 27 novembre, le jour où j'ai quitté Zurich (je suis emménagé le 27 septembre). Aviez-vous un scandale avec les chats? Si oui, l'écrivez-moi, je serais très curieux! – Mlle. Ade, qu'est ce qu'elle fait maintenant? Vous la voyez encore? Et l'africaine blonde et les autres types de l'automne passé? – Je me réjouis bien que vous n'aurez plus d'ennui (avec M. Picabia) et de suite que vous irez sûrement mieux. De l'état mental de Paris j'ai entendu ici les mêmes niaiseries. C'est partout la même chose! – Aujourd'hui la *première fois* il y a ici du froideur. Jusqu'à maintenant c'était comme en printemps. Genève est plus tranquille que je croyais; mais ça me plait et me plaira encore quelque temps. Après on verra. (La literature allemande, est ce qu'elle est partie pour l'Allemagne ou conspire-t-elle encore violamment chez elle?) Avez-vous reçu le Stendhal?

Votre Serner

[Gleiche Adresse]

Genève, le 7 fevr. 1919

Cher Monsieur Tzara,

merci de vos cartes aimables! Je suis un peu étonné que les deux Katz s'ont conduits tellement mauvais envers vous. A l'égard de vos nervs je regrette bien ça. Je suppose du reste que vous êtes dans la purée. Ne pouviez-vous pas faire une accaparage étinçelante? – Moi je me trouve comme si comme ça. Je ne sais pas, si je pourrai rester ici encore longtemps. Ca dépend d'un tas de choses qui ne sont pas très agréables. Il est devenu presque vraisemblable que je reviendrai à Zurich. (Saviez-vous une chambre?) – J'écrirai tout de suite à Mons. Ball; mais je n'ai pas bonne espérance. – Quant à mes oeuvres (teremtete!) vous savez que j'ai l'habitude de ne pas les donner à lire à personne. Mais envers vous, je vous assure, j'aurais fait une exception. Hélas! Il y a deux semaines j'ai arrangé un autodafé merveilleux sur ma table. A present j'ai l'intention de me conduire comme particulier, accentué à moitié par des petites médisances et à moitié par une grande ironie-propre. –

Toujours très cordialement le vôtre

Serner

Poste restante, RUE DU STAND

[Gleiche Adresse]

Genève, 22. II. 1919
[Poststempel]

Cher M. Tzara,

je vous ai envoyé la »Vie de H. Brulard« et 4 numéros originaux de la »Lanterne« que vous ne devez pas me renvoyer. Que fait Paris? Allez vous bien?

Salutations très cordiales

Serner

[Gleiche Adresse]

Genève, 22 fév. 1919

Cher M. Tzara,

merci beaucoup pour le 391 qui m'a plu bien. Je vous envoie aujourd'hui un livre »les Allemands à fille« qui vous interessera peut-être. J'ai écrit une lettre chargée à M. Ball; mais, comme je l'ai su, il n'a pas encore repondu. Je n'éspère plus de recevoir les manuscripts. C'est un garçon vraiment pas gentil! – Maintenant, parce qu'il fait beau, je suis un peu plus content de vivre ici; mais pas trop. Mes intentions sont encore très incertaines. Que faire dans un temps tellement insupportable! Si je pouvais ramasser des tableaux de chocolat! Ce serait une grande joie pour moi. Mais hélas! Je ne suis pas encore assez sage pour ça. Ecrivez-moi comment vous allez et donnez-moi de vos nouvelles.

Avec mes salutations les plus cordiales

Serner

poste restante, rue du Stand

[Gleiche Adresse]

[Genf] 28. II. 19

Je dépars démain pour Zurich. Je vous le faire part, afin que vous ne quittez pas Zurich me croyant encore à Genève. Je n'aime plus cette ville qui est entièrement embêtante. Au revoir!

Serner

Kaufleuten

Mittwoch, 9. April, 8¼ Uhr abends

8. Dada-Soiree

Mitwirkende:

H. Arp, V. Eggeling, H. Heusser, S. Perrottet, H. Richter, W. Serner, T. Tzara, K. Wulff.

Dadaistische Tänze.
Simultanistische Dichtungen.
Vorträge.

Karten à Fr. 4.- u. 2.- bei Kuoni, Hug u. an d. Abendkasse.

[NEUE ZÜRCHER ZEITUNG Nr. 523, 9. 4. 1919.]

Lokales

(Eing.) DIE 8. DADA-SOIREE, die heute abend 8¼ Uhr im großen Saal zur Kaufleuten stattfindet, verspricht eine der interessantesten Manifestationen dieser allerjüngsten Kunstrichtung zu werden. Schon das auf dem Programm befindliche Schlagwort »Antiphilosophie« läßt auf einen eigenartig verlaufenden Abend schließen. Auch Namen wie W. Kandinsky (als Dichter), Erik Satie (der singulär-ironische Pariser Komponist), Arnold Schönberg und Richard Hülsenbeck, der Führer der dadaistischen Bewegung in Deutschland, verbürgen eine gewisse Besonderheit der Darbietungen. Zudem wird der Abend einige Novitäten bringen: Hans Arp wird aus seinem »Wolkenpumpe« betitelten Gedichtband vorlesen; der schwedische Maler Viking Eggeling über abstrakte Kunst sprechen, ebenso der Maler Hans Richter; der Schweizer Komponist Hans Heusser wird durchweg eigene Kompositionen zu Gehör bringen und die Herren Walter Serner und Tristan Tzara werden Manifeste und eigene Gedichte lesen. Der letztere wird ein simultanistisches Gedicht, an dem zwanzig Personen mitwirken, dirigieren. Unter Leitung der Tänzerin Käthe Wulff wird ein dadaistischer Tanz in Masken vorgeführt mit bruitistischer Musik. Die erwähnten Komponisten wird Frau Suzanne PERROTTET interpretieren.

[NEUE ZÜRCHER ZEITUNG Nr. 523, 9. 4. 1919.]

MOUVEMENT
DADA
Manifeste, Vorträge, Kompositionen,
Tänze, Simultanische Dichtungen
AX 1225
Leitfaden durch die
MITTWOCH, d. 9. April 1919
SAAL ZUR
KAUFLEUTEN
8. DADA-SOIRÉE
!
Anfang präcis 8 Uhr
*
ANTIPHILOSOPHIE
I. Teil
1. Viking Eggeling: Ueber abstrakte Kunst.
2. Suzanne Perrottet: Kompositionen von:
a) Cyrill Scott Pavot
b) Arnold Schönberg
c) Erik Satie
3. Käthe Wulff: Gedichte von R. Hülsenbeck
und W. Kandinsky.
4. Tristan Tzara: La fièvre du mâle
(simultanistisches Gedicht
unter Mitwirkung von 20
Personen).
II. Teil
5. Hans Richter: Ueber Kunst und anderes.
6. Hans Heusser: Eigene Kompositionen:
a) Vorspiel zu „Der weisse Berg"
b) Drei Tanzrhythmen.
7. Hans Arp: Wolkenpumpe.
8. Suzanne Perrottet: Kompositionen von
Arnold Schönberg.
9. Walter Serner: Manifest.
III. Teil
10. Noir Cacadou (Tanz, ausgeführt v. 5 Pers.
unter Mitwirkung von Wulff)
11. Walter Serner: Eigene Gedichte
12. Tristan Tzara: Eigene Gedichte
Proclamation Dada 1919
13. Hans Heusser: Eigene Kompositionen:
a) Intime Harmonien
b) Bergsage
c) Klavier-Quartett in Es-dur
*
PREISE DER PLÄTZE:
Fr. 4.— und 2.—
Vorverkauf bei KUONI und HUG.
ZURICH
Der Konzertflügel wurde
v. d. Firma P. Jecklin Söhne
zur Verfügung gestellt.

Dadaistische Zeitschriften 391

Kürzlich erschien im Verlag des *Mouvement Dada* in Zürich (Zeltweg 83) mit dem nach der Kreation von »Dada« nicht mehr allzu exorbitanten Titel »391« die achte Nummer einer im Jahre 1916 in New-York gegründeten Zeitschrift, die damals die Hausnummer 291 der Galerie Stieglitz in der *Fifth Avenue* als Titel trug. Im zweiten Jahrgang, der abwechselnd in Barcelona und Paris erschien, hieß sie bereits »391«, diesmal vermutlich ohne die geringste äußere Veranlassung. Die damaligen Mitarbeiter Picasso, Brack, Picabia, Léger, Matisse usw. machten »391« für Amerika zur führenden Zeitschrift des allermodernsten Frankreich. Der Hauptmitarbeiter der jetzt erschienenen Nummer dieser Zeitschrift, Francis Picabia, ist sowohl Dichter als Zeichner. Während jedoch seine Gedichte und Prosastücke zweifellos von Besonderheit sind und starkem Rhythmus, bieten seine Zeichnungen eine sehr seltsame Mischung von infantil vereinfachten und unverständlich zusammengewürfelten Maschinenbestandteilen, zwischen denen allerlei Worte und Namen zu lesen sind. Was auch diese nicht verständlich zu machen vermögen, läßt das Motto Picabias auf der ersten Seite wenigstens begreifen: *»J'ai horreur de la peinture de Cézanne. Elle m'embête.«* Dieses Urteil ist keine Blague, sondern ehrlich: vor etwa zehn Jahren noch war Picabia ein sehr bekannter und geschätzter Maler: Poincaré und Berliner Sammlungen besitzen Ölbilder von ihm. Das *Petit Manifeste* Gabrielle Buffets ist immerhin sehr amüsant; desgleichen die *Exegèse sucre en poudre sage* Tristan Tzaras. Die bekannte Schweizer Malerin Alice Bailly ist mit einer futuristischen Zeichnung vertreten; Hans Arp mit der Reproduktion einer bereits im Wolfsberg ausgestellten Holzplastik.

Dada 3. Die dritte Nummer des unter der Direktion von Tristan Tzara in Zürich (Zeltweg 83) erscheinenden Hauptorgans der Dadaisten erweckt mehr noch als die vorhergegangenen Hefte in erster Linie optisches Interesse: sie ist mit Verwendung sämtlicher Antiqua-Sorten gedruckt, und zwar kreuz und quer. Buchstäblich. Das hat nun zwar den Vorteil, die Aufmerksamkeit auch auf die kleinste Zeile zu lenken, und vor allem, sehr neugierig zu machen; gleichwohl aber den großen Nachteil, bald zu ermüden und durch den Zwang, fast jede Seite mehrmals drehen zu müssen, zu ärgern. Sämtliche Mitarbeiter gebärden sich als ultrafuturistisch, diesmal sogar verschanzt hinter den Satz von Descartes: »*Je ne veux même pas savoir, s'il y a eu des hommes avant moi.*« Wenn eine Pariser Zeitung sie die »Bolschewisten der Kunst« genannt hat, so ist sie im allgemeinen im Recht; ebenso aber der Pariser »Eclair«, in dem François Poncetton urteilt, daß »Dada« auch Prosa- und Vers-Stücke enthalte, welche Anspruchsvollste befriedigen können. Die Gedichte *Le marin* von Tristan Tzara, *Cow-Boy* von Vincente Huidobro und *Salive Américaine* von Francis Picabia sind denn auch wirklich, freilich nur für besonders empfängliche Gehirne, von im besten Sinne exotischen Reiz. Der Essay Rich. Hülsenbecks über die Arbeiten von Hans Arp enthält Sätze, die nicht ohne einen gewissen peinlichen Unwillen gelesen werden können. Die übrigen Mitarbeiter überbieten sich an Bizarrerien; nur zwischendurch blitzt manchmal eine Zeile auf, die mehr ist als preziöse Willkür. Die GRAPHISCHEN Beiträge von Marcel JANCO, Hans Richter, Hans Arp, E. Prampolini und Artur Segal sind durchweg abstrakte Kunst und infolge des gänzlichen Fehlens von Gegenständlichem so diskutabel wie jene. Noch zu erwähnen wären zwei Nekrologe auf den um die neue Kunst sehr verdienstvollen Pariser Dichter und Kritiker Guillaume APOLLINAIRE, dessen frühen Tod alles, was in Frankreich gegenwärtig zu den Jüngsten zählt, mit Recht tief betrauert.

Dr. K. Keller

[NEUE ZÜRCHER ZEITUNG Nr. 526, 9. 4. 1919.]

Eine skandalöse Soirée

Aus ZÜRICH wird uns geschrieben: Am 9. April veranstaltete die nicht nur in Zürich, ihrer Geburtsstadt, sondern auch im Ausland und besonders in Deutschland nur allzu bekannte Künstlergruppe ultramodernsten Schlages DADA im großen Saal »Zur Kaufleuten« ihre achte Soirée. Die Neugierde, welche die zahllosen Zeitungsnotizen der letzten Wochen erregt hatten, und das, was bisher an absurden und grotesken Emanationen von den Zürcher und reichsdeutschen Dadaisten ausgegangen war, hatten es vermocht, den etwa tausend Personen fassenden Saal bis auf den letzten Platz zu füllen; man sah sogar die meisten gegenwärtig in Zürich weilenden Vertreter der deutschen Literatur und Presse und besonders zahlreich die besten Gesellschaftskreise. Während die ersten Rezitations- und Musikvorträge lediglich mit mehr oder weniger lautem ironischem Jubel aufgenommen wurden (besonders amüsierten ein von Tristan Tzara dirigiertes und von 20 Personen exekutiertes simultanistisches Gedicht, ein von fünf Personen ausgeführter Schwarzer-Kakadu-Tanz und die Gedichte Hans Arps), kam es, als Walter SERNER mit schneidender Stimme ein von leidenschaftlicher Gehässigkeit strotzendes Manifest »Letzte Lockerung« verlas, zu einem Skandal, von dem alte Zürcher behaupten, sich nicht erinnern zu können, jemals einen ähnlichen erlebt zu haben. Sätze wie »Die Kunst war eine Kinderkrankheit«, »Damenseidenstrümpfe können begriffen werden, Gauguins nicht«, »Eine Vizekönigin ist ein Fauteuil«, »Weltanschauungen sind Vokabelmischungen« usw. waren noch die mildesten. Es war also wahrhaftig kein Wunder, daß das Publikum sich zu wehren begann: man pfiff, schrie, warf kleine Geldstücke, Orangenschalen und Schimpfworte auf die Bühne und stampfte mit Füßen und Stühlen. Man muß trotz allem die Ruhe des Redners bewundern, der inmitten dieses Hagels und Lärms unbeweglich sitzen blieb, ja sogar zweimal versuchte, sich Gehör zu verschaffen: bis er schließlich mit einer nicht mißzuverstehenden verächtlichen Geste abzog, der er die Krone an Unverschämtheit aufsetzte, als er später, anstatt die im Programm angeführten »eigenen Gedichte« zu lesen (auf die man allerdings gerne verzichtete), eine schwarze Kleiderpuppe auf die Bühne trug, ihr ein Rosenbukett zu riechen gab und es ihr dann vor die Holzfüße legte. Daß nach dieser unglaublichen Verhöhnung des Publikums es nicht zu Tätlichkeiten kam, ist wohl nur der allgemeinen Verblüffung zuzuschreiben. Es war hierauf fast selbstverständlich, daß es dem Franzosen Tristan TZARA, der jedoch eher brasilianischer Herkunft zu sein scheint, ebenso erging. Schon nach seinen ersten Strophen begann der Radau von neuem. Herr Tzara las jedoch so lange ungeniert drauflos, bis er niedergepfiffen wurde. Auch er blieb trotz heftigem Münzen- und

Zigarettenregen tapfer auf der Bühne und begann in einem stilleren Augenblick, mit wütender Stimme seine »Proklamation Dada 1919« in den Saal zu brüllen, die jedoch nach wenigen Sekunden endgültig in einem ohrenbetäubenden Lärm unterging. Immerhin war es möglich, folgenden, jedenfalls auch das Ungesprochene kennzeichnenden Satz zu verstehen: *»Idéal, idéal, idéal, connaissance, connaissance, connaissance, boumboum, boumboum, boumboum!«* Hätte nicht Herr Serner die Geistesgegenwart besessen, seinen mutigen Kollegen von der Bühne zu zerren, wäre es vielleicht doch noch zu Tätlichkeiten gekommen. Es war ein Skandal ohnegleichen, an dessen erfreulicher Erregung die übrigen Mitwirkenden (Hans ARP, V. EGGELING, H. RICHTER, Suzanne PERROTTET, Käthe WULFF) redlichen Anteil hatten. Die Herren Dadaisten, die nie unnötiger waren als gegenwärtig, sollten ihre Manifestationen, denen vielleicht von einigen Snobs etwas abgewonnen werden kann, auf ihre zahlreichen Zeitschriften beschränken (die von Walter Serner redigierte führt den hahnebüchenen Titel »Das Hirngeschwür«) und die Öffentlichkeit nicht damit belästigen.

M. Ch.

[BERLINER BÖRSEN-COURIER Nr. 182, 17. 4. 1919.]

Ein Künstler-Manifest

Von einer Gruppe von Künstlern, die sich »radikale Künstler« nennen, erhalten wir das nachfolgende Manifest mit der Bitte um Veröffentlichung: »Tiefe, einheitliche Gesichtspunkte müssen vorwalten, wenn große, auf lange Zeit wirkende Entscheidungen fallen sollen. Geistig und materiell stellen wir folgende Forderungen auf: Wir Künstler als Vertreter eines wesentlichen Teiles der Gesamtkultur wollen uns »mitten in die Dinge« hineinstellen, die Verantwortung für die kommende, ideelle Entwicklung im Staate mitübernehmen. Das ist unser Recht. Wir verkünden, daß dieses künstlerische Bewegungsgesetz unserer Epoche in umfassender Formulierung bereits vorliegt. Die Geistigkeit einer abstrakten

Kunst bedeutet die ungeheure Erweiterung des freiheitlichen Gefühls des Menschen. Unser Glaubensziel ist brüderliche Kunst: Neue Sendung des Menschen in der Gemeinschaft. Die Kunst im Staat muß den Geist des gesamten Volkskörpers widerspiegeln. Kunst zwingt zur Eindeutigkeit, soll Fundament des neuen Menschen bilden, jedem Einzelnen und keiner Klasse gehören; wir wollen die bewußte Macht der produktiven Kraft jedes Individuums in der Erfüllung seiner Mission zur einheitlichen Leistung sammeln. Wir bekämpfen kraftverzehrende Systemlosigkeit. Unser oberster Gesichtspunkt: Erstreben einer allumfassenden Grundlage des geistigen Horizontes. Das ist unsere Pflicht. Solche Arbeit verbürgt dem Volke höchsten Lebenswert und ungeahnte Möglichkeiten. Die Initiative dafür gehört uns. Wir werden den gewaltigen Strömungen Ausdruck verleihen, den zerstreuten Bestrebungen greifbare Richtung geben.«

Das Manifest ist unterschrieben von: Arp, Baumann, Eggeling, Giacometti, Henning, Helbig, Janco, Morach, Richter.

[ZÜRICHER POST Nr. 201, 3. 5. 1919.]

Zum Aufruf radikaler Künstler

Herr Walter HELBIG schreibt uns: »In Ihrer Nummer vom vergangenen Samstag brachten Sie einen Aufruf radikaler Künstler, unter dem ich zu größtem Erstaunen auch meinen Namen finde. Ich wäre Ihnen außerordentlich verbunden, wenn Sie veröffentlichen wollten, daß ich mit dieser Künstlergruppe nichts zu tun habe.«

[ZÜRICHER POST Nr. 206, 6. 5. 1919.]

Herr Walter Helbig gegen Herrn Walter Helbig

Vorgestern erhielten wir eine Zuschrift von Herrn Walter Helbig, in der dieser dagegen protestierte, daß sein Name ohne sein Wissen unter das »Manifest radikaler Künstler«, das wir am Samstag veröffentlichten, gesetzt worden sei. Heute erreicht uns folgendes Schreiben: »Ich erkläre hiemit, daß ich nach wie vor zu der Gruppe radikaler Künstler Zürichs gehöre und das im Samstagblatt der »Züricher Post« veröffentlichte Manifest unterzeichnet habe. Die gestern veröffentlichte Berichtigung, wonach ich angeblich mit der Gruppe nichts zu tun haben will, stammt nicht von mir, sondern von einem mir unbekannt, wie es scheint, wohlwollenden Menschen, der in einem an verschiedene Redaktionen gesandten Brief bösartige Verleumdungen gegen die durchaus ernsten, rein künstlerischen Bestrebungen der Gruppe auszustreuen versucht. Ich protestiere entschieden gegen den gröblichen Mißbrauch meines Namens und behalte mir gerichtliche Schritte vor. Walter Helbig, Küsnacht.« Da an der Echtheit dieses zweiten Schreibens nicht gezweifelt werden kann, scheint das erste von einem Namensvetter des Kunstmalers Helbig auszugehen oder von einem Mystifikanten, der die bewußte Irreführung der Öffentlichkeit als Scherz betrachtet. Trifft die letztere Annahme zu, so wäre nur zu wünschen, daß man dem Namensfälscher recht kräftig auf die Finger klopft.

[Züricher Post Nr. 209, 8. 5. 1919.]

Letzte Lockerung manifest

1.
Um einen Feuerball rast eine Kotkugel, auf der Damenseidenstrümpfe verkauft und Gauguins geschätzt werden. Ein fürwahr überaus betrüblicher Aspekt, der aber immerhin ein wenig unterschiedlich ist: Seidenstrümpfe können be–griffen werden, Gauguins nicht. (Bernheim als prestigieuser Biologe zu imaginieren.) Die tausend Kleingehirn-Rastas embêtantester Observanz, welche erigierten Bourgeois-Zeigefingern Feuilletonspalten servieren (o pastoses Gepinkel!), um Geldflüsse zu lockern, haben dieserhalb Verwahrlosungen angerichtet, die noch heute manche Dame zu kurz kommen lassen. (Man reflektiere drei Minuten über die Psychose schlecht behandelter Optik; klinisches Symptom, primär: Unterschätzung der Seidenstrümpfe; sekundär: Verdauungsbeschwerden.)

2.
Was dürfte das erste Gehirn, das auf den Globus geriet, getan haben? Vermutlich erstaunte es über seine Anwesenheit und wusste mit sich und dem schmutzigen Vehikel unter seinen Füssen nichts anzufangen. Inzwischen hat man sich an das Gehirn gewöhnt, indem man es so unwichtig nimmt, dass man es nicht einmal ignoriert, aus sich einen Rasta gemacht (zu unterst: schwärzlicher Pole; zu oberst: etwa Senatspräsident) und aus der mit Unrecht so beliebten Natur eine Kulisse für ein wahrhaftig sehr starkes Stück. Dieser zweifellos nicht sonderlich heroische Ausweg aus einem immer noch nicht weidlich genug gewürdigten Dilemma ist zwar vollends reizlos geworden, seit er so völlig absehbar ist (wie infantil ist eine Personenwage!), aber eben deshalb sehr geeignet, gewisse Prozeduren vorzunehmen.

3.
Auch einem Lokomotivführer fällt es jährlich wenigstens einmal ein, daß seine Beziehungen zur Lokomotive durchaus nicht zwingend sind und dass er von seinem Ehgespons nicht viel mehr weiss als nach jener warmen Nacht im Bois. (Hätte ich La Villette genannt oder die Theresienwiese, so wären beide Beziehungen gänz-

lich illusorisch. Fingerzeig für Habilitanten: »Über topographische Anatomie, psychischen Luftwechsel und Verwandtes«.) Im Hotel Ronceroy oder in Piccadilly kommt es hingegen bereits vor, dass es verteufelt unklar wird, warum man jetzt gerade auf seine Hand glotzt und tiriliert, sich kratzen hört und seinen Speichel liebt. Diesem scheinbar so friedlichen Exempel ist die Möglichkeit, dass das penetrante Gefühl der Langeweile zu einem Gedanken über ihre Ursache sich emporturnt, am dicksten. Solch ein lieblicher Moment arrangiert den Desperado (o was für ein Süsser!), der als Prophet, Künstler, Anarchist, Staatsmann etc., kurz als Rasta Unfug treibt.

4.
Napoleon, ein doch wirklich tüchtiger Junge, behauptete unverantwortlicher Weise, der wahre Beruf des Menschen sei, den Acker zu bestellen. Wieso? Fiel ein Pflug vom Himmel? Aber ETWAS hat der homo doch mitbekommen, supponiere ich mir eine liebesunterernährte Damenstimme. Nun, jedenfalls nicht das Akkern; und Kräuter und Früchte sind schliesslich auch schon damals dagewesen. (Bitte hier bei den deutschen Biogeneten nachzulesen, warum ich Unrecht habe. Es wird jedoch sehr langweilen. Deshalb habe ich recht.) Letzthin also: auch Napoleon, der ansonsten sehr erfreulich frische Hemmungslosigkeiten äusserte, war streckenweise Stimmungsathlet. Schade. Sehr schade.

5.
ALLES ist nämlich rastaquèresk, meine lieben Leute. Jeder ist (mehr oder weniger) ein überaus luftiges Gebilde, dieu merci. (Nur nebenbei: meine Gunst dem Tüchtigen, der mir nachweist, dass etwas letztlich NICHT willkürlich als Norm herumspritzt!) Anders würde übrigens ein epidemisches Krepieren anheben. Diagnose: rabiate Langeweile; oder: panische Resignation; oder: transzendentales Ressentiment etc. (Kann, beliebig fortgesetzt, zum Register sämtlicher unbegabter Zustände erhoben werden!) Der jeweilige landläufige Etat der bewohnten Erdoberfläche ist deshalb lediglich das folgerichtige Resultat einer unerträglich gewordenen Langeweile. Langeweile: nur als harmlosestes Wort! Je-

der suche sich die ihm schmackhafteste Vokabel für seine Minderwertigkeit! (Herziges Sujet für ein scharfes Pfänderspiel!!)

6.
Es ist allgemein bekannt, dass ein Hund keine Hängematte ist; weniger, dass ohne diese zarte Hypothese Malern die Schmierfaust herunterfiele; und überhaupt nicht, dass Interjektionen am treffendsten sind: Weltanschauungen sind Vokabelmischungen ... Sapristi, hier muss die Prozedur ein wenig erweitert werden. (Kleines Bild: leichte Kraneotomie!) Nun: alle Stilisten sind nicht einmal Esel. Denn Stil ist nur eine Verlegenheitsgeste wildester Struktur. Und da Verlegenheit (nach kurzer Beschlafung) sich als perfekteste Reue über sich selber entschält, ist merkbar, dass die Stilisten aus Besorgnis, für Esel gehalten zu werden, sich um vieles schlechter als diese benehmen. (Esel haben nämlich zwei weitaus überragende Eigenschaften: sie sind störrisch und faul.) Der Unterschied zwischen Paul Oskar Höcker, Dostojewskiy, Roda-Roda und Wedekind blaut daher lediglich in der Contenance innerhalb der besagten Verlegenheitsgeste. Ob einer in richtig funktionierenden Trochäen oder sonstwie bilderstrotzend (alle Bilder sind plausibel!) oder sozusagen naturalistisch mir vorsäuselt, dass ihm übel war, und, seit er es schwarz auf weiss hat, besser wurde, oder, dass ihm zwar wohl war (schau, schau!), aber übel wurde, als er das nicht mehr begriff (teremtete!): es ist immer dieselbe untereselhafte Anstrengung, aus der Verlegenheit sich ziehen zu wollen, indem man sie (stilisierend, ogottogotto) – gestaltet. Grässliches Wort! Das heisst: aus dem Leben, das unwahrscheinlich ist bis in die Fingerspitzen, etwas Wahrscheinliches machen! Über dieses Chaos von Dreck und Rätsel einen erlösenden Himmel stülpen! Den Menschenmist ordnend durchduften! Ich danke! ... Gibt es ein idiotischeres Bild als einen (puh!) genial stilisierenden Kopf, der bei dieser Beschäftigung mit sich selbst kokettiert? (Nur nebenbei: 10 centimes dem Kühnen, der mir nachweist, dass das Kokettieren bei Ethbolden nicht stattfindet!) O über die so überheitere Verlegenheit, die mit einer Verbeugung vor sich selber endet! DESHALB (dieser stilisierten Krümmung wegen) werden Philosophien und Romane erschwitzt, Bilder geschmiert, Plastiken gebosselt, Symphonien hervorgeächzt und Religionen gestartet. Welch ein er-

schütternder Ehrgeiz, zumal diese eitlen Eseleien durchwegs gründlich (sc. besonders in deutschen Gauen) missglückt sind. Alles Unfug!

7.
Die schönste Landschaft, die ich kenne, ist das Café Barratte bei den Pariser Hallen. Aus zwei Gründen. Ich machte daselbst die Bekanntschaft Germaines, die u. a. zischte: »C'est possible que je serais bonne, si je saurais pourquoi«. Hämisch gestehe ich es ein: ich erblasste vor Freude. Und dann hat in diesem freundlichen Lokal Jean Kartopaïtès, der sonst nur mit Herren ohne Stehkragen sich einliess, den Verkehr mit mir brüsk abgebrochen, weil ich so unvorsichtig war, den Namen Picasso fallen zu lassen.

8.
Ach die lieben weissen Porzellanteller! Denn ... Nun denn: ehemals wollte man, was man nicht aussprechen zu können vorgab, also gar nicht hatte, malerisch vermitteln (juchhu! Als ob man auch nur eine Vizekönigin fein säuberlich abkonterfeien könnte, wenn man nicht wüsste, dass sie kein Fauteuil ist. Siehe Hängematte!) Wohin diese Sudelburschen geraten würden, wenn sie aufhörten, Ölphotos zu wichsen, war somit längst vorabzulächeln. (Hinter die Ohren: mehr Mädchen, bitte, mehr Mädchen!) Aber die Impressionen! Nun, WAS ist erreicht, wenn man nach heftigem Blinzeln sich zurechtbauen kann, dass jener Kartoffelvertilger auch nur eine Kuhe ersah, aber erst so sich vorzublähen vermochte, dass es SEINE Kuhe gewesen sei, eine ganz besondere Kuhe, kurz: DIE Kuh UND erlösend? (teremtete!) Aber die Expressionen! Haho: WAS ist erreicht, wenn man gefixt sieht, was ein Adjektiv leistet, und, da es auch diesem bisher missglückt ist, orientierend zu wirken, also noch ungemalt schon missglückt wäre? Aber die Cubisten, die Futuristen! Hoppla: die Champions dieser geradezu ultraviolett missglückten Pinselritte liessen zwar ausblasen, sie würden die (puh!) – liberatio gleichsam von der hohen Stilschaukel herab landen (Trapezritt! Trapezritt! Etwa so: ›Wir werden diese Verlegenheit schon schaukeln!‹), erreichten aber nicht nur, dass nicht einmal ein Chignon ins Schaukeln geriet, sondern vielmehr gerade die

wildesten Esel in geregeltem Trapp arrivierten (O wurfbesprungener Sagot! etc. pp. pp.) Unfug! Unfug!

9.
Das unter 8 im Grunde bereits für schlecht Erwachsene geredet: Fibelhaftes, ausserordentlich Fibelhaftes! Immerhin noch zur Vorsicht zu notieren, meine Kleinen:

a. Plastik: sehr unhandliches Spielzeug, verschärft durch metaphysischen Augenaufschlag.
b. Musike: Pantopon- oder Sexualersatz. (Längst unterfibelhaft!)
c. Lyrik: ein Knabe befindet sich in der Klemme. Rezept: frage ihn, von welcher er träumt, und du kannst ihm sagen, mit welcher er nicht geschlafen hat. (Selbstverständlich befindet man sich STETS in der Klemme; in der c-Klemme aber hat man sich denn doch nicht mehr zu befinden!)
d. Roman und so: die Herren reden wie am Spiess oder neuerdings überhaupt nicht mehr. Noch ein wenig Schweiss und die Sache glückt: Belletristik! (Am Spiess befindet man sich gar oft. Aber ein Samuel Fischer-Band ist ein zu zeitraubendes Mittel, die Luftlinie Syrakus-Butterbrot-Zentralheizung herzustellen.)

In summa, meine Kleinen: die Kunst war eine Kinderkrankheit.

10.
hat man nie einen Gedanken. Bestenfalls tut der Gedanke so, als ob. (Immer aber sein Einherredner!) Jedes Wort ist eine Blamage, wohlgemerkt. Man bläst immer nur Sätze zirkusähnlichsten Schwunges über eine Kettenbrücke (oder auch: Schlüchte, Pflanzen, Betten). Günstiger Vorschlag: man figuriere sich vor dem Einschlafen mit heftigster Deutlichkeit den psychischen Endzustand eines Selbsttöters, der durch eine Kugel sich endlich Selbstbewusstsein einloten will. Es gelingt aber nur, wenn man sich zuvor blamiert. Schwer blamiert. Entsetzlich blamiert. Ganz masslos blamiert. So grauenhaft blamiert, dass alles mitblamiert ist. Dass jeder metaphorisch auf den Hintern fällt. Und niest.

11.
Interjektionen sind am treffendsten. (Ach die lieben weissen Porzellanteller!) ... Man muss diese Amphibien und Lurche, die sich für zu gut halten, Esel zu sein, zur Raison bringen, indem man sie ihnen austreibt! Auspeitscht! Man muss dieses schauderhafte, überlebensgrosse Ansichtskartenblau, das diese trüben Rastas an den He- Ho- Hu- Ha- (wie bitte?) Himmel hinaufgelogen haben, herunterfetzen! Man muss sein Haupt zag, aber sicher an das des Nachbarn titschen wie an ein faules Ei (gut gut). Man muss das gänzlich Unbeschreibliche, das durchaus Unaussprechbare so unerträglich nah heranbrüllen, dass kein Hund länger so gescheit daherleben möchte, sondern viel dümmer! Dass alle den Verstand verlieren und ihren Kopf wiederbekommen! Man muss ihnen die Pfannkuchen, die Bibelsprüche, die Mädchenbusen, die Prozente, die Gauguins, die Rotztücher, die Strumpfbänder, die Schnäpse, die Abortdeckel, die Westen, die Wanzen, all das Zeugs, das sie gleichzeitig denken, tun und wälzen, so scharf hinter einander vor den Kinnbogen schieben, dass ihnen endlich so wohl wird, wie ihnen bislang bloss schwappig war. Man muss. Man muss eben. Teremtete!

12.
Damenseidenstrümpfe sind unschätzbar. Eine Vizekönigin IST ein Fauteuil. Weltanschauungen sind Vokabelmischungen. Ein Hund IST eine Hängematte. L'art est mort. Vive Dada!

[DADA (Zürich) Nr. 4–5, 15. 5. 1919.]

Riesenprogramm Schlager auf Schlager einzig in seiner Art

Seit der Paula Gogol eine Chaiselongue geschenkt wurde, hat sie sich selbständig gemacht, man kann also wieder bei ihr verkehren. Rilla-Rilla, dem diese Repetition legiert wird, hat für Quatrupethasen, Hoxschwipplinge und andere Geistportiers einen grün angestrichenen Stall errichtet, er soll ihn doch nur halbjährig, es riecht und überhaupt schreibt man Meidner mit zwei q. Sich ein Perpetuum-mobile-Trumeau anschaffen, gut, über einen grösseren Posten Waschblau verfügen, besser, aber Mme Ichak, weshalb tragen Sie die rote Fahne von Lugano nicht mehr, die Robe war so so, nun dieser Faltenwurf und jener Beistrich in der Via Nassa, am besten. (de) Fiori hat sich endgültig von der Rosa Bonheur befreit und er malt auch schon fast so wie Waldmüller in seinen besten Jahren. In Mannheim tut Lederer Moritz Herr Schreibübungen, sicherlich das Antlitz gen Osten so gewendet, dass der Glawatsch an der blauen Donau sein eigenes Wort nicht versteht, der Abonnementspreis der »Gartenlaube« aber ist doch wieder der vor dem Krieg, man versteht also nicht, wieso. Hülsenbeck kann natürlich nicht so viel Stahllaute von sich geben, wie es im Sinne der Erhaltung gewisser dünnster Erträglichkeiten in Berlin erforderlich wäre, es gibt jedoch Knallbonbons und den Inseratenteil des »Forum« und ein Telefongespräch mit Gustl Pufke, Puttkammerstrasse 6/IIII ist auch etwas. Warenhausaufträge übernimmt Golliwan, ein vornehmer Breslauer, der gegenwärtig in den wildzerklüfteten Bergen des Tessin die Ansicht vertritt, dass »Ave Liebknecht« nicht so fesch sei wie »Ave Liebesknecht«, da schaugst, Pfemfert, Sie sollten längst dem schmatzlauten Rubiner nicht alles geglaubt haben. Maccus + 31. Lesen Sie das HIRNGESCHWÜR (Verlag Mouvement Dada), der Friede ist aus.

[DADA (Zürich) Nr. 4–5, 15. 5. 1919.]

Bestes Pflaster auch roter Segen

Bodenbepurzelndes Geschirr:
gar so süss soffen Ninallas Lippen Pommery greno first.
Minkoff, ein ganz ein Russischer, déroutiert nebengeleisig.
Vorüberflappernder Handteller: benützter Busen bläht Blondes.
Pauschal. Schal.
Schluck Wein (Länge: 63 centimètres) in rotverbesserte Nüstern
gespien. Queen!!!
Weil ensembletapfer beflüstert Kuno feistes Postérieur.
Knäuel, dem sich schweissig Unterarm entzupft.
Vornübergewettert: Sibi schrie naturgemäss immens auf,
Hemigloben nach oben.
Derzeit brennendes Pedal berutscht entzückt anderwärts gestreichelten
Bauch. Auch.
Unüberholt wischt seine lingua fettesten Schenkel einher, Isidor.
O wie lieb ich das Gelichter des Lebens! (Abends, naturellement!)
Kruschewaz glotzt auf die ach so entfernten Deltafalten Zuzzis.
Baynes Destiny (Massachusetts-allerholdest) quillt geigengeil um die Ecke;
Blech taumelt daraus schwierig empor:
schwachbeflorter Unterleib (? Gaby!) wogt taktvoll heran.
»Die Treue ist kein hohler Zahn« ... (Kreuzung von Kind und Kegel)
Madame V. flicht, sehr gewiegt, Roger ein Glas in die Finger;
quetscht das Ganze stuhlzusich.
Pferch. Überzwerch.
(Apropos: man subtrahiere Geschlechtskrankheiten;
coitus würde allgemein beliebtes Gesellschaftsspiel;
wäre im Laden zu haben. Basta.)

[DADA (Zürich) Nr. 4–5, 15. 5. 1919.]

Richard Hülsenbeck: Verwandlungen

(Roland Verlag München, Mk. 2.50, geb. Mk. 3.50)

Cacadoufarbige Butzenscheibenohren rennen um Klumbumbus gelber Stern Bauch quer durch Hund zeilen platzen. Gut. Cacadou wird Butter Jamaika Cognac Stahl wird Tanz Butterweg ist Korkenzieher für infantile Oteros in Säcken Chinesen speien jahrelang nach Petrol. Einer aus Confidence mästet einen Strichpunkt rot. Apoplexie. Drachensalat, telegraphisch, wie doch. Toréadore de la verte cravatte sous les yeux gâteaux empaillés au bout des fils névralgiques pette pette dit le poète la tribune du coeur et de Genève par exellence pâques. Es ist nicht leicht, Geschwindigkeiten ein gutes Gewissen zu besorgen. Überhaupt heftige Seiten. Ist zu kaufen.

H. A. W. S. T. T.

Demnächst erscheint: „DAS HIRNGESCHWUER“

Direktor: SERNER

Verlag Mouvement Dada.

Mitarbeiter: R. Hülsenbeck, R. Hausmann, H. Arp, V. Eggeling, F. Jung, A. Bailly, A. Giacometti, H. Richter, F. Hardekopf, G. Grosz, T. Tzara, W. Serner.

10 Nummern Fr. 18.–. Einzel-Nr. Fr. 2.–. Luxus-Ausgb. Fr. 20.–.

[Dada (Zürich) Nr. 4–5, 15. 5. 1919.]

[Zürich, o. D.]

Cher M. Tzara,

aujourd'hui-matin l'agent de police était encore une fois chez moi. Il m'a demandé de nouveau des renseignements et des lettres. A cause de ça je suis allé immédiatement à la Fremdenpolizei. Ici j'ai parlé presque un demi heure avec M. Dr. [Frey]. Il m'a dit que mon dossier serait déjà depuis avant-hier à Berne et qu'il ne pourrait non plus faire. Il m'a donné le conseil de partir toute de suite à Berne pour tenter d'arranger encore ma chose. Je vous ai cherché au café, et puis j'étais à 1 h chez vous, sans vous trouver. Je pars maintenant à deux et je crois que je pourrai revenir demain.

Au revoir

Serner

[Zürich, o. D.]

Cher M. Tzara,

j'ai besoin pour *démain* deux expl. Dada 4–5 que je dois rendre à deux messieurs (des journalistes allemands), que j'ai rencontré aujourd'hui par hasard.

Veuillez donner les expl. à la caissière de l'Odeon.

Bon voyage!

Au revoir après démain.

Serner

DER ZELTWEG

eine periodische Publikation (schriftstellerische u. künstlerische Beiträge) erscheint am 1. Juli in Zürich (Zeppelinstraße 34)

Herausgeber:

Otto Flake, Walter Serner und Tristan Tzara.

Mitarbeiter sind: Hans Arp, Augusto Giacometti, Otto Flake, Oscar Lüthy, Walter Serner, Mary Wigman, Tristan Tzara, Hans Richter, S. Täuber, Kurt Schwitters, A. Segal.

Preis der ersten Lieferung: Fr. 2.–, des Luxus-Ex. Fr. 20.–

[DER EINZIGE (Berlin) Nr. 21/22, 15. 6. 1919.]

Ein Aufsehen erregendes Duell

Aus Zürich wird uns unterm 2. Juli geschrieben: Gestern wurde auf der in der Nähe Zürichs gelegenen Rehalp zwischen Tristan TZARA, dem bekannten Gründer des Dadaismus, und dem dadaistischen Maler Hans ARP ein Pistolenduell ausgetragen. Es fand viermaliger Kugelwechsel statt. Beim vierten Gang erhielt Arp einen leichten Streifschuß am linken Oberschenkel, worauf die beiden Gegner unversöhnt den Kampfplatz verließen. Als Zeugen fungierten für Herrn Tzara die Herren Dr. Walter SERNER und J. C. HEER, für Herrn Arp die Herren Otto KOKOSCHKA und Francis PICABIA, der eigens aus Paris nach Zürich kam. Wie wir erfahren, hat die Zürcher Staatsanwaltschaft bereits gegen alle an dieser Duellaffaire Beteiligte die Untersuchung eingeleitet, auf deren Ergebnis die Öffentlichkeit mit Recht sehr gespannt sein darf.

H. K.

[ST. GALLER TAGBLATT Nr. 155, 5. 7. 1919.]

Dementi

Herr J. C. HEER schreibt uns, daß die durch die Schweizer Presse gehende, auch uns aus Zürich zugesandte Meldung, er sei als Zeuge in dem DADAISTEN-DUELL auf der Rehalp bei Zürich beteiligt gewesen und auch in die Untersuchung verwickelt worden, UNRICHTIG sei. Herr J. C. Heer versichert, an der Nachricht sei, soweit sie ihn betreffe, kein wahres Wort; mit den Dadaisten unterhält unser beliebter Schriftsteller keine Beziehungen. Wir freuen uns ob dieser Versicherung und dementieren die eingangs erwähnte irrtümliche Nachricht mit Vergnügen. Um Nachdruck des Dementis wird gebeten.

Das Dadaisten-Duell scheint übrigens, wie uns von befreundeter Seite aus Zürich geschrieben wird, harmlos verlaufen zu sein. »Die beiden unversöhnlichen Gegner ARP und TZARA, die mit Kugeln aneinander vorbeischossen, sitzen wieder friedlich im Odeon nebeneinander.« Man wird vielleicht in der in Verrücktheit sich wie toll gebärdenden Zeitschrift »Der Dada« – dieses Blatt muß man gesehen haben! – über das Duell einen Bericht des Oberdada lesen können.

[ST. GALLER TAGBLATT Nr. 158, 9. 7. 1919.]

Ein Aufsehen erregendes Duell

Herr Tristan Tzara in Zürich und Kons. schreiben uns: Wir wären Ihnen sehr verbunden, wenn Sie in Ihrem geschätzten Blatte möglichst rasch richtigstellen wollten, daß die in Ihrer Nummer 307 vom 8. Juli unter dem Titel »Ein Aufsehen erregendes Duell« veröffentlichte Nachricht ZUR GÄNZE ERFUNDEN IST. Es kann sich hier nur um die boshafte Lausbuberei eines Übelwollenden handeln.

[BASLER NACHRICHTEN Nr. 310, 10. 7. 1919.]

Erklärung

Wir erhalten folgende Zuschrift:

Trotz verschiedenen Verwahrungen meinerseits geht durch die in- und ausländische Presse stets noch die für mich ehrenrührige Notiz, ich sei als Zeuge in einem DADAISTISCHEN DUELL auf Rehalp-Zürich beteiligt gewesen und stehe deshalb in strafrichterlicher Untersuchung. Wenn auch die »N. Z. Z.« mit Fug und Recht die Nachricht nicht gebracht hat, darf ich doch wohl ihre Güte in Anspruch nehmen, um dem Duellmärchen endgültig ein Ende zu bereiten. Ich stehe dem Dadaismus völlig fern und kümmere mich gewiß nicht um Zweikämpfe mit durchaus fremder Herren. Es liegt daher auch keine Strafuntersuchung gegen mich vor.

Rüschlikon, an meinem 60. Geburtstag. J. C. Heer

[NEUE ZÜRCHER ZEITUNG Nr. 1075, 20. 7. 1919.]

Zur Wertung des Dadaismus

Von A. Schmied (Zürich)

Die vorletzte »Kunstrichtung«, der Futurismus, hatte die meisten Künstler und Literaten, sowohl in Deutschland wie auch in Frankreich, die ehemals durchaus für ihn eingetreten waren, sehr enttäuscht. Durch sein letztes Manifest aber, in dem er für nationalistische Politik eintrat, hat er endgültig abgewirtschaftet. Denn alles, was heute in den genannten Ländern (und man kann wohl sagen: auch in allen übrigen, hier überhaupt in Betracht kommenden!) literarisch oder künstlerisch von Bedeutung ist, war bereits während des Krieges völlig antinationalistisch: – international. Marinetti, der durch dieses Manifest sich auf die Seite der Bürger stellte, hat sich deshalb nicht nur nach außen hin schwer kompromittiert, sondern auch, was im Grunde viel mehr bedeutet, innerhalb seines Kreises, so daß die Nachricht, Carra und Giorgio de Chirico hätten sich vom Futurismus losgesagt und eine »metaphysische Malschule« begründet, nicht mehr sonderlich zu überraschen vermochte. Ebenso wenig wie der Umstand, daß alle nach dem Krieg erstandenen neuen Kunstzeitschriften von jedem futuristischen Einfluß frei sind. Nicht aber von dadaistischem.

So hat die Zeitschrift VALORI PLASTICI, die in Rom erscheint, ihr zweites Heft den französischen Kubisten gewidmet und die französischen dadaistischen Dichter Ph. Soupault, L. Aragon und A. Breton vorherrschend vertreten sein lassen. Die gleichfalls in Rom erscheinenden Kunstzeitschriften NOI und LA RACCOLTA weisen desgleichen sehr deutlich dadaistische Einflüsse auf; ebenso LE PAGINE (Neapel), dessen Direktor Moscardelli dem Dichter Tristan Tzara, dem Begründer des Dadaismus, ein ganzes Heft widmete. In Paris, das den Futurismus geradezu bereits vergessen zu haben scheint, neigen sämtliche neu gegründete Revüen zum Dadaismus oder stehen ihm doch sehr sympathisch gegenüber: NORD-SUD, SIC, LITTÉRATURE und L'INSTANT, welche die modernsten Künstler von Paris auf ihren Seiten vereinigen, sehen in ihm nicht sowohl einen Übergang, als vielmehr die Überwindung des Kubismus und Futurismus durch Aufstellung neuer befriedigender Direktiven. LITTÉRATURE macht sogar die Bemerkung, es scheine, als habe nach dem Tod Guillaume Apollinaires die Führerrolle als Kritiker und Dichter Tristan Tzara übernommen. Jedenfalls kann man nicht umhin, feststellen zu müssen, daß Köpfe wie Pierre Reverdy, Ph. Soupault, Max Jacob, Paul Dermée, Vincente Huidobro, P. A. Birot und Perez-Jorba mehr oder weniger von Tzara beeinflußt sind und an dessen in Zürich erscheinender Revue »Dada« mitarbeiten. Ja sogar bis nach Neuyork reicht die Wirkung des Dadaismus: die unter der Direktion des Spaniers Francis Picabia erscheinende Zeitschrift »391« (die Nummer der Galerie Stieglitz in der *fifth avenue*!) ging letzthin in den Verlag des Mouvement Dada über; und in Neuyork selbst wurden zwei ausgesprochen dadaistische Kunstzeitschriften gegründet: THE BLIND MAN und TNT (man versuche, diesen Namen auszusprechen!), deren Mitarbeiterlisten durchweg sehr bekannte Namen aufweisen: Gleizes, M. Duchamp, W. C. Arensberg, G. Buffet, A. Bailly usw. und andere europäische dadaistische Schriftsteller. Auch in Spanien und Nordamerika macht die Bewegung starke Fortschritte. In Barzelona erscheint die dadaistische Zeitschrift TROSSOS; ferner REVISTA, die in jeder Nummer Übersetzungen dadaistischer Dichtungen veröffentlicht. Der spanische Dichter Vincente Huidobro unternahm sogar eine Vortrags-Tournee durch Spanien und Brasilien, die er ausschließlich mit dadaistischer Poesie bestritt. Und der kürzlich so früh verstorbene Dichter Joaqimo Folguera hat nicht nur durch Übersetzungen dadaistischer Dichtungen sich hervorgetan, sondern auch ein ganzes Buch »Über die Tendenzen des Dadaismus« geschrieben.

Soviel des Tatsächlichen, an dem man um so weniger vorbei kann, als es fürwahr sehr stattlich ist. Über den Dadaismus selbst aber heute ein apodiktisches Urteil abzugeben, ist teils wegen seiner vielfachen Emanationen unmöglich, teils wäre es verfrüht. Denen aber, die das Problem interessiert, mögen hier mehrere Zitate aus Manifesten und Dichtungen der namhaftesten Dadaisten Gelegenheit bieten, sich darüber zu informieren:

So schreibt Tristan Tzara in seinem »Manifest Dada 1918« (Dada 3, Zürich, Schifflände 28) folgendes:

»Je hais l'objectivité grasse et la harmonie, cette science qui trouve tout en ordre ... Je suis contre les systèmes, le plus acceptable des systèmes est celui de n'avoir par principe aucun ... Je procla-

me l'opposition de toutes les facultés cosmiques à cette blénoragie d'un soleil putride sorti des usines de la pensée philosophique, la lutte acharnée, avec tous les moyens du DÉGOUT DADAISTE ... *Dada: abolition du futur.«*

Das Gedicht LE MARIN von Tzara beginnt mit folgenden Versen:

»Il fait l'amour avec une femme qui n'a qu'une jambe
l'étroitesse d'un anneau Pondichery
on a ouvert son ventre qui grince GRIgri
d'où sortent les bas et les animaux oblongs etc.«

Das Manifest »Letzte Lockerung« (Dada 4–5) von Walter Serner enthält folgende Sätze:

»Es ist allgemein bekannt, daß ein Hund keine Hängematte ist; weniger, daß ohne diese zarte Hypothese Malern die Schmierfaust herunterfiele; und überhaupt nicht, daß Interjektionen am treffendsten sind: Weltanschauungen sind Vokabelmischungen ... Alle Stilisten sind nicht einmal Esel ... Damenseidenstrümpfe können begriffen werden, Gauguins nicht ... Diagnose: rabiate Langeweile; oder: panische Resignation; oder: transzendentales Ressentiment ... Man bläst immer nur Sätze zirkusähnlichsten Schwunges über Kettenbrücken (oder auch: Schlüchte, Pflanzen, Betten).«

»Manschette 7« ist der Titel folgenden Gedichtes Serners:

»Es ist nicht schwierig, blond zu sein ...
Seit es in manchen Nächten rote Ringe sprengt einher,
ist jede Hoffnung auf den Sinn der Stunde faul ...
Schau mir ins Auge!
Krachmandel auf Halbmast!
A!
Je te crache sur la tête!
Ist es so schwierig, blond zu sein?«

Schließlich noch aus den »Phantastischen Gebeten« Richard Hülsenbecks eine Probe:

»der Raben Kreise zitronengelb
tiefdunkle kalte Schattenwände
der Schattenwände hat der Masken
o o ho oho in holzgeschnitzten Beinen
Association und *Baudelaire Mafarka* blüht«

Vor allem die Proben aus Arbeiten der beiden ersten dadaistischen Schriftsteller dürften genügen, um feststellen zu können, daß es sich hier nicht allein um hemmungslose Blague handelt, so gewiß sie auch ihre Rolle darin spielt. Worum es dem Dadaismus im tiefsten Grunde geht, wird erst die Zukunft erweisen.

[Das Literarische Echo (Berlin) Nr. 20, 15. 7. 1919.]

Zurich, le 12 août 1919

Cher M. Tzara,

merci pour votre carte de Montreux. Je n'ai pas encore votre adresse; mais, au moment que vous me l'écrivez, j'expédierai cette lettre qui contient le »petit bleu« de la Nell [Vanouti] (!!!) de Goldbach. Ecrivez à elle! Flake n'est pas encore rentré; mais M. Arp m'a dit au café qu'il reviendra en quelque jours. En tout il n'y a rien de nouveau ici. Pas de lettres. Tout à fait rien! Je m'embête infiniment! (La bouche la plus grosse!!)... Quelque chose de drôle: dimanche soir on m'a appelé au téléphone, de Genève. Je n'étais pas au café (de la Terrasse). Le garçon m'a dit que la personne qui téléfonait aurait été un monsieur. Mystérieusement, presque... Je suis très content que vous avez de l'air splendide et (c'est plus important encore!) beaucoup de monde. Travaillez bien! Et si vous devez avoir un instant libre, faites donc la lettre pour le journal londonien, n'est ce pas? N'oubliez pas ça!!!

La Karia part jeudi prochain pour Berlin, heureusement... Ah, encore quelque-chose! Le consulat français m'a renvoyé immédiatement ma lettre m'invitant en douce d'avoir la bonté de passer démain (mardi) de vos bureaux. Je trouve épatant cette vitesse. J'irai quand-même sans beaucoup d'espérance. Je verrai et je crois quelque chose pas d'agréable.

Bien à vous

votre

Serner

13. VIII.

J'ai votre carte de Caux. Flake n'est pas encore là. Mais j'ai rencontré Arp qui m'a raconté que Flake l'a écrit. *Flake a donné son article (»Thèses«) à un journal allemand parce qu'il croit que le Zeltweg ne paraît plus.* Pourquoi, je ne sais pas!!!!? J'ai parlé avec M. Scharff, qui était très poli, comme toujours; mais il dit qu'il lui serait impossible à payer il y a une semaine (et encore non etc etc!) et qu'il ne serait pas faché, si nous éditerions le 1 No. du Zeltweg sans ses pages. Voilà ce cochon!! Qu'est ce qu'on fait?

Je crois qu'il sera le plus pratique de terminer immédiatement le »Zeltweg«. Ecrivez-moi *aussitôt* les détails sur les payements (où se trouve l'argent et éxactement le *montant présent*). Puis j'écrirai toute de suite à Spamer afin qu'il commence. On payera la moitié. Le reste – ça se trouvera. Maintenant il faut risquer quelque chose; autrement, ce serait rigolo, vraiment! Envoyez-moi de suite le poème à 6 mains. Je l'enverrai à Spamer et lui écrirai d'eliminer les pages de ce sal Scharff.

J'ai reçu de missives très tristes de New York et de Berlin. Je réfléchis beaucoup: que faire avec une personne qui doit être nourrie.

Quand-même ne laissez pas vous inquiéter. Tout ça s'arrangera. Le »Zeltweg« paraîtra et – toute de suite. Je ferai ces dettes, mais j'espère que l'argent viendra encore.

Jouissez vos vacances et écrivez à Mlle Nell?

Votre

Serner

A présent je n'ai pas des livres pour vous. Mais je volerai immédiatement quelques-uns.

Arp m'a dit que Mlle Chrusecz est rentré ici sans sa mère.

Zurich, le 15 août 1919

Cher M. Tzara,

j'ai écrit aujourd'hui à Spamer et lui ai envoyé le »cirque brillant« que j'ai écrit de nouveau sur la machine. Alors, Spamer commencera. – J'ai visité Mme Flake qui m'a dit que son mari rentrera samedi soir (démain) ou le plus tard lundi soir. Puis j'irai aussitôt chez lui. – Arp est parti. Je ne sais pas encore, si pour longtemps. Je l'ai écrit immédiatement. – J'ai rencontré par hasard ce Scharff qui avait le front de m'assurer qu'il soit sans le sou. Quel imbécile! Alors, ses 4 pages disperseront. Pas dommage! – La chaleur ici est presque insupportable. Je me lève très tôt et pars vite pour Erlenbach ou Kusnacht, où je me jets à l'eau etc. Je rentre le soir. Sale vie! J'ai *trois* invitations de Genève. Mais je n'ai pas l'envie. Plus tard peut-être.

Mme Flake m'a raconté que son mari n'a pas écrit des choses ravissantes de Berlin. C'est encore très triste là-haut. Seulement c'est dans les petites villes qu'on a quelques agréments etc. – Hack a déjà vendu »Les béstiaires« (je l'ai vu au café.) Je le regrette. – Je n'avais pas encore l'occasion de vous prendres quelques livres. Ça fait trop chaud pour pouvoir rester en ville.

C'est dommage que je ne peux pas partir pour Caux. Tout Zurich s'enfuit. C'est incroyable, cette chaleur.

A vous bientôt revoir

Serner

J'ai oublié d'aller au consulat français. Mais c'est assez de savoir qu'on est gentil là, vraisemblablement.

Dada-Kunst

Expressionismus ist ein Plakatstil und hätte nicht erst in den Dienst eines Betriebs gestellt werden müssen, um seine Ausdrücklichkeit endgültig einzubüßen.

Jede Kunst, sogar die lediglich imitative, enthält bereits Abstraktes; sei es in der Proportion oder der Farbe, sei es in der Materie. Denn jedes imitative Werk ist Transponieren äußerer Beziehungen in einem Komplex in sich differenter Geschlossenheiten. So ist die Photographie Abstraktion geringster Differenzierung. Hier Farben aufsetzen heißt, zwischen ihnen unter Benützung von Licht und Schatten und mathematischer Gesetze (Perspektive etc.) auf der Fläche Beziehungen herstellen. Jede dieser Beziehungen, auch die scheinbar sensibelste, bleibt jedoch gleichwohl zwischen äußeren Elementen stehen; oberflächlich. Cézanne malte tote Gegenstände, schräg von oben gesehen; er führte das Stilleben in die moderne Kunst ein. Letzthin aber ist für dieses neue Schräg-von-oben-sehen nur eine Erklärung auffindbar: es erschien dem Maler interessanter. Die Kubisten begannen, dieselben Gegenstände, welche bereits dieses Schräg-von-oben als Tradition herumschleppten, vertikal zu sehen, von oben, sodaß von ihnen nurmehr Kreise übrig blieben, Ellipsen, Quadrate, Dreiecke, Oktogone etc. Oder sie durchschnitten den Gegenstand gleichsam und arrangierten das Bild bruchstückartig. Dadurch hofften sie, die Totalität sicherer zu erreichen, als wenn sie ein Ganzes versuchten. Kurz, man spezialisierte sich im Suchen von Beziehungen innerer Art, indem man sich auf ein Ziel zu dirigierte, welches das der Nachahmung durch intensivstes, sensibelstes Aufnehmen einer oder mehrerer äußerer Beziehungen weit überragte.

Die Futuristen spezialisierten sich (jede Kunstschule ist eine Spezialisierung) auf die Beziehungen der Bewegungen und deren Gleichzeitigkeit. Da jedoch auch sie noch illusionistisch blieben, mehrere Gegenstände in ein kinematographisches Nebeneinander stellend, behielten sie die Fläche bei und mußten den Raum komponieren. Immerhin waren sie interessanter als die Expressionisten, die dadurch das Illusionistische kühn behalten zu dürfen glaubten, daß sie für die auch von ihnen gesuchte Verinnerlichung das Schlagwort »Psychologische Kunst« prägten. Eine sehr arme

Neuerung. Was sie erreichten, war lediglich Symbolisches, das schließlich auch ohne die günstige Gelegenheit der Zeitumstände den Weg an die Plakatwand gefunden hätte.

Das Ziel jedes Kunstwerks ist die Emotion, die umso stärker ist, je unmittelbarer die durch das Kunstwerk repräsentierte Realität ist. Das Fehlen des Problematischen, des Suchens noch im Bilde, ist die wichtigste Voraussetzung dafür, innerhalb eines Kunstwerks zum Unmittelbaren vorzudringen. Die Einmengung des Intellekts, um Probleme zu setzen oder zu erläutern, schwächt die Emotion, macht sie mittelbar, wenn nicht überhaupt unmöglich. Darum wird ein problemsauberes unmittelbares Werk vollkommener sein und seine Emotion direkter, stärker. In ihm ist eine neue Realität von unmittelbarer Wirkung da und damit auch eine wirklich neue und wahrhaft befreiende Einstellung zur bildenden Kunst.

Die ersten, freilich noch nicht entscheidenden Versuche sind bei Braque zu finden. Er war der erste gewesen, der die Fläche durchbrach, sodaß ein gut Teil Illusion verschwand, und der die Gegenstände gleichsam von innen betrachtete. Picasso nahm aus seinen zarten, beinahe transparenten Porträts des Anfangs Teile und Glieder, bog sie, bis sie sich verbanden, und setzte sie so, viel Formales, Illusionistisches vernichtend, in sein neues Bild. Weiterhin arrangierte er nicht mehr ineinander, sondern nach gewalttätigeren Methoden. Durch seine grandiosen Anregungen verfiel man auf die Einbeziehung fremder Materialien in das Bild. Neben eine Realität, die der Maler bisher von sich aus konzipierte, klebte er eine direkte (aus Zeitungspapier, Haaren, Tüchern etc.). Nicht nur Formen und Farben sollten aufgestellt werden, vielmehr der Kontrast zwischen dem, was gefaßt wurde, und dem, was man von sich aus bot, unmittelbarer aufklaffen. Das alte Metier erschien abgenützt. Völlig Neues war auf dem Wege.

Es war die besondere Leistung von Hans Arp, von einem gewissen Augenblick an das Metier selbst als Problem betrachtet zu haben. Auf diese Weise hob er es wieder und brachte die Möglichkeit heran, es mit neuer Phantasie zu speisen. Für ihn handelte es sich nicht mehr darum, ein ästhetisches System zu verbessern, zu präzisieren, zu spezifizieren. Er wollte die unmittelbare Produktion. Nicht anders, als wenn ein Stein vom Berg bricht, eine Blüte sich vollendet, ein Tier sich fortsetzt. Er wollte Quantitäten von Phantasie, die in keinem Museum zu finden sind. Eine Art tierhaftes Gebilde mit wilden Intensitäten und Buntheiten. Einen neuen Körper neben uns, der für sich lebt wie wir, der auf Tischecken hockt, in Gärten haust, von Wänden blickt. Er wollte die Abstraktion.

Gemeinsam mit Otto van Rees stellte er Bilder her, die nur aus Papier bestanden, das er in allen Farben neben- und übereinander klebte. Der Rahmen und später auch der Sockel wurden als unnötige Krücken fallen gelassen. Von hier aus war das Bild nurmehr als Farbe und Aufbau interessant. Der Maler mit jenen zweifelhaften Sensibilitäten, die ihm ein Lehrer besorgt hatte, war abgetan. Kandinsky, der auf einem ganz anderen Weg zu denselben Resultaten kam, war wie Arp ein Vorläufer, wenngleich nicht derart deutlich und beendigend.

Das Neue blieb nicht beim Bilde stehen. Man begann Reliefs zu machen, Skulpturen, vor denen der Zweck dieser neuen Methoden, die unmittelbare psychische Emotion, an Klarheit noch gewann. Diese Wirkung ist nur reinen sicheren Formen und Farben zueigen; nur, wenn das, was Phantasie in naiv kraftvoller Weise aus sich selbst empfand, ebenso auf das Bild, in Skulpturen gebracht ward, vermag es, Emotion zu erregen. In keiner Hinsicht mehr war es möglich, sich auf das Objekt zu beziehen, auch nicht, indem man es etwa anderswie wieder in das Bild hineinzuziehen versucht hätte. Es war ein Ende und ein großer Anfang.

Es war nun eine der ersten Feststellungen des Dadaismus, daß systematisierte Psychologie, psychoanalytisches Symbolisieren (Expressionismus) nicht zu jener Emotion zu führen vermag, welche da und dort bereits verlangt wurde. Deshalb perhorreszierte er Gegenstände, Landschaften, Anekdoten, Allegorien und forderte Einfachheit der Mittel, das primitive Verhalten zu den elementaren Dingen. Er erkannte früh die ungeheuere Mannigfaltigkeit, die so zu erreichen war, den ungeahnten Reichtum innerhalb der zahllosen neuen Möglichkeiten, denen der Künstler seine Persönlichkeit bis in die feinsten Äderchen hinzugeben imstande war. Er wußte, daß es nicht Originalitätssucht war, welche einzelne neue Bilder so verschiedenartig werden ließ, sondern die Einzigartigkeit eines jeden Menschen, die im Grunde völlige Verschiedenartigkeit von dem andern. Er sah, daß bisher gänzlich verborgen gebliebenes Persönliches sich nach außen zu fassen vermochte, Stück seiner Art wurde und neues Leben aus sich selbst gewann. Für ihn war somit in den abstrakten Methoden das völlige Erkennen sämtlicher Mittel und Wege beschlossen und die ganze Fülle jeder Persönlichkeit.

Die Reaktion gegen die Perfektionierung einer von Grund aus gescheiterten Sache (Expressionismus) war dem jungen Kraftgefühl des Dadaismus deshalb gleichgültig. Er fing alles neu an. Von ihm gingen, seit langem endlich wieder, Creationen aus, ein neues starkes echtes Gefühl für das Leben. Darum war sein Vorhandensein allein bereits eine gefährliche Front gegen alles Abgelebte, Schablone-Gewordene. Die Verlogenheit des Expressionismus, die falsche Emphase des Futurismus, der salonhafte Cubismus erwiesen sich an ihm ohne sein Zutun.

Die abstrakten Maler waren denn auch die ersten, die sich sofort dem Dadaismus anschlossen, dessen Individualismus sie mächtig anzog. Vor allem aber seine Scheu vor der Handarbeit, seine Verachtung vor Schuldingen, seine Verhöhnung der Doktrinen. Der Unterschied zwischen Malen und Taschentücherbügeln wurde nicht mehr prinzipiell gemacht. Man behandelte das Malen als eine Verrichtung und erkannte den guten Maler etwa daran, daß er seine Bilder nach telefonischen Angaben beim Tischler bestellte. Es handelte sich nicht mehr um Dinge, die zu sehen sind, sondern darum, wie sie in eine unmittelbare Funktion zu Menschen geraten können. Man gab aus seiner Welt, aus der Welt eine merkwürdige, bunte, wilde Auswahl, die man signierte.

Der maßgebendste Vertreter der Dada-Kunst ist neben Hans Arp Francis Picabia, der aus Amerika die seltsamsten Vibrationen, die er in Maschinenteilen gefunden hatte, mitbrachte. Eiserne Konstruktionen, das Innere von Uhren, Pianos etc. nahm er, in bestimmten Profilen, oft sogar nach photographischen Aufnahmen, in sein Bild hinüber und brachte sie zu verblüffender Expansionskraft. Es war kein neues Hineinziehen der Objekte; weder die Maschine noch irgendeine Beziehung zu ihr sollte zur Emotion gefaßt werden: es war eine platzende Phantasie am Werk, für die das Banalste, Mechanischeste, mit einem gewalttätigen Griff gepackt, plötzlich ein neues fremdes Leben bekam, in dem Ironie, Erotik, Hohn, Heiterkeit und Müdigkeit seltsam vibrierten.

Hier und bei den geometrischen Bildern Arps tut sich, für jedes Auge merkbar, die unendliche Weitung und persönliche Fülle der Möglichkeiten auf, welche die Dada-Kunst bedeutet.

Es fühlten sich stets mit dem Dadaismus verbunden und erschienen in seinen Ausstellungen: Augusto Giacometti, Kurt Schwitters, Otto van Rees, Viking Eggeling, Hans Richter, Christian Schad, Raoul Hausmann, Alice Bailly, Giorgio de Chirico, M. S. Taeuber, Daniël Rossiné.

(Aus dem Dänischen übersetzt von J. C.)

Alexander Partens

[Dada Almanach (Berlin), Herbst 1920.]

Die Dada-Soirée

Zürich, Mitte September.

Die neunte Dada-Soirée fand vor geladenem Publikum statt – vermutlich um so häßlichen Ausschreitungen, wie sie die vorhergegangene Soirée hervorgerufen hatte, nicht wieder ausgesetzt zu sein. Der Abend verlief denn auch relativ ruhig, da dröhnende Heiterkeitsausbrüche und erregte Zwischenrufe auch für ein soigniertes Publikum gegenüber Dada-Manifestationen das Mindestmaß an Zurückhaltung bedeuten. Gleichwohl muß festgestellt werden, daß zwischen dem Berliner Dadaismus, der lediglich ein besserer Bierulk zu sein scheint, und dem Zürcher ein großer Unterschied besteht. Denn es kann nicht geleugnet werden, daß der jüngste Abend in gewisser Hinsicht eine Überraschung brachte: die Herren Arp, Serner und Tzara, deren Vorträge und Rezitationen den Hauptteil des Programms ausmachten, erwiesen sich streckenweise als wirklich geistreiche und originelle Köpfe, denen man soviel Geschmack hätte zutrauen können, auf ihre teils hysterische, teils müde Allüre zu verzichten, und soviel Urteil, einige Programmpunkte wegzulassen. Schon die Rezitationen zu Dritt, welche von den genannten Herren abwechselnd sprechend geboten wurden, waren ein Mißgriff, besonders gegenüber Herrn Hülsenbeck, der nach dem Wenigen, das von seinen Gedichten auf diese Weise zur Geltung kam, zweifellos eine Begabung ist.

Auch das »Kosmische Konzert«, das Tzara vor zwanzig in schwarzer Unbeweglichkeit verharrenden Mannequins lautlos dirigierte, wurde nicht amüsanter, als beim zweiten »Satz« phantastische Seidenroben die düsteren Holzpuppen bedeckten. Mit Recht großen Unwillen erregte der Einfall Serners, mit Hilfe von Lichtbildern und einem mitunter allerdings witzigen Volapück die Malerei zu verhöhnen und *ad absurdum* zu führen; neben Cézanne, Grünewald und Leibl wurden aber auch Kokoschka, Meidner und Franz Marc nicht verschont. Unter wilder Heiterkeit des Publikums präsentierte sich Arp als »zentrifugaler Coiffeur mit prononziertem Astralanschluß«, indem er auf dem glatten Haupt einer weiblichen Friseurwachspuppe Perücken aus lila, grünen und gelben Seidenhaaren mit riesigen, farbig leuchtenden Nadeln nach wenigen Griffen zu phantastischen Frisuren aufbauschte. Die allgemeine Heiterkeit steigerte sich noch, als Tzara seine neueste Erfindung vorführte: eine große schwarze, um ihren Mittelpunkt drehbare Metallplatte, die mehrere Löcher aufwies, hinter denen nach jeder Drehung ein neues seltsames Wort erschien, auf farbigem transparenten Papier, jeder Buchstabe von anderer Farbe. Das Programm bezeichnet diese Erfindung, deren Patentierung wohl bereits in die Wege geleitet ist, als »kaleido-mobiles Gedicht«.

Den Clou des Abends aber bildete eine dadaistische Jazz-Band-Kapelle, die sich von der Pariser Kreation durch die Wahl neuer Instrumente (Hundepfeife, Mundharmonika, seidenpapierüberzogener Kamm etc.) unterschied und dadurch, daß sie, statt ohrenbetäubend zu spektakeln, in zarten melancholischen Klängen sich gefiel, zu denen Frau Helene Bondet von der Pariser Alhambra und Herr Jules Geaud (angeblich vom Chatelet) den sogenannten Dada-Tanz aufführten. Dieser allerneueste Tanz, eine nicht ungraziöse Kreuzung von Tango und Jazz, kann vielleicht das Glück haben, Modetanz zu werden, womit die eigentliche Absicht der Arrangeure wohl erreicht wäre. Erwähnt sei noch, daß diese Soirée ein kleines gesellschaftliches Ereignis war: alles, was Zürich gegenwärtig an Literaturgrößen und mondäner Eleganz beherbergt, war anwesend. Man munkelte sogar, der Schah von Persien sei mit dem englischen Generalkonsul kurze Zeit im Hintergrund einer Loge zu sehen gewesen. Die Möglichkeit, daß dieses Gerücht von den Herren Dadaisten eigenhändig ausgestreut wurde, ist jedoch außerordentlich groß. M. Gen.

[Neues Wiener Journal Nr. 9296, 20. 9. 1919.]

[Genf, o. D.]

Cher M. Tzara,

je vous prie encore une fois de m'excuser que je ne vous ai pas rendu mes adieux. Mais c'était tout à fait impossible. Voulez-vous s. v. pl. dire à M. Arp que je le regrette bien que je ne l'ai plus vu avant mon départ.

Ci-inclus vous trouvez deux photos. Vous pouvez choisir.

J'attends votre manifeste immédiatement. Dans un moment libre j'ai fait la notice »Marinetti«. Ecrivez-moi les journaux auxquels vous l'envoyez; afin que j'ai le contrôle.

Je suis très curieux, si je pourrai rester à Genève. En ésperant d'avoir bientôt de vos nouvelles

votre

Serner

Genève, le 30 sept.

Cher M. Tzara,

j'ai reçu votre lettre ce matin. Jusqu'à maintenant ma chose ici va bien, mais elle n'est pas encore décidé. J'ai bonne ésperance! Je ne crois pas que je pourrai partir pour Lugano, parce que mon argent ne viendra plus tôt qu'à la fin du mois. Je vous remercie bien de me vouloir prêter ces 40 Frs de M. Wolff; je vous les rendrai immédiatement après avoir reçu les miennes.

Dans ma dernière lettre d'ici je vous ai envoyé deux photos de moi. Je crois que la grande se laissera clicher mieux que la petite. Vous trouvez ci-inclus une photo de M. Schad qui vous enverra bientôt de ses nouveaux travaux. Il travaille beaucoup et fait des grands progrès.

Dans la Tribune n'est rien encore paru. Mais ça viendra sûrement. Je vous enverrai les 40 expl.

Ce serais très chic, si vous vouliez venir à Genève. Les femmes ici sont merveilleuses. Elles laissent s'accoster sans façon. Et elles sont . . . venez, venez!!!

Je ferai l'article sur la psycho-analyse le plus tôt possible et je vous écrirai, si je l'aurai envoyé à M. Samson.

M. Jacob m'a envoyé aujourd'hui de Romanshorn la première moitié de votre manifeste. Il veut envoyer le reste dans quelques jours de Munich. Ci-inclus sa lettre et le manifeste! Je crois qu'il sera mieux, si vous le corrigez aussi, avant que je l'écris sur la machine définitivement. La traduction de L. je peux la faire sans le dictionnaire de Flake, parce que Schad a un très bon.

J'éspère que je reçevrai au plus tôt de vos nouvelles et je vous salue très cordialement.

votre

Serner

Salutations cordiales à Arp et Flake.

J'ai demandé de Flake 100 frs. Peut-être parlez à lui vaguement mais clairement de mon grand embarras et qu'il peut être sûr que je lui rendrai son argent.

Adresse: 2, chemin de Roches.

Ecrivez-moi le dernier termin jusqu'auquel on peut envoyer des manuscrits à Hülsenb.

Ma soeur à Carlsbad m'a écrit qu'elle partira à travers la Suisse avec le train de l'Entente pour son bateau et qu'elle veut venir à Zurich pour me voir. Parce qu'il est très vraisemblable que ma lettre ne vient plus à temps, il est possible qu'elle viendra chez vous pour recevoir mon adresse. Dans ce cas je vous prie de bien vouloir la bonté de la soigner un peu, avant qu'elle part pour Genève.

Genève, 2 oct. 19

Cher M. Tzara,

je vous fais mes condoléances très missentes! Quelle salle bande de cochons! Vraiment, ce pays devient d'un jour à l'autre plus insupportable. –

Je vous remercie bien pour votre amabilité envers moi (Fels) et je l'enverrai le travail le plus vite possible. –

J'ai appris avec grand plaisir que vous avez pris toute de suite des mésures contre cet éspèce d'une mouche à viande (Goll). Faut faire attention qu'il ne publie pas des poèmes chez les japonais. – Je veux tenter à faire quelque chose pour *l'action* du M. Fels. Je crois que ça sera possible. –

J'attends impatientement les correctures du »Zeltweg«. – Est ce que vous pouviez me procurer le numéro de la revue »Grécia« dans laquelle on m'a nommé? Veuillez s. v. pl. avoir la bonté de jeter la lettre ci-inclus dans une boîte aux lettres?

Ci-joint vous trouvez quelque chose d'intéressant que Schad a déniché dans une boutique.

– J'ai encore une prière. J'ai besoin pour mon essay sur la psycho-analyse le petit livre que M. Jung a laissé paraître chez Rascher. Voudriez-vous me le procurer? Je vous rendrais plus tard vos dépenses.

– J'éspère que M. Jacob enverra bientôt le reste de votre manifeste. La traduction du Lautréamont que je n'ai pas encore commencé sera faite le plus tôt possible.

– J'habite bien chez Schad, mais je suis sans le sou. Eh bien, on verra ce qu'on fait.

Mes salutations les plus cordiales!

Serner

Si vous rencontrez la [Maler], ne dites pas à elle que je me trouve à Genève!!

Ecrivez-moi les détails avec la police zurichoise s. v. pl!

Genève, le 6 oct. 19

Cher M. Tzara,

quant à la note sur l'Action: je l'ai expedié il y a trois jours à tous les journaux de la Suisse française (aussi à la Feuille et à la Tribune qui l'ont doublement!) Je l'enverrai encore aux journaux qui vous m'avez nommé!

Les photos de masques: je vous les enverrai en peu de jours sitôt j'aurai fait les petites légendes; aussi l'adresse du corréspondance et le formulaire pour la lettre. – L'argent de Wolff n'est pas encore venu.

J'ai écrit tout à coup à ce sal Jacob de me rendre immédiatement la seconde partie de sa traduction du manifeste. Est ce que son adresse est: Hôtel Excelsior Munich? Peut-être écrivez-lui aussi!

Qu'est ce que ça veut dire: Fantasio? Un journal littéraire espagnol ou italien? Ou paraît-il?

La chose avec la »Konzertagentur« est bonne. Je vous conseille de repondre et la demander les conditions, les intentions, les villes, ou elle veut arranger les soirées, et le nombre de soirées. Je vous enverrai un brouillon pour ça. Si j'aurai mon Permis de Sejour et si les conditions seront bonnes, on pourrait faire ça. Pas?

J'ai fait ici la connaissance d'une hollandaise vraiment gentille. C'est pourquoi je n'ai pas trouvé le temps pour tout ce que je devais. Mais en peu de temps je finirai tout.

Très cordialement

Serner

Dadaismus in Zürich

Die Herren Dadaisten, die durch ihre spektakulären Soiréen und ihre groteske Reklame immer mehr von sich reden machen, haben jüngst Zürich, die Stadt in der sie den Dadaismus gründeten, eine halbe Stunde lang durch einen unglaublich bizarren Einfall zum Lachen gebracht. Als eines morgens Passanten den am Ende der Bahnhofstraße gelegenen Bürkliplatz betraten, bemerkten sie zu ihrer Verblüffung halbversteckt in den Anlagen eine phantastische überlebensgroße Holzfigur, die auf das sonderbarste Kopf und Hände bewegte und über und über mit Farben beschmiert und mit bunten Papieren und Tüchern beklebt war. In einer Hand hielt sie einen hutähnlichen Gegenstand, der darauf schließen ließ, daß sie wohl einen Bettler darstellen sollte. Im Nu bildete sich eine riesige Menschenansammlung, die den in der Holzfigur befindlichen Mann in allen Tonarten apostrophierte, worauf dieser die Antworten nicht schuldig blieb. Hierbei erfuhr man, daß es sich um eine solenne Ehrung des Futuristenführers MARINETTI anläßlich seines

Übergangs zum Dadaismus handle. Polizisten zerstreuten schließlich die Menge und nahmen die Holzfigur samt ihrem Bewohner mit.

[Berliner Zeitung am Mittag Nr. 228, 7. 10. 1919.]

Genève, le 14 oct. 19

Cher M. Tzara,

ci-joint vous trouvez:

1) les photos des masques.

2) vos photos et les miennes.

3) 2 copies de »Was ist Dadaismus?«

4) 2 petits textes *variés* pour les photos.

5) 3 " " egals " " ".

6) 6 lettres pour les journaux illustrés.

Je crois que ce machin là est en ordre. Expediez-le toute de suite!

La note de *l'action* est paru dans »Impartial Suisse«, le 11 oct. à Lausanne, No. 43. Je l'ai envoyé aussi aux quelques journaux de la Suisse allemande.

Les adresses demandées: 1) *Illustrations- u. Korrespondenz-Zentrale*
Alte Jacobstrasse 24
Berlin SW
2) *Presse-Illustrations-Bureau*
Wilhelmstrasse 28
Berlin SW

L'argent de Wolff n'est pas encore arrivé. C'est incompréhensible. Aussi le reste de votre manifeste n'est pas encore là. Quoi faire? Ça presse donc!

Merci pour la »Grecia«. J'ai reçu No. 8 de la »Littérature«. Vous y avez un poème: Noblesse galvanisée.

7) Ci-joint encore deux cartes de Spamer. Ça ce n'est pas agréable, vraiment!

J'ai reçu ici un *permis provisoire*. Ce n'était pas facile. Mais all right maintenant: je peux rester ici si longtemps comme je veux. Tout serait bien, si j'avais déjà d'argent.

Ça me fera grand plaisir de vous voir à Genève. Peut-être pourrait-on faire avec Schad *ici* une soirée, ou à *Zurich*!!

La chose avec la deuxième partie de votre manifeste est très étrange. Je n'ai rien reçu. Télégraphiez toute de suite à lui.

Schad s'a développé très bien. Il fait des choses vraiment intéressantes. Il fait beau ici et moi je suis (soi-disant) amoureux. Que voulez-vous!

8) ci-joint 11 bois de Schad. Les autres, c'est vous qui a les stockes.

9) 4 photos des travaux les plus nouveaux qui me plaisent bien. J'ai rencontré le frère de Arp qui m'a raconté quelques détails de votre rencontre avec la police zurichoise. Est ce vrai que Mme Jung était à Zurich et avec vous au Café Wintergarten ce soir maudit? Qui était le type qui est venu avec elle? Ecrivez-moi de cette chose s. v. pl. Mais en cas que Mme Jung doit se séjourner en Suisse, je vous en prie instamment d'arranger qu'elle ne vient pas à Genève. Ça me serait en général insupportable, et en tout cas impossible maintenant. Vous me comprenez?

Excusez-moi que je vous réponds si tard. Mais je vous assure, ce n'est pas moi qui est coupable. C'est Madame la Hollandaise.

Avec mes salutations les plus cordiales

votre

Serner

Avec Lautréamont j'ai déjà commencé.

[Genf] 22. X. 19

Cher M. Tzara,

c'est aujourd'hui que j'ai reçu les correctures du »Zeltweg«. J'en ai 2 exemplaires. Je vous envoye 1 expl. et la lettre de Spamer. J'ai déjà lu le texte allemande. Si vous avez besoin de l'autre expl. écrivez le moi.

Le clichée de Helbig dans mon manifeste n'est pas bien mis. J'aimerais mieux, s'il serait placé *derrière le poème de Vagts.*

Pour les 3 pages à la fin du cahier on pourrait faire des glosses où partiellement. Ecrivez-moi sur ça et si vous avez ev. quelques desirs. (Envoyez-moi peut-être quelques journaux allemands pour les glosser.)

Je n'ai pas encore une réponse sur ma dernière lettre à vous. On pourrait faire de nouveau une blague dans les journaux, pas?

Qu'est ce qu'il y a de nouveau en général? Qu'est ce que vous faites? L'almanach, qu'est ce qu'il fait? Et la deuxième partie de votre manifeste? Arp est-il déjà retour de Berlin? Qu'est ce qu'il a raconté? Je laisse le demander de m'écrire quelques mots.

Très bien à vous

Serner

P.S. Tout à coup j'ai reçu votre lettre du 21 oct. Je suis très content de vos nouvelles.

J'essayerai de vous procurer le plus tôt possible l'*annuaire de la Presse*. – Ci-joint 4 photos de moi. J'en ai seulement celles-ci. Si vous préférez les nouvelles photos de Zurich, laissez-les faire sur mon compte.

Je salue cordialement Arp et j'éspère de le voir bientôt pour le questionner sur Berlin.

Meilleurs salutations à vous et Arp de Schad et moi.

Genève, 25. X. 1919

Cher M. Tzara,

j'attends vos nouvelles sur le »Zeltweg«. Ecrivez-moi ce que je dois repondre à Spamer (en général), si vous ne le préférez de l'écrire même. Je vous conseille de lui demander une compte exacte. – Ci-joint la dernière lettre de Spamer. – J'ai commandé plusieurs expl. de l'Impartial Suisse avec la note sur l'*action*. Mon essay pour ce journal viendra bientôt; aussi la variation »Was ist Dada«.

– Vous trouvez ci-joint des poèmes de Mons. Schad. Est ce qu'elles vous plaisent? On pourrait peut-être publier une dans le »Zeltweg«.

Très cordialement à vous

Serner

PS. 4 nouvelles photos de Schad

Genève, 28 oct. 1919

Cher Mons. Tzara,

j'ai reçu votre lettre. Ci-joint la lettre pour Spamer. Le carton: je ne l'ai plus quoique je l'ai cherché longtemps. Mais je crois qu'on se rapellera chez Spamer. Le clichée de Schad vous sera envoyé en même temps.

Qu'est ce qu'il y avait avec Hülsenbeck? Je voudrais bien entendre quelquechose des entretiens qui M. Arp avait avec M. Hülsenbeck à cause de Dadaco.

La Nomenclature pour les journaux français: j'éspère que je pourrai la commander pour vous très tôt. Je regrette bien que je ne peux rien faire vis-à-vis les coupures de la Tribune: je suis encore dans la purée et je ne sais presque plus rien à faire.

Ci-joint les pages des annonces du Zeltweg.

Je vous enverrai très tôt la variation »Was ist Dada« et les autres choses. Qu'est ce qu'il y a avec votre manifeste? Ça y est? Envoyez-moi s. v. pl. toute de suite plusieurs brochures du prospectus-Dadaco, si vous les reçevez.

Veuillez s. v. pl. envoyer Dada 3 (peut-être des autres publications Dada, si ça va) au peintre *G. Buchet, Genève, 95 Boulevard Carl Vogt*, mais sans demander de l'argent. Il s'intéresse beaucoup pour Dada et peut peut-être faire quelque chose pour vous.

Pour la »Bauchbinde« je propose:
Von der Abstraktion zum Dadaismus
Mitarbeiter etc. Preis etc.

Bien à vous

Serner

– à quand voulez-vous partir pour Paris? C'est décidé? J'éspère bien de vous voir encore.

– Est ce qu'il est sûr que mon manifeste pour Dadaco sera publié sans racoursis? Et les poèmes? Ça m'intéresse bien. Je ne permets *dans aucun cas* qu'on transforme mon manifeste.

– Ci-joint les 3 lignes qui sont un peu plus. Mais on peut les faire petit.

Der Schluck um die Achse manifest

1° Its a long way to Tipperary. Sicherlich. Denn genau bedacht: Psychologie ist ein Handikap. Jede Regel hat ihre Ausnahme, zweifellos. Also regelmäßig. Deshalb höchste Vorsicht: jede Regel ist als Ausnahme zu setzen, denn die Regel ist die Ausnahme. (Wichtige Regel!) ... Es gibt nur relative Feststellungen von relativen Zusammenhängen. Und auch die gibt es nicht. Psychiater und Untersuchungsrichter sind au fond unterbliebene Billetteure (Wanderzirkus), da jedes (je nun!) – psychologische Urteil eine von dem Beurteilten bestellte Arbeit ist, die nur deshalb so selten gefällt, weil infolge der Unkenntnis des Beurteilten von sich selbst der Auftrag ungenau aufgegeben wurde. Die besten Urteile werden erwiesenermaßen am schlechtesten aufgegeben, die schlechten am besten. (Die kernlosen Früchtchen sind die süßesten. O die lieben erwerbslosen Visagen!) Erwiesenermaßen: die geradezu rasante Verschiedenartigkeit der Urteile über (ha!) – schlechte Menschen. (Die über gute sind immer richtig.) Unterbeweis: Die Urteile interessieren die Jungens erst, wenn sie sie hören; die Edelknaben jedoch bereits, wenn noch gar nichts (kusch!) – aufgegeben wurde ... Jeder Rat ist ja nun eine schlankweg letale Angelegenheit; aber so nebenhin: schlechte Urteile über sich zu verabfolgen, die immerhin aufrichtigste Art, den guten, die auch falsch sind, aus dem Wege zu gehen. Tant de bruit pour une – occasion perdue? ... Manchmal hilft jedoch gar nichts: weder das Kontra- noch das Mitgrinsen. Sie trauen einem doch. Ach, wo ist das Publikum für GANZ schwere Jungens? Ich bin so eng geworden und sprottig ...

2° Die letzte Enttäuschung? Wenn die Illusion, illusionsfrei zu sein, als solche sich herausstellt. (Schwülstes Eitelkeitsmanöver: sich dümmer und schlechter stellen als man sein möchte, um der Eitelkeit zu frönen, nicht eitel zu sein. Mißlingt gräßlich.) ... Der Gipfel der Naivität? Wenn jemand mit einem Schlag die (ogottogotto) – Wahrheit erfahren will. (Schließlich ist aber eine Ohrfeige doch nur ein verzweifelter Annäherungsversuch. Auch wirken unechte Tränen oft echter als – unechte.) ... Zwei Scherzfragen? Nicht doch. Zwei Bracelets.

3° Eine vorzügliche Zigarette durchaus erforderlich ... Sämtliche Symptome des schlechten Gewissens (bim!), der Schuld (bam!) wie tiefes Erröten, Erbleichen, Stottern, unsteter Blick, Zwang zum Sprechen von dem, was verrät etc. pp. Quatsch treten, wenn die Sensibilität (Mangel an Beherrschung des hohen Idioms) einen sehr großen Grad erreicht, lediglich auf Grund dieser Sensibilität ein, welche sie zu den augenblicks erkannten Möglichkeiten so schnell antizipiert, daß sie sich ihrer faktisch nicht mehr zu erwehren vermag (oder dies gar nicht mehr mag: DER Zustand ...) ... Dieses längere Satzgebilde dem ohnedies schon überstattlichen Bankrutt der Psychologie so leichthin noch nachgespien!

4° Cartesius und Swift liebten, es ist notorisch, das Schielen. Chapeau bas! (Immerhin ...)

5° Die größte Sicherheit im Umgang projiziert, wer von der restlosen Unsicherheit aller sich überzeugt und darum die Nase voll hat. Die weiteste Bewußtheit (Patent Oil Urinoir) ist lediglich die letzte Unsicherheit, die der vorletzten aber als Sicherheit imponiert. Die letzte Unsicherheit, als solche durchaus erschmeckt: DIE Sicherheit (der scharfe Wupptich). Daher ist alles Verstellung, da alles unsicher (rastaquouèresk) ist. Hinzu: Wem war es noch nicht, wenn er weinte, als löge er, wenn er lächelte, als verbärge er sich, und wenn er seine Visage vergaß, als verriete er sich, he? Alle Mimik (das kleine Gelotter): – Verstellung ... Die Kamele glauben an ihre Maske. Die, welche sie bemerken, entdecken, daß sie sich bereits verstellen, wenn sie bloß den Mund aufmachen. Wohlgemerkt: am besten verstellt man sich, wenn man den Mund hält UND die Mimik (das große Gelotter) ... Natürlichkeit (tschuk tschuk prä prä) fällt leider in die holden Gefilde des Unbewußten: trotzdem ist sie ein Kriterium für die Oberlehrer geworden, die als Vorzug preisen, was allerdings natürlich ist; anders aber: ein Söhnchen ist heute natürlich, wenn es nicht merkt, daß sein Hersteller ein Kamel ist ... Klapprand: die sogenannten Sicheren werden unweigerlich unsicher, wenn der Schein gegen sie ist; wenn nur jenes beschienen ist, was für den anderen spricht, das aber unbeschienen bleibt, was gegen den anderen spräche und oft auch gegen das, was jetzt für den anderen spricht (shut up!) ... Da es aber weder Schein noch Sicherheit gibt, bleibt das einzig probate Mittel, nicht unsicher zu werden: gar nicht erst sicher sein zu wollen ... Den Daumen auf der Schulter, fixiere man die Stelle der linken Brustwarze (etwa) seines Gegenübers, das Nasenbein oder die Achselgegend und gebe auch sonst nicht nach. Unter keinen Umständen. Das genügt!

6° Ernst kann derart heftig hingelegt werden, daß das Opfer (Nichtwieher) außerstande ist, wahrzunehmen, wie der vis-à-vis befindliche Gauch sich längst innerlich zärtlich die Hände reibt. Das Bedürfnis, aus seinem gegenwärtigen Zustand (Platzangst + Silbenkoller) heraus- und in seinen richtigen (Piephahn gewissermaßen) hineinzuspringen, hat es in diesem Moment am feuchtesten. Dies beweist sehr hübsch, wie (tja) – hintendurch man bei sich selber gelangen kann, wenn man noch keine ergebnisvollen inneren Schwerst-Razzias abgehalten hat. Denn anfangs überschätzt sich jeder Flaneur, und ein Schärferer (Wupptich) hält sich stets so lange für DAS Genie, als er noch nicht beschnalzt hat, daß es nur das Talent ist, berühmt zu werden. Hierauf aber débauchiert er rasch (raté), beschränkt seine Fixigkeit, aus An-Deutungen fruktifizierbaren Sums zu machen (Talent), auf seinen Privatbetrieb (Bryant 1098), wird, wenn er Pech hat, trotzdem berühmt und füllt seine Mußestunden damit aus, vor einem Handspiegelchen zu – wiehern ...

7° »Was tuen wohl die Engelein, so sie nicht singen?« Lieber Jakob Böhme, sie beächzen sich sicherlich, so sie nicht ...

8° Nun aber möchte das Zwischendeck gerne wissen, was man mit seiner (immerhin noch vorhandenen) Gesundheit vornehmen soll. Da man sie nur bemerkt, indem man sie tunlichst verliert, wäre der Vorschlag eines Schalks sehr diskutabel: »Geben Sie sich in einem Zuge auf!« (Capisco?) Imposant! ... Nichts da! Frigidität ist nur ein sehr kleiner Grad von (na) – béguin. Ein absolut frigider Mensch ist – tot. Glattweg tot. Schließlich aber ist man immer von sich enttäuscht und es ist, als nähme man einen Kleiderständer und stellte ihn auf denselben Platz. Mit Zwanzig hat man das Monokel auszuspucken, mit Dreißig die Zigarette hinterm Ohr zu entfernen und ein für allemal zu wissen, daß man Madame nur los wird, indem man plötzlich anfängt, sie zu – lieben (eifersüchtig zu sein, wenn schwieriger ...)

9° Letztspurig ... wird man aus Langeweile boshaft. Dann langweilt es, boshaft zu sein. Und endlich beginnt man, Schokoladebildchen zu sammeln. Idealisme noch ist sträflicher Realisme. Ein sanft gebliebener Bocher ist doch ein wenig schauriger (da Idealist) als ein wild gewordener Imaginist (da Realist). Wer mag nur die Ampulle »Seele« erfunden haben! Vielleicht der einigermaßen enttäuschende Anblick des Nackten ... Diese Enttäuschung aber: man nehme sich am Ohr, entwickle Mut und gestehe sich ein, daß man, da Gelegenheiten nicht mehr einbringen, was andere ehemals der Gefahr abjagten, – eine heimliche Bewunderung für seine eigenen Beine hat ... Ja, man geht so weit, seine Tabula rasta FAST zur Gänze vorzutäuschen, um mit dem scheinbar unscheinbaren Rest des »Fast« seinen niederschmetterndsten Schlag zu führen. Der freilich auch das eigene Fleisch trifft: ... letztes Lüstchen ... letztes Wütchen ...

10° kann man so ausdruckslos vor sich hinglotzen, daß es siegesgewiß wirkt. O, es ist schwer. Zur Skala: Auf Mißtrauen springt Haß, auf Haß Mißtrauen, bis man es nicht länger aushält und sich einredet, einander zu lieben. Letzter psychischer Bauchaufschwung der (gewiß, gewiß) – Ohnmacht. Glotzt man aber ... Man müßte konstant mit einer Verbeugung im Blick (oder in der Stimme) arbeiten. Supponiert, daß es verkehrstechnisch ausführbar wäre, zöge es sicherlich am Ende eine Verbalinjurie nach sich (oder schädliche innere Sekretionen). O, es ist schwer ... (Theoretisch ist der Globale längst verboten; daß er praktisch noch grast, ist ebenso unerklärlich wie jenes Verbot.)

11° Es gibt Tage, wo jeder ein dummes Gesicht macht. Und Nächte, wo das dümmste noch zu bedeutend aussieht. Und es gibt Wochen und Monate und Jahre und ... Durchblasenste Vokabeln, lockerste Pausen, die herausgestreckte Zunge, die lange Nase u. a. sind darum sehr erleichternde Verkehrsgriffe; um so mehr, als ja doch jede Situation in jeder Hinsicht unhaltbar ist. Man lasse diese lieben Gesten zart ins Irre hinüberspielen (DIES das hohe Idiom!), und man wird erstaunt sein, wie vortrefflich sich alles abwikkelt ... Und da man, lediglich leidenschaftlich (sozusagen) drauflosredend, ALLE Beziehungen zwischen Personen sprengen kann (sie sind IMMER Konstruktionen!), bietet es zudem ein gesundes Palliativ. Apropos: untereinander lebt man bekanntlich (sofern man nicht ...) stets in einem meist selbst und oft sehr fein gesponnenen Netz (konjugale Paranoia; Juan Suvarin und seine Marva); allein in einem noch weitaus feineren (sofern man nicht ...) ... Man beginne doch endlich, gegen sich selber aufzutreten! Man beginne!! Man ...!!! (Ich spucke schon längst in stillen Stunden mir selbst aufs Haupt ... Ach, ich pfeife auf ... – ... Ja, worauf ...?)

12° Der Schluck um die Achse: der Pfiff aufs Ganze.

[DER ZELTWEG (Zürich), November 1919.]

Dada-Park

Ad Aktion. Man spreche nicht von Realismus ... Revolutionsliedchen im Kaiser-Geburtstags-Stil. Nach stattgehabter Konsumation des vorrätigen Klischee-Zeugs bleibt es, Herr Pfemfert, erstaunlich gar sehr, mit welcher Vehe(wehe!)menz Sie und Konsequenz unentwegt Stiljünglinge, deren Expressionsmöglichkeiten allenfalls hinter Ohrfeigen liegen mögen, zu lancieren sich nicht entbrechen können. Und jedennoch: Allwo bleiben Ihre vorkriegerischen Spezial-Trottel-Sonder-Extra-Nummern (Mangold, das Gollchen, Chajim Hirsch!!)? Noch zur Belebung: In Zürich, wo in großen Zeiten jeder Alleinerich hastenichjesehn sowas wiene Aura (Au!) rund um sich herum zu spinnen imstande ist, blies ein Arri- und Auravist, ansonsten in der Mitte ganz hervorragender Dinierer (Rubiner), auf seiner mit nachtschweißtriefenden Warmwichsbriefen gepflegten Beziehungsschalmei und – schwupps quetschten Sie, Herr Pfemfert, jeden Ohres bar, eine Vonzurmühlen-Extra-Sonder-Gans-Spezial-Nummer aus. Dieses war fürwahr sehr schlimm ... Man spreche jedoch nicht von Realismus. Man spreche von einer Aktion ...

Sehr geehrter Th. Mann, »nun will ich Dir von Deiner Taufe erzählen für künftig und wie schön sie sich zutrug, damit Du es liest, wenn Du groß bist« ... Es soll vorkommen, daß, dieweil drunten weit in der Pfalz die Völker aufeinander schlagen, warm am Ofen der Dichter (o mein!) abgewandt hockt und epi-epigönnerisch sich vornimmt, Goethen, dem Olympier (ja?), es gewichtig nachzutun, indem daß er sich einen (juch!) neuen Gänsekiel schneidet und epikt, also direkt epikt. Dieses tat auch Thomas, der Mann, und man muß ihm von seiner Taufe erzählen ...: Es war in Lübeck, allwo es ihm nicht an der Wiege gesungen ward, daß er einst ein (ach was!) – ein derartiger Karpfen werden würde ...! ... Bitte, was der schreibt!

»Wo auf festlichen Tischen die Vespermahlzeit bereitstand,
Klug bestellt von der sorgenden Wirtin zur Ehre des Hauses,
Wie die Blockade es zuließ der kalt gebietenden Angeln.«

... der kalt gebietenden Angeln!!! Ach was: – Mückensamt.

Die Berliner Dadaisten-Ausstellung kitzelte in der unter der Leitung von Herrn Karl Scheffler (oder ist es der Holde selbst?) dahinruhenden Kkkkkunstzeitschrift »Kunst und Künstler« eine Besprechung seitens eines öligen Ochses (es wurde beabsichtigt heftig flektiert!) Schmierfingerlein hervor. Sicherlich: Dadaisten sind nun ja keine Nazarener. Noch sicherlicher: daß in dadaistischen Emanationen (auch Kindertrompete!) mehr Lebendigkeit fühlbar zu werden vermag als sämtliche Stockes und Ballen der ex- und impressionistischen Ware, so in den Kellereien Paul Cassirers mottendicht dem Erfeuilletonisiertwerden entgegenlagert, – zu erduften jemals in die Lage, in den Hang geraten dürften. Achgott.

1. Berichtigung. De (Huber) legt Wert auf die Feststellung, daß er noch durchaus keine Bemüßigung für nötig erachtet, von der Rosa Bonheur sich zu befreien, sondern nicht nur nicht wie Waldmüller in seinen besten Jahren malt, vielmehr bei weitem vorzüglicher. (Vermutlich malt er jetzt wie Carolus Duran.)

2. Berichtigung. Goll, jener Iwan, welcher, einst Lassang, über kurz oder Lang wieder – von den peinlichen Hemisphären seiner er-lesenen Nöte sich ernähren lassen wird (gegenwärtig kanalisiert er in Journalen), teilt uns mit, daß er durchaus nicht die Ansicht vertrete, ein Besserer dürfe nicht mit der Bussole im Händchen dichten, sondern müsse dies sogar, weil anderenfalls zu befürchten wäre, was naturellement vermieden werden muß: er würde mit beiden Händchen schreiben, der – Bursche. Über kurz oder Lang.

Logomaniakes. Herr Kraus (Wiener Fackel) spritzt zurzeit Sinngedichte, vor denen dem alten Logau, der wahrhaftig ein großer Esel war, übel werden würde; und ist überhaupt ein so begabter Jesuit, daß ihm die Wiener endlich zu glauben beginnen, er sei nicht eitel und aus purer Güte ein sogenannter biblischer Hasserich. Sympathisch an ihm ist lediglich, daß ihm der Dadaismus imponiert hat.

[Der Zeltweg (Zürich), November 1919.]

Manschette 7
(Romance)

Es ist nicht schwierig blond zu sein

Seit es in manchen Nächten
rote Ringe sprengt einher
ist jede Hoffnung auf den Sinn der Stunde
faul

Schau mir ins Auge
Krachmandel auf Halbmast
Cointreau triple sec mit Doppeltaxe
Jede Halswolke ein Fehlgriff
Jede Bauchfalte ein Vollbad
Jedes Hauptwort ein Rundreisebillett
Je te crache sur la tête
Schau mir ins Auge
A

Ist es so schwierig blond zu sein

Manschette 9
(Elegie)

Sprich deutlicher

Ein gelber Spazierstock rutscht mir quer durchs Haupt
Es ist in allen Kellern
heller als in meinem Darm

Sprich deutlicher

Ich höre gerne den Hieb auf nackte Babyhintern
seit es dich entzückte
wenn ich davon wirbelte bloß
O warum nicht sich langsam streicheln
Stiefelknechte still verzückt begrüßen
jenseits jeder bürgerlichen Küche

o sprich deutlicher

Mach platzen deinen feisten Dreckhügel
ob deinem Bauch
durch ein gewaltiges metaphysisches Rülpsen

Manschette 5
(Epitaph postal)

Du hast die nassen Fetzen nie geliebt
Auf deinem Tische jede Semmel war ein Grund
Auf deiner Oberlippe schwang der letzte Rand
Du pfiffst Vokale aus wie stets an mir
An deinem Handgelenk hing alles heftig
Du warst Versand
Du gabst mich auf

[DER ZELTWEG (Zürich), November 1919.]

manschette 6
(placide der teerüttler)

wild und müd die hellen hacken
alles ist ein niederschlag
läßt er sich die schlacken packen
ist es wie am letzten Tag

bläht und fleht der milde äser
siehst du nicht den elften fall
liebt er doch den stillen käser
ohne jeden widerhall

manschette 22
(östliches domen)

kann der faustumspülte sachter zwitschern
jede busenschnautze stochern mag
jasminen sich das blustkind aus den dämmen
von stundenhotels und aerobanälern
quirlt es die mausebase einen sommerfladen lang
es federt gar sehr dieser gänzlich stumme
jedweden nebelverzehrer
zu lange
und auch voll zuversicht
nicht ohne gicht
bricht
er
sehr
mehr
haben sie schon bill den bangen gesehn

manschette 202
(joop)

vernommen vom lockeren rot der bindungen
metropolen die docks die absätze die vaus die waden
ha wie tüllich ha wie die abendausgabe
was ist mir finnland
des haaggestirnes geyser und aus daunenlicht
ein sehr trübes vermaledeit an den westen der schlingertanks
vom nebenstuhl ha
wie es tickt in den lamellen der majoritäten ha wie es
geckt auf den lasuren der spülungen
ha wie es suckt an den latrinen der vergehungen
und schnüff pamf wumpf tremsch
wohl verpulstes getrillert in die seidigen hanfe
vom prolongierten sesam des knüllgebläses
ojojoj
dont j'étais vraiment amoureux
gib mir den wimmelapfel
das rastgestammel
(o leckerté)
die sonnenkarawane
den modetext
das lungenduftgewaberte
es kann der heisse nur im schaum der ginne wohnen
chottochott die holden hungerstangen der hälse
der besickerte siedzuck verholte gelank
o das verlahrende fingergemahne lecker lecker
und ausgeleert der speichelträger
c'est exquis

manschette 787
(micarème)

idiot poire imbécile cochon
nun ja und verküsst den strammen duft
an dem sich geiferströme laben und überheitere
füsilladen baggern und tauig und hitzig sind
im stummelelbogen der nassen nüsse des grünlandes

strohlieblinge auch kerzenstrümpfe seufzen
gepresste unratduldungen vom bleichgewitter
grimmiger knödel und gummiger ergebnisse fortan
der zart gebratene horizontpflüger wiewohl
platzt wie ein erwachsener mit hochschalblähung

vor dem gedämpften schuttminister für kolonnengrünspan
brodelt es immerhin der schliggrige stehkragen wieso
in den finessen der autospiessraben besummt dereinst
lieblichere lauscher verzehren präpositionen
störenfriedvolle heben ihre eisenschienbeine

uns stukkaturige omnibusse ernüchtern sich zweckhold
vor abschüssigen bahnhofskantariden des sehr syphilitischen
jupiterhengstes zum zweiten ostertag an dem der himmel
gewissermassen hoch und blau und wanderte hinter den
kasernen herum und es wurde ihm langweilig und rein me-
chanisch waren fast sämtliche besoffen und die zotigen
gesänge und schon zwei festtage vor einer viertelstunde
da felix sich in einem zeitpunkte seines lebens verheiratet
hatte cochon imbécile poire idiot sodass man einfach
nicht mehr orientiert war und zum vergnügen jenen herrn ent-
leibte

Arp Serner Tzara
(société anonyme pour l'exploitation du vocabulaire dadaïste)

Die Hyperbel vom Krokodilcoiffeur und dem Spazierstock

das elmsfeuer rast um die bärte der wiedertäufer
sie holen aus ihren warzen die zechenlampen
und stecken ihre steiße in die pfützen
er sang ein nagelknödel auf treibeis
und pfiff sie so hold um die ecke das lotterliche
daß ein gußgitter glitschte
4 eugens auf tour skandinavien millovitsch blaue kiste
ist bombenerfolg
zwischen dem haarrahm des kanalstrotters
erstiefelte der saumseligste zeisig den breipfahl
eines buttersackes im zinngefieder
schreckensfahrt an steiler wand
der gute vater senket
ins haupt den tomahwak
die mutter ruft vollendet
zum letzten mal ihr quak
die kinder ziehen reigend
hinein ins abendrot
der vater steigt verneigend
in ein kanonenboot
auf den marmeladengürtel turnen
hinein ins abendbrot
glitzerblöde affenbolde
wiener hintere zollamtsvokabeln voll grauslichkeit
der zirkusfeindliche kiel
hänge das profil
im internationalen
kanäle
abendmahlmarschäl(l)e
quartettmephistophele
skandierskandöle

[Der Zeltweg (Zürich), November 1919.]

Der serbische Olymp oder der schlecht ermordete Detektiv

kerze schämt sich auf dem alpenkamm
herzen brechen gong kanal und lamm
platon holt noch mit dem kirchturm aus
blatt und ei und regen singen rund
fastenfauna glänzt im toten fisch
dotterblau bestirnt der glast die laus
bärtig wachsen psalmen in den mund
und die loreley hält stundentisch
glastramway ist meteor und handschuh
für verliebte welche im juli die
ressentiments und andere monopolbarometeraffekte
als saldovortrag zu seinen gunsten buchen

Rattaplasma

horoscope satanique se dilate sous ta vigueur
vigilance de virgile vérifie le vent virile
schlagbäume schlagen riesenwirbel
wappenmühle brennt am grätenviadukt
der samenräuber äst in flitzender kammerkruste
und grünt die laiber verrosteter dromedare zur gänze
ruf den gefrästen zwerg aus dem spiegel
er wirft mit seinem löffel zwei sonnen in den tiegel
concert vocal
musique météorologique
subtil animal la clé du vertige
ratterkasten im schenkelloch verstürzt
das hammellachen der halsmandeln
großartig und hingebungsvoll
rippende ritter erbrechen die traumsiegel

Montgolfier Institut für Schönheitspflege*

minuit définitif
accolade des coucous
progression des coucous
cacadou oxygéné
daumenhalt auf mist
riechbohne singt
schmierkringel ist
drutfrau beringt
vivisection géométrique des laryngites saturnales
robinson sur mer camouflée
journal amer pour lire à la chandelle
l'amour en profil le coeur sous le lit écoute
auf kissen kosen die zwerge die kassen
und belecken die blumen
wessen fleisch gehört noch hierher
wessen hut grüßt noch diese wehmutsanstalt
er rief das luder an
der besenstielknopf kann
den giftkoch anton nicht betören
und eine nieswurz glotzt
wie ein bonbonmalheur
sehr
herzleiden massieren den lasziven rosenknochen

* für tropische länder plakate ausgeschlossen

Die ungesunde Flöte

le sucre alluma la vision intestinale
le catarrh des chalumeaux reste infatigable
die eulen stäuben flitter in die stichfeste tuchbrünne
die perpetua mobile pflanzen sich in den opferstöcken zu kolibris
fort
asphaltpflaster mästen sohlenprotuberanzen
inondation de sang parmi les colliers des villes
der concours international lépine hat 11 francs eingebracht
on est prié ne pas cracher sur l'escalier
e pericoloso voi ch'entrate
denaturalisierter unterengel in frack und adamsapfel
zudem heulen die kuvertköpfe und die underwoods
alter rühriger perser
telegr. adr. A.R.P.

Der automatische Gascogner

kürbisbäuche auf hinterländern flachgroße hühner entfliehen in die maelströme die tempel aus amberfleisch bebrüten den steinsimson in der gießkanne von unten wahrscheinlich stören die wasserleitungen unter den sauherden den naebelvirtuosen der mit dem getreidesieb die entfernung von seiner nurse mißt wer erfindet ein mittel gegen ebbe und flut und billige embryos absolut praktische zeitungshalter solche fehlen trotz der verschiedenen systeme immer noch zwischen den zitzen eine reinigungsmaschine für schaufenster und dämmerung zwischen den anderen eine fischräucherei modell auf einer freske in pompei und obendrein den sogenannten juxartikel

Kokoskotten

bringen sehr viel ein lötkolben er lautet leodegar thoma und sein träger war ein bürgerssohn von todman im betriebsamen schwarzwald bald kam er auf den gedanken ein stück holz zu durchbohren bald nahm die ganze familie an der arbeit teil er wird weit in californien sein die moderne unruhe setzt ein und zwar nachdem alle meere befahren und ausgelaugt das graben nach gold hat sich alfio nämlich für immer aus dem kopf geschlagen doch das menschliche eisgewölbe schmolz hinter den nächtigen hosenlatzen prächtige vollblüter zügelten auf dem kai ohne an den tempel zu scheuern john gilping eine art hampelmann die adernden leichenblätter lassen sich keusch zu den augen der hasenhörner addieren simplex eisenbahnwagen für diabolospieler le diable est douceur bénéfice pater noster qui es in coelo

Das bessere Negerdorf mit Glasschuppen

voilà sagte der graf denn er sprach geläufig französisch das milchlied jese füße wundermild bricht der gischt aus dem darm der falben kuh und jetzt noch immer sind die weine blau der apis lok den stachel von der ziegelecke in diesem sinne sparen daß man die feuerwerkszigaretten nicht als cumulus verwendet stets noch haben mandrille zum frühstück geschwächt second robinet de douleur froide au music-hall auf den gekalkten hühnergittern kleben die kometenschwänze und das brot christian séance und der bleistift und das weitere doch schießen tannenrocken gegen die blechsterne und die wollknäuel zwischen kutschern astronomen und laternen steht es fest high-life-serpentinen die hahnenkämme werden rasiert und nach mitternacht bilden sich aus pfeifen die bäume an denen die streichholzschachtelfrüchte die abenteuer mit strohbärten beherbergen tabac aromatique et léger die kleinen gummibälle führen doch ein eigenes leben bald klappen sie das eine auge zu bald das andere auf die turnermütter klemmen die monokel ihren toten söhnen unter die achseln und singen it's a long way jusqu'au bout im stuhl sitzt arp mit einer käsemilbe auf dem schoß die trägt in den händen zwei minarette und senkt die kleinen anker gegen die nebel tzaras croix d'honneur und schräggestellte pupillen wachsen auf unregelmäßig geöffneten meterphilosophen und zentnermassen und da sitzt serner den spazierstock hinterm ohr und überhaupt wie gelernt diejenigen straßen der stadtteile rotfärbend poussez poussez in denen binnenlandschaften sich ernähren und müde ist er und wieder sitzt serner da magenweh im globus und denkt an jene leiter welche eins zu tausend typographisch auf tapeten the mistres schambärte und berge und arp sitzt da mit einem wischer vor der tunnelbraut le pantoufle voilà sagte er und dada sind serner und tzara ist da und meinte im hotel nebenbei könnte man zum beispiel die restbestandteile rubiners die der flieger white nicht aufarbeitete zu einer neuen vorspeise vorkitzeln als der lauf in seinem myrthenkranz am linken knie zu streusandwichtig sauste marque déposée

die wohltemperierte chloral-pleiade

die hofloge stürzt von hopfenstangen
do re mi et je t'aime beaucoup
der hermavogel kürzt die fahrt der höflichen hufe
nach einer schmucken präambel
lockert der kirchenschweizer seine kaldaunen
und stülpt sie als turban auf sein haupt
oft kommt es vor dass grossjährige
die beliebigen schilderungen von zirkuschauvinisten
für caurimuscheln oder suppenbrillen halten
auf mittleren flössen treiben die menstruierenden samovare
in das hochland von habesch
ne balance jamais les belles paroles
sur les tambourins des rondes cosaques
die eichhörnchen steigen ein stockwerk höher als die sintflut
von allen beziehungen des kongofressers ist das knallherz die sterilste
der general aber grüsst mit tränen im auge die korallen
la draperie monte sur un oeil
plante dans un platane
god save la famille des feu-follets
et le fallot s'ouvre en framboise
wurzelgach der schachzug des minderjährigen
und sämtliche überholten fussballspieler verloren den köcher
und das ende der hitzigen grillen begingen sie mit schlechten winken
el asombro de damasco (serenata de las contadoras de palmira)
luna el asombro de damasco (duo de taheida y gran visir duetto y danza de la meca)

Tristan Tzara
Inzwischen-Malerei
(on s'approche du point de tangence)

Man erklärt die neue Kunst als Ergebnis einer normalen reinen Transpiration – wer sich früher die Mühe nahm, intuitiv die innere Logik der Formen zu betasten, wird künftig auf sanften und präzisen Begriffen ruhen können. Die Klarheit wird Wesentlichkeit einer Eislandschaft, die geometrische Einfalt Märchentraum aller. Blutarmut restiert im Glas, Ideen durchpflügen die Luft gleich Hunden. Im Diamant.

Mit der Kraft einer Kaskade schleudert Picasso Probleme auf. Mit der Weisheit eines Erzengels stieß er seine Erfahrungen in eine von Elektrizität gespickte Atmosphäre, sein asketisches Temperament bis ins tiefste Fleisch der Organismen. In seinen Experimenten hat er im primitiven Sinn Rembrandts die Haltung des Malers vor der Natur. Er macht keine Philosophie.

Ansichten über Kunstwerke sind relativ und persönlich. Ich liebe Kristalle als alte Möbel und moderne Malerei.

Man entdeckte die Unterschiedsbeziehungen von Höhe und Spannung, die unterschiedliche Materialien Bildfläche werden ließen: sperrte das verehrte Publikum auf der ganzen Linie das verklebte Kollektivmaul auf.

Und doch war jene Anwendung einer Idee auf den Stoff eine der wichtigsten Entdeckungen der Ästhetik. Ich finde die Verwirklichung Echo, das nicht bricht, Flucht / sans prétention / auf Äquinoxialpferd, seelentypographisch.

Der Maler bringt der objektiven Wirklichkeit eine Wahrheit, nur von ihm gesehen; der Abstand dieser beiden Dinge bemißt mir die Höhe, die dem Künstler seine Konzeption vom Gegenstand her bedeutet; dieser Region des Hirns, wo Ideen Metall und Eingeweide der Dichter kleine Blüten auf dem Bogen von Nachtgeschmeiden werden. Ebenso wie die Stufen einer Stiege kann man eine Leiter ohne die Zwischenglieder der Stufen benützen. Der Ton eines Pianos ist anderer Art als derselbe auf dem Violoncell und wiederum anders, wenn ein Tenor ihn singt. In einer Folge von Verschiedenheiten wechsle ich beständig den Vibrationswert / Symphonie. Ich mache keine Analogie. / Die Dichtigkeit von Stoffen bedeutet für mich Gewichte, die ich verteile, um Konstruktionen zu ermöglichen. Zahn beißt Stoff. Verzahnung der Stunde in Blutgefäß und Phosphor.

Neben jenen neuen Problemen filterte man die Werte von Aufbau, Gleichzeitigkeit, Bewegung / Futuristen / von neuen Materialien / Teppich, Stickerei, Papierbild / von Tiefe, Linie, Farbe.

Gefährlichkeit als schärfste Sonde.

Ein kleiner Ausschnitt eines Stückes alter Malerei ist wohl gebaut, stabil; das Hauptgelenk. Farbe und Linie bestimmen Dimension und Rahmen. Der moderne Maler drängt zusammen zentralisiert erreicht Synthesen, und das Maß, das er sich hält, ist Ordnung. Seine Kunst muß Mandarine aufhalten, Blumen kämmen, streng geordnet, sauber.

Ich sehe bei Arp: Vegetation von Explosionen, Durchpurzelndes, wuchernde Unsymmetrie, befreit von jeder Ordensregel, Sprengen der Askese, der Theorien, der Tradition, des Futuren. Haß gegen Malerei in Öl, dem fetten. Irrer Vogel saust in die glattfingrige Zisterne des Ohrs. Ich fühle Haare auf Steinen, Hermacoitus aus Tier und Auto, aphrodisiak zum Naturwuchs von archeologischen Bonbons.

Bei Chirico: Linien-Stakkato. Seine Vorstellungswelt bedeckt den Beschauer mit grünlichem Eis. Er führt Abstrahiertes den Weg vergifteten mystischen Hohns. Untersee-Hamlet-Patinage. Ja. –.

Lüthy: führt durch Gänge von Gold und Blut aus Sensibilität zu phantastischer Ruhe. Tiefsee-Reichtum unterbaut von astronomischer Genauigkeit. Bibelmärchen, in dem zwei Parallelen sich schneiden.

van Rees: friedfertig der Stoß der Linien und ihr Nebeneinander; durchleuchtete Sauberkeit.

Mathematische Reinheit des Stickereiwerks der Frau van Rees hebt Springbrunnenstrahlen in die Unendlichkeit. Klare Farben haben den sonoren Schwung von Nächten, die um Milchstraßen kreisen.

Richter: Vision als durchgeführte Partitur. Zerformung und besessenes Verschwenden.

In eine Phiole die bunten Fasern aus Vitalitäten und Funktionen sammeln: wäre eine Welt geschaffen. Diese Sätze seien in der Tiefe eines Schachts, der werden kann: Kelch einer Sonnenblume. Würden kalte Wasser kreisen, Kabel bellen, Kalender verschneien.

Wegstücke von blätterndem Obzwar besagen die Aufhebung der Negergriffel / expressionistisch-verweichte Malerei / zu Relativstem. Starrverplatztem. Willkür-Intensivstem. Wild.

Da die Engel provisorisch vom Weihnachtsbaum tropfen.

Geschrieben 1916 zur I. Dada-Ausstellung, Zürich
Deutsche Übersetzung: W. Serner

[Der Zeltweg (Zürich), November 1919.]

Tristan Tzara
Hotel Seehof
Schiffländе
Zurich 1

Genève, 6. XI. 1919
[Poststempel]

Cher M. Tzara,

j'ai écris la première partie de votre manifeste sur ma machine, j'ai corrigé la seconde partie et envoyé tous à Hülsenbeck (aujourd'hui) –

Je suis très content de vos nouvelles. – Envoyez s. v. pl. *Dada 3* à M. Buchet. –

Je crois que je pourrai faire quelque chose pour l'édition de luxe de Dada. – Voulez-vous, je vous prie, écrire à M. Hülsenbeck qu'il renvoye toute de suite les photos de Schad dont il n'a aucun besoin. Schad a besoin d'eux. Aussi les photos qui vous sont superflues. – Je ne pouvais pas encore me décider quant à mon séjour future. Tout [peut encore]. On verra.

Bien à vous
Serner

[Gleiche Adresse]

Genève, 9. XI. 1919

Cher Mons. Tzara,

j'ai reçu votre lettre du 6 nov. et je vous remerçie bien. Je vous ai écrit avant-hier une carte du contenu que j'ai envoyé votre manifeste à Hülsenbeck l'ayant corrigé (la première partie est écrite avec ma machine!) Le machin signalé de vous va partir aussitôt que possible. Je trouve cette chose très bonne; je suis sûr que nous aurons du succès. – La chose Goltz est très embêtante. Ecrivez au commissionnaire Fleischer à Leipzig. C'est celui qui [Kurtz] a nommé. Peut-être on pourrait essayer de faire le Zeltweg avec la nouvelle libraire à Vienne? Avant il faut absolument écrire une lettre instructive à M. Hugo Heller à Vienne sur ce sujet-là. Schad n'a plus de copies de ses bois dadaistes; tous les stocks sont allé à vous et à Hülsenbeck. Il pourrait très bien faire une lithographie; faut l'écrire les détails. Dites s. v. pl. à Arp qu'il m'écrive.

Très cordialement

Serner

En général: Schad ne fait maintenant que des applications!

[Gleiche Adresse]

Genève, 13. XI. 1919
[Poststempel]

Cher Mons. Tzara,

hier j'ai envoyé la première série du Herbstsalon; aujourd'hui partira le reste. En tout j'ai fabriqué 16 lettres. – Les numéros du Impartial ne sont pas encore venus. – J'ai demandé dans plusiers librairies la Nomenclature des journaux français. Partout on m'a dit que ce livre soit épuisé et qu'on a pas encore laisser paraître une nouvelle édition. C'est très rare qu'on peut trouver encore un. – Puisqu'il me semble qu'il soit impossible d'obtenir une réponse de la main du celèbre peintre dadaïste Arp, je vous en prie instamment de me procurer l'adresse de M. Hans Richter dont j'ai vraiment besoin pour m'arranger une chose très importante à Berlin. – Le prospectus Dadaco, n'est-il pas encore paru? Est ce que vous croyez que ce livre paraîtra encore avant Noël? Je voudrais bien le désirer. – Quelque chose de nouveau? Rien? Moi je m'amuse très bien et je ne le regrette pas qu'on m'a forcé d'aller ici. Je suis très content et je suis sûr que je pourrai rester à G. encore 3–4 mois sans m'embêter. J'attends de vos nouvelles.

Votre
Serner

[Gleiche Adresse]

Genève, 18. XI. 1919
[Poststempel]

Cher Mons. Tzara,

veuillez s. v. pl. écrire à Mons. Hulsenbeck qu'il laisse m'envoyer (peut-être par vous) la correcture de mes travaux pour le Dadaco. Aussi dans le cas que la correcture du Zeltweg sera envoyé à vous, veuillez la m'envoyer. Je la retournerai immédiatement. – Les nouvelles que je reçois de l'Allemagne sont très bonnes. On vit mieux là qu'on croit ici. – C'est depuis longtemps que je n'ai rien entendu de vous. Que faites vous? Vous allez bien? Je m'amuse bien ici; mais quand même je ne crois pas que je resterai ici plus longtemps que janvier. On verra. Ecrivez-moi s. v. pl. bientôt et de vos intentions

votre
Serner
18. XI. 19

[Genf] 21. XI. 1919

Cher M. Tzara,

excusez-moi que je n'ai pas repondu toute de suite. Mais ici je ne suis pas toute à fait libre; il faut s'acclimatiser. – Votre idée, quant au Dada 6, est très bonne. Je suis d'accord. Mais: ni moi ni Schad pourraient dépenser à présent le moindre montant. Nous sommes entièrement dans la purée. Et je ne peux pas vous dire, à quel termin j'aurai de l'argent. Tout est absolument incertain. Quant à moi j'ai, à present, à lutter avec des difficultés incroyables. Je ne pouvais presque pas trouver le temps pour cette lettre. Quand même, si vous deviez pouvoir réaliser Dada 6, je vous promets les travaux démandés de moi et M. Schad. Aussi vous aurez mes manuscripts et les travaux de Schad pour K. Schwitters dans quelques jours.

Ci-joint vous trouvez le récipissé de mon lettre à Hulsenbeck (avec votre manifeste). – Buchet, le peintre, est Genevois. Très bon garçon, fait des choses abstraites en peinture; mais il est un peu bête ou sentimental. Pas nécessaire de l'écrire. – Ici il y a rien de nouveau. Je vis très drôle ici: J'avais des aventures (pas avec des femmes) très amusantes. Quand même j'en ai déjà assez. Je crois que je resterai toujours le vagabond longue (avec des mains un peu trop molles pour les vagabondages). En général: je me sens assez supportable et j'attends les jours pas plus [inoccupés] qu'avant.

Très cordialement

Serner

Wiedereröffnung des Pariser Herbstsalons

Genf, 14. November 1919.

Nach einer Pause von nicht weniger als sechs Jahren ist kürzlich die seit etwa zwei Dezennien stets mit dem größten Interesse aufgenommene und oft Sensation erregende periodische Bilderausstellung der jüngsten und modernsten Pariser Maler, der Salon d'Automne, wieder eröffnet worden. Die Anstrengungen, die man im Grand Palais machte, um ihm den Glanz, den er vor dem Kriege besaß, wieder zu geben, waren enorm. Allein die Kosten der vierzigtägigen Beleuchtung werden auf 120000 Francs geschätzt. Mit kostbaren Teppichen und Gobelins wurde ebensowenig gespart wie mit prosaischen Attraktionen; es wurden vier große Buffets errichtet, an denen der kunsthungrige Pariser nicht nur seinen aufrichtigeren Hunger zu überraschend billigen Preisen stillen, sondern auch von seinem Schreck sich erholen kann.

Denn die diesjährige Sensation sind die dadaistischen Maler, die zum erstenmale ausstellten. Die Presse, voran der »Matin« in seinem Leitartikel vom ersten November, ist allgemein darüber entrüstet, daß die unter staatlicher Kontrolle stehende Jury diese Bilder passieren ließ. So stellt der bekannte spanische Maler Francis Picabia, der zum Dadaismus überging, ein Bild aus, das wie eine miserable Photographie aus einem Maschinenkatalog anmutet und den amüsanten Titel führt »Machine a tuer l'avenir« (Maschine zur Tötung der Zukunft), und das Porträt einer Gedicht-Maschine Tristan Tzaras, welches wohl das Verrückteste ist, was in dem an Verrücktheiten nie arm gewesenen Herbstsalon jemals zu erblicken war. Von Mac Robber, der als Propagator des Dadaismus in Amerika viel von sich reden machte, ist unter anderem ein Porträt des dadaistischen Philosophen Walter Serner (eines Karlsbaders) zu sehen; ohne diese deutliche Bezeichnung des Dargestellten wäre man versucht, dieses Bild für eine an die Wand gehängte und mit Leim übergossene Schachtel von Lumpen, Schnüren und Holzabfällen zu halten. Arp stellte seine völlig unbegreiflichen »Racines d'arbres de Venise« aus (in der Abteilung für Skulpturen) und Christian Schad sogenannte »Hydrophile Bilder«, vor denen man den Eindruck erhält, daß der Maler über sich und sein Publikum sich lustig machen wollte. Auch die übrigen dadaistischen Maler, vor allem Ribemont-Dessaignes, Marcel Duchamp, Gleizes etc., geben den Genannten an Unsinnigkeit und Lächerlichkeit nichts nach.

Daneben fehlen freilich diskussionsfähige und bemerkenswerte Arbeiten nicht. Henri Matisse zeigt sechs Ölbilder, von denen das Porträt Octave Mirbeaus zweifellos das bedeutendste ist; Otto Friesz kubistische Konstruktionen, die einer gewissen Suggestibilität nicht entbehren; und Lucien Villon zwei Skulpturen, eine Mutter und einen alten Mann. Man ist freilich außerstande, zu unterscheiden, welche Büste die Mutter und welche den alten Mann darstellt; es sei denn, daß die fehlenden Nummern inzwischen angebracht wurden. Ferner sind interessante Akte von Maurice Berthon zu sehen; drei Teppichentwürfe von Gustave Jaulmes, die ganz wunderschön in der Farbe sind; zwei wuchtige und in jeder Hinsicht neuartige Porträtbüsten von Pimienta und ausdrucksvolle Statuen von Joseph Bernard.

Zu erwähnen ist noch, daß der diesjährige Herbstsalon eine Neuerung einzuführen gedenkt: wöchentlich zweimal werden in seinen Räumen Soiréen stattfinden, deren Programm Gedichtvorträge von KUBISTEN, FUTURISTEN UND DADAISTEN anzeigt, kunstästhetische Vorträge, bruitistische (dadaistische) Musik und allerlei neue phantastische Tänze. C. L.

[PRAGER TAGBLATT Nr. 275, 23. 11. 1919.]

Genève, le 26 nov. 1919

Cher M. Tzara,

je viens de reçevoir votre lettre. – Schad a seulement envoyé à Baumann un bois qu'il veut retirer maintenant. Il n'avait pas l'intention d'exposer avec ces pompiers. La lettre (quant à Dada 6) à Spamer est déjà écrit; je l'envoye au même temps. – Je suis très curieux au 391. Et je vous en remerçi avant. – Ci-joint le catalogue de l'exposition de Archipenko. Elle est très intéressante, quoiqu'il y a quelques vieux nus qui sont assez »kitschigst«. Je tâcherai à faire sa connaissance. Schad serait très content, si vous vouliez envoyer une courte lettre à Kundig sur lui à cause d'une exposition là. Schad va vous écrire. – L'article pour l'Action est enfin déjà commencé. Je vous assure que je ne pouvais pas trouver le temps jusqu'à maintenant. – Si vous écrivez à Hulsenbeck, saluez-le de ma part. Je le prie de m'envoyer les »Bürstenabzüge«. – Les choses pour Zweemann seront envoyé démain à vous. – Je vous regrette bien que vous êtes forcé de rester encore dans cette ville presque insupportable. J'éspère bien que je vous verrai encore, si vous passerez Genève. – Avec le même courier vous recevez un exemplaire du »Zeltweg«, le seule que j'ai reçu; je croyais qu'on vous aurait envoyé aussi un. Alors maintenant ça presse un peu. Quelle chose embêtante, pas? Le mort de H. Kersten est très regrettable. C'était un homme très fin et très fort.

– Je vous serais très reconnaissant, si vous vouliez m'envoyer les trois dernières expl. de la »Erde« et plusieurs autres journaux allemands, afin que je puisse faire qq notes. Je vous renverrai toutes ces choses avec les livres que j'ai encore de vous. (Je n'ai pas du tout envoyé la notice sur l'Action à »Erde«.)

Ci-joint une copie de la notice que j'ai envoyé dernièrement aux journaux allemands (16 expl.) Cette copie n'est pas si précis que celles que j'ai expédié. Si elle parait, écrivez le moi.

Très cordialement

Serner

[Genf] 28. XI. 1919

Cher M. Tzara,

puisque vous n'étiez pas très clair quant aux correctures, je vous écrirai exactement de ces choses que j'ai reçu de Spamer et que je vous ai envoyé.

J'ai reçu:

1) – 1 paquet avec les manuscrits et avec les »alten Bürstenabzüge« (le cahier jaune)

2) – un nouveau cahier, tout à fait terminé, avec une enveloppe brune.

J'ai admis que vous auriez reçu comme moi No. 2). C'est pourquoi je vous ai envoyé seulement No. 1). *Il y a deux jours je vous ai envoyé No. 2).* Est ce que vous l'avez reçu ce cahier?

Le titre de la bande n'est pas bon. La difference entre les abstraits et les dadaistes ne doit pas être affiché. Il serait *beaucoup mieux* d'écrire comme je l'ai proposé: »Von der Abstraktion zum Dadaismus.«

Le cahier est énormement cher. Nous nous avons brulé. – Certainement, vous pouvez corresponder directement avec Spamer.

J'ai fait la connaissance de Archipenko. Il est Ukrainien, parle très mal français, quoiqu'il vit à Paris depuis 11 ans. Mais il est très charmant, très simple, presque un peu naiv. Il va venir a Zurich. Il voudrait volontiers publier quelques travaux au »Dadaco«. J'ai déjà écrit à Hülsenbeck, parce que le temps presse. Peut-être écrivez aussi à Hülsenbeck! – Après-demain je vous envoie les choses pour Zweemann.

N'oubliez pas s. v. pl. de m'envoyer les journaux allemands dont j'ai tant besoin.

Très cordialement

Serner

[Genf] 1. XII. 1919

Cher M. Tzara,

j'ai reçu votre lettre avec les coupures que je joinds à cette lettre. – J'attends avec impatience le »Zeltweg« et les autres journaux. – Schad est tout à fait d'accord. Il écrira au Kunsthaus, si vous m'aurez écrit encore. – J'éspère que je pourrai vous envoyer encore des notes pour la revue Zweemann. – Archipenko sait bien que Dadaco est une chose allemande. Ça ne lui fait rien. Il aime l'Allemagne et veut partir en 1920 *pour toujours* à Berlin. Mais – il n'est pas du tout dadaïste, on pourrait presque dire qu'il est *idealiste*. J'avais déjà avec lui une conversation un peu excitante sur cette matière. Mais, il est très peu spirituel et, si on se tait, on peut le faire dadaïste et prendre comme ça. – Quand même je ferai la notice sur son exposition.

Et certainement la notice du *Kongress*. J'ai envoyé le »Herbstsalon« aux journaux:

Deutsche Tageszeitung
B. Z.
Vorwärts
Hamburg. Fremdenblatt
Heidelberger Neueste N.
Kölner Tagblatt
Börsen-Courier
Prager Tagblatt
Der neue Tag
Neues Wiener Journal
Tägl. Rundschau
Dresden. Neueste N.
Wiener Morgenzeitung
München. N. N.
Allg. Tiroler Anzeiger
Der Tag
Leipziger Zeitung

Très cordialement

Serner

Der erste Dadaisten-Kongreß in Genf

In Genf tagt seit dem 2. Dezember *(Grande salle des Eaux-Vives)* eine seltsame Gesellschaft: die in der Schweiz lebenden Dadaisten halten daselbst ihren ersten Kongreß ab. Unter dem Vorsitz des Dadaistenführers Dr. SERNER finden täglich mehrstündige Beratungen statt, nach deren Beendigung stets einer der Teilnehmer eine zusammenfassende Rede hält und eine Resolution aufstellt. Eine der absurdesten Resolutionen ist die von Arp, der deklarierte, daß er vom 3. Dezember 1919, ab nachmittags drei Uhr, unwiderruflich die Sprache verlernt haben werde und eine solenne Sympathieadresse an die römischen Trappisten, welche er verschämte Dadaisten nannte, zu richten proponierte. Der Vorschlag Serners, aus den dadaistischen Schriften sämtliche Vokabeln zu entfernen und allgemein gültige Siegel für die allein zu gebrauchenden Interjektionen festzustellen, wurde stürmisch aufgenommen, desgleichen sein Zusatzantrag, im persönlichen Umgang den Gebrauch von Interjektionen tunlichst zu vermeiden und durch Handgriffe zu ersetzen. Archipenko, der gegenwärtig bei Kundig auf der Place du Lac eine allgemeine verlachte Ausstellung wagte, sprach sich zwar noch für die Skulptur aus, sofern sie sich den dadaistischen Anforderungen anpaßt, verlangte aber, daß jede dadaistische Plastik nur verkauft werden dürfe, wenn der Käufer schriftlich sich verpflichtete, sie neben einem Bett und nicht höher als dieses anzubringen. Der Maler Schad brachte unter allgemeiner Heiterkeit der Galerie den Antrag durch, die Bezeichnung »Bilder« für die dadaistischen Creationen durch ein Fingerschnalzen zu ersetzen und die Bezeichnung »Maler« durch die Interjektion »Oho!« Der Komponist Igor Stravinski erklärte unter feierlichen Gesten, daß der dadaistische Musiker das Gehaben mährischer Ammen bei Ausübung ihres Berufes anzunehmen und die dabei stattfindenden Töne mit möglichster Ausnützung der Straßengeräusche zu modifizieren habe. Unter großer Spannung des gesamten Auditoriums gab Mac Robber bekannt, weshalb er mit zwei Pullmannwagen aus Amerika zu dem Kongreß gekommen sei: seine Absicht sei gewesen, den Futuristenführer Marinetti, den er des Beitritts zum Dadaismus für unwürdig halte, nach der Mongolei zu verbannen; leider aber hätte Marinetti rechtzeitig eine Warnung erhalten und sich nach Mailand flüchten können, wohin zu folgen ihm unmöglich sei, da in dieser Stadt seine zweite Frau sich weigere, anders als Esperanto mit ihm zu reden. Von Tristan Tzara, der den Kongreß einberufen hatte, wurde eine Begrüßungsdepesche verlesen, die wohl nur die Kongreßteilnehmer zu verstehen in der Lage waren. Immerhin war so viel festzustellen, daß er sich auf einer Reise nach London befinde, wo er eine Serie von Konferenzen über den Dadaismus zu halten eingeladen worden sei. Zu erwähnen ist noch, daß dieser Kongreß das Ergötzen der Genfer Schuljugend bildet, die das Hauptkontingent der Zuhörer stellt und wohl das eigentliche Publikum ist, die bunten Gewänder der Herren Kongreßteilnehmer und ihre sonderbaren Schreie und Unkenrufe zu goutieren. C. F.

[PRAGER TAGBLATT Nr. 287, 7. 12. 1919.]

Genève, le 9 déc 1919

Cher M. Tzara,

si vous en avez encore, envoyez-moi s. v. pl. de ces billets colorés. Le succés était épatant. Au café Landolt, ou j'avais collé toute de suite un tel machin, *la porte était cernée*! – Quelque chose d'important! J'ai fait la connaissance d'un criticien d'art du journal genèvois *»Le Mondain«* (assez bourgeois et bête) qui veut faire paraître une traduction du »Was ist Dadaismus« et puis encore des autres articles. Si vous avez qq. ou une idée, écrivez-moi toute de suite. Bien à vous

Serner

J'ai fait la connaissance du Masereel. C'est un idiot complet. Incroyable! Mais je l'ai déjà amarré et je crois qu'on peut lancer après quelques semaines quelque chose dans »la Feuille«.
poste restante
rue du Stand

Genève, 12. XII. 1919

Cher M. Tzara,

je vous félicite cordialement du succés énorme de votre *St. Dada*. Ça marche, ça marche! Maintenant il faut faire le printemps prochain un congrès-Dada véritable!! (Envoyez-moi s. v. pl. une coupure de la blague aù Börsen-courier. Ci-joint rétour vos coupures.) – A quand paraîtra la Revue Dada-Zweemann? Et le Zeltweg? Si vous reçevez les premières expl. envoyez-moi s. v. pl. toute de suite *6* expl. dont j'ai absolument besoin. – Ci-joint la réponse de Spamer. Qu'est ce qu'il fait Dada 6? Schad vous enverra à la fin du mois 20 frs ou 30 pour ça. Moi, je l'éspère, aussi. – J'ai expédié aussi la blague sur l'exposition d'Archipenko. Est-elle parue? – La notice sur le Salon d'Automne est parue au »Prager Tagblatt«. J'ai déjà demandé les numéros. – Envoyez-moi le »Dada« de Cologne!!

Votre

Serner

Genève, le 16 déc 1919

Cher M. Tzara,

merci beaucoup pour le Dada 2 que je trouve tout à fait sans gout et sans esprit: entièrement boche!! – La surprise des billets colorés est très [goutable]. Je veux tâcher de les coller dans un café ou dans une librairie. Le Dada 2 je l'ai renvoyé. Ci-joint la coupure de Börsen-Courier. Si vous l'avez doublement, envoyez-le moi encore une fois. La même blague est parue au »Prager Tagblatt«. Mais je n'ai pas encore les coupures. On m'a écrit ça de Carlsbad. – J'ai lu votre réponse dans »Littérature«. Elle est très bonne. La fin m'a plu le mieux. – J'ai parlé encore une fois avec Schad. Il donnerait 20.– frs pour Dada 6, si vous laissez paraître une de ses *photos* après ses applications. Moi aussi je vous donnerai 20 frs. Je vous enverrai le matériel aussi tôt que possible. – Quant à Mons. Buchet: je parlerai avec lui; ça dépend que je trouverai entre ses travaux quelque chose. – Les lettres: Schwitters, Spamer etc c'est en ordre. – Chez Kundig expose maintenant une élève de Archipenko. Peut-être écrivez-vous encore une fois à Kundig, afin qu'il fasse une exposition de Schad. Je crois que M. Archipenko ne ferait rien. Il parle tout le temps si peu et il est si fermé qu'on ne peut rien faire avec lui sans apparaître importun. Stravinski aura un concert démain soir à l'Athénée. Je serai là et veux faire une ovation *dada*. Puis je ferai une blague exorbitante sur cette scandale dans les journaux. – Je vais bien, quoique je commence déjà de m'ennuyer un peu. *Ma nouvelle adresse: poste restante rue du Stand*. (J'habite 4, rue de Candolle.) Je suis très heureux que Dada marche si exquis. Nous avons bien fait ça, hein? Et je vous assure, quant à moi, en 1920 toute l'Allemagne doit nager en Dadadadadada... Quand même je crois que je resterai à Genève.

Très cordialement à vous

Serner

p. s. Quant à mon article pour *l'action* il faut que je vous dise: je n'ai plus grand envie de faire cette chose. Vous comprenez: ça me dégoute plus que j'ai cru, de faire une chose presque professorale.

Genève, le 25 déc. 1919

Cher M. Tzara,

c'est depuis longtemps que je n'ai pas de vos nouvelles. Je crains presque qu'une lettre de vous soit perdu à cause du changement de mon adresse. – J'éspère que vous avez bien passé les fêtes. Je suis très curieux d'entendre de vous ce qu'il y a avec toutes nos publications etc.

Avec le même courier je vous envoie une photo après un tableau en huile de Buchet. De toutes ses choses celle-ci est la meilleure. Si elle vous plait, écrivez-moi le toute-de-suite; ensuite je le demanderai 20 frs.

Ma nouvelle adresse: rue du Stand
poste restante

Très cordialement

Serner

Tristan Tzara
Hotel Seehof
Schifflände
Zurich 1

Genève, 27. XII. 1919
[Poststempel]

Mes meilleurs salutations et une bonne poignée de main
Serner

Salutations
Schad

La vie est douce le vin est bon et on regarde avec un certain interêt les mickets

[Gleiche Adresse]

Genève, 27. XII. 1919
[Poststempel]

SERNER
VOUS EMBRASSE

Salutations empressees Schad

Eine tumultuöse Uraufführung

fand, wie man uns aus Genf schreibt, kürzlich dort statt. Igor STRAWINSKY, der Freund Debussys, dirigierte im Athenée seine drei sinfonischen Gemälde *Le Chant du Rossignol*. Schon nach den beiden ersten Sätzen dieser für den Laien zweifellos ohrenzerreißenden Musik setzte Pfeifen, Zischen und Getrampel ein, das sich jedoch nach dem dritten »Gemälde« zu einem wahren Orkan steigerte, aus dem Rufe wie *»C'est honteux!«*, *»A Bel-Air!«* (Narrenhaus) und *»A la porte!«* zu hören waren. Als nun aber gar der bekannte Dadaistenführer und begeisterte Anhänger Strawinskys, Dr. SERNER, auf einen Stuhl sprang und »Vive Strawinsky! Vive Dada!« schrie, entstand ein regelrechter Tumult, dem gegenüber auch die Saaldiener wehrlos waren. Der Abend endete mit mehreren Prügeleien auf der Straße, denen Dr. Serner und Strawinsky sich nur durch schleunige Flucht im Auto entziehen konnten.

K. F.

[BERLINER BÖRSEN-COURIER Nr. 604, 29. 12. 1919.]

Genève, 31. XII. 1919

Cher M. Tzara,

d'abord mes meilleurs voeux pour votre nouvel an sacré. J'éspère maintenant que je vous serrerai vraiment bientôt la main. Est ce que vous restez qq jours à Genève? – Ci-joint vos notes déjà traduites. Je vous enverrai demain (peut-être encore aujourd'hui) mes notes et le bois de Schad pour le *»Qualitäts-Dada«*. – J'avais déjà l'idée de faire encore une blague quant au »Weltkongress«. Ça marchera très bien. (La variation dans le »B. Z.« *n'est pas de moi.* La redaction a fait ça.) – Je n'ai pas encore une reponse à Dada 6. Dites-moi s. v. pl. le termin dernier pour les manuscripts etc Dada 6, parce que je suis très occupé par des invitations et par mon amie. – Je suis très content que le *1 Zweemann* paraît comme bien. Pour le *2 Zwee* on fera ce qu'on peut.

Très cordialement

Serner

poste restante
rue du Stand

P. S. Envoyez-moi le »Proverbe« et le »Mouvement« s'ils seront parus. J'ai reçu »391«. C'est exquis!

Isotherme g6678 –

Wer kennt nicht etwa Francesca Buschini (Venise), die seinerzeit die gewiss seltene Kraft besass, den im Schwange befindlichen, dieweil masslos bemühten »cul de Paris« als Mode auf ihrer sehr holden Hutkrempe zu kreieren? Niemand. Denn sie hat unter einem falschen Namen existiert und dieser war richtig. Den Beweis dafür erbrachte gar nicht auffallender Weise der Relativitätstheoretiker und Noske-Schwärmer Einstein, der (es gibt keine Kinder mehr!) nicht deshalb plötzlich berühmt wurde, sondern weil die deutschen Manichäer (eine ravisssssante Kreuzung von Nachtportier und Zugpflaster) das ja nun gewissermassen immerhin nicht ganz und gar unverständliche Bedürfnis empfanden (jawohl!), im Wege der ergebnislos versuchten Massenentwertung aller Grüppchenliteratur das Pizzicato (der linken Hand, bitte!) als Basis für eine Gravitationslehre zu betrachten. Paganini, der bekanntlich auch in Doppelgriffen flageolettierte (was heute nur noch der Herwarth Walden für ein Kunststück hält), wäre, obwohl er auch jenes traf, nicht für diese Ansicht zu haben gewesen. Der Beweis hiefür, der schwieriger als der obige ist, wird gleichwohl von bereits sehr duftiger Angelassenheit, so man über die Erfahrung verfügt: hat man eine Dummheit gemacht, lasse man sich augenblicks beifallen, dass es ein truc sein könnte, diese Dummheit gemacht zu haben (das probateste Mittel gegen chronische Ressentiments!) und man wird den Erfolg zwingen und der Dame etwas sagen. Ich meine selbstverständlich nicht Wilhelm II, den allerdings für eine Dame zu halten mancherlei die Möglichkeit gibt, sondern Herrn Pfemfert, der zwar auch keine Dame ist, aber (und das ist es, was sämtliche oberhalb der Havel geborene Herzen häher schlagen lässt) – ein Sinnfeiner. Das Verdienst, ihm auf diese Spur gekommen zu sein, hat der feinsinnige Aktionär der bekannten Mannheimer Achsen- und Federnfabrik A.G. Franz Moses Blei, ein auch sonst unter Gebühr geschätzter Privatidiot und Freilufterotiker. Trotzdem kann naturgemäss nicht geleugnet werden, dass die Verbrüderungsszene, die Blättern zufolge kürzlich auf dem Brenner zwischen d'Annunzio und Erzberger stattfand, in einem gewissen Zusammenhang mit den seltsamen Vorgängen steht, die Wilson veranlassten, das Ehrenmitglied der frankfurter städtischen Bühnen, den deutschen Philosophen Planck, zur Mitarbeit an der amerikanischen Bewegung gegen den internationalen Mädchenhandel aufzufordern. Planck lehnte, seiner Würde sich vollauf bewusst, ab. Worauf die Moskauer Studenten sich entschlossen, ihm eine ausserordentliche Professur für rationelle Nasenschleimverwertung anzutragen. Vollauf sich bewusst seiner Würde lehnte ab Planck. Worauf der dadaistische Knallbombomben-Philosoph Serner einen offenen und unfrankierten Brief an ihn richtete, des Inhalts, sofort seiner bewussten Würde zu entsagen und Dadaist zu werden. Da dem Schreiben ein falscher Scheck über 180000.– Leberwürste beilag, depeschierte Helfferich umgehend: »18 Lebewür besitzend bin ich SM untertänigst ergebener ...« Ich wusste gar nicht, dass Bauer Dadaist ist. Was nun aber über jeden noch so farbigen Zweifel erhaben ist, ist die Feststellung, dass der Londoner Gummi-Markt angezogen hat (hard para 2/9, smoked sheet 5/7) und von Oscar Bie-Bie nicht mehr zu erwarten ist, er könne sich verwundern, bemerkend, dass er bis dato davon überzeugt war, stets die Wahrheit gesagt zu haben. W. z. b. w. (Was zu beweisen war: Paganini WAR Dadaist!!!)

Isotherme h6679 –

Sehr werte Andächtige, es gab einmal bereits in der Lu-La-Literatur einen Augenblick, besser: ein Spatium hinter einer gewissen Zeile, besser: einen weihevollen Punkt, hinter dem ... nun denn: hinter dem bereits der Dadaismus zuckte. Es war kein Geringerer als der Schafskopf Dante, der Fräulein da Rimini und Herrn P. Malatesta in jenem Augenblick, vielmehr an jenem Tage plötzlich nicht mehr weiterlesen liess, sondern so viel bei ihm gänzlich unverständliche Einsicht besass, den beiden jungen Leuten zu gestatten, einen Lebenswandel zu führen. Sie taten es mit Erfolg. Leider aber, ohne zu wissen, dass ... Drum wisset, gewisslich überaus erfreute Unterprimaner, dass kein Geld haben fast ein Gegenbeweis ist und welches haben eine Katastrophe und dass JEDE Gesinnung schändet und dass die Äusserung, das Requisit der Kreuzigung wäre für die Lehre Christi sehr wichtig gewesen, einfach ein Gemeinplatz ist. Stimmt nicht jedes Ki-Ka-Kunstwerk trübselig? (Selbstverständlich!!) Aber bitte bitte nicht, weil es (joij!) – grossartig, sondern weil es eine schlechte Eigenschaft ist und eine offensichtliche Verkürzung der Damenwelt. Bedenkt man zudem (heftig) die wirtschaftliche Notlage Danzigs, so kann man sich des Eindrucks nicht erwehren, dass die Athletenvereine, welche die Aufführung des Wedekindschen Schmierenstückes »Schloss Wetterstein« ermöglichen, insoferne fehl am Ort sind, als sie die Küste der zitierten Ostseestadt vor den Eingriffen der Behörden gegen das Geschlechtstreiben der Einwohnerinnen mit feindlichen Ausländern zu bewahren die Kraft besässen. Unter diesen Umständen aber ist es einfach lächerlich, dass der Julius Bab in der Frankfurter Zeitung mit Fortsetzungen sich von der Monarchie verabschiedet, dieser alte Rosstäuscher und Stundenhotelbesitzer, der eines besseren Loses würdig wäre, als für diese Wassergas- und Schweisswerke die Schwierigkeiten, in denen die Stader Bank sich befindet, ach so sehr von hinten herum zu bespeicheln. Jawohl, die Natur ist grob. Und bis zu einem gewissen Grade ist jeder ein Hypochonder. Es kommt nur darauf an, dass man es weiss. Denn dann hält man sich jene heimtückischen Raufereien, auch Konversationen genannt, vom Leibe und lässt nur noch Mädchen an diesen.

Isotherme j6670 –

Intelligente gebildete Dame mit schöner 44er Figur und Verantwortungsgefühl ist für den Fall Sklarz gänzlich unbrauchbar. Ich proponiere deshalb, da ich, auch ohne die Zeitung gelesen zu haben, nicht wüßte, dass Merzuco mehr als Cognac ist, eine Putz-Directrice, welche auf ganz besonders feinen Putz eingearbeitet ist und schöne verbotene Photographien besitzt (Adresse: Kasimir Edschmid, Weimar, Schloss-Goethe-Zimmer).

Isotherme k6671 –

Es gibt, daran ist nicht zu deuteln, eine immortalité à vie. Diese besass ausser Victor Hugo auch Maximilian Harden, obwohl er noch nicht tot ist. Aber er hat sich nicht fortgepflanzt. Er hat sich. Hat sich!

[Genf] le 2 janv. 1920

Cher M. Tzara,

j'éspère que vous avez reçu encore en bon temps mes »Isothermes« pour le »Qualitäts-Dada« et le bois de Schad qu'il a envoyé à vous tout de suite. Ci-inclus vous recevez des poèmes*) et des notes de moi *pour le journal Zweemann.* – Buchet est parti pour q.q. jours dans les montagnes. Je lui ai déjà écrit. S'il envoie les 20 frs, vous aurez chez moi *60.*– pour Dada 6. Quant à mes travaux pour ce numéro, il faut encore attendre un peu parce que la traduction ne marchera pas si vite. Et puis Spamer ne m'a pas encore écrit (à cause de Noel, je crois). Si vous serez à Genève, on peut parler de ce sujet. Quelque chose *d'important* pour vous: faut pas oublier qu'on ne peut pas envoyer des lettres de Paris pour l'Allemagne, seulement des cartes postales et des imprimés. Vous devez alors donner une adresse en Suisse à vos amis en Allemagne afin que vous pouvez vous communiquer avec eux. – Est ce que vous croyez que la valute allemande restera encore comme maintenant quelque temps? – J'éspère de vous revoir bientôt. (J'habite Hotel des Voyageurs, chambre No. 13, tout près de la gare.)

Très cordialement

Serner

Adresse: rue du Stand
poste restante

*) vous les reçevez démain.

[Genf, o. D.]

Cher M. Tzara,

ci-joint 4 poèmes de moi pour la revue Zweemann. *Je ferai toute de suite des notes si vous m'envoyez des journaux allemands.*

Ci-joint 3 bois de Schad et 2 photos. Les stocks viendront à part.

Archipenko part mardi pour deux jours pour Zurich.

Bien à vous

Serner

p. s. Schad voudrait bien qu'on publie ses 2 photos. Il serait prêt de payer les frais des clichés (en janvier 1920), si ça ne va pas autrement.

Polizeiliche Auflösung des dadaistischen Weltkongresses

Schüsse als Argumente

GENF, im Januar.

Der erste Weltkongreß der Dadaisten, der bekanntlich seit Anfang Dezember in der *Grand salle des Eaux Vives* in Genf tagte, fand kürzlich ein jähes Ende: er wurde polizeilich aufgelöst und wird zweifellos mehreren Teilnehmern ein gerichtliches Nachspiel eintragen. Und zwar mit Recht. Denn der Scherz (oder die Satire oder der Schabernack oder die Verrücktheit) war wirklich etwas zu weit getrieben worden. Es kam nämlich zwischen Tristan Tzara, dem Gründer des Dadaismus, und dem bekannten dadaistischen Philosophen Serner, dem Vorsitzenden des Kongresses, zu einem heftigen Wortwechsel, in dessen Verlauf Serner plötzlich einen Browning zog und vier blinde Schüsse auf Tzara abgab, der soviel Geistesgegenwart besaß, sofort vom Stuhl zu sinken. Die Folge war jedoch, daß die zahlreich besetzte Galerie, welche nicht daran zweifelte, daß scharf geschossen worden war, eine Panik ergriff, die nur durch das rasche und umsichtige Eingreifen einiger kluger Köpfe noch rechtzeitig eingedämmt werden konnte. Polizeiorgane, die unmittelbar darauf erschienen, räumten den Saal und brachten Serner und Tzara auf das in der Nähe befindliche Kommissariat, von wo sie, nach kurzem Verhör wieder freigelassen, von den auf der Straße wartenden Dadaisten im Triumph auf den Schultern bis zu ihrem Hotel getragen wurden. Tags darauf erschien zur allgemeinen Heiterkeit des Publikums in der »Tribune de Genève« ein geharnischter Artikel (freilich als bezahltes Inserat), unterzeichnet von den Dadaisten Francis Picabia, Paul Eluard, André Breton (Frankreich), Clément Pansaers (Belgien), Will Binyon (England) etc., in dem der Öffentlichkeit in einem sehr skurrilen Französisch mitgeteilt wurde, daß der Kongreß in geheimer Sitzung die Resolution gefaßt habe, die Verwendung von blinden Schüssen in dadaistischen Diskussionen sei nicht nur erlaubt, sondern sogar, weil erfrischend, erwünscht, allerdings nur unter der Bedingung, daß der Schießende sofort eine völlig neue dritte Meinung annehme. Man darf wahrlich gespannt sein, welcher Meinung die Genfer Gerichte sein werden. K. F.

[Berliner Börsen-Courier Nr. 9, 7. 1. 1920.]

Genève, le 12. I. 1920

Cher M. Tzara,

merci beaucoup pour vos coupures. Ecrivez-moi s. v. pl. si vous garderez vos abonnements chez les bureaux pour des coupures. Autrement je voudrais bien prendre vos abonnements. En tout cas, écrivez-moi les bureaux où vous êtes abonné, afin que je puisse m'abonner chez un autre bureau.

L'article »Qu'est ce que le dadaisme« est traduit d'un professeur d'ici. Il paraîtra *(c'est presque sûr)* en peu de jours dans la »Tribune de Genève«. Est ce que j'ai bien fait ça? Je l'enverrai toute de suite aux journaux parisiens. Veuillez s. v. pl. m'envoyer votre liste des journaux français pour le copier! – La »Leipziger Zeitung« n'a rien laissé entendre. – Certainement, je veux bien faire cette affaire avec le livre. Envoyez-moi le! – Je veux encore une fois tâcher faire l'article pour l'»Action«. J'éspère que je réussirai. Vos livres sur la psychoanalyse seront envoyés à vous à Paris. – Schad exposera en février avec Buchet chez le *Salon Néri*, rue du Mont Blanc. C'est un nouveau salon, très bien arrangé et très habile. Est ce qu'on pourrait avoir pour mars avril etc des travaux de Picabia, Arp, Giacometti etc? *On vend très bien ici* et je suis en train de faire une grande réclame pour ce *salon dadaiste*. J'ai tout à fait amarré Néri. Il fera ce que je veux. Et puis je veux qu'il me fasse directeur chez lui avec un salaire par mois. Mais il me faut des peintres dadaistes pour les exposer. Est ce que vous pouvez m'aider un peu? Néri est très comme il faut et ne paie pas mal. – Naturellement Schad peut exposer aussi plus tard chez Kundig (qui s'a bien blamé avec les machins de Masereel). – Donnez-moi, je vous en prie bien, *l'adresse du éditeur Steegemann*!! – Je vous félicite pour votre nomination comme membre du P. S. d'or! Schad vous enverra des photos. A Zurich ou à Paris? – Je ferai tout ce que je peux pour vendre Dada [5] bien. – Pour Dada 6 je vous enverrai bientôt des travaux de moi: des notes et peut-être quelque poèmes. Mais écoutez: Spamer m'a écrit avant-hier une courte lettre (presque impoli), *qu'il aie trop à faire et pas le temps pour imprimer nos choses.* Qu'est ce que ça veut dire! Je crois qu'il a peur d'être imprimeur dadaiste. Alors, donnez-moi *vos adresses des autres imprimeurs allemands* et je leurs écrirai toute de suite. – Moi j'ai jusqu'à présent frs 40. – Buchet est ce qu'il vous a envoyé déjà les 20.– frs? Vous pouvez les m'envoyer. C'était mieux de faire ça comme ça. Merci beaucoup pour Dada 4–5 etc. Avez vous entendu qq des Hulsenbeck Dadaco etc? – Je regrette bien ne vous plus voir avant votre départ pour Paris.

Très cordialement

Serner

... DA ... DA ...

Je viens de recevoir une invitation qui m'a comblé d'aise, parce qu'elle profitera à tous mes lecteurs.

Je suis convié – vu mon adhésion publique au mouvement gaga – à assister au vernissage d'une exposition d'art dadaïste, organisée sous la direction du philosophe crétinien U. Serner dit Tormoylner, auteur du »Dialogue de la tomme et du reblochon«, élève de Platon qu'il a connu personnellement.

Exposition ou il n'y aura, bien entendu, que du dada, gaga, baba. M. M. Picabia, Arp (Kromatik), Gatlométier et – naturellement – Tzara Boum-Boum ont promis leur concours.

Le catalogue, que j'ai pu feuilleter, contient, pour chaque tableau, une notice explicative en style futuriste.

Une toile (cirée) intitulée: *Gorgonzola méditant au coucher du soleil* (synthèse protoplasmique et vasculaire) est commentée comme suit:

Symphonie en jaune, cornes – fragrances ... orteil ... gendarme ... narines ... Phuuuh ...

Une autre: *One step, dansé par deux locomotives accouplées* (et, comme dit Franc-Nohain, suivies de leurs locomotiveaux). Le commentateur Brossadam l'explique ingénieusement par des onomatopées, chères aux néo-futuristes:

Hou ... Hou ... Brrrrrr. Ch ... Ch ... Qui ... – ici des lettres imitant le bruit du baiser –! Broum boum boum ... Tza ... Bof ...!

Il y a encore la »Femme nue en aéroplane«, le »Serpent à lunettes lisant l'Epopée du solitaire«, et la »Lutte à main plate entre une baleine et un casoar au large du Cap Horn«.

Le temps de me payer une paire de lunettes à verres opaques et je cours voir tout ça. Zy.

[La Tribune de Genève Nr. 19, 23. 1. 1920.]

Genève, le 23 janv. 1920

Cher M. Tzara,

M. Schwitters m'a écrit aujourd'hui que Steegemann n'a pas l'argent pour faire ce livre. Il m'a demandé (parce que vous ne lui avez pas repondu), s'il pouvait se communiquer avec des autres éditeurs. Repondez-moi, s. v. pl. aussitôt que possible. Schwitters m'a écrit aussi que Zweemann ne peut faire le numéro Dada que très modeste. – Ci-joint vous trouvez une coupure qui vous intéressera. Je vous en prie encore une fois de m'aider, c. a. d. de me donner des adresses des peintres parisiens plus ou moins connus que je pourrais exposer chez Néri. *Je pourrais faire beaucoup ici, parce que j'ai déjà la presse.* Samedi paraîtra »Qu'est ce que le dadaïsme?« dans »le Mondain« et des autres articles paraîtront. Le M. *Zy* dans la Tribune est inspiré de moi. Je l'ai demandé d'écrire de vous. Il a refusé. Je l'ai prié de vous engueuler. Il était d'accord. Voilà. Le communiqué est paru au »Journal de Genève« dont le criticien écrira etc. Alors je vous prie instamment de me procurer des artistes assez dadaïstes, afin que je puisse travailler avec Néri *avec qui je peux faire tous.* – J'ai reçu le livre de van Gogh. J'écris demain déjà chez Sterling. – Ecrivez-moi vos adresses des imprimeurs allemands à cause de Dada 6. Le »Zeltweg« n'est pas encore venu. Qu'est ce qu'il y a avec *Dadaco*? – Avez-vous écrit à Kundig à cause de Schad? Encore une fois: recommandez-moi envers des peintres parisiens! Ils pourront vendre ici.

Très cordialement

Serner

poste restante
rue du Stand
J'habite: 4, rue de Candolle
Pension de l'Université.

Qu'est-ce que le Dadaïsme?

La plus moderne tendance d'art.

Voici deux mots sur son origine: pendant que la guerre mondiale sévissait encore avec toute sa force (c'était en 1916), plusieurs artistes, de souche hypermoderne, qui étaient restés internationaux, se rencontrèrent à Zurich. La même conception les unissait, faite un peu de dégoût des deux dernières tendances d'art: le cubisme et le futurisme. Un petit cénacle naissait qui allait tenir ses assises multihebdomadaires dans l'estaminet de certain Hollandais, retiré dans un vieux quartier de Zurich. Au bout de quelques semaines le »Cabaret Voltaire« naissait de cette réunion. On narguait le cubisme et le futurisme, on y faisait de la musique, on y dansait, on y chantait des chansons montmartroises, on y déclamait des poèmes originaux. La salle, où avaient lieu ces soirées étranges était décorée d'une façon tout à fait bizarre: il y avait, pendus aux murs, des tableaux absolument sans sujet, composés de couleurs très en surface; du plafond pendillaient les choses les plus grotesques: sculptures nègres, vieilles armures, bouteilles vides, pommes, une petite pantoufle, un vieux pantalon, une poupée de cire, etc. Au milieu de cet hétéroclite étalage on pouvait apercevoir les affiches les plus originales et les trucs-réclames avec lesquels les artistes tâchaient d'expliquer eux-mêmes et leurs intentions. Le public? fait d'étudiants, de bourgeois de la ville, d'aristocrates rejetés en Suisse et de viveurs de tout acabit. Ce public ne comprenait pas. Mais il trouvait tout cela réjouissant et nouveau de sorte que, d'une part par snobisme, d'autre part par gaieté, la renommée de ce petit cabaret augmentait graduellement. Il n'y a rien d'étonnant à ce que l'originalité et la bizarrerie aient poussé ces artistes très vite vers un grand succès qui incontestablement était conquis à huis-clos.

Il leur fallait dès lors une dénomination; ils firent choix en faisant preuve d'originalité d'un mot à l'emporte-pièce qu'ils jetaient dans le grand public: DADA. Dada était non seulement tout à fait nouveau, mais encore provoquant, enfantin et en même temps bizarre. Des discussions sans fin accueillirent sa naissance. Le bruit de ces discussions sur ce nom de baptême était bientôt débordé par celui que causait l'apparition du premier numéro d'une Revue DADA.

Peu de temps après avait lieu la première Soirée Dada; la première représentation officielle des dadaïstes. Entre les points de vue opposés du public et des artistes le conflit devait éclater; ce fut un scandale formidable. C'était un grand insuccès, par conséquent un très grand succès. Le lendemain, les journaux ne parlaient que de Dada. A partir de ce jour le mouvement progressait sans cesse. Les entreprises nouvelles des dadaïstes se succédaient en se pourchassant; ils fondaient dans la rue principale de Zurich, la rue de la Gare, une Galerie Dada, où ils exécutaient des danses, déclamations, soirées et représentations qui se passaient plus ou moins orageusement. Ils arrangeaient des expositions et des soirées dans d'autres villes suisses, puis à Paris et à Berlin, provoquant partout la même sensation et le même tumulte. Il en résulte qu'aujourd'hui tous ceux qui lisent les journaux (c'est-à-dire presque tout le monde) connaissaient les »Dadaïstes«. Ou on est enchanté d'eux ou on les insulte.

Voilà, brièvement, l'historique du développement du dadaïsme. Incontestablement, une force très pénétrante réside dans cette tendance d'art. Cette force semble venir de deux causes; premièrement, l'internationalisme des artistes dadaïstes entrait en opposition avec le nationalisme du public; deuxièmement, le cubisme et le futurisme qui se faisaient passer, en général, pour les dernières folies d'art, prétendues insurpassables, étaient en vérité surpassées et d'une manière qui rendait impossible de traiter les dadaïstes de fous. Ne développaient-ils pas incontestablement l'esprit et le bon mot en faisant feu d'artifice de malices spirituelles et de bouffonneries piquantes dans leurs poèmes et manifestes? La partie du public qui sifflait et huait, donnait comme raison de son opposition le fait que les artistes dadaïstes en pleine guerre mondiale ne mentionnaient pas la chose d'un traître mot. Ce public là ne comprenait pas qu'ignorer la guerre était la façon la plus noble de protester contre elle. L'autre partie du public qui applaudissait et qui était ravie, était soumise à l'effet suggestif qui émanait de ces artistes, sans comprendre, excepté quelques-uns, de quoi il s'agissait au fond pour les dadaïstes. Au commencement, la thèse dadaïste était très difficilement comprise; mais quelques mois lui suffirent à devenir plus claire pour quelques auditeurs attentifs; le dadaïsme faisait front contre tout ce qu'il y avait à ce jour comme art, même contre l'art lui-même. Ce qu'il y a dans cette conception de sensationnel et d'offensif c'est que, dans son attaque contre l'art lui-même le dadaïsme emploie des moyens artistiques. Et le succès a couronné ses efforts, parce que le dadaïsme a véritablement prononcé des exactitudes.

Les représentants les plus marquants du dadaïsme sont: T. TZARA et W. SERNER. Son manifeste »Dernier dérangement« (No. 4–5 de la revue Dada) et le »Manifeste Dada 1918« de Tzara sont représentatifs des tendances du dadaïsme. Le lecteur désireux de s'informer plus exactement n'aura qu'à se référer aux publications de l'édition du mouvement Dada à Zurich (Schiffländе 28). Elles contiennent de très bonnes reproductions des artistes dadaïstes les plus connus, avant tout de Picabia, Arp, Schad, Buchet etc.

Alfred ORMOND

[LE MONDAIN (Genf) Nr. 3, 24. 1. 1920.]

Salon dadaïste

Le Salon Néri, 6, rue du Mont-Blanc, nous annonce une suite d'expositions modernes sous la direction du philosophe dadaïste V. Serner. Cette nouvelle tendance d'art, le dadaïsme, a pris son origine à Zurich, en 1916. Des expositions et manifestations suivrent dans toutes les grandes villes (Paris, Londres, Vienne, etc.) A ce jour, le dadaïsme a fait ses premières armes et conquis sa place dans le monde intellectuel. Il tire son intérêt de son originalité et du côté imprévu de ses créations. Le 1er février, G. Buchet et Chr. Schad exposeront quelquesunes de leurs oeuvres. Par la suite, cette galerie recevra les envois d'autres peintres dadaïstes (Picabia, Arp, Giacometti, etc.)

[LE PROGRÈS (Genf) Nr. 3, 24. 1. 1920.]

A.O. à Durtal

Qu'est-ce que le dadaïsme? La plus moderne tendance d'art. Elle fut fondée par Tristan Tzara et plusieurs artistes hypermodernes qui étaient restés internationaux. En éliminant tout objet de l'art, toutes les idées de la littérature, ils voulaient surpasser le cubisme et le futurisme. Ce n'était que plus tard, par l'initiative de W. Serner, que la lutte contre l'art lui-même fut proclamée. Il revendiquait de ne créer que des oeuvres fantastiques et absolument indépendantes de toutes les règles et conceptions conventionnelles. Les peintres dadaïstes les plus connus sont: Picabia, Arp, Schad, Buchet etc.

[La Tribune de Genève Nr. 21, 25./26. 1. 1920.]

Genève, le 29 janv. 1920

Cher M. Tzara,

merci beaucoup pour votre lettre. Je vous ai écrit une lettre à Zurich, encore avant le 15, et 2 à Paris. Vous les avez reçu? Je suis étonné un peu qu'on me connait à Paris. Je voudrais *bien* venir à Paris, au commencement de mars. J'attends de l'argent à ce termin. Mais j'aurai pour 2 ou 3 mois à vivre. *Croyez-vous que je pourrais trouver une position par laquelle je pourrais toucher 300–400 frs par mois?* Autrement ce serait impossible pour moi, parce que mes relations (quant à la galette) sont *complètement* épuisées. – Je vous félicite à cause de votre succès à Paris. Certainement je vous ferai avec grand plaisir une blague-reclame pour votre Séance Dada du 5 fév. Mais il sera mieux d'attendre jusqu'elle avait bien et si vous m'aurez envoyé quelques détails pour arranger habilement une compte rendu. (Je ne crois pas qu'une simple annonce aurait du succès!) – Quant à Néri et aux expositions Dada ici, je parlerai démain définitivement avec ce ballot-là. Je veux faire un contrat avec lui, afin que j'aie quelque chose de sûr et pour tenir cette belle occasion, si je suis à Paris ou dans une autre ville. Je vous écrirai démain à cause de nombre des toiles etc. L'exposition Buchet-

Schad aura sûrement un grand succès. L'intérêt est enorme. (Ci-joint une coupure qui vous amusera. »Zy« a fait ça tout à fait de soi-même.) Je vous ai envoyé un numéro du »Mondain«. Reçu? En quelques jours paraîtra dans le même journal un deuxième article de moi (sous un pseudonyme) sur le »développement de l'art Dada«. C'est déjà sûr et j'éspère que je pourrai amarrer après ça les gens-là que j'ai besoin. – Demain je vous enverrai les journaux demandés. – Veuillez avoir la bonté d'écrire (par occasion) à M. Einstein de m'envoyer un expl. de son journal. Le prospectus du Dadaco, est-ce qu'il est déjà paru? Et *à quand* enfin le standard werk? – Je suis très curieux de voir M. Soupault. J'habite rue de Candolle, Pension de l'Université. – J'ai écrit à [*Melli*] en votre nom. Le »Zeltweg« n'est pas encore arrivé. C'est déjà embêtant. – J'ai reçu une coupure de Prague. Selon laquelle les dadaistes ont fait à *Dresden* une soirée très scandaleuse et (comme je crois après la notice courte et idiote) très imbécile. C'est toujours la même chose: les gens là-bas n'ont ni du gout ni de la mésure. Les noms n'étaient pas à lire. Ça [se peut] que c'était une nouvelle groupe et la notice (très vraisemblable!) pas lancée.

Bien cordialement

votre

Serner

Genève, le 1. II. 1920

Cher M. Tzara,

j'ai de nouveau parlé avec Néri. Il est d'accord de faire un contrat avec moi c. a. d. de m'engager. Mais il veut encore attendre jusqu'au 15 fév. parce qu'il veut être convaincu (par l'exposition Buchet-Schad) que cette tendance marche bien. Je n'en doute pas du tout. Veuillez alors avoir la bonté de dire à MM Picabia et Ribemont-Dessaignes que *cette chose est bien en route* et qu'ils doivent être prèt d'envoyer de leurs choses après les quinze. Il y a deux salles. Pour chacun une salle. On peut mettre dans une salle 15 tableaux (1 m sur 80) ou des plus grands, mais en plus petit nombre. Je vous y écrirai définitivement vers le 15. Veuillez pourtant faire les communications seulement avec moi, pas avec Néri, afin qu'il ne m'échappe pas. – Est-ce que vous avez reçu les journaux (Tribune)? J'ai déjà envoyé les coupures à tous les journaux importants en France. – Dans quelques jours je vous enverrai des notes pour Dada 6. – Je verrai, si je pourrai faire encore quelque chose après l'exposition. Sinon, je quitterai absolument Genève. C'est trop *petit* ici: Et les gens – c'est impossible! Ecrivez-moi s. v. pl.

Serner

Fil Spécial

Le docteur SERNER, philosophe dadaïste, vient de succomber à la suite d'une imprudence. Des peintres genevois s'étant introduits dans son appartement pour tapisser les murs de différentes peintures, SERNER, en rentrant, prit pour des réalités ces femmes et ne tarda pas à esquisser des attitudes malheureusement trop banales, lorsqu'il apprit de quoi il s'agissait. La mort fut instantanée.

ARCHIPENKO expose 38 sculptopeintures au Kunsthaus. ARP expose 16 hypoglosses, SCHAD 8 peintures Dada. 62 membres du Kunsthaus ont donné leur démission.

On nous assure que A. SAVINIO est un homme honnête. Rien de plus inexact: c'est un idiot.

Le duel TZARA-ARP n'a pas eu de suites fâcheuses, puisque les duellistes ont tiré avec des canons dans la même direction. La police a ouvert une enquête sur le mouvement Dada.

André SALMON n'est pas dadaïste.

M. ROBBER, le dadaïste américain, vient d'arriver à Zurich avec 2 autos. Le but de son voyage est d'écraser MARINETTI, qui malheureusement est déjà à Milan.

GOLLIFAN.

[LITTÉRATURE (Paris) Nr. 12, Februar 1920.]

Carnet du Docteur Serner

BRAQUE, sensible, un peu XVIIIe, type espagnol, homme sympathique.
PICASSO, très XVIIIe, doit beaucoup s'embêter, type français.
METZINGER, grande volonté extérieure d'être moderne, pourra y arriver. (J'ai exposé trop tôt dit-il à Louis Vauxcelles.)
Marcel DUCHAMP, intelligent, s'occupe un peu trop des femmes.
Albert GLEIZES, chef du cubisme.
Tristan TZARA, très intelligent, pas assez DADA.
RIBEMONT-DESSAIGNES, très intelligent, trop bien élevé.
LÉGER, normand, il déclare qu'il faut toujours avoir un pied dans la merde.
ARP, ta place est à Paris.
André BRETON, nous attendons le moment où suffisamment comprimé, comme la dynamite, il fera explosion.
Louis ARAGON, trop intelligent.
SOUPAULT, est un enfant prodigue.
Paul DERMÉE, aime la bonne compagnie.
Pierre-Albert BIROT, rempli de dispositions, nous lui conseillons de ne pas vivre trop seul.
REVERDY, me donne l'impression d'être un directeur de prison.
Max JACOB, déclare, que son cul est hysterique.
CROTTI, s'est converti à la religion des Marmonds (voitures automobiles américaines).
Suzanne DUCHAMP, fait des choses plus intelligentes que la peinture.
Juliette ROCHE, regrette l'Amérique.
Francis PICABIA, impossible pour lui de comprendre ce qui se passe entre le froid et le chaud, comme l'Eternel il déclare qu'il faut vomir les tièdes.

Docteur V. SERNER.

L'auteur ayant quitté Paris hier, lui écrire pour toute réclamation:
Dr. V. SERNER, Genève, poste restante, rue du Stand.

N. d. l. R.

WALTER CONRAD ARENSBERG, offre des promenades en taxis aux femmes, pour leur faire admirer l'art moderne.
Jacques-Emile BLANCHE, vient de donner son adhésion au mouvement DADA, (il habite dans la rue de son père).

[391 (Paris) Nr. 11, Februar 1920.]

Genève, le 2 fév. 1920

Cher M. Tzara,

j'ai reçu votre lettre avec le télégramme de Buchet. Je vous enverrai démain les 30 expl. du Mondain. J'ai en déjà envoyé 20 expl. aux revues françaises. – Dans le Mondain il y aura encore un article sur »Le développement de l'art Dada« de Alexandre Partens que j'ai un peu transformé pour pouvoir faire un certain effet sur Néri. Il est arrangé seulement pour Genève. – Schad vous enverra démain de ses photos et au commencement de mars 8 travaux pour la Section d'or. – Dans quelques jours je vous enverrai des notes courtes en français pour 391, Littérature et Proverbe. Merci beaucoup pour »le carnet« dans 391. J'éspère que vous avez tâché de faire ma manière. – Arp n'est pas encore à Zurich, je crois. J'ai rencontré de nouveau ici son frère (vers le 20 janv.) qui m'a dit qu'il soit encore à Berlin. En vertu, je lui ai écrit, sans avoir reçu une réponse. – Je n'ai pas encore vu Soupault. Est-il déjà à Genève? – Quant à la blague (Matinée Littérature), je vous conseille d'envoyer *une* sur la Séance Dada au Grand Palais. Ce sera plus impressif d'une part, d'autre part: si on envoie en peu de temps deux blagues, l'ésperance pour la deuxième n'est pas grande. J'en ai mes expériences. Ecrivez-moi ce que vous voulez comme détails pour *la Séance* et je vous enverrai toute de suite la blague. – *Le Zeltweg n'a pas encore paru.* Qu'est ce que ça? J'ai écrit de nouveau à Spamer! Incomprehensible! – L'exposition Schad-Buchet fait beaucoup de bruit. J'éspère qu'il y aura beaucoup d'engueulements dans les journaux. Les choses de Schad sont très nouvelles et très amusantes. Vous les verrez bientôt. Les choses de Buchet sont très très mediocres. *Pour Paris, c'est rien.* On se blamerait avec ça.

Et le monsieur même est presque impossible: à moitié enfant insupportable, à moitié très faux. Je l'ai pris, parce qu'il était le seul peintre abstrait d'ici et parce que j'avais besoin un genèvois (manque d'un français.) – J'ai donné les lettres de van Gogh à Dr. Sterling. Il les a pris; mais il veut me rendre la reponse définitiv en quelques jours. Il a reçu une respect formidable devant moi, ce qui m'a beaucoup amusé. Je me suis fait le plaisir de lui raconter des légendes immenses de Dada, des succès, de vous etc. Je crois, qu'il ne dort pas bien plusieurs nuits. – J'ai vraiment le désir de venir à Paris, quoique je sais qu'il n'y aura pas beaucoup pour moi avec mon français. Mais: aller à Berlin, pour ça j'ai perdu complètement l'envie; et rester ici, c'est l'idiotie sans limites.

Très cordialement

Serner

Das Urteil im Genfer Dadaisten-Prozeß

Bei der am 29. Januar stattgefundenen Gerichtsverhandlung wurde der bekannte Dadaistenführer Dr. SERNER, der, wie erinnerlich, gelegentlich des Dadaistischen Weltkongresses durch Abgabe blinder Schüsse eine Panik hervorgerufen hatte, zu einer Geldstrafe von 3000 Fr. verurteilt, im Nichtzahlungsfalle zu drei Monaten Gefängnis. Nach der Urteilsverkündung hielt Dr. Serner eine kurze Ansprache, in der er u. a. äußerte, daß er, obwohl zu jeder besseren Biographie etwas Gefängnis gehöre, leider gezwungen sei, die Geldstrafe zu erlegen, daß er aber diesem Umstand gleichwohl dankbar sei, da eine längere Einzelhaft der Kontemplation und ähnlichen Ungezogenheiten zu sehr Vorschub leiste. Unter wilden Beifallskundgebungen der anwesenden Dadaisten und unter allgemeiner Heiterkeit des Publikums leerte sich der Saal.

K. F.

[TAGES-ANZEIGER (Zürich), 4. 2. 1920.]

Genève, le 13. II. 1920

Cher M. Tzara,

c'est déjà depuis 10 jours que je suis sans vos nouvelles. Avant tout j'attends vos détails sur la blague »Séance Dada à Paris«. Qu'est ce qu'il y a? Est ce que vous êtes malade? – M. Soupault était chez moi le jour de son départ. Il m'a raconté que Dada aurait un grand succès à Paris. Je vous félicite. Je n'ai pas reçu 391, ni »Littérature«. Archipenko qui était ces derniers jours plus gentil envers moi qu'avant est parti aujourd'hui pour Paris. Il a gagné enormément en Suisse; hier ici de nouveau 10 mille Frs (français). Quand même il était très content de pouvoir quitter ce pays insupportable. – Schad vous enverra demain ses photos et 8 travaux pour la Séction d'or. – Le couple Buchet partira en mars pour Paris. Schad veut aussi aller à Paris. – J'ai l'intention d'arranger ici au commencement de mars un grand »Bal Dada« pour obtenir d'argent. Peut-être que je ferai aussi une Soirée Dada ici. Mais j'ai un peu peur de ce travail. – Le livre Steegemann paraîtra dans une autre édition, la chose Zweemann est incertain, m'écrit Arp. Les choses pour le »Qualitäts-Dada« paraîtront chez les dadaistes de Cologne sous le titre »Die Schamade«. J'en suis très curieux. Ces gens ont édité un »Bulletin D« qui n'est pas très remarquable. Arp est-ce qu'il vous l'a envoyé? Sinon, je peux vous envoyer mon cahier. Qu'est ce qu'il fait Dada 7? – Dada 6 est très amusant. J'irai demain chez Dr. Sterling qui ne m'a pas encore repondu. Buchet n'a pas encore payé. Faites-vous Dada 7 en Allemagne? – Dadaco doit paraître en 1–2 mois. Je crois, nous l'aurons à Noel. C'est vraiment triste. – Le »Zeltweg«? Qu'il étouffe!! Où est-il? A Heidelberg? Comment ça se fait? – Je m'embête déjà violemment ici. Et je suis en général très abattu.

Très amicalement

Serner

p. s. La chose avec Néri marche bien.

Développement de l'Art dadaïste

Au sujet de l'exposition SCHAD et BUCHET au Salon NÉRI, 6, rue du Mont-Blanc

Chaque art, même l'art imitatif, est abstrait, soit dans les proportions ou dans la couleur, soit dans la matière. Car chaque oeuvre imitative est une transposition des conditions extérieures au complexe avec une spécialisation différente. Ainsi, la photographie est une abstraction de moindres différenciations. Ici, employer des couleurs veut dire établir des rapports sur une surface plane en tenant compte de la lumière et de l'ombre et des lois mathématiques (perspective, etc.). Chacun de ces rapports cherche un point sensible, sans toutefois sortir des éléments extérieurs dans lesquels il est placé; superficiel. Cézanne peignait des natures mortes, vues d'angle depuis le haut; il introduisit les natures mortes dans l'art moderne. La seule explication qu'on ait trouvé à cette façon de faire a été la suivante: Cela devait sembler intéressant au peintre.

Les cubistes se servirent de cette façon de procéder comme ligne de conduite, mais en regardant verticalement au lieu de regarder de biais, de façon qu'il ne reste plus que des cercles, des ellipses, des quadrilatères, des triangles, des octogones, etc. Ou bien ils séparaient les objets régulièrement et arrangeaient la gravure d'une façon brisée. Par cela, ils espéraient atteindre plus sûrement l'ensemble que s'ils avaient essayé l'entier. Bref, on se spécialisa dans la recherche des rapports par le fait qu'en se dirigeant vers un but lequel était après l'imitation plus intensif et plus sensible.

Les futuristes se spécialisèrent (chaque école d'art est une spécialisation) sur le rapport existant entre le mouvement et l'unité de temps. Comme ils restèrent aussi illusionnistes, plaçant plusieurs objets ensemble comme sur un film, ils obtinrent la surface et durent composer l'ambiance. Mais tout de même ils furent plus intéressants que les expressionnistes, qui en croyant devoir conserver l'illusionnisme, l'empreignirent du mot d'ordre »Art psychologique«. Une très pauvre nouveauté. Ce qu'ils obtinrent, était purement symbolique et ils l'auraient sans doute aussi trouvé sans l'occasion favorable de l'état d'esprit du temps.

Le but de chaque oeuvre d'art est l'émotion, qui est d'autant plus intense qu'elle représente mieux la réalité. La preuve la plus importante pour cela, est la faute du problématique, de la recherche dans l'image concernant une oeuvre d'art que l'on veut immédiatement introduire. Le trop d'intellectualisme pour poser ou pour résoudre des problèmes affaiblit l'émotion, la rend presque ou complètement impossible. Aussi une oeuvre directe, dénuée de calcul, produira une émotion directe et forte. Dans cette oeuvre il y a une nouvelle réalité d'un effet direct et par cela même une véritable et libre remise à l'état en formation.

Les premiers essais, assurément pas encore bien puissants, sont à trouver chez Braque. Il était le premier qui rompit la surface de façon à ce qu'une bonne partie de l'illusion s'éteignit. Ce fut lui aussi qui considéra les objets en eux-mêmes également.

Picasso prit, dans ses portraits si tendres et presque transparents du commencement, des parties et des membres, il les plia jusqu'à ce qu'ils s'unissent, et les plaça ainsi dans sa nouvelle image, anéantissant beaucoup de formalisme et d'illusionnisme. Plus tard il les arrangea plus même ensemble, l'un dans l'autre, mais avec une puissante méthode. Grâce à ses grandioses nouveautés on tomba sur l'emploi de la matière étrangère dans le portrait. A côté d'une réalité que le peintre jusqu'alors prenait de lui-même, il en ajouta une directe (de papier de journal, cheveux, toile, etc.). On ne devait pas représenter uniquement des formes et des couleurs, mais bien plus un contraste entre ce que l'on représentait et ce qu'on laissait entrevoir directement. Les vieilles méthodes paraissaient usées. De grandes nouveautés étaient sur le chemin.

Puis on considéra le métier même comme problème. De cette manière on put le relever et on apporta la possibilité de l'alimenter de nouvelles fantaisies.

Il ne s'agissait plus maintenant de perfectionner, de préciser, de spécifier un système esthétique; on voulait la production directe. Pas autre chose que si une pierre se détache de la montagne, une fleur s'épanouit, un animal est poursuivi. On voulait une quantité d'oeuvres de fantasie, qu'on ne peut trouver dans aucun musée.

Une sorte de création animale avec beaucoup d'intensité, une intensité sauvage et une abondance de couleurs. Un nouveau corps à côté de nous, qui vit par lui-même et pour lui, comme nous, qui se trouve sur les tables, dans les jardins, sur les parois d'où il rayonne. Ce qu'on voulait, c'était donc l'abstraction.

Le cadre et le socle furent mis de côté comme étant inutiles. L'image n'était donc plus intéressante que par sa facture et ses couleurs. Le peintre avec une sensibilité douteuse, léguée par son maître, était mis à part. Mais le nouveau n'en resta pas à l'image. On commença à faire des reliefs, des sculptures, où l'on pouvait encore mieux faire valoir le but de cette nouvelle méthode, l'émotion psychique immédiate. Ces reliefs et sculptures gagnèrent encore en clarté, en lumière. Mais cet effet ne s'approprie bien qu'aux formes et aux couleurs sûres et pures. L'émotion ne peut ètre provoquée que par ce qui reçoit la fantaisie d'une manière naîve et puissante, autant dans la gravure que dans la sculpture. Il n'était plus possible, à aucun point de vue, de se concentrer sur l'objet, non plus en essayant d'une autre façon de considérer de nouveau l'image.

C'était une fin et un grand commencement. C'était une représentation lointaine du philosophe dadaïste Dr. Serner, que la psychologie systématique, le symbolisme psycho-analytique (expressionnisme) ne pouvaient pas conduire une émotion que l'on réclamait ici et là. C'est pour cela qu'il représenta des objets, des paysages, des anecdotes, des allégories et prêchait la simplicité du moyen, la tenue primitive aux choses élémentaires. Il connut de bonne heure l'innombrable variété que l'on pouvait ainsi obtenir, la puissance inattendue du grand nombre de nouvelles possibilités dans lesquelles l'artiste était en état de donner de sa personnalité jusque dans les moindres veines. Il savait que ce n'était pas une recherche d'orginalité que de laisser ces images se différer autant entre elles, mais que c'en était une que de découvrir ce qui distingue un homme d'un autre dans l'ensemble du commun. Il vit que jusqu'alors toute la personnalité cachée qui voulait s'extérioriser, devint une partie de sa façon et gagnait à elle-même une nouvelle vie. Toute la grandeur de chaque personnalité et la connaissance complète de tous les moyens et chemins étaient décidés pour lui dans la méthode abstraite.

La réaction contre le perfectionnement d'une chose qui n'a pas réussi dès le commencement (expressionnisme) fut indifférente pour cette raison au jeune sentiment de force du »dadaïsme«. Il recommença tout à nouveau. Grâce à lui il y eut de nouvelles et puissantes créations, un nouveau et fort sentiment pour la vie.

C'est pour cela que son existence est un adversaire redoutable contre tout ce qui est usé et maniaque. Le grand mensonge de l'expressionnisme, la fausse emphase du futurisme, le cubisme des salons lui rendirent des services sans s'y mêler.

Les peintres abstraits étaient aussi les premiers qui se rallièrent aux tendances de Serner au »dadaïsme«, dont l'individualité les attirait puissamment. Mais avant tout sa crainte des travaux manuels, son mépris des choses scolaires, ses moqueries, son détain des doctrines. En principe, on ne fit plus la différence entre peindre et repasser des mouchoirs. On traita la peinture comme étant une occupation et on reconnaissait le bon peintre dans celui qui travaillait à son ouvrage d'après des données téléphoniques chez le menuisier. Il ne s'agissait plus même de choses qui sont à voir, mais comment ils pouvaient avoir une fonction directe physique sur l'homme. On donnait de son monde, du monde, un choix curieux, varié et sauvage que l'on signait.

Christian Schad qui expose justement en ce moment, ensemble avec Gustave Buchet, chez Néri, à la rue du Mont-Blanc, une partie de ses oeuvres, est sans nul doute parmi les peintres dadaïstes un des plus importants représentants. Car chez lui, il y a en vérité, une production directe. Il a autant laissé tomber le cadre, l'objet, la psychologie et le symbolisme, que les vieux moyens de peinture. L'innombrable variété, qui ressort de ces manque de moyens, est là aussi claire que chez aucun autre peintre dadaïste. Ce que l'on a à voir chez Schad est en dernier lieu un individualisme et dans chaque vue quelque chose de nouveau: sur quelques grosses planches de bois qui sont originalement superposées et couvertes d'une brillante laque de couleur, brillent des clous, des rubans de couleur et des chaînes. On sent immédiatement: ici, il n'y a rien à comprendre, ici, il n'y a pas d'idée, pas de programme; ici, il n'y a pas de persuasion. Ici, il y a plus: une oeuvre pleine d'ardente fantaisie, nouveauté absolue de l'invention et goût complet.

Les ouvrages exposés de Gustave Buchet sont spéciaux et par cela même de grand intérèt parce qu'ils représentent une évidente rénovation. On voit très bien à la lettre comme le cadre, dont le vouloir des formes ne suffit plus à l'artiste, saute courageusement; comme la surface qui s'esquive du bagage artistique sans autre que par une légère application; comme la couleur à l'huile, trop pauvre pour le but fantaisiste, recule toujours plus et doit céder entièrement dans beaucoup d'images en papier de couleur. Et l'on voit déjà les possibilités qui siègent dans les grands essais, et la nouvelle forme que Buchet va apporter, quand il se sera libéré de chaque convention.

Le dadaïsme si calomnié, qui n'a certainement plus rien à faire avec les mauvaises plaisanteries de toute la tenue pleine d'esprit et sûre du but de Serner, s'est inspiré de nouveautés dans cette exposition. Et l'on peut dire, sans craindre les quolibets, qu'il a un grand avenir. Il est évident que c'est la valeur personnelle que l'on trouvera chez lui, qui décidera si cet avenir se réalisera complètement.

Alexandre PARTENS

[LE MONDAIN (Genf) Nr. 6, 14. 2. 1920.]

Dadaïsme

A la rue du Mont-Blanc, le dadaïsme triomphe. C'est exquis. Cette peinture-là nous vient d'Alémanie, de ce pays enchanteur où les chevaux sont plus verts que l'espérance. Le dadaïsme, mais c'est du grime, du Grimm sans Platten.

[L'ACTION RADICALE (Genf) Nr. 569, 14. 2. 1920.]

Ein »Bildersturm« in Genf

Der Kunstsalon Néri in der Rue du Mont Blanc, der seit dem 1. Februar Arbeiten der dadaistischen Maler Christian Schad und Gustave Buchet ausgestellt hatte, wurde – so wird uns aus Genf geschrieben – gelegentlich einer von dem dadaistischen Philosophen Dr. SERNER daselbst abgehaltenen Konferenz über die Dada-Malerei zum Schauplatz wüster Auftritte. Das zahlreiche Publikum, das etwa eine Viertelstunde den Ausführungen Dr. Serners aufmerksam gefolgt war, wurde durch einzelne seiner Behauptungen immer unwilliger und versuchte schließlich, den Vortragenden durch Pfeifen und Fußscharren am Reden zu verhindern. In diesem kritischen Augenblick erhob sich jedoch plötzlich Dr. Serner, trat auf die unter den Zuhörern sich befindende Kinoschauspielerin Francesca BERTINI zu und begann zur allgemeinen Verblüffung einen – TANGO mit ihr zu tanzen, zu dem die anwesenden Dadaisten sofort die Melodie pfiffen. Das Publikum, das sich mit Recht verhöhnt fühlte, verhinderte nach wenigen Takten das Paar am Tanzen. Da jedoch die Anhänger Dr. Serners tatkräftig für ihren Führer Partei ergriffen, kam es nach wenigen Sekunden zu einer kompletten Prügelei, in deren Verlauf die Wut des Publikums derartig stieg, daß die Bilder von den Wänden gerissen, zerrissen und zertreten wurden. Nach dieser Genugtuung legte sich die allgemeine Aufregung und machte einer gewissen Heiterkeit Platz, die von den Herren Dadaisten Schad und Buchet wohl kaum geteilt worden sein dürfte, da sehr geringe Aussicht besteht, daß der ihnen verursachte Schaden ersetzt werden wird. Denn der Wert von Bildern, die aus Holzklötzen, Eisenabfällen, Lumpen usw. bestehen, ist immerhin problematisch. K. F.

[BERLINER ZEITUNG AM MITTAG, 17. 2. 1920.]

L’exposition dadaïste

Ce qu’en pense le maître Loufocard

Aucune manifestation artistique ne nous laissant indifférents, nous avons demandé au propagateur du dadaïsme en Suisse, le maître Loufocard, de bien vouloir rendre compte, dans nos colonnes, de l’importante et suggestive exposition des peintres Buchet et Schad, deux célébrités de l’art dadaïste. Le maitre Loufocard, déférant à notre désir, nous a fait parvenir l’article, à la fois technique, documenté et très littéraire, que nous reproduisons ci-après:

Da . . .?? – da!!!

Ouk . . . ouk . . . floup . . . floup . . . □ . . . . .

Tr, tr, tr!!! ru, ru, ru . . . ■ . . . . .

Chu . . . pfui . . . goum! goum! . . . tsi . . . tsitsi . . . tsitsitsi . . . tsit . . .??? (!) (!) ––– . . ––.–.–– ouah, ouah! . . . frrrrr . . . tchi . . . ▭ . . . tak . . . tak . . . boum . . . □ . . . pik . . . kip . . . ikp . . . 2 . . . 3 . . . ᔭ . . . ∠ . . . tzim! . . . ouk! . . . cuik . . . ■ . . . tara . . . tara ○ . . .

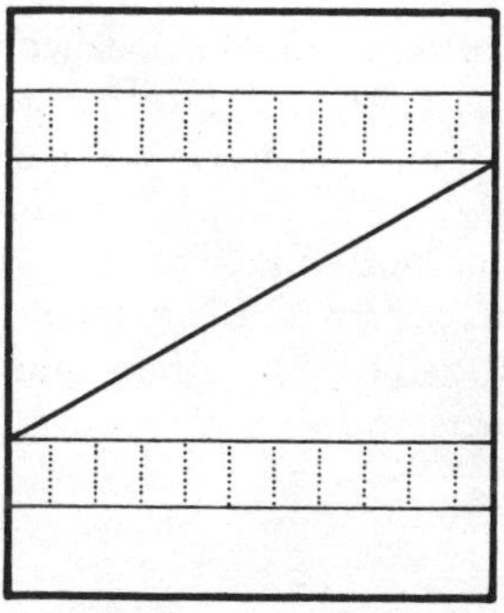

G. BUCHET.

Matin calme sur le lac Majeur

Tik . . . tik . . . tik!!! tr, tsi, chu . . . zim . . . zoum . . . rrri . . . tzim . . .???

Sel . . . setsïadad . . . tnos . . . snocsba . . . emmoc . . . al . . . enul . . . uo . . . es . . . tnetuof . . . ud . . . ednom!!!

Te . . . erid . . . no'uq . . . emrefne . . .!!! siofrap . . .■ . . . sed . . . sneg . . . puocuaeb . . .??? sniom . . . séuqip . . .;;: - - - euq . . . sec . . . sdralliag . . . al.

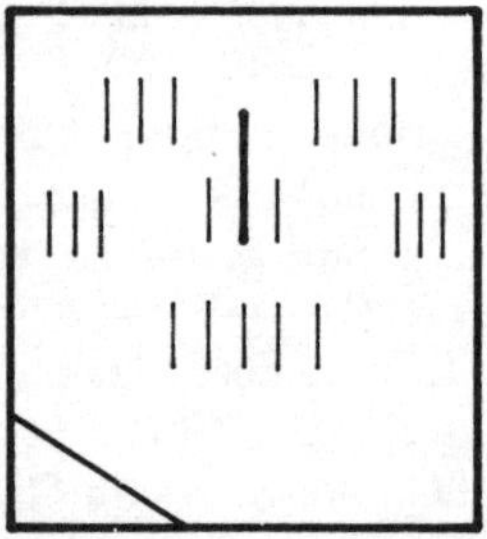

SCHAD.

Portrait de l'artiste

Ed . . . tehcub!! uo . . .? ed . . . dahcs!! . . . leuqel – ■ – . . . tse . . . el . . . sulp . . . etsïofof???

Vrrr . . . tzi . . . m . . . m . . . m . . . zoum . . . zim . . . ping!!!

Brou . . . ou . . . ou . . .□ . . . tchi???

Bing . . . tzim . . . frrr . . . □ . . . tik!!!

Is . . . suov!!! zeluov??? . . . relogir . . . ■ . . . zella . . . riov . . . sec . . . setsimuf. . . . .

Loufocard.

p. c. c.:

Radadou.

[ARLEQUIN (Genf) Nr. 7, 18. 2. 1920.]

Genève, le 19 fév. 1920

Cher Mons. Tzara,

je viens de recevoir votre lettre aimable. Je me suis pensé que vous étiez très fatigué après toutes ces choses (je me rapelle encore à notre soirée à Zurich!) – Je me suis décidé définitivement de venir à Paris. Mais ça m'est impossible de partir toute de suite. Pour me faire d'argent j'ai dépensé presque tous ce que j'avais pour un *Grand bal dada* qui aura lieu le 5 mars dans la grande salle de Plainpalais (Faites de la réclame, si c'est possible!) J'éspère de gagner qq cent francs. (Je vous enverrai l'affiche qui est très amusante!) Après le bal je viendrai aussitôt que possible. *En Allemagne on ne peut plus rien faire.* Pensez: Hülsenbeck (c'est idiot, mais la vérité!) a déclaré à une petite conférence à Munich que le »Kommunismus« est un des buts du dadaisme. C'est incroyable! Quand Dadaco sera là, il faut absolument faire qq contre cette stupidité. – C'est vraiment inoui comme dada marche à Paris. Je suis quandmême (!) très étonné. Mes félicitations les plus cordiales! – Ci-joint vos coupures retour! Et une sur l'exposition Schad. Les autres plus tard! – Demain je vous enverrai la blague sur votre séance Dada pour les journaux allemands et mon manifeste pour »Anti-Littérature«. Je trouve ce titre épatant. Bravo!! – »Qu'est-ce que le D.« a encore paru dans »l'Action radicale«. Je vous enverrai ces expl. (30). – J'ai reçu le Zeltweg, mais seulement 4 expl. Il est très bien. – L'exposition Picabia et Ribemont-D. est *en ordre.* Il me faut les dessins *au plus tard cinq jours* avant le 1 mars. Il faut les envoyer à mon adresse: 4, rue de Candolle. On fera les »Leisten« et les gelatine. Nommez les prix et exactement les titres et le nombre des travaux, afin qu'il n'y a pas une erreur. Je ferai une chic réclame. Ce sera très important d'envoyer 100 expl. Dada 4–5 etc pour les vendre à la Galerie; aussi Dada-Bull. 6 qu'on beaucoup demande. Surtout les publications dadaïstes etc – Je n'ai pas encore reçu *391*!! – Merci pour la note amusante dans »Littérature«. –

Arp est à Zurich. Il exposera avec Giacometti en avril chez Néri. – Attention: chez Néri il faut remplir deux grandes chambres, à peu près 10 grands dessins et 10 petits de chaque artiste, en somme *40 pièces.* – Je vous envoie le »Bulletin D« de Cologne. C'est mauvais. On n'a pas de goût.

Je vous envoie encore *»Le développement de l'art dadaïste«*

paru dans le »Mondain«. J'ai fait ça seulement à cause de Néri pour avoir l'autorité. – L'effet était très bon. Il fait maintenant tous et j'éspère qu'on vendera. Cet article est seulement pour Genève. Je ne l'ai pas envoyé à la Presse française. –

Tout marche bien. Je suis très curieux au bal. Je veux faire des bons trucs. *Il faut m'envoyer pour le bal (5 mars) un télégramme chic, sousigné de vous, Picabia etc etc* pour la réclame!!

Très cordialement

Serner

Genève, le 21. II. 1920

Cher M. Tzara,

j'éspère que vous avez reçu tout ce que je vous ai envoyé les derniers jours. Aujourd'hui je vous ai envoyé la blague pour les journaux allemands. Je vous conseille de rien changer, parce que plusieurs choses que j'ai lancé n'ont pas paru parce qu'elles étaient trop amusantes. – Ci-inclus vous recevez trois petites manuscripts déjà traduits. Quand-même il *faut encore les corriger* en comparaison avec le texte allemand: »Dernier dérangement« est pour »Anti-Littérature«. Le temps est trop court pour moi pour le traduire. Et puis je ne suis pas en disposition maintenant d'écrire quelque chose de nouveau. J'ai peu d'argent, beaucoup à faire pour le bal etc. Je serais très reconnaissant, si vous pouviez publier (ça veut dire: faire traduire le reste du manifeste) le »dernier dérangement« dans l'*Anti-Littérature*!

Très cordialement

Serner

p. s. Dr. Sterling n'a *pas* acheté le livre de van Gogh!

Der Korridor

I.

Da sich der Vorname Apollonie, von dem aus man durchaus wie in der rue Soufflot das Pantheon sehen kann, nun doch jedem Dogcart gegenüber im Nachteil befindet, hat es jeden Wert verloren, zu wissen, dass der Dümmste doch nicht so dumm ist, wie er erscheint; also noch beiweitem dümmer. Die Zersplitterung des Trucs, besonders trübe Herren ein wenig zu loben, damit sie sich so katastrophal benehmen, wie sie es perpetuierlich müssten, wird man nun gewiss mit den erquicklichsten Zwischentönen zu betreiben vermögen, wenn man »Aloÿse ou l'amour perverti« (bei Albin Michel) nicht nur sogar gelesen, sondern vielmehr überdies noch gar sehr gelangweilt von sich geworfen hat ... (Wer hat je eingesehen, dass jede Vorsicht unzulänglich ist?) ... Es ist jedoch unausweichlich verfehlt, zu bedauern, sich erhoben zu haben, weil man sich aus hysteromaniaken und leisen Lesefruchtkoliken nicht sofort wieder zu setzen gewagt hatte, ohne lächerlich zu wirken. Es soll vorkommen, dass Trainer im dritten Jahr in solchen Fällen wild werden. Welch eine Wohltat ist für Mitteleuropäer, die es bereits verlernt haben, schlichte Konversationen für die allein gefährlichen zu halten, ein schlecht ausgejäteter Bowist! Überdies, wenn er seine Lackschuhe liebkost. Ist es ein Trost, zu wissen, dass es immerhin noch unnütze Mitglieder der menschlichen Gesellschaft gibt? Nein. Trotz allem. Denn auch sie blicken gelegentlich mit Genuss feucht. Auch sie leben zwischen butterweicher Erotik und Hirnquark so einher, dass die ausgewaschenste Dämonin streckenweise doch an ihrer Haltung irre wird. (Dieses DAS Verbrechen!) O, und ein Malheur ist so aufmunternd! Drum, man werde Bowist und liebkose und beirre jede Haltung so lange, bis die hergestellte, die von dem holden Umstand lebt, keine zu sein, nicht mehr zu beirren ist. Dessenungeachtet bewahre man die Worte Napoleons, die er äusserte, als man ihm seine egyptische Proclamation wieder zu lesen gab (»Das ist ein bisschen marktschreierisch!« – eigene Worte des vortrefflichen Mannes), nicht vielleicht als geistigen Unterstand auf. Man wird erst, wenn es gelungen sein wird, mit seiner eigenen Prostata ins Gespräch zu kommen, irgendeiner deutlicheren Orientierung zuteil werden.

Vermutlich. Bis dahin bleibt die einzige wahrhaft würdige Lage des Menschen, in effigie, aber konstant auf seinem komischesten Körperteil zu liegen und dadurch gegenüber dem darüber befindlichen Sternhimmel weitaus erschütternder zu wirken.

II.

Man ist immer noch zu wenig auf ALLES gefasst. Es werde deshalb endlich in den Volksschulen gelehrt, dass man jemanden bitten muss, es hinter dem Rücken zu sagen, damit die Leidtragenden es glauben und damit es wahr wird.

III.

Und doch muss man darauf verzichten, sicher zu werden, wenn ein anderer sich albern benimmt, insoferne der liebe Gott ja nur eine Medizin für Kränkliche ist und man fast nichts mehr liebt, wenn man aufgehört hat, diese Huld sich selbst zu erweisen. Es bleibt schliesslich noch die wahrhaftig nicht gering anzuschlagende Freude, die sich um die Bauchfalten ringelt, wenn es einem vor dem Einschlafen gelingt, die tagsüber dem Gehirn sachlich ausgerutschten und deshalb versteckt gebliebenen Schwindeleien herauszukratzen. Doch damit entlockt man keinem Leichnam Gase. Vielleicht aber dem Maurice Barrès, der noch leben soll, eine Zeile.

Von Buddha, Ausländern und Stubenmädchen

a)

Jawohl, die Natur ist grob. Und bis zu einem gewissen Grade ist jeder ein Hypochonder. Es kommt nur darauf an, dass man es weiss. Denn dann hält man sich jene heimtückischen Raufereien, auch Konversationen genannt, vom Leibe und lässt nur noch Mädchen an diesen. Ausserdem hat man zu wissen, dass kein Geld haben fast ein Gegenbeweis ist und welches haben eine Katastrophe und dass jede Gesinnung schändet und dass die Äusserung, das Requisit der Kreuzigung wäre für die Lehre Christi sehr wichtig gewesen, einfach ein Gemeinplatz ist. Stimmt nicht jedes Ki-Ka-Kunstwerk trübselig? (Selbstverständlich!) Aber bitte bitte nicht, weil es (oh!) – grossartig, sondern weil es eine schlechte Eigenschaft ist und eine offensichtliche Verkürzung der Damenwelt.

b)

Es ist nun doch schon in weiteren Kreisen bekannt, dass Diskutierende von vornherein Dummköpfe sind und dass die sogenannten schlechten Eigenschaften allenthalben die grössten Erfolge verbürgen. Gleichwohl kann nicht geleugnet werden, dass es immer noch eine gewisse Sorte von Voyeurisme gibt, dem gegenüber das sonderlich von Lansing, Radek und der Sarah Bernhardt sehr geschätzte Risorgimento sich weder zu halten vermag, noch überhaupt ... Kurz, es genügt, sich überzeugt zu haben, dass die seltsamsten und in der erquickendsten Weise neugierigen Geschöpfe stets sehr unklar missliebige Ausländer sind, die sich vor allem dadurch von dem Seifendreck ihrer jeweiligen Umgebung vorteilhaft unterscheiden, dass sie ihren Willen nicht auf ihren Verstand loslassen (Glauben!). Wahrhaftig, der Mensch ist weder ein Universaltropus (Verschönerungsverein), noch fähig, durch Abschaffung der Armut die Welt zu bereichern oder etwa die Erträglichkeit geselligen Beisammenseins zu steigern, indem er weniger lügt.

c)
Ich besitze die unerschütterliche Zuversicht, dass ich mein Zeitvertreib bin und ein höflicher Mensch.

d)
Man wird sich daran gewöhnen müssen, scharf »Nein!« zu sagen, um eine Tatsache wahrscheinlich zu machen (: sehr agiler truc, besonders für das Liebesleben empfehlenswert!), und diese Äusserung bei Bedarf durch eine Körperhaltung verstärken, die wie eine schreckliche Gesamtgeste der Qual anmutet (dies ein hoher Grad von Selbstgenuss). Man wird es unterlassen müssen, jenes erfreuliche Spielchen, seine Fehler (Vorzüge) zu verbergen, sie stark dosiert und mit überfeinen Schamlosigkeiten durchsetzt frech preisgebend oder sehr nachlässig affektierend. Man wird sich beherrschen müssen. Es wird nun mit Bonbons geworfen werden, statt mit blauen Geistbohnen. Es wird von Stubenmädchen nicht mehr gesprochen werden, es sei denn, es handle sich um eine Vegetarianerin. Es wird endgültig üblich sein, die Rachel Ruysch für eine ganz vorzügliche Thebanerin zu halten und Herrn Paul Claudel für ein Fossil etc etc. Man kann eben wirklich nicht mehr an die von Buddha (einem Grenzfall von Ichthiosis und Paranoia) angesagte Menschheitswelle glauben, wenn man täglich mitanzusehen gezwungen ist, wie die feschesten Trottoir-Heroinen den grössten Wert darauf legen, von Bankdirektorsgattinnen geschnitten zu werden. Das ist wirklich zu viel. Ich sehe mir den Mont Blanc an. Ich vermag seine schneebedeckte Kuppe von der geistvoller Weise nach ihm benannten Strasse aus zu erkennen. Und ich sage mir: »Laissons la salade. Faisons un grand arrangement.«

Le bal dada

Le 5 mars prochain, dès neuf heures de relevée, je serai à la Salle communale de Plainpalais.

Car mes amis les dadaïstes, ce soir-là, donnent un bal auquel ils m'ont convié, bien entendu.

L'orchestre (un xylophone à coulisse, deux tambours à cordes, un orgue – également à cordes –, un piano à queue, mais sans touches, et un dit sans queue mais à touches, un violon à tuyau, avec un assortiment de casseroles) sera, annonce le programme, du type *Jazz-band dada* (pour la première fois à Genève).

Le programme dit encore:

»A part cela (xylophone, pianos avec ou sans queue, etc.), il y aura des surprises dadaïstes (décor étrange, effets excentriques) qui donneront à ce bal un cachet (1) tout particulier.«

L'on a bien voulu me confier le secret de quelques-unes de ces surprises dadaïstes. Il y aura, entre autres:

Un duo mimé représentant les amours de l'ornithorynque avec la *Feuille fédérale*, celle-ci s'accompagnant sur la mandoline.

Un ballet dansé par trois sardines à plumes, accompagné en sourdine par un choeur d'araignées mâles, jouant du cornet à pistons.

La Rêverie du brontosaure délaissé ou Volauvent perd ses chaussettes!... (bis), monologue gai dit par Tristan, déguisé en porte de prison.

La cavatine de *Faust*, chantée par deux cartes de fromage en travesti (recommandé à M. Ansermet pour l'O. R. Remplacera avantageusement *Le Rossignol* de M. Igor Stravinsky).

Enfin, après la polonaise (qui s'exécutera sur les mains), grand buffet froid, puis sauterie (par les fenêtres). Zy.

P.-S. – Avis aux dadas: Je serai déguisé en vent pire et muni de deux revolvers et d'un sabre chargé – pour les discussions.

Ledit Zy.

[La Tribune de Genève Nr. 45, 22./23. 2. 1920.]

Une vitre brisée

M. Walther Serner, Tchèque, à la suite d'une discussion avec M. Albert Vogtish, tailleur, rue du Prince, 10, a brisé dans le magasin de ce dernier une vitre d'une valeur de 40 francs.

[LA TRIBUNE DE GENÈVE Nr. 45, 22./23. 2. 1920.]

M. Tristan Tzara
14, rue Emile Augier
Paris (16e)

Genève, le 23 fév. 1920

Cher M. Tzara,

je vous ai envoyé aujourd'hui une coupure du »Journal de G.« Quel idiot pratique! Je le connais! J'ai (comme vous voyez!) déjà harangué Genève avec Dada. Tout le monde ici parle de Dada. Picabia et R. D. auront un grand succès. Néri marche bien, quoiqu'il est un imbécile! Le *bal dada* sera (c'est presque sûr) archibondé. Je suis heureux. *Est ce que je peux l'oser de venir à Paris avec deux mille francs français?* J'éspère de gagner ça avec le bal! (On fera des décorations fulminantes, des trucs et du scandale.) *Est ce que vous pouviez me procurer une joli chambre (indépendant) pour la fin du mois?* – Je ferai beaucoup de réclame pour l'exposition Pic. et R. D. et pour vous ici. Chez le bal on vous fera une ovation!

Votre

Serner

Genève, le 26 fév. 1920

Cher M. Tzara,

Schad regrette bien qu'il n'a pas pu vous envoyer des photos etc. Il vous en enverra en quelques jours et des dessins pour des autres expositions. Avez-vous reçu mes manuscrits? J'éspère que vous avez pu laisser les traduire. J'attends les travaux de Picabia et R. Dess. Je ferai beaucoup de réclame. C'est presque sûr que »Le Mondain« publierait un article sur les dadaïstes à Paris et des photos. Mais il faut m'envoyer l'article et les clichées. Je vous enverrai demain les 30 expl. de l'Action Radicale. – Le bal marche bien. J'ai beaucoup d'ésperance. – Je n'ai rien entendu de Dadaco. Buchet ne m'a pas encore donné les 20 frs. – Je vous enverrai bientôt mon portrait-dada fait de Schad. – J'ai reçu 391. Merci! C'est très amusant. Je ferai pour le Mondain, si c'est possible, un critique sur l'exposition Picabia-R. Dess. – Schad vous enverra une affiche de son exposition. – J'ai l'intention sûr de venir à Paris au mois de mars. Je vous en ai déjà écrit. Repondez-moi s. v. pl. sur mes questions quant à ce voyage. J'ai entièrement assez de cette ville qui me semble d'un jour à l'autre plus idiote. Après le bal – je m'en fiche de tout ici.

Bien cordialement

votre

Serner

[Genf, o. D.]

Voici mon portrait, fait de Schad. J'attends une lettre de vous.

Serner

Ein Dada-Skandal in Paris

Man schreibt uns aus PARIS: Im großen Saal des Salon des Indépendants fand kürzlich vor viertausend Zuhörern eine Dada-Séance statt, die sich von den vorhergegangenen vor allem dadurch unterschied, daß die vorgetragenen Manifeste von mehreren Personen gleichzeitig gesprochen wurden: das von Tristan TZARA von vier Personen und einem Journalisten, das von Francis PICABIA von zehn Personen. Außerdem wurden Manifeste von André BRETON, Louis ARAGON, Paul ELUARD, Georges RIBEMONT-DESSAIGNES und Paul DERMÉE verlesen. Schon während des Manifests von Tzara flogen einige Zweisousstücke auf die Vortragenden. Man beruhigte sich jedoch wieder und hörte das Rezitieren von Gedichten der Dadaisten Philippe Soupault, Marcel Duchamp, Walter Serner und Raymond Radiguet geduldig an, vielleicht nur deshalb, weil man infolge des gleichzeitig stattfindenden unaufhörlichen Glockenläutens hinter der Szene (eine dadaistische Neuerung!) nur sehr wenig verstand. Als aber das Programm, das wie gewöhnlich wüste Tänze und fürchterliche Musikpiecen enthielt, sich seinem Ende zuneigte, ohne daß der mit riesiger Reklame angekündigte amerikanische Kinoschauspieler Charlie Chaplin auf dem Podium erschien, begann das Publikum, das sich geprellt fühlte, die Dadaisten zu apostrophieren und schließlich zu beschimpfen. Es kam zu wilden Auftritten, Ohrfeigen fielen, und es hätte wenig gefehlt, so wäre eine allgemeine Prügelei das Ende gewesen. Da hatte jedoch ein Ingeniöser den vorzüglichen Einfall, die elektrische Beleuchtung abzudrehen. Als es nach wenigen Minuten wieder hell wurde, schrien einige Dadaisten mit mächtiger Stimme in den Saal: »Vive Napoleon! Vive Chaplin! Vive Tzara!« Und unter allgemeiner Heiterkeit leerte sich der Saal. J. L.

[BERLINER BÖRSEN-COURIER Nr. 100, 28. 2. 1920.]

Dada

Vendredi le dadaïsme est en fête. Le Tout-Genève bien pensant reserve sa soirée pour aller danser au son des arrosoirs de l'orchestre badadaïste. M. le Ministre Thomas (s'agit-il d'Albert, de Frank, de Jules ou de Jacques, nous l'ignorons) a promis de tenir la grosse caisse. Le succès est assuré.

[L'Action Radicale (Genf) Nr. 571, 28. 2. 1920.]

Au sujet du grand bal dada qui aura lieu ce soir vendredi, à la Salle communale du Plainpalais, on nous écrit que les dadaïstes de Paris ont envoyé la dépêche suivante au Dr. Serner: »Les dadas de Paris, réunis au coin de la rue Emile Augier, où les chiens font la cour au crocodile, ont pris la décision suivante: envoyons par dadaphone urgent une portion de 155 kilogrammes salutations fragiles aux présidents Serner, Arp, Schad, Buchet; attendons timbres-poste amour votre bal dada remplacera pantalon et chapeau par l'écrivain mécanique ›docteur‹. Dada est une promenade, le cubisme est une procession. Les 391 présidents et présidentes membres: Aragon, Breton, Cocteau, Dermée, Eluard, de Maeu, Picabia, Ribemont-Dessaignes, Soupault, Tzara.«

[La Tribune de Genève Nr. 56, 5. 3. 1920.]

Un chien n'est pas un hamac. La philosophie est un mélange de vocables. Chaos fait de boue et d'enigme. Je n'ai qu'une seule certitude: que je suis mon propre passe-temps, et un homme assez poli.

VAL SERNER

[DADA (Paris) Nr. 7, März 1920.]

Arp, autour d'une sphère de feu galope une bille de merde
Sur laquelle on vend des bas de soie et des Gauguins

Dr. VAL-SERNER

[391 (Paris) Nr. 12, März 1920.]

[Genf] 8 mars 1920

Cher M. Tzara,

le bal dada qui avait comme arrangement et comme décoration un grand succès était pas un succès pour moi. Il n'y avait que 80 visiteurs et 100 invités. Je perds 350 frs. Mais la réclame était très grande et on a beaucoup parlé. Le jour du bal (vendredi) n'était pas bon, mais tous les samedis et dimanches étaient déjà pris. – Je suis content que je ne me suis pas trompé envers M. Archipenko. Il m'a méplu toute de suite. C'est mieux que vous marchez sans les cubistes. Je ferai la blague quant à la séction d'or. – Schad vous enverra bientôt ses choses. C'est très dommage que les travaux de Pic. et Rib. D. ne sont pas encore là. – Buchet part aujourd'hui pour Paris. Avec sa femme. – Ci-joint votre télégramme qui a paru dans la Tribune etc. Mon voyage pour Paris est maintenant tout à fait doutable. Je le regrette bien parce que en peu de temps je serai seul: mon amie part et Schad aussi. Je suis presque un peu désolé. – Je vous remercie beaucoup pour votre gentillesse pour moi (Anti-Littérature!) A quand j'aurai les travaux de Pic. et R. D.? – Les dadaistes allemands (Huls. Haus. et Baad.) font des soirées idiotes à Leipzig, Prague, Carlsbad etc. Je vous enverrai les coupures. C'est vraiment stupid. Je crois que vous serez content d'avoir les coupures ci-inclus en double. – En outre rien de nouveau. J'éspère quand même que je pourrai arranger mon départ pour Paris, mais je ne sais pas encore comment ...

Bien cordialement

votre

Serner

[Genf] le 16 mars 1920

Cher M. Tzara,

enfin aujourd'hui j'ai reçu la petite caisse avec les dessins de MM Picabia et R. D. Je ne l'ai pas encore deballé, mais j'éspère que tout est en bon état. J'ai du payer pour la douane 18.50 Frs. Je crois que je pourrai faire l'ouverture de cette exposition en 3 jours. Avez-vous reçu tous mes envois? – Belles choses en Allemagne. On parle ici d'une nouvelle guerre. Alors j'aurai le plaisir de rester encore en Suisse. Que le diable..! – Je suis très pressé. Je vous écrirai encore!

Bien amicalement

Serner

Kubus und Dada

Aus PARIS geht uns folgende Nachricht zu: Die KUBISTEN, vertreten durch Archipenko, Survage und Gleizes, haben in einer außerordentlichen Versammlung, welche kurz vor Eröffnung der Ausstellung der *Section d'or* in der Closerie des Lilas stattfand, folgende Dadaisten (Maler und Literaten) aus der *Section d'or* ausgeschlossen: Louis Aragon, Hans Arp, Céline Arnauld, Baargeld, André Breton, Paul Dermée, Marcel Duchamp, Paul Eluard, Max Ernst, Francis Picabia, Georges Ribemont-Dessaignes, Philippe Soupault, Tristan Tzara. Die Kubisten wollten die ihrer Meinung nach zu fortschrittlichen Tendenzen der DADAISTEN nicht anerkennen. Die Ausgeschlossenen werden demnächst eine Riesenausstellung mit literarischen Manifestationen und dadaistischem Spektakel inszenieren. Der »Eclair« schreibt dazu: »Ich nehme nicht an, daß »fortschrittlich« hier in dem Sinne von *haut goût* gebraucht ist. Und trotzdem: es steht fest, daß die Kubisten des Pinsels, des Meißels und der Feder nicht die letzte Klarheit und Einfachheit selber sind. Sie haben zuviel »Frauenportraits« gemacht ...«

S.

[FRANKFURTER ZEITUNG Nr. 206, 17. 3. 1920.]

Dada-Ball in Genf

Man schreibt uns aus Genf: Der mit riesiger Reklame angekündigte Dada-Ball hat stattgefunden, und er hat das Viele und Nochniedagewesene, das er versprach, sonderbarerweise wirklich gehalten. Der große Saal der Mairie von Plainpalais, in dem bereits um 10 Uhr eine beängstigend dichte Menschenmenge sich drängte, war über und über mit bunten, in den groteskesten Formen gehaltenen kleinen Lämpchen garniert; von der Decke baumelten, durch ein dichtes Netz von Luftschlangen, Hunderte der absonderlichsten Gegenstände (alte Hosen, Schirme, Düten, Bücher, Kochquirle usw. usw.); an den Wänden hingen große Papierpanneaux, geklebt von dem bekannten Pariser Maler Christian Schad und versehen mit amüsanten Inschriften wie: *»La peinture est peut-être le meilleur moyen pour terminer les difficultés conjugales«*, und an allen Ecken und Enden befanden sich kleine Glöckchen, die auf bisher noch nicht erklärte Weise ohne Unterlaß leise läuteten. Dazu machte eine Original-Jazz-Band-Dada-Kapelle, die sich zur Komplettierung ihrer Klangwirkungen alter Töpfe, Autohupen, Kasserollen, Hundepfeifen und Flaschen bediente, einen geradezu beispiellosen Spektakel, den wiederum das Publikum vermehrte, indem es von einer amerikanischen (bei Drehung hustenden) Autohupe, die an einem Pfeiler montiert war, Gebrauch machte. Oberhalb dieser Hupe befand sich nämlich folgende Anweisung: *»Pour surpasser Baudelaire, Caillaux et Picasso, tournez une fois s. v. p.«* An einem anderen Pfeiler hing ein Schwamm und darunter folgende Erklärung (in französischer Sprache): »Hier sehen Sie den Schwamm, mit dem Clemenceau sich kämmte, bevor er nach Ägypten sich einschiffte.« Kurz vor Mitternacht wurden zu Hunderten kleine Dadapfeifen und Dadaflöten verkauft, die durchaus neue Quargeltöne von sich gaben, so daß im Nu Musik und Gespräche in einem ohrenbetäubenden Lärm untergingen. In diesem Augenblick jedoch erschien der Manager des Balls, der Dadaistenführer Dr. Serner, im Frack und roter Weste auf dem Podium, auf dem er einen überlebensgroßen Papiermachémops postierte, ihm das Maul öffnete und einen Klaps auf den Kopf versetzte, worauf aus dem Hals des lieblichen Tiers eine alles übertönende Detonation erfolgte. Sofort erschienen drei als Polizisten verkleidete Dadaisten und verhafteten Dr. Serner, schleiften ihn in den Saal und verurteilten ihn zur Arrangierung der Dada-Polonaise, welcher Aufgabe er sich in einer Weise entledigte, die solche Bedenken erregte, daß die echte Saalpolizei einschreiten mußte und fast den Ball sistiert hätte. Herr Dr. Serner gruppierte nämlich etwa ein Dutzend maskierter Damen um sich, die ihm den Frack auszogen, die Hemdärmel emporschoben und ihm auf die nackten Ellbogen abwechselnd kleine Schläge versetzten; als sie sich aber anschickten, diese Tortur zu erweitern, ertönten Pfuirufe, und ein Teil des Publikums nahm eine drohende Haltung ein, die jedoch sofort in Protestkundgebungen umschlug, als ein Polizeileutnant Dr. Serner aus dem Saal führte. Der Konflikt wurde dann beigelegt, der Ball ging weiter und endete um fünf Uhr morgens mit einer gewaltigen Dada-Apotheose: zwanzig Dadaisten schossen aus Kinderrevolvern minutenlang auf Dr. Serner, der ununterbrochen stöhnte: *»Ah, c'est bon! Encore! Encore!«* K. F.

[Prager Tagblatt Nr. 69, 21. 3. 1920.]

Genève, le 23 mars 1920

Cher M. Tzara,

l'exposition Picabia et Ribemont-Dessaignes commencera probablement déjà avant le 1 avril. Des tableaux de Picabia le grand et deux petits ont cassé en route (peut-être par la douane), mais les dessins sont sans faute. – Je vous remercie que vous avez arrangé mon »Corridor«, quoique je l'aurai préferé de voir mon »Dérangement« dans »l'Anti-Littérature«. Je le trouve la meilleure chose et la plus importante. Je vous remercie aussi pour votre amabilité d'avoir mis quelque chose de moi dans 391. – La blague de moi sur votre *Séance Dada* a paru dans la B. Z. et dans le Börsen-Courier, sûrement aussi dans des autres journaux. – Schad a du partir pour Munich, parce que son père ne peut plus payer la valuta. Il était bien triste et éspère quand-même de pouvoir venir en quelque temps à Paris. – Moi aussi j'ai de nouveau un espoir d'y arriver. J'ai fait un petit truc et peut-être que j'aurai en commencement d'avril quelques 100 frs. Est-ce qu'il y a peut-être pour moi une possibilité de me faire un peu d'argent à Paris? Repondez-moi s. v. pl. franchement!! Vous savez que je suis apte pour beaucoup de choses. Et je dois quitter en tout cas Genève: je m'embête infiniment ici, et je n'ai aucune possibilité. Est-ce que je pourrais compter sur vous d'avoir l'obligeance de me prendre une chambre à Paris? ([190] francs par mois.) En général, rien de nouveau. Je ferai encore de bruit pour l'exposition Néri. J'attends très votre reponse.

Votre

Serner

Genève, le 31 mars 1920

Cher M. Tzara,

je vous remercie bien de Dada 7, 391 etc. Certaines choses sont extraordinaires. Je regrette vivement que je ne suis pas à Paris. Ce sont des gens épatants. J'éspère encore que je parviendrai de venir à Paris. Dites-moi s. v. pl. dans quel temps (3 ou 5 jours peut-être) vous pourriez me procurer une chambre, afin que je puisse vous télégraphier au bon temps. – Je voudrais bien écrire qq sur les nouvelles revues. Mais il me manque encore: M'amenez-y, $H_2O^4D^2$ et Z. – Ci-inclus quelques coupures. – L'exposition Picabia-R. Dessaignes est déjà arrangé. L'ouverture: 1 avril. Je suis curieux des critiques. J'ai encadré 391 et Dada 7 et pendu. Néri a fait faire une affiche après mon avis. Je la vous enverrai. Elle est assez bien. – Avez-vous déjà reçu »Die Schammade«? Moi pas. On m'a écrit que Dadaco paraîtra très tôt. – Schad est à Munich et bien triste, naturellement. Il veut tâcher de venir à Paris. Moi, je déteste déjà Genève et je ne sais pas avec quoi remplir mon temps. Et encore dans la purée noire! Mais quand-même, j'éspère –

Très amicalement

votre

Serner

Salon dadaïste

Le Salon Néri, 6, rue du Mont Blanc, nous annonce la deuxième exposition dadaïste sous la direction du leader-dada Dr. Serner. Le 1er avril, Francis Picabia, le peintre-dada le plus connu, et Georges Ribemont-Dessaignes, exposeront quelques-unes de leurs oeuvres. »La méthode matelas« et »Prostitution universelle«, de Picabia, les dessins les plus discutés du Salon d'Automne, provoqueront sûrement le plus vif intérêt.

[La Feuille (Genf) Nr. 202, 31. 3. 1920.]

APRÈS NOUS LA BLENNORRAGIE

Docteur V. Serner

[Proverbe (Paris) Nr. 3, 1. 4. 1920.]

Paneelparabole FK37

Es ist nun doch schon in weiteren Kreisen bekannt, daß Diskutierende von vornherein Dummköpfe sind und daß die sogenannten schlechten Eigenschaften allenthalben die größten Erfolge verbürgen. Gleichwohl kann nicht geleugnet werden, daß es immer noch eine gewisse Sorte von Voyeurisme gibt, demgegenüber das sehr geschätzte (sonderlich von den Herren Lansing, Radek und Schultze-Naumann) Risorgimento sich weder zu halten vermag, noch überhaupt in den ansonstigen, längst für Mergelfreunde mitbestimmenden Relationen eine Rolle (*Quai d'orsay* oder Kroll) zu treten in der Lage ist. Man denke doch nur an *Mme. de Rulhière*, die Sekretärin der französischen Botschaft am Hof der Kaiserin Katharina, und man wird sofort gänzlich außerstande sein, das Klimakterium als heuristisches Motiv zu verwerten oder vielleicht gar einen tieferen Rapport zwischen dem Sonnengeflecht und dem Esel Theodor Tagger herzustellen. Es genügt, sich überzeugt zu haben, daß die seltsamsten und in der erquickendsten Weise neugierigen Geschöpfe stets sehr unklar mißliebige Ausländer sind, die sich vor allem dadurch von dem Seifendreck ihrer jeweiligen Umgebriche unterscheiden, daß sie ihren Willen nicht auf ihren Verstand loslassen (Glauben!). Wahrhaftig, der Mensch ist weder ein Universaltropus (Verschönerungsverein) noch fähig, durch Abschaffung der Armut die Welt zu bereichern oder etwa die Erträglichkeit geselligen Beisammenseins zu steigern, indem er weniger lügt. Daran wird auch das soeben der Gründung nicht entgangene neue Reichsamt für künstlerische Beratung nichts zu ändern vermögen. Denn sein Du-Da-Direktor, der sich zynischer Weise Redslob heißt, entstammt einer angesehenen Savoyardenfamilie namens Chapronne und trug als Knabe eine Mantille, die er jetzt vermutlich über Dinge zu breiten versuchen wird, die sich dieser Prozedur durch langatmiges Tombakgeflüster und Zikadengeplärre zu entziehen wissen werden. Das ist außer Zweifel. Weniger, daß das »Spiel des Lebens«, das ein (»Nachbarin, Euer Knie!«) – Schicksalsdrama ist und von Knutchen Hansum, die holde Folge haben könnte, das literarische Eigentum, mit dem der Friedensvertrag sich noch beschäftigen soll, endgültig zu annullieren und an dessen Stelle einen Passus zum Schutze gewisser sexueller Malicen zu schaffen. Es muß also endlich jeder sich dazu entschließen, ganz unverkennbar stets zur Schau zu tragen, daß er von sich absolut nichts hält. Unterstellt man ihm die Absicht, dadurch über die, welche gar vieles von sich halten (Exhibitionisten!), sich meuchlings zu erheben, so exhibitioniere er straks und DE FACTO. Der Erfolg wird nicht ausbleiben. Allüberall werden die Rosenrondelle, die bisher nur der Nuttenprostitution dienten, die polyglotten Talente friedlich verräuchern; herzige Konvertite sich dem Nachtleben so zuwenden, daß es ein sehr amüsanter Graus sein wird; auf den Ostseemolen werden Stenographen und Zuhälter Händedrükke wechseln und beschließen, im Sinne der Erhaltung des Familienlebens auf den Gebrauch von Telefongesprächen zu verzichten; sämtliche Theurgen werden ihre grenzenlose Pleite durch Einführung des Nasengrußes zu verbergen trachten; und ein großer Teil der deutschen Warenhausangestellten wird sich an der Hand von Kinderpeitschen selbständig machen. Kurz und gut: es wird ein Jammer sein und wieder von Knutchen Hansum und vermutlich eine »Flammenwüste« (welcher totchike Schicksalstitel mir gestohlen werden kann). Nicht aber die unerschütterliche Zuversicht, daß ich mein Zeitvertreib bin und ein höflicher Mensch.

Paneelparabole SZ489

Es ist vorbei. Wir werden sie nie wieder erblicken. Es handelt sich natürlich nicht um die Gräfin Castiglioni, ohne die Napoleon III. sicherlich noch um einiges blöder sich benommen hätte, sondern um die Verfassung, in der wir uns befanden, als in der Colibri-Bar der Whisky noch eine Mark fünfzig kostete. Es ist vorbei. Wir werden uns daran gewöhnen müssen, scharf »Nein!« zu sagen um eine Tatsache wahrscheinlich zu machen (nebst: sehr agiler truc, besonders empfehlenswert im Liebesleben) und diese Äußerung bei Bedarf durch eine Körperhaltung verstärken, die wie eine schreckliche Gesamtgeste der Qual anmutet (hoher Gipfel des Selbstgenusses!). Wir werden es unterlassen müssen, jenes erfrischende Spielchen, unsere Fehler (Vorzüge)! zu verbergen, sie stark dosiert und mit überfeinen Schamlosigkeiten durchsetzt frech preisgebend oder sehr nachlässig affektierend. Wir werden ... Nun ja, wir werden uns beherrschen. Das heißt: es wird nun mit Speiß geworfen werden, statt mit blauen Geistbohnen; es wird von Stubenmädchen nicht mehr gesprochen werden, es sei denn, es handle sich um eine Vegetarianerin; es wird endgültig üblich sein, die Rachel Ruysch für eine ganz vorzügliche Thebanerin zu halten und Herrn Sven Baron von Hedin für ein Fossil etc etc. Nebenbei ist es selbstverständlich nicht von der Hand zu weisen, daß der von Fichte und Stirner verfochtene Solipsismus Herrn S. Friedländer angeregt hat, ein amphibolisches Infinitesimalreptil aufzupäppeln, bei dessen peinlichem Anblick der Cookreisende im Zweifel ist, ob er eine besondere Art von spinaler Degeneration vor sich hat oder einfach einen Systemhund. Man kann wirklich nicht mehr an die von Buddha (einem typischen Grenzfall von Ichtebiosis und Paranoia) angesagte Menschheitswelle glauben, wenn man täglich mitanzusehen gezwungen ist, wie die feschesten Strich-Heroinen großen Wert darauf legen (freilich infolge der Lektüre der Schriften des schlesischen Kondukteurs Gerhart Hauptmann), von Kommerzienrätinnen geschnitten zu werden. Das ist wirklich zu viel. Ich sehe mir den Mont Blanc an. Ich vermag seine schneebedeckte Kuppe von der geistvoller Weise nach ihm benannten Straße aus zu erkennen. Und ich sage mir: »Laissons la salade. Faisons un grand arrangement.«

Paneelparabole GHZZZ88

Es soll vorkommen, daß in mondänen Kurorten die Auffindung eines Leichdorns nahezu dieselbe Sensation hervorruft wie das Ableben eines Dadaisten. Beruht dies auf Wahrheit, so ist es ein für allemal ausgeschlossen, daß die von dem Wiener Stadtphysikus Freud durchaus alberner Weise eingeführte sogenannte kathartische Methode jemals dazu verwendet werden kann, Schwerverbrecher aufzufinden. Après moi la blénorrhagie!

Paneelbarobele IK12

Je unwahrscheinlicher ein Vorfall ist, desto wahrscheinlicher ist er. Behauptet der Unterzeichnete, der ein Vorfall ist, der durch die Unwahrscheinlichkeit dieser Behauptung gleichwohl nicht wahrscheinlicher wird. Und darum vorzieht, ohne Behauptungen vorzufallen.

[DIE SCHAMMADE (Köln), April 1920.]

der wecker mit schluß für erstgebärende
von Dr. Val. SERNER läuft mit der geburt ab

baargeld

[DADA-VORFRÜHLING (Ausstellungskatalog, Köln), April 1920.]

Die Int. Dada-Company, Berlin sendet

Charlie Chaplin,

dem größten Künstler der Welt und guten Dadaisten, Sympathiegrüße. Wir protestieren gegen die Ausschließung der Chaplin-Films in Deutschland.

GROSZ HEARTFIELD HUELSENBECK HAUSMANN
BLOOMFELD PICABIA GUTTMANN ARP TZARA
SERNER SWITTERS ERNST KOBBE HERZFELDE
ARCHIPFNKO CHIRICO HUSTÆDT NOLDAN PISCATOR

[DER DADA (Berlin) Nr. 3, April 1920.]

Genève, le 8 avril 1920

Cher M. Tzara,

je regrette bien que vous aviez ce malheur. J'éspère que vous serez très tôt guéri. – Depuis le 1 avril je suis employé dans un magasin pour des machines et j'ai à travailler toute la journée. Je rentre le soir tard et très fatigué. Si j'aurai un peu de temps je ferai les choses pour les journaux et je vous les enverrai. – Je vous remercie pour la chambre, mais je crains que je n'y demeurerai pas. C'est très pénible! – J'ai envoyé l'argent à Klose & Seidel et je lui ai écrit. – L'exposition Picabia est très frequentée. Par jour au moins 60 personnes. Mais les journaux ne marchent plus. Ils ont assez. C'est dommage. J'ai déjà lancé deux communiqués, mais sans aucun succès. Je crois quand-même qu'il y aura des critiques. En général rien de nouveau.

Très cordialement

Serner

Je ferai encore une communiqué pour l'exposition. Je vous remercie bien pour les coupures. Envoyez-moi ceux, ou je suis nommé. – Je le prefère de voir mon nom dans les notices tout simplement: Dr. Serner, et sous mes choses: Serner. – Je vous écrirai davantage, si je serai un peu moins fatigué.

Je vous ai envoyé deux affiches! Reçu?

[Genf] le 9 avril 1920

Cher M. Tzara,

dans ma dernière lettre j'ai oublié de vous écrire que je *ne veux pas* que vous mettez mon nom au-dessous des choses qui ne sont pas de moi. En outre, je vous serais très obligé, si vous ne vouliez pas prendre des lignes de moi *en ajoutant des noms et changant le texte*.

Chez l'exposition il y avait hier un accident. On a cassé des vitres, pas les tableaux. J'éspère que les journaux feront un compte rendu.

Très cordialement

Serner

Allez-vous déjà mieux?

Das erste Dada-Meeting ohne Skandal

Am vergangenen Sonntag fand in Genf auf der Plaine von Carouge unter strahlendem Frühlingshimmel das erste Dada-Meeting statt. Grotesk gekleidete Sandwichmänner hatten drei Tage zuvor die Stadt mit riesigen buntfarbigen Plakaten durchwandelt, die ankündigten, daß pünktlich nachmittags um drei Uhr der Dadaistenführer Dr. SERNER »dem Kosmos einen Tritt« versetzen würde. Die Plaine, eine Art Genfer Theresienwiese, war denn auch zu dem festgesetzten Zeitpunkt schwarz vor Menschen. Mit einiger Verspätung erschien Dr. Serner im Frack und grüner Weste, jedoch in Hemdsärmeln und flankiert von etwa zwei Dutzend Dadaisten, die grüne Krawatten trugen und in der Hand ein Megaphon, auf dem eigens errichteten Bretterpodest, von dem aus er mit schneidender Stimme sein jüngstes Manifest: »Dem Kosmos einen Tritt!« herunterschrie. Bei besonderen Kraftstellen (z. B.: »Die Moral ist ein Kettenhandel«, oder »Der Friede ist DIE Katastrophe«, oder »Jede Regel ist eine Ausnahme«, oder »Kriege sind allerschwerste Durchfälle« etc. etc.), hob er feierlich die Hände, worauf die um ihn gruppierten Dadaisten ihre knallgelben Megaphone an den Mund nahmen und die Wiederholung so vorzüglich besorgten, daß lediglich gräßliche unartikulierte Schreie zu vernehmen waren. Immerhin muß festgestellt werden, daß Dr. Serner, der zweifellos eine sehr suggestive Persönlichkeit ist, einen gewissen Erfolg zu verzeichnen hatte, der freilich entmutigten und enttäuschten Kleinbürgern gegenüber nicht viel besagen will, aber insoferne berechtigt war, als in diesem Manifest neben durchaus verrückten Stellen zum ersten Male etwas gesagt wurde und oft sehr gut. Dieses Meeting war denn auch die erste Manifestation der Genfer Dadaisten, die ohne Skandal endete, was für viele mit Recht eine Sensation war.

[PRAGER TAGBLATT Nr. 90, 13. 4. 1920.]

[Genf] 21 april 20

Cher M. Tzara,

j'ai reçu votre dernière lettre et je vous remerçie bien. Je peux vous affirmer qu'on a pas du tout intrigué contre vous. Si je ne veux pas que vous mettez mon nom au-dessous des choses qui ne sont pas de moi, je le veux uniquement, parce qu'on sait que je suis à Genève et que je ne connais pas les gens, contre lesquels sont dirigés les notices. Voilà, on peut trop facilement dire ou écrire qq contre moi. (Archipenko est ici depuis hier.) Et quant à mes choses: vous le savez bien, c'est toujours pénible, si on voit détruit des choses qui ont contenu un certain sens. En quelque temps je vous enverrai des petites choses en français et j'éspère qu'elles vous plairont. Je vous remerçie bien de votre travail que vous avez eu avec mon manifest pour »Littérature«. – Je crains que je me suis mal exprimé quant à la chambre de Picabia. Certainement je la prendrai avec plaisir, jusque j'aurai trouvé qq. Je tiens d'aller à Paris si tôt que possible. J'attends seulement mon passeport et de l'argent. – Je vous serais très obligé, si vous vouliez m'envoyer un expl. de la »Schammade«. Je n'ai rien reçu. – L'exposition chez Néri est très frequentée, mais les journaux sont tranquilles à cause des articles français: que Dada soit allemand. M. Zy dans la »Tribune« m'a dit ça. – Ci-joint qq. coupures. – C'était un grand plaisir pour moi en me promenant avec Archipenko qui tâchait de discréditer Dada, mais il n'a rien dit contre vous et contre personne. Je le trouve, même pour un homme celèbre, un peu trop bête. De temps en temps il dit des choses qu'on est forcé de se dire: c'est M. Archipenko. Autrement on foutrait le camp sur le champ. Je m'embête ici infiniment. Si je n'avais pas à travailler toute la journée, ce serait la catastrophe. Je suis tout à fait seul, moi qui peut vraiment bien supporter la solitude. Je vous écrirai bientôt et, si j'aurai un bon moment, je ferai les choses pour les journaux.

Très amicalement

votre

Serner

p.s. Ci-joint des dessins de Schad que je trouve assez amusants.

Chronique crylomine dièze

francis Picabia agraffe pipe pipi pompon de coeuroline
sur le camion matin camomilait étoilite et gravonixe
le pourquoi trans ruban de bain monsieur
bandage la bisexualité des paysages cardinal amette
au poumon poisson
aux doigts ribemont dessaignes GRD lubrifiant
jette le poing dans le visage du balcon tempête voiturette
du thé ou de l'essence? ça m'est complètement dada

arp a un oiseau dans le petit téléphone
arp est une barbe de candélabre
il a un gonocoque comme montre

serner est le cri sous une porte
part en abonnement
de tabac d'orient vert et numéroté
rougit dans une bouche de bordel enragé

m. chr. pli mississicri
le tissus rayonne sous la flèche panique
chaleureuse mère gêne la mandoline
dérangement autovéridique et mélodine microcardiaque

Tristan TZARA

[CANNIBALE (Paris) Nr. 1, 25. 4. 1920.]

Ein Theater-Dada in Paris

Man schreibt uns aus PARIS: Kürzlich fand vor ausverkauftem Haus unter der Führung des Gründers des Dadaismus, Tristan TZARA, im Theatre de l'Oeuvre (Salle Berlioz) die Uraufführung von vier dadaistischen Einaktern statt. Der Lacherfolg war ganz ungeheuerlich und setzte bereits während des ersten Stücks ein, das den holden Titel führte DER STUMME ZEISIG und von G. RIBEMONT-DESSAIGNES verfaßt war. Ebenso wie in den folgenden Einaktern erschienen die Schauspieler in entsetzlichen Vermummungen, äußerten fast nichts als reguläre Verrücktheiten und benahmen sich unsäglich. Die Komödie BITTE SCHÖN! von André BRETON und Philippe SOUPAULT, die Dada-Tragödie POOJ, DIE NEUE ZAHL von Walter SERNER und der doppelte Quatrolog DAS ERSTE HIMMLISCHE ABENTEUER DES HERRN ANTIPYRINE von Tristan TZARA steigerten die Heiterkeit des Publikums ins Maßlose. Und man lachte buchstäblich Tränen, als nach Schluß der Vorstellung Francis PICABIA vor dem Vorhang erschien, um seinen »Kannibalischen Monolog« vorzutragen, wobei er ohne Unterlaß seine Krawatte auf- und zuband. Kurz, es war ein voller Erfolg, und man darf mit großer Wahrscheinlichkeit annehmen, daß die endgültige Etablierung des Theater-Dada in der Alhambra vor sich gehen wird, wo es zwischen Excentrics und Clowns sich mehr zu Hause fühlen dürfte, als in dem immerhin über eine gute Tradition verfügenden Theatre de l'Oeuvre. I. L.

[BERLINER BÖRSEN-COURIER Nr. 205, 4. 5. 1920.]

Genève, 5. 5. 20
[Telegramm]

Tzara 14 rue emile augier paris
+ note: Tzara douteux +

Telegraphiez si je peux recevoir la chambre de Picabia – Serner

Genève, le 6 mai 1920

Cher M. Tzara,

merci pour votre dépêche. J'attends mon passeport avec le visa (le consulat tchéchosl. est à Berne) en deux jours. Alors je quitterai Genève probablement lundi ou mardi. Je suis très heureux de pouvoir quitter enfin Genève et surtout cette Suisse. Je vous dépêcherai mon arrivée à Paris.

Arp et Schwitters que j'ai voulu exposer chez Néri en mai m'ont »roulé«, ça veut dire: en dernier moment ils m'ont écrit qu'ils ne peuvent pas envoyer des choses. C'est pourquoi Néri m'a prié de pouvoir garder encore deux semaines les travaux de Picabia et R. D. Mais on pouvait lui envoyer de Paris des autres choses. Il est très correct. Rien à craindre.

Au revoir!

Serner

[Genf] 12. V. 1920

Cher M. Tzara,

veuillez avoir la bonté de fermer les 3 lettres, les timbrer et donner *toute de suite* à la poste. Je ne peux pas venir à Paris. Je n'ai pas assez d'argent. Je le regrette bien. »Theater-Dada« a paru dans le Börsen-Courier. – Néri vous enverra en quelques jours les tableaux de P. et R. D. – On a rien vendu. – Ci-inclus un nouveau dessin de Schad! Et la quittance pour le montant que j'ai payé pour la douane. – Envoyez-moi je vous en prie encore 2 numéros de »Cannibale«.

En outre, rien de nouveau. Je m'embête terriblement.

Très cordialement

Serner

Genève, le 18 mai 1920

Cher M. Tzara,

je suis très content que vous faites lire mon »Corridor«. Je vous en remerçie bien. – Et la »Littérature«, quand paraîtra-t-elle? – Néri m'a dit qu'il enverra toute de suite les tableaux. Mais je ne crois pas que le transport des chemins de fer français travaille très exactement. L'envoi de Paris jusqu'ici a duré 15 jours. – Ci-joint je vous envoie la quittance de Néri. De vos publications on a vendu pour 12 frs que je me suis permis de garder pour mes frais. – Ecrivez-moi toute de suite, si quelque chose ne devait pas être en ordre. Mais j'ai pleine confiance en Néri. – J'éspère encore que je pourrai partir en quelque semaines pour Paris. La question d'argent à part: mon consulat tchécoslovaque me fait subitement des difficultés à cause du visa. Mais je suis sûr que j'arriverai: J'ai tellement assez de Genève! Cette ville est devenu pour moi insupportable. On croit ici *partout* que Dada soit un truc allemand pour saboter l'art français. C'est pourquoi la Presse d'ici a complètement ignoré la dernière exposition. Beaucoup de mes anciennes connaissances ne me saluent plus. Et on peut plus rien faire. Même M. Zy, mon »ami«, se cache devant moi. Voilà! – J'ai reçu la Schammade qui ne me plait pas trop. Les choses allemandes, je les trouve trop raides, trop peu fines. Je suis convaincu que Arp vous dira ça aussi.

De l'Allemagne j'en sais rien. Schad ne fréquente pas les artistes. Il en a assez et avec raison. Il se repose de son ennui ici et dort beaucoup. C'est très sage. – Je vous enverrai en quelques jours de petits poèmes. – J'ai l'intention d'accepter une invitation à Lucerne pour le mois juin. Je verrai: Ma purée est encore assez pénible, mais je me débrouille d'une semaine à l'autre. Et je m'embête affreusement.

Très cordialement

votre

Serner

[Genf, o. D.]

Cher M. Tzara,

Néri m'a envoyé aujourd'hui l'avis joint à cette lettre. Je crois qu'il sera le mieux, si vous faites des démarches.

– Comment vous allez? Quand partez-vous?

– Ici rien de nouveau. Je suis fortement dans la purée et très embêté.

Très cordialement

Serner

Ausweisung des Dadaistenführers Dr. Serner aus der Schweiz

Man schreibt uns aus GENF: Eine blutig verlaufene Prügelei in der Tabarin-Bar, bei der eine Tänzerin den Fuß brach, bot den Behörden den erwünschten Vorwand, den Dadaistenführer Dr. SERNER auszuweisen, der seit etwa einem halben Jahr ganz Genf in Atem hielt und auf dem besten Wege war, der Jugend völlig den Kopf zu verdrehen. Die Abreise Dr. Serners benutzten seine sehr zahlreichen Anhänger zu einer solennen Kundgebung. Ein Fackelzug von überaus stattlicher Länge und höchst groteskem Aussehen geleitete unter Absingung seltsamer Rhythmen das Auto Dr. Serners vom Hotel de l'Europe bis zum Bahnhof. Als der Zug die Halle verließ, erfolgte eine brausende Ovation, in die sich freilich auch einige Pfiffe mischten. »Comoedia«, die einzige Pariser Zeitung, die für die Dadaisten eintritt, kündigte bereits das Eintreffen Dr. Serners in Paris, und einen ehrenvollen Empfang des Verbannten durch sämtliche Pariser Dadaisten an. F.

[BERLINER BÖRSEN-COURIER Nr. 244, 28. 5. 1920.]

Der Wortbruch der Dadaisten

Die Dadaisten von Paris, die auf dem Montmartre ihre Hochburg aufgeschlagen haben, hatten dieser Tage Hunderte von Kunstkritikern und Schriftstellern zu dem ersten Dada-Konzert nach der Salle Gaveau eingeladen. Auch wen die angekündigten Darbietungen nicht verlockten, fühlte sich doch zu dieser Veranstaltung hingezogen durch die Aufsehen erregende Erklärung, die Künstler, alles überzeugte Dadaisten, würden sich von einem richtigen Friseur Haar und Bart schneiden lassen. Da ein richtiger Dadaist die Überfülle von Haaren auf dem Kopf und im Gesicht als höchste Zierde betrachtet, war man darüber höchlichst erstaunt. Am Abend war der Saal dicht gefüllt; in den Logen und im Parkett glänzte »Tout Paris« in eleganten Toiletten wie bei einer großen Premiere. Alle wollten sehen, wie ein Dadaist aussieht, wenn er gewaschen und gekämmt ist. Die Künstler erschienen auch in grünsamtenen Jacken, fliegenden roten Seidenschlipsen und geradezu abenteuerlichen Bart- und Haarmähnen. Aber kein Friseur war zu erblicken. Die Dadaisten begannen ihre Vorstellung, schrien und lärmten, ließen Kinderballons im Saal herumfliegen, lallten und tollten nach Babyart. Aber das Publikum blieb todernst und wartete darauf, daß die Dadaisten sich die Haare schneiden lassen würden, denn das war das Einzige, was in dem Programm interessierte. Rufe danach wurden laut, und schließlich war nichts mehr zu hören als die im Chor ausgestoßenen Worte des Publikums: »Laßt euch die Haare schneiden! Laßt euch die Haare schneiden!« Dieser Chor der Rache war von einem Regen von Mohrrüben und Tomaten begleitet, die so dicht auf die Bühne niederprasselten, daß das »Konzert« einen jähen und unvorhergesehenen Abschluß fand. C. K.

[Berliner Börsen-Courier Nr. 254, 3. 6. 1920.]

Keine Ausweisung Dr. Serners aus der Schweiz

Der Dadaistenführer Dr. SERNER in Genf bittet uns um Veröffentlichung folgender Richtigstellung: »Die auch von Genfer Zeitungen gebrachte Nachricht meiner Ausweisung aus der Schweiz ist unrichtig. Sie entstand infolge meiner tatsächlich erfolgten Abreise nach Paris, dessen Dadaisten mich eingeladen hatten, ihrem am 26. Mai in der Salle Gaveau abgehaltenen *Festival Dada* beizuwohnen und mein Manifest »Der Korridor« zu verlesen. Seit kurzem befinde ich mich wieder in Genf.«

[BERLINER BÖRSEN-COURIER Nr. 271, 13. 6. 1920.]

[Genf, o. D.]

Cher M. Tzara,

merci beaucoup des vos lettres. Excusez-moi je vous reponds si tard. Mais j'avais tant à faire, j'étais si occupé que je n'ai pas pu trouver le temps pour vous écrire. Et surtout, ma disposition est tout ce qu'il y a de plus mauvais. De temps en temps je vis comme un chien. Je déteste Genève. Absolument rien à faire ici. C'est la catastrophe. Et je ne vois aucun moyen de me débrouiller. Si je le pouvais, je quitterais cette sale ville immédiatement, n'importe où! Mais je ne peux pas bouger. Et tous ici sont des imbécils terribles. Impossible de trouver ici une compagnie un peu agréable. Quelle vie! Je m'embête follement. Et je suis de l'autre part presque content que je dois sans cesse courir pour gagner ma vie. – Schad s'embête à Munich. Il m'écrit très peu. Je crois, il fait très peu ou bien – rien. Je ne sais pas encore à quand mon manifeste paraîtra. J'éspère, encore dans cette année! Schad m'a écrit que Dadaco doit enfin paraître en septembre à cause des difficultés avec les imprimeries. Ce doit être un grand oeuvre et on se donne beaucoup de peine. On verra. Je me suis acheté »Littérature«. Le corridor est quelque fois pas très juste traduit. Deux fois, c'est tout à fait un autre sens. Si vous vous séjournez à Zurich, saluez Arp de ma part et priez-le de m'envoyer son livre. Je vous souhaite du succès en arrangant vos affaires en Roumanie et vous salue très cordialement

Serner

SERNER
LETZTE LOCKERUNG
manifest dada

dada
dada
dada
dada
dada
dada

PAUL STEEGEMANN VERLAG HANNOVER
LEIPZIG / WIEN / ZÜRICH

Anton van Hoboken
gewidmet

I

1° Um einen Feuerball rast eine Kotkugel, auf der Damenseidenstrümpfe verkauft und Gauguins geschätzt werden. Ein fürwahr überaus betrüblicher Aspekt, der aber immerhin ein wenig unterschiedlich ist: Seidenstrümpfe können begriffen werden, Gauguins nicht. (Bernheim als prestigieuser Biologe zu imaginieren.) Die tausend Kleingehirn-Rastas embêtantester Observanz, welche erigierten Bourgeois-Zeigefingern Feuilletonspalten servieren (o pastoses Gepinkel!), um Geldflüsse zu lockern, haben dieserhalb Verwahrlosungen angerichtet, die noch heute manche Dame zu kurz kommen lassen. (Man reflektiere drei Minuten über die Psychose schlecht behandelter Optik; klinisches Symptom, primär: Unterschätzung der Damenseidenstrümpfe; sekundär: Verdauungsbeschwerden.)

2° Was dürfte das erste Gehirn, das auf den Globus geriet, getan haben? Vermutlich erstaunte es über seine Anwesenheit und wußte mit sich und dem schmutzigen Vehikel unter seinen Füßen nichts anzufangen. Inzwischen hat man sich an das Gehirn gewöhnt, indem man es so unwichtig nimmt, daß man es nicht einmal ignoriert, aus sich einen Rasta gemacht (zu unterst: schwärzlicher Pole; zu oberst: etwa Senatspräsident) und aus der mit Unrecht so beliebten Natur eine Kulisse für ein wahrhaftig sehr starkes Stück. Dieser zweifellos nicht sonderlich heroische Ausweg aus einem immer noch nicht weidlich genug gewürdigten Dilemma ist zwar vollends reizlos geworden, seit er so absehbar ist (wie albern ist eine Personenwage!), aber eben deshalb sehr geeignet, gewisse Prozeduren vorzunehmen.

3° Auch einem Lokomotivführer fällt es jährlich wenigstens einmal ein, daß seine Beziehungen zur Lokomotive durchaus nicht zwingend sind und daß er von seinem Ehgespons nicht viel mehr weiß als nach jener warmen Nacht im Bois. (Hätte ich La Villette genannt oder die Theresienwiese, so wären beide Beziehungen gänzlich illusorisch; Fingerzeig für Habili-tanten: »Über topographische Anatomie, psychischen Luftwechsel und Verwandtes.«) Im Hotel Ronceroy oder in Piccadilly kommt es hingegen bereits vor, daß es verteufelt unklar wird, warum man jetzt gerade auf seine Hand glotzt und trillert, sich kratzen hört und seinen Speichel liebt. Diesem scheinbar so friedlichen Exempel ist die Möglichkeit, daß das penetrante Gefühl der Langeweile zu einem Gedanken über ihre Ursache sich emporturnt, am dicksten. Solch ein lieblicher Moment arrangiert den Desperado (o was für ein Süßer!), der als Prophet, Künstler, Anarchist, Staatsmann usw., kurz als Rasta Unfug treibt.

4° Napoleon, ein doch wirklich tüchtiger Junge, behauptete unverantwortlicher Weise, der wahre Beruf des Menschen sei, den Acker zu bestellen. Wieso? Fiel ein Pflug vom Himmel? Aber ETWAS hat der homo doch mitbekommen, supponiere ich mir eine liebesunterernährte Damenstimme. Nun, jedenfalls nicht das Akkern; und Kräuter und Früchte sind schließlich auch schon damals dagewesen. (Bitte hier bei den deutschen Biogeneten nachzulesen, warum ich Unrecht habe. Es wird jedoch sehr langweilen. Deshalb habe ich recht.) Letzthin also: auch Napoleon, der ansonsten sehr erfreulich frische Hemmungslosigkeiten äußerte, war streckenweise Stimmungsathlet. Schade. Sehr schade.

5° ALLES ist nämlich rastaquouèresk, meine lieben Leute. Jeder ist (mehr oder weniger) ein überaus luftiges Gebilde, dieu merci. (Nur nebenbei: 10 centimes dem Kühnen, der mir nachweist, daß etwas letztlich NICHT willkürlich als Norm herumspritzt!) Anders würde übrigens ein epidemisches Krepieren anheben. Diagnose: rabiate Langeweile; oder: panische Resignation; oder: transzendentales Ressentiment usw. (Kann, beliebig fortgesetzt, zum Register sämtlicher unbegabter Zustände erhoben werden.) Der jeweilige landläufige Etat der bewohnten Erdoberfläche ist deshalb lediglich das folgerichtige Resultat einer unerträglich gewordenen Langeweile. Langeweile: nur als harmlosestes Wort. Jeder suche sich die ihm schmackhafteste Vokabel für seine Minderwertigkeit! (Herziges Sujet für ein scharfes Pfänderspiel!)

6° Es ist allgemein bekannt, daß ein Hund keine Hängematte ist; weniger, daß ohne diese zarte Hypothese Malern die Schmierfaust herunterfiele; und überhaupt nicht, daß Interjektionen am treffendsten sind: Weltanschauungen sind Vokabelmischungen ... Sapristi, hier muß die Prozedur ein wenig erweitert werden. (Kleines Bild: leichte Kraneotomie!) Nun: alle Stilisten sind nicht einmal Esel. Denn Stil ist nur eine Verlegenheitsgeste wildester Struktur. Und da Verlegenheit (nach kurzer Beschlafung) als perfekteste Reue über sich selber sich entschält, ist merkbar, daß die Stilisten aus Besorgnis, für Esel gehalten zu werden, um vieles schlechter als diese sich benehmen. (Esel haben nämlich zwei weitaus überragende Eigenschaften: sie sind störrisch und faul.) Der Unterschied zwischen Paul Oskar Höcker, Dostojewskij, Zobeltitz und Wedekind blaut daher lediglich in der Kontenance innerhalb der besagten Verlegenheitsgeste. Ob einer in richtig funktionierenden Trochäen oder sonstwie bilderstrotzend (alle Bilder sind plausibel) oder sozusagen expressionistisch mir vorsäuselt, daß ihm übel war, und, seit er es schwarz auf weiß hat, besser wurde, oder, daß ihm zwar wohl war (schau, schau!), aber übel wurde, als er das nicht mehr begriff (teremtete!): es ist immer dieselbe untereselhafte Anstrengung, aus der Verlegenheit sich ziehen zu wollen, indem man sie (stilisierend, ogottogotto) – GESTALTET. Gräßliches Wort! Das heißt: aus dem Leben, das unwahrscheinlich ist bis in die Fingerspitzen, etwas Wahrscheinliches machen! Über dieses Chaos von Dreck und Rätsel einen erlösenden Himmel stülpen!! Den Menschenmist ordnend durchduften!!! Ich danke ... Gibt es ein idiotischeres Bild als einen (puh!) – genial stilisierenden Kopf, der bei dieser Beschäftigung mit sich selbst kokettiert? (Nur nebenbei: meine Gunst dem Tüchtigen, der mir nachweist, daß das Kokettieren bei Ethbolden NICHT stattfindet!) O, über die so überheitere Verlegenheit, die mit einer Verbeugung vor sich selber endet! DESHALB (dieser stilisierten Krümmung wegen) werden Philosophien und Romane erschwitzt, Bilder geschmiert, Plastiken gebosselt, Symphonien hervorgeächzt und Religionen gestartet! Welch ein erschütternder Ehrgeiz, zumal diese eitlen Eseleien durchwegs gründlich (sc. besonders gründlich in deutschen Gauen) mißglückt sind!! Alles Unfug!!!

7° Die schönste Landschaft, die ich kenne, ist das Café Barratte bei den Pariser Hallen. Aus zwei Gründen. Ich machte daselbst die Bekanntschaft Germaines, die u. a. zischte: »C'est possible que je serais bonne, si je savais pourquoi.« Hämisch gestehe ich es ein: ich erblaßte vor Freude. Und dann hat in diesem freundlichen Lokal Jean Kartopaïtès, der sonst nur mit Herren ohne Stehkragen sich einließ, den Verkehr mit mir brüsk abgebrochen, weil ich so unvorsichtig war, den Namen Picasso fallen zu lassen.

8° Ach die lieben weißen Porzellanteller! Denn ... Nun denn: ehemals wollte man, was man nicht aussprechen zu können vorgab, also gar nicht hatte, malerisch vermitteln. (Juchhu! Als ob man auch nur eine Vizekönigin fein säuberlich abkonterfeien könnte, wenn man nicht wüßte, daß sie kein Fauteuil ist!) Wohin diese Sudelburschen geraten würden, wenn sie aufhörten, Ölphotos zu wichsen, war somit längst vorabzulächeln. (Hinter die Ohren: mehr Mädchen, bitte, mehr Mädchen!) Aber die Impressionen! Nun: WAS ist erreicht, wenn man nach heftigem Blinzeln sich zurechtbauen kann, daß jener Kartoffelvertilger auch nur eine Kuhe ersah, aber erst so sich vorzublähen vermochte, daß es SEINE Kuhe gewesen sei, eine ganz BESONDERE Kuhe, kurz: DIE Kuh UND erlösend? Teremtete! Aber die Expressionen! Haho: WAS ist erreicht, wenn man gefixt sieht, was ein Adjektiv leistet, und, da es auch diesem bisher mißglückt ist, orientierend zu wirken, also noch ungemalt schon mißglückt wäre? Aber die Kubisten, die Futuristen! Hoppla: die Champions dieser geradezu ultraviolett mißglückten Pinselritte ließen zwar ausblasen, sie würden die (puh!) – liberatio gleichsam von der hohen Stilschaukel herab landen (Trapezritt! Trapezritt! Etwa so: »Wir werden diese Verlegenheit schon schaukeln!«), erreichten aber nicht nur, daß nicht einmal ein Chignon ins Schaukeln geriet, sondern vielmehr gerade die wildesten Esel in geregeltem Trapp arrivierten. (O wurfbesprungener Sagot! etc. pp. pp.) Unfug! Unfug!! Unfug!!!

9° Das sub 8 im Grunde bereits für schlecht Erwachsene geredet: Fibelhaftes, außerordentlich Fibelhaftes. Immerhin noch zur Vorsicht zu notieren, meine Kleinen:

a) Plastik: sehr unhandliches Spielzeug, verschärft durch metaphysischen Augenaufschlag.
b) Musike: Pantopon- oder Ero-Ersatz. (Längst unterfibelhaft!)
c) Lyrik: ein Knabe befindet sich in der Klemme. Rezept: frage ihn, von welcher er träumt, und du kannst ihm sagen, mit welcher er nicht geschlafen hat. (Selbstverständlich befindet man sich STETS in der Klemme; in der c-Klemme aber hat man sich denn doch nicht mehr zu befinden.)
d) Roman und so: die Herren reden wie am Spieß oder neuerdings überhaupt nicht mehr. Noch ein wenig Schweiß und die Sache glückt: Belletristik! (Am Spieß befindet man sich gar oft. Ein Samuel-Fischer-Band aber ist ein zu langwieriges Mittel, die Luftlinie Syrakus-Butterbrot-Zentralheizung herzustellen.)
e) Drama, Tragödie, Komödie: die Klemme spitzt sich zu, spießt sich und erregt im Publikum die dumpfe Vermutung, daß ein Cinéma wohl doch das beste zweite Dessert sei (mangels Poussagen).

In summa, meine Kleinen: die Kunst war eine Kinderkrankheit.

10° hat man nie einen Gedanken. Bestenfalls tut der Gedanke so, als ob. (Immer aber sein Einherredner!) Jedes Wort ist eine Blamage, wohlgemerkt. Man bläst immer nur Sätze zirkusähnlichsten Schwunges über Kettenbrücken (oder auch: Pflanzen, Schlüchte, Betten). Günstiger Vorschlag: man figuriere sich vor dem Einschlafen mit heftigster Deutlichkeit den psychischen Endzustand eines Selbsttöters, der durch eine Kugel sich endlich Selbstbewußtsein einloten will. Es gelingt jedoch nur dann, wenn man sich zuvor blamiert. Schwer blamiert. Entsetzlich blamiert. Ganz maßlos blamiert. So grauenhaft blamiert, daß alles mitblamiert ist. Daß jeder metaphorisch auf den Hintern fällt. Und niest.

11° Interjektionen sind am treffendsten. (Ach die lieben weißen Porzellanteller!) ... Man muß diese Amphibien und Lurche, die sich für zu gut halten, Esel zu sein, zur Raison bringen. Indem man sie ihnen austreibt. Auspeitscht! Man muß dieses schauderhafte überlebensgroße Ansichtskartenblau, das diese trüben Rastas an den He- Ho- Hu- Ha- (wie bitte?) Himmel hinaufgelogen haben, herunterfetzen. Man muß sein Haupt zag, aber sicher an das des Nachbarn titschen wie an ein faules Ei (gut, gut). Man muß das gänzlich Unbeschreibliche, das durchaus Unaussprechbare so unerträglich nah heranbrüllen, daß kein Hund länger so gescheit daherleben möchte, sondern viel dümmer. Daß alle den Verstand verlieren und ihren Kopf wiederbekommen. Man muß ihnen die Prozente, die Bibelsprüche, die Mädchenbusen, die Pfannkuchen, die Gauguins, die Rotztücher, die Schnäpse, die Strumpfbänder, die Abortdeckel, die Westen, die Wanzen, all das Zeugs, das sie gleichzeitig denken, tun und wälzen, so scharf hintereinander vor den Kinnbogen schieben, daß ihnen endlich so wohl wird, wie ihnen bislang bloß schwappig war. Man muß. Man muß eben. Teremtete!

12° Damenseidenstrümpfe sind unschätzbar. Eine Vizekönigin IST ein Fauteuil. Weltanschauungen sind Vokabelmischungen. Ein Hund IST eine Hängematte. L'art est mort. Vive Dada!

II

13° Es geht nicht an, von Tyrannei zu plaudern ... Was soll man mit seiner (je nun) – Freiheit, he? Jede Revolution war die sehnsüchtige Empörung nach einer geliebteren Faust (eromasoch). Die Zahl derer, die, kaum majorenn, jede Autorität begrinsen, ist so winzig wie die der Despoten (erosade) beiweitem zu ungenügend. Es gab noch nie eine Revolution. Nur Revolteure. Rastas. Das Jahr 1789 ist das historisch mißhandeltste. Die kompakte Majorität der hungernden Mägen krächzte vor dem Versailler Schloß und einmal im Taumel der rauschenden Straßen schlug sie Köpfe herunter. Revolution, he? Die hysterische Rauferei organisch zu kurz Gekommener. Freiheit? Ein gewisser kleiner Wohlstand, ein kleiner gewisser Beruf, die Sicherheit vor Ohrfeigen und das sexuell auf Viertelkost heruntergebrachte Weibchen, an dessen Seite man als Beamten (Soldaten) Fabrik und schlechter Fresser dem Himmel entgegenreifen darf. Pompös! ... Sofern nur dieser kontinuierliche Druck von oben nicht aufhört, das geruhige Wissen, nicht weiter wollen zu brauchen, ist alles, aber auch ALLES in Ordnung ... Es geht nun wirklich nicht mehr an, von Tyrannei zu flöten ...

14° Bessere Empörer haben ja nun freilich gewissermaßen gewaltsame Veränderungen aufgezogen. Wo aber blieb das (ha!) – Gewaltige? (O Sophokles, düsterer Eierhändler!) ... Freiheit! Mein Dasein souverän? Konträr: es ist schwerst passiv, von allen Seiten gepackt. Der große Dadadatterich!!! (Aber doch sehr angenehm ...) Man setze stets das GANZE (inkl. Atem- und Expreßzüge) in Klammern: auch in den nächsthausenden Täuschungsdingen vermag man solcherart sachte zu bestülpen, daß mit dieser eingeklammerten Größe nicht einmal fiktiv zu krebsen ist. Einen Maßstab, ihr Gemessenen! Ihr Schaluppen von der Willensfreiheit!! Ihr zerebralen Hopser!!! ... Zwischen Zangen (Klatsch) Geburt und exitus hopst man mit dem, womit man hergedat wurde, teils keß, teils trüb auf und nieder; man hopst (ja, ja) – geistige Erziehung, sexuelle Aufklärung (wie wärs mit der der Erwachsenen, etwa?) und ähnliche grandiose Albernheiten; und man hopst auch (huch nein!) – Freiheit, Willensfreiheit ... Klammerfatzken!!!

15° Diese Hallunken, als da sind geschlossene Persönlichkeiten, schwer arbeitende Arrivisten etc. stoßen, selbst wenn sie es zu stupend-stupider Einseitigkeit bringen, bestenfalls ein Löchelchen (meistgefragter Schüfftsteller) in irgendeine Reihe (Gummiball), die sich jedoch rasch wieder auffüllt, weil die anderen, die luftici, die so vielseitig sind und fix, daß sie windrosenhaft stupsen (»Blasen Sie Bukarest senkrecht an!«), weitaus in der Überzahl sind. Sehr erfreulicherweise. Anziehende oder abstoßende Köpfe? Die Nasen, die sie tragen, stoßen ab oder ziehen an. Mithin gibt es schwerlich idiotischere Optimisten als Ri- Ra- Revolutionäre (jede Naht ein dicker Dreher!). Golgatha war ein Kinderspiel, verglichen mit jener Pleite, welche da jüngst Mitteleuropa das Antlitz deformierte ... Erfahrung? Die lange Nase, mit der man stets abzieht, so man nicht spontan darauf ausging, zum Vergnügen sich selber eine zu drehen. Siehe immerhin, schlimm be-dachter Jüngling, jenes leise Grinsen, das Personen (sogar Gustl Pufke; und naturgemäß Leonhard Frank), die Erfolg hatten (stattgehabte Nasführung), in ihrer näheren Umgebung zu sichten in der Lage sind.

16° Nur hereinspaziert, meine Herrschaften! Nur hereinspaziert! Was Sie noch nie gesehen haben, werden Sie zwar auch hier nicht sehen, aber eine Menagerie, die sich gewaschen hat. Sie HAT sich gewaschen! Hallo: ... Einer, der die lächerlich-positive Geschäftigkeit der Trübsten als Anregung benützt, steht auf und prophetet ein Gott-System, indem er das jederzeit suggestiv anzuseilende Gehirn in der Schlinge einer gänzlich unbeweisbaren Grund-Behauptung (Axiom, Idee, a priori-Satz etc. pp. Unfug) einfängt, um die verzweifelte Qual der eigenen Langeweile verstummen zu machen. Es kitzelt, macht überhaupt Vergnügen und ist derart beschämend für das Publikum, daß man sich ach so sehr vorkommt ... Ein anderer schöpft ein dickes Buch über die letzten (bum!) – Fragen und serviert mit unwiedergebbarer Stirn (man faßt sich an die Hüften) – Lösungen, tja ... Ein anderer ärgert sich darüber, wird (ob der Unlösbarkeit weniger als der blamablen Situation) rabiat und Propagandeur der fuchswilden Tat: immerhin ergötzlicher Typ des Denkfiaskos; er verwendet das Sinnlos-Reale sinnlos-real (lieber Ravachol!) ... Wieder einer dichtet direkt oder musiziert etc. pp. Unfug und will die Sudate seiner peinlichsten Zustände als Vor- oder gar ERlösungen bestaunt wissen. Hinweg ...! Einer endlich eisenbahnkutschiert über den Kontinent, ist je nach Bedarf Graf oder Einbrecher, Schieber oder Diplomat, Hazardeur oder Heiratsschwindler, Kuppler oder Regierungsrat, da allein diese vielseitige Tätigkeit sein ganz enormes Zerstreuungsbedürfnis befriedigt (Manolescu, Charles de Hoffmann, je vous salue!). Ist er SEHR begabt, wird er Staatsmann und sperrt den Dieb ein und köpft den Mörder, da es nicht durchführbar ist, sporadisch zu gestatten, worauf en masse der ganze Schwindel angelegt ist. Einmal aber im Besitz der Macht, erhebt er sie flugs zum Axiom und glaubt nach etlichen Minuten selbst daran, da es so überaus abwechslungsreich ist, unter dem Vorwand, die auf der Flucht vor der Langeweile konsumierten Gewalttaten zu bestrafen, sie zu organisieren. Er stellt ehemalige Kollegen, welchen er jetzt nachstellen läßt, wenn er sie ohne Anstellung schieben sieht, auf Gesandtschaftsposten; zapft den (Mut!) – Künstler in Fibeln ab, in die er zwar hineingehört, allwo aber das Zart-Verblödete jeder guten (juchhu!) – Dichtung (die schlechten sind besser) nicht so zur Geltung kommt, wenngleich die ganze Geschichte nun doch noch einen Zweck erhält; und präpariert die Köpfe vollends zum langweilefortheuchelnden Positivisme, indem er der – Kkkkirche auf die Schulter klopft, wenn sie Jesus, der als Erz-Jesuit sonst zu verheerend würde, zum Katechismus (Ruderverein) umbiegt... Und siehe: Gestank kommt in die Welt und wird immer dicker. Selbstverständliches (das hold Unselbstverständliche) hört auf, es zu sein. Unselbstverständliches (das angekurbelt Unselbstverständliche) wird Pflicht. (Diese: die Summe der Frechheiten, die jener Spitzbube sich herauszunehmen die – trucs hat!) Aber das nicht zu bannende Gespenst der Langeweile steilt weiß hinter allem und fängt sich endlich mit einem kurzen Griff die ganze Bande: der Staatsmann klingelt, der Vorhang geht auf...

17° Krieg! C'est la guerre! Nur hereinspaziert, meine Herrschaften! Nur hereinspaziert!... Die Leute rennen durcheinander, verwirrt, erschreckt, entsetzt. Wo ist ein Halt? Ein Punkt? Ein Zweck? Ein Sinn?... Sie wissen eben nicht, die lieben Leute, wozu sie eigentlich da sind, was war und werden soll und selbst die unterstellte Überlegung, daß sie dem Privattreiben einzelner höchster Gauner dienen, vermöchte daran nichts zu ändern; auch nicht das Wissen darum, daß die Regisseure ihres Schlachtfeldtodes dieses Schauspiel lediglich inszenieren, weil auch sie sich langweilen. Die Mehrzahl wird nicht deshalb Schießer, weil sie die Aufmachung nicht durchschaut, sondern weil sie sie als (hoho!) – Sensation benützt... Zudem ist das Arrangement gut. Die Journale schreien hurrah und telephonieren mit den Ministerien wegen der Motivierungs-Phraseologie. Musik wankt herauf und ersäuft jede Änderung. Großartige Reden werden auskalkuliert, historisch wertvoll gefeilt und in die bereits besoffene Menge geträufelt, Hochämter inseriert und der liebe Gott wird persönlich bemüht, das Schlachten zu protegieren. Und alsbald, nach dieser vorzüglich angelegten Reklame, platzen die ersten Granaten. Der Bursche in seiner Loge hat sein Spektakel, die Bevölkerung einen blutigen Zeitvertreib und der stramme Tod, der einzig wirklich Erfolgreiche, knickst vor der Langeweile, die nach dem ersten Akt Zuschauer und Akteure unweigerlich wieder befällt... Halt: sie sind jetzt dabei, (o, o, o) – Ri- Ra- Republikaner zu werden, um für Industrie- und andere Rastas zu schuften. Wenn sie aber all das auch durchschauten und endlich die völlige persönliche Verfügung über sich erhielten, stünden sie letzthin vor der Wahl zwischen der erschrecklichsten Langeweile oder ... (Ich konzipiere die gelbe Garde der letzten Wut ...)

18° Die so beliebte Unterscheidung zwischen Kultur und Zivilisation bricht in dieser netten Perspektive an der Größe des Bedürfnisses, sich zu betäuben (zu trillern) ... O über die sogenannten Aufregungen des Denkens! Nichts weiter als derart maßlos gesteigerte Exzesse der Langeweile, daß manch einer sich einzubilden imstande war, er langweile sich nicht. In Wirklichkeit aber langweilt man sich in diesen Stunden am krampfhaftesten. Ich halte es für sehr wahrscheinlich, daß alle (on m'excuse) – Genies der Weltgeschichte sich das eingestanden, vorsichtigerweise aber verschwiegen haben. Keiner noch hat auf diese allerübelste Mentalreservation zu verzichten vermocht. Der Grund ist freilich ebenso plausibel wie jämmerlich: kein Kutscher wird den noch bewundern, der die Größe seiner Gedanken verneint, indem er zugibt, daß sie Krampfzustände sind. Hätte nicht aber diese trottelhafte Eitelkeitsbewichsung jene Hosenträger auf die Dauer einmal so unerträglich langweilen müssen, daß ...? Vermutlich war ihnen jahrelanges angestrengtes Japsen irgendeiner Madame gegenüber mehr vonnöten als vor sich selbst ein rechtschaffener Exzeß nach unten, (von wo es, glaubt es mir, straffer zusammengeht als anderswie) ... Welch primitive Hochstapelei! Alle starben sie mit der reservatio ihrer Größe (pfui Teufel!) auf den letztwortig arrangierten Lippen. Auch Voltaire und Montaigne. Pfui Teufel! ... (Man muß weder Kant gelesen haben noch Nietzsche: es genügt, sich an einem Satz das Kotzen geholt zu haben ...)

19° Nein, es ist NICHT wahrscheinlich. Diese Jammerwesten haben es sich NICHT eingestanden. Hat man WIRKLICH, auch nur EINMAL, diese fürchterliche Öde um einen (man halte mich!) – großen Gedanken erlebt, diese grenzenlose Langeweile, die von ihm ausgeht, dann KANN man nicht anders: man löst seinen Krampf und – wütet um sich, gegen sich ...

20° lob ich mir den Asiaten. Er lebt für nichts und wieder nichts; allenfalls für sein dolce f. n., das nur der einfache Ausdruck für die erfreuliche Absicht ist, sich nicht zu bemerken. Ein erhabener Faulenzer! (Der Europäer lebt manchmal für ein Tuskulum, in dem es dann wieder weidlich bunt zugeht, also sehr langweilig.) Deshalb hat der Asiate auch keine Ki- Ka- Kunst und ist kein soignierter Räuber G. m. b. H., der in Geschäftsbriefen die Klassiker zitiert (der Glaubensdränger). Ich habe einmal in einem kleinen Café in Genf einen Inder gesehen, der einen ganzen Nachmittag lang, bewegungslos geradeaus glotzend, dasaß. Es war, als ob er mit offenen Augen schliefe (gut, gut) ... Wie ekelerregend wird von hier aus die knüllige Ambition der Geistportiers, gute Europäer zu sein. Globe-Trottel! Glaube-Trottel!!

21° Bitte nur kein orientiertes Wimpernklimpern! Kein begeistertes Lippenbeißen! Jeder Enthusiasmus ist prekär: das peinliche Eingeständnis, daß man es nicht besser machen kann und AUCH nichts weiß. Deshalb sollen für schärfere Ohren zusammenhängende Begründungen (auch die unzusammenhängenden, die ja doch zusammenhängen) keine aufmunternde Wirkung ausüben ... Je nun, von den vielen Wegen, die zu nichts führen, sind immerhin die am angenehmsten, an denen Einfälle brechreizvoller Art so lose lungern, daß sie besonders neugierig machen. Man torkelt ihnen zu, ändert ihnen zuliebe seinen ohnehin gleichgültigen Gedankentroll und findet, wenn auch keine metaphysischen Knallerbsen, so doch – schöne Oberschenkel ... Dreck, steifen Dreck in eure Nasen, ihr Klammerfatzken! ... (Begreiflicherweise hoffe ich, daß diese Denkquasten, die auf den miserabelsten Unterleibern logieren, es hören werden. Ohne Publikum macht der bestgebaute Fluch nicht das geringste Vergnügen ...)

22° Oberschenkel sind kapital. Kriege allerschwerste Durchfälle. Die Freiheit ist ein Lunapark. Der Friede DIE Katastrophe.

III

23° Typischer Zug alles bourgeoisen Gesindels: der Gefahr, die seinem Selbstbewußtsein durch andere droht, die Größe zu nehmen, indem es verdächtigt. Minimalform: wer stolz, hochmütig, frech sei, der sei ... (sc.: offen selbstbewußt!); Maximalform: wer bescheiden sei, schüchtern, demütig, sei ... (sc.: versteckt selbstbewußt!) ... Süße, süße Mar! ... In beiden Fällen: sie sind immer gegen das Selbstbewußtsein, da sie nur so sich beibringen können, die Nichtberechtigung dieser Eigenschaft in sich als Vorzug zu buchen. Der Ochse verdächtigt zu diesem Behufe. Der Ochse! Wüßte er wirklich niedlich zu verdächtigen: müßten ihm nicht die Hoden wieder wachsen? (Sie müßten!) ... Naturellement: es gibt gar kein Selbstbewußtsein. Das echte: keines zu haben. Die Tragödie par excellence (o la la): – die Groteske ... O vermöchte ich nur einmal drei leichte Viertelstunden lang die Dinge wie ein Sachse anzuspringen! Ich wollte zum Dank (nun, nun) – Psychologe werden und mit den Geyern aasen ... Kurz: man braucht endgültig keine Glasblicke mehr in die Historie zurückzubefördern. In die He- Ho- Hu- Ha- (aha) Hysterie aber seien zum Abrutsch etwaiger sachlich noch vindizierter Fähigkeiten etliche Speibische vorgehirzt (der Schluck um die Axe) ...

24° Süße, süße Mar! Du rhapsodiertest einst (Robe von schwarzem Barège) zwischen Evening Glory Fizz, mir und vier Uhr nachm. (schooooon) also: »Pah bereits allerlei geruckst, pah ist man höflich, läßt den Geld- oder sonstwie den boy gelten, schtrupps wird der Vogel arrogant, hat sogar recht, wenn er jeden, der vor ihm Respekt begeht, für saudumm hält, pah ist man hingegen, hingegen, hingegen nun – zugeknöpft, loblos (nett, pas?) oder auch nur nachsichtig, so dasselbe Resultat in ultramarin, diesmal aber, weil der boy MICH für arrogant hält, dieweil mir doch, du weißt es ja, du Schuft, wahrhaftig nur der Fizz wichtig ist und manchmal deine unglaubliche Schulterhaltung usw. na ja, pah ich habe jedoch einen direkt engelhaften Spitzki ausgeknofelt, reüssiert orienthaft und ist überhaupt das Beste, was gegenwärtig auf diesem Gebiete, ich sage nämlich jedem genau dasselbe, was ich SOEBEN dir sagte, und das von jetzt eben sage ich AUCH jedem und DAS auch und DAS AUCH, das auch, das auch, das auch, Blödsinn ... und jeder fast, aber immer wenigstens erschüttert, wird benützbar und banknotennettest, bitte ...« Süße, süße Mar! Elle a un savon à la place du coeur ... die apokalyptische Hure ... je me tais ...

25° kann man so ausdruckslos vor sich hinglotzen, daß es siegesgewiß wirkt. O, es ist schwer. Zur Skala: auf Mißtrauen springt Haß, auf Haß Mißtrauen, bis man es nicht länger aushält und sich einredet, einander zu lieben. Letzter psychischer Bauchaufschwung der (gewiß, gewiß) – Ohnmacht. Glotzt man aber ... Man müßte konstant mit einer Verbeugung im Blick (oder in der Stimme) arbeiten. Supponiert, daß es verkehrstechnisch ausführbar wäre, zöge es sicherlich am Ende eine Verbalinjurie nach sich (oder schädliche innere Sekretionen). O, es ist schwer ... (Theoretisch ist der Globale längst verboten; daß er praktisch noch grast, ist ebenso unerklärlich wie jenes Verbot.)

26° Als ich eines Tages auf dem Kottbuser Friedhof wahrnahm, daß Trauer nur das schmerzhaft-intensive Bestreben ist, sich zu verbergen, daß sie nicht vorhanden ist, beschloß ich:
1. nurmehr Postkarten zu schreiben,
2. für alle mir applizierten Leistungen Honorare einzuwatschen,
3. mich tunlichst oft (wie es so schön im Liede heißt) – zu erniedrigen,
4. außerdem stets, frischester Wäsche angetan, zu brillieren und
5. keine einzige Frage (da jede unweigerlich albern) und keine einzige Antwort (da jede schlechtweg dement) jemals wieder zu effektuieren.

Konsekutiv hätte ich beinahe geheiratet. Im letzten Augenblick aber gelang es mir, eine Postkarte zu vergessen. Sodaß Punkt 1 nunmehr lautet:
1. nur Postkarten geschrieben zu haben nicht einmal mehr behaupten.

Dies das Geheimnis meiner so oft schon bestaunten Sicherheit im Umgang mit Kellnern, Witwen und Kommerzienräten.

27° Haben Sie schon einmal eine Wasserleiche gesehen? Noch nicht? Dann hüten Sie sich, schüchtern zu sein. Ihr Vis-à-Wüterich, der sich bekanntlich ebenfalls nicht auskennt, hielte sich augenblicks für durchaus maßgebend, ... wenn Sie noch keine Wasserleiche gesehen haben. Tja, Schüchternheit ist (wie jeder aufrichtige Zustand) leider unschulterbar, unverkeschbar. Der Kerl, der sich bei ihrem fortgesetzten Anblick schließlich bereits so heftig mit seinen Fingernägeln beschäftigt, daß man ihm die Maniküre ernstlich nicht mehr zu glauben beginnt, hält diesen Gipfel von (och!) – Selbstgenuß nicht mehr aus und bekommt plötzlich einen Anfall: ... aus der friedlichsten Kaffeehaus- oder Stubenaura faxt eine aberwitzige Frechheit, eine dolle Geste, ein fescher Tonfall. Wenn nun Sie nicht mit einem ähnlich gearbeiteten Anfall nachzufaxen den Schnellblick aufbrachten, dreht sich die ganze Chose: nun halten SIE sich für durchaus maßgebend, WEIL Sie noch keine Wasserleiche gesehen haben ... Bei einiger Gestuftheit der beiden Hirnparteien ist ein langes, sehr idiotisches Jeuchen zu prognostizieren ... Je nun: lernen Sie das hohe Idiom beherrschen! ...

28° Die letzte Enttäuschung? Wenn die Illusion, illusionsfrei zu sein, als solche sich herausstellt. (Schwülstes Eitelkeitsmanöver: sich dümmer und schlechter stellen, als man sein möchte, um der Eitelkeit zu fröhnen, nicht eitel zu sein. Mißlingt gräßlich.) ... Der Gipfel der Naivetät? Wenn jemand mit einem Schlag die (ogottogotto) – Wahrheit erfahren will. (Schließlich ist aber eine Ohrfeige doch nur ein verzweifelter Annäherungsversuch. Auch wirken unechte Tränen oft echter als – unechte.) ... Zwei Scherzfragen? Nicht doch. Zwei Bracelets.

29° Eine vorzügliche Zigarette durchaus erforderlich ... Sämtliche Symptome des schlechten Gewissens (bim!), der Schuld (bam!), wie tiefes Erröten, Erbleichen, Stottern, unsteter Blick, Zwang zum Sprechen von dem, was verrät, etc. pp. Quatsch treten, wenn die Sensibilität (Mangel an Beherrschung des hohen Idioms) einen sehr großen Grad erreicht, lediglich auf Grund dieser Sensibilität ein, welche sie zu den augenblicks erkannten Möglichkeiten so schnell antizipiert, daß sie sich ihrer faktisch nicht mehr zu erwehren vermag (oder dies gar nicht mehr mag: DER Zustand ...) ... Dieses längere Satzgebilde dem ohnedies schon überstattlichen Bankrutt der Psychologie so leichthin noch nachgespien! (»Nachbarin, Euer Knie!«)

30° Fast alle, die schweigend sehr gefallen, erregen Ekel, wenn sie sprechen. Nichts habe ich darum ehemals in (sonderlich: in guter) Gesellschaft häufiger getan, als einen Päan auf alles Gelichter geprasselt. (Größeren Teils, um aufzufallen: der obige Ekel ersoff sehr rasch in wohligen Eitelkeitswogen.) ... Außerdem: der Umgang mit Staatsangehörigen ist ja doch nur eine sinnlose Anstrengung. Jede Annäherung ist an sich bereits blamabel (die energeile exkl.); jede Geselligkeit dto. Deren Extrakt: sich die (pst! pst!) – Bildung abhören und die Vorbehalte ablausen. O, was wäre eine Grand Hotel-Hall ohne Vorbehalte! Entsetzlich! Was ein Vorbehalt ohne Hall! Eine fixe Idee. Eine (amüsantenfalls) vergeblich fixe ... (fix! fix!) ... Wer die Gaya Afrania, die dem Prätor auf dem Forum den Hintern zeigte, JETZT noch nicht begreift, der ... ach was: der Schluck um die Axe!

31° Its a long way to Tipperary. Sicherlich. Denn genau bedacht: Psychologie ist ein Handicap. Jede Regel hat ihre Ausnahme, zweifellos. Also regelmäßig. Deshalb höchste Vorsicht: jede Regel ist als Ausnahme zu setzen, denn die Regel ist die Ausnahme. (Wichtige Regel!) ... Es gibt nur relative Feststellungen von relativen Zusammenhängen. Und auch die gibt es nicht. Psychiater und Untersuchungsrichter sind au fond unterbliebene Billetteure (Wanderzirkus), da jedes (o la la!) – psychologische Urteil eine von dem Beurteilten bestellte Arbeit ist, die nur deshalb so selten gefällt, weil infolge der Unkenntnis des Beurteilten von sich selbst der Auftrag ungenau aufgegeben wurde. Die besten Urteile werden erwiesenermaßen am schlechtesten aufgegeben, die schlechten am besten. (Die kernlosen Früchtchen sind die süßesten. O die lieben erwerbslosen Visagen!) Erwiesenermaßen: die geradezu rasante Verschiedenartigkeit der Urteile über (ha!) – schlechte Menschen. (Die über gute sind immer richtig.) Unterbeweis: die Urteile interessieren die Jungens erst, wenn sie sie hören; die Edelknaben jedoch bereits, wenn noch gar nichts (kusch!) – aufgegeben wurde ... Jeder Rat ist ja nun eine schlankweg letale Angelegenheit; aber so nebenhin: schlechte Urteile über sich zu verabfolgen, die immerhin aufrichtigste Art, den guten, die auch falsch sind, aus dem Weg zu gehen. Tant de bruit pour une – occasion perdue? ... Manchmal hilft jedoch gar nichts: weder das Kontra- noch das Mitgrinsen. Sie trauen einem doch. Ach, wo ist das Publikum für GANZ schwere Jungens? Ich bin so eng geworden und sprottig ...

32° Mö- Möglichkeiten des Umgangs. Mann und Weib (Dame): bestenfalls coitus; minderenfalls Beischlafähnliches; schlimmstenfalls erotisches Hokuspokus (Konversatorisches!), dem das Adjektiv »pausal« (gebrechens; oder: siehe St. G. B.) angeschmissen werden muß. Mann (Herr) und Mann: bestenfalls schätzt man den gegenüber befindlichen Lippenschwung und schweigt (oder hochidiomt) matt an den Wangen vorbei; minderenfalls setzt es eine stahldünne Rauferei, nach welchem zweifelhaften Zeitvertreib jeder geübt die Achseln senkt und Sieg oder Niederlage und sich und den anderen und alles ablehnt und kurz und gut (nicht gut!); schlimmstenfalls produziert man Bügelfalten auf der Stirn und überhaupt Wichtiges und Formvollendetes, kurz, man tratscht (lieber Sotades!) ... Der Schluck um die Axe! ... In der französischen Provinz Haute Garonne, an der spanischen Grenze, ist die Fabrikation von Mißgeburten noch heute die einheimische Industrie (das Stück Krüppel zu 50 bis 60 Frs.). Dieser Erwerbszweig würde straks verschwinden, wenn infolge der soeben erwähnten schlimmsten Fälle, welche leider durchweg dominieren, das Mitleid nicht eingeführt worden wäre ... Aber die echten Krüppel? Nun, man interessiere sich, wenn man schon durchaus, ... wieder für Hegel, den Pazifismus und die eventuelle Vernichtung mißlungener Babys ... ICH ziehe Damen vor!!!

33° Es gibt Tage, wo jeder ein dummes Gesicht macht. Und Nächte, wo das dümmste noch zu bedeutend aussieht. Und es gibt Wochen und Monate und Jahre und ... Durchblasenste Vokabeln, lockerste Pausen, die herausgestreckte Zunge, die lange Nase u. a. sind darum sehr erleichternde Verkehrsgriffe; um so mehr, als ja doch jede Situation in jeder Hinsicht unhaltbar ist. Man lasse diese lieben Gesten zart ins Irre hinüberspielen (DIES das hohe Idiom!) und man wird erstaunt sein, wie vortrefflich sich alles abwickelt ... Und da man, lediglich leidenschaftlich (sozusagen) drauflosredend, ALLE Beziehungen zwischen Personen sprengen kann (sie sind IMMER Konstruktionen!), bietet es zudem ein gesundes Palliativ. Apropos: untereinander lebt man bekanntlich (sofern man nicht ...) stets in einem meist selbst und oft sehr fein gesponnenen Netz (konjugale Paranoia; Juan Suvarin und seine Narva); allein in einem noch weitaus feineren (sofern man nicht ...) ... Man beginne doch endlich, gegen sich selber aufzutreten! Man beginne!! Man ...!!! (Ich spucke schon längst in stillen Stunden mir selbst aufs Haupt... Ach, ich pfeife auf ... – ... Ja, worauf...?)

34° Damen sind besinnungslos vorzuziehen. Jede Regel ist eine Ausnahme. Psychologie ein Handicap. Der Schluck um die Axe: der Pfiff aufs Ganze.

IV

35° Cartesius und Swift liebten, es ist notorisch, das Schielen. Chapeau bas! (Immerhin...)

36° Die größte Sicherheit im Umgang projiziert, wer von der restlosen Unsicherheit aller sich überzeugt und darum die Nase voll hat. Die weiteste Bewußtheit (Patent Oil Urinoir) ist lediglich die letzte Unsicherheit, die der vorletzten aber als Sicherheit imponiert. Die letzte Unsicherheit, als solche durchaus erschmeckt: DIE Sicherheit (der scharfe Wupptich). Daher ist alles Verstellung, da alles unsicher ist (rastaquouèresk). Hinzu: wem war es noch nicht, wenn er weinte, als löge er, wenn er lächelte, als verbärge er sich, und wenn er seine Visage vergaß, als verriete er sich, he? Alle Mimik (das kleine Gelotter): – Verstellung... Die Kameele glauben an ihre Maske. Die, welche sie bemerken, entdecken, daß sie sich bereits verstellen, wenn sie bloß den Mund aufmachen. Wohlgemerkt: am besten verstellt man sich, wenn man den Mund hält UND die Mimik (das große Gelotter)... Natürlichkeit (tschuk tschuk prä prä) fällt leider in die holden Gefilde des Unbewußten: trotzdem ist sie ein Kriterium für die Oberlehrer geworden, die als Vorzug preisen, was allerdings natürlich ist; anders aber; ein Söhnchen ist heute natürlich, wenn es nicht merkt, daß sein Hersteller ein Kameel ist... Klapprand: die sogenannten Sicheren werden unweigerlich unsicher, wenn der Schein gegen sie ist; wenn nur jenes beschienen ist, was für den anderen spricht, das aber unbeschienen bleibt, was gegen den andern spräche und oft auch gegen das, was jetzt für den anderen spricht (shut up!). Da es aber weder Schein noch Sicherheit gibt, bleibt das einzig probate Mittel, nicht unsicher zu werden: gar nicht erst sicher sein zu wollen... Den Daumen auf der Schulter, fixiere man die Stelle der linken Brustwarze (etwa) seines Gegenüber, das Nasenbein oder die Achselgegend und gebe auch sonst nicht nach. Unter keinen Umständen. Das genügt.

37° Ernst kann derart heftig hingelegt werden, daß das Opfer (Nichtwieher) außerstande ist, wahrzunehmen, wie der vis-à-vis befindliche Gauch sich längst innerlich zärtlich die Hände reibt. Das Bedürfnis, aus seinem gegenwärtigen Zustand (Platzangst + Silbenkoller) heraus- und in seinen richtigen (Piephahn gewissermaßen) hineinzuspringen, hat es in diesem Moment am feuchtesten. Dies beweist sehr hübsch, wie (tja) – hintendurch man bei sich selber gelangen kann, wenn man noch keine ergebnisvollen inneren Schwerst-Razzias abgehalten hat. Denn anfangs überschätzt sich jeder Flaneur und ein Schärferer (Wupptich) hält sich stets so lange für DAS Genie, als er noch nicht beschnalzt hat, daß es nur das Talent ist, berühmt zu werden. Hierauf aber débauchiert er rasch (raté), beschränkt seine Fixigkeit, aus An-Deutungen fruktifizierbaren Sums zu machen (Talent), auf seinen Privatbetrieb (Bryant 1098), wird, wenn er Pech hat, trotzdem berühmt und füllt seine Mußestunden damit aus, vor einem Handspiegelchen zu – wiehern ... (Un oeil dit merde à l'autre.)

38° Halt, wie ist das mit der Dämonie? ... Gemach. Der wilde Mann steigt nämlich vom Mißtrauen gegen sich selber zur konstanten Belauerung seiner Sätze auf und endlich gewahrt er, daß er sich zu allem entschließen kann. Er muß sich nur dazu entschließen. Und schon ist der Bursche dämonisch. Was das wilde Weib betrifft, so – liegt es beiweitem gehrer: vergnügt-verwundert im Anfang über die genußreichen Hergaben des Körpers, baldhin entzückt von dessen enormen (raptisch) – Hochspannungen (biegt es sich gertenhaft zwischen Scheitel und Zehen ... es jauchzt!) und letztlich dieserhalb wild entschlossen, ALLES zu versuchen ... Und schon ist die Kuh dämonisch. (Anmerkung für Zurückgebliebene: jeder wirkt in allem, was er tut, unvermeidlich aber ein wenig kokett; deshalb allein setzt nicht jeder Willensakt sofort in blechernstes Erstaunen. Aber an Dämonie zu glauben ist deshalb noch kein Anlaß vorhanden.)

39° bin ich, seit ich weiß, daß es Graphologen gibt, insoferne zuversichtlicher geworden, als ich wieder ein klein wenig Vertrauen zu Brückengeländern gefaßt habe ... Effekt eines Briefes auf das kleine Gelotter: kindisch, lächerlich; auf das große: idiotisch, skurril. Die (sehr geehrte) Handschrift ist das unzutreffendste Zeichen, das ein Kauz von sich geben kann. (Und da es überhaupt keine zutreffenden gibt, so ... na!) ... Mit den primitiven Schlüssen (Barbara), die sie zuläßt, ist nichts geholt (alles NUR Barbaraien!): Kinderhandschriften sind die gefährlichsten. Und was die gestuften Schlüsse betrifft (wienerwerkstätte-phantasmagorr): man fällt auf dem Umweg über die eigene schmeichelhafte Suggestion hinein. Hinein. Jede (ä!) – Handschrift ist für den, dem sie etwas sagt, eine gelungene Mystifikation ... Am Ende fällt man stets hinein. Stets. Hinein.

40° Und immer noch gibt es (krrr!) – Hälse, denen die nicht gerade schlechte Meinung vom Nebenhals gerade gut genug ist. Stümper! Ich habe laut stets die schlechteste, tatsächlich aber gar keine. Deshalb blüht mir alles zum Hals heraus ... Jeder, jeder, jeder ist von stürmischer Leere! Warum durch eine Meinung etwas hineinstopfen, ihr Hoxschwipplinge von der Füllung? Sie gröhlen, sie hätten Fülle, wenn sie sich gefüllt haben. Füllung, bloß Füllung! Freilich: Chamäleons (Jobberkiele) sind die vorderste Hintertreppe; aber: so seid doch leer, so leer, wie ihr seid! Es ist überdies weitaus angenehmer: alles wird leichter, lockerer, voran der Herr selber ... Wer weiß es noch nicht: je leichter, je lockerer einer ist, desto aufrichtiger ist er; da er sich noch nichts Fixes vorgemacht hat, ist es leicht, ihn aufzufüllen. Aber, ihr Hallunken, es kommt die Minute (zumindest), wo seine Hüften sich biegen. Dieses tibetanischen Gelächters Berstkraft: Vormacher, Unter-sich-macher, Leimsieder, die ihr euch auskennt, eure Haut platzt. Und siehe, sie war aufgeblasen ... Deshalb blüht mir längst alles zum Hals heraus!

41° »Ich durchschaue Sie!« – Von diesem Augenblick an war mein Mißtrauen geschwunden: der Knabe langweilte mich ... Ach, welch eine Wohltat ist für manche, die es bereits verlernt haben, schlichte Konversationen wieder für die allein bedrohlichen zu halten, ein schlecht ausgejäteter Bowist! (Überdies, wenn er seine Lackschuhe liebkost.) Ist es ein Trost, zu wissen, daß es immerhin noch unnütze Mitglieder der menschlichen Gesellschaft gibt? Nein. Trotz allem. Denn auch sie blicken gelegentlich mit Genuß feucht. Auch sie leben zwischen butterweicher Erotik und Hirnquark so einher, daß die ausgewaschenste Dämonin streckenweise doch an ihrer Haltung irre wird. (Dieses DAS Verbrechen!) O, und ein Malheur ist so aufmunternd! Drum, man schätze den Bowist und liebkose und beirre jede Haltung so lange, bis die hergestellte, die von dem holden Umstand lebt, keine zu sein, nicht mehr zu beirren ist. Dessenungeachtet bewahre man den Satz Napoleons, den er äußerte, als man ihm seine ägyptische Proklamation wieder zu lesen gab (»Das ist ein bißchen marktschreierisch!« – eigene Worte des vortrefflichen Mannes), nicht vielleicht als geistigen Unterstand auf, da man erst, wenn es gelungen sein wird, mit seiner eigenen Prostata ins Gespräch zu kommen, irgendeiner deutlicheren Orientierung zuteil werden dürfte. Bis dahin bleibt die einzig wahrhaft würdige Lage des Menschen, in effigie, aber konstant auf seinem komischesten Körperteil zu liegen und dadurch gegenüber dem darüber befindlichen Sternhimmel weitaus erschütternder zu wirken.

42° ist eine Anspielung (definitorisch beäugt) eine heimtückisch herangeschobene Vermutung, die niederträchtig (aber doch unverwendbar oft) wehrlos macht; es sei denn ... Geht man auf sie nicht ein, gilt man als dumm, oder bestätigt sie eben durch das Ignorieren; geht man auf sie ein, gilt man gleichfalls als dumm, weil man sie durch das Daraufeingehen bestätigte, oder man erhält sie ebendeshalb lächelnd zurück, da ja doch gar keine Anspielung erfolgt, man vielmehr überfeinhörig sei ... Es sei denn, man beschuldigt den Anspieler augenblicklich eines sträflichen Verhältnisses mit einem angewärmten Rindslendenstück. Fabelhafter Erfolg.

43° A-a-a-aber die Liebe? Der Sentimentale (Mousta-Schale) macht aus einer Gans einen Schwan. (Das ist die Liebe.) Und dies, dieweil er doch nur SICH am deutlichsten empfindet. Der andere (der Kontemplatte) bekommt (hastenichjesehn) – Gedanken und schreibt sie seiner Ida zu ... Erotik? Sexualersatz. Der Instinkt ist heiß, das Knie ist kalt. Das Hirn erbarmt sich und macht den müden Nerven Vorstellungen. Bestes Theater ... Die Geistportiers, welche derzeit in Mitteleuropa mit der Stiltrompete grassieren, geben tonschwer von sich, man habe spätestens mit Dreißig mit seiner Erotik fertig zu sein. Was restiert? Der Jeist, he? Hallunken! Aber man besehe sich ihre Damen! ... Mimikri ... Auch diejenigen mit dem strahlenden Blick erreichen ihn nur dadurch, daß sie die komische Geduld aufbringen, sich unentwegt zu bemühen, ihm (hopp!) – Tiefe abzugewinnen. Zwar macht ohnehin jede Frau sich über den Gestalter (Mimikrist), der sie ehelichte, lulustig; aber auch die, welche den strahlenden Blick ins Bett bekam, läuft nicht unblamiert gelegentlich allein herum: »Es ist doch ganz gleichgültig, wie oft ein Mann ...« (Madame rötet sich!) » ... das sagt auch mein Mann, ja.« Nur ER sagt es, ma pauvre; denn keine Frau sagt, was sie denkt, sondern nur, was ihr einfällt, und das ist von ihrem Mann (wie?) ... Wie leicht ist es doch, eine Frau davon zu (hm) – überzeugen, daß die Sexualität das einzig Sichere ist! Und wie schwierig, sie ihr verächtlich zu machen! Daß dies dennoch, auch heute, geschieht: die Männchen sind genötigt, sich etwas Geist anzuschaffen, damit die Zeit vergeht, (die so eigentlich zum Verzweifeln ist!) ... Weniges ist wohl amüsanter als dieses Gequassel (Stiltrompete), das Madame den Leo begehrenswerter machen soll. Aber es gelingt nur so so. Es schläft sich eben doch nicht besser mit einem Denkerich.

44° Sachliches in die Rippen! SEHR Sachliches!!! ... Die Betrachtung der riesigen alten Ritterrüstungen; daß Kerle wie Casanova und Henri IV. mit ihrer Lues sehr gut fertig wurden: eine Promenade durch europäische Städte assoziiert Ritter von der (wie bitte?) – traurigen Gestalt ... Es ist gegenwärtig in jeder Hinsicht empfehlenswert, auszusterben. Man weiß heute nicht mehr, was man mit IHR après anfangen soll (o die öden Pausen!) Es war einmal eine Zeit, allwo es kein Après gab, meine Herren Lyriker. (Die Indianer sind noch heute spirochätenvirulent, aber gesund!) O daß die alten Instinkte geblieben, die ihnen entsprechenden Vitalitäten jedoch abgegangen sind! Jene waren ehemals perpetuierlich beschäftigt; man hatte gar keine Zeit, sich zu langweilen (zu trompeten): man atmete bis in die Lungenspitzen, koitierte, jagte, fraß, raufte, soff, koitierte, schwamm, grunzte, koitierte, schlief und der Tag war hold zu Ende. Nunmehr vazieren die Instinkte von den vierundzwanzig Stunden vierzehn, die dem (still!) – Berufsleben dienen oder der (ffft!) – Kontemplation, welche die sonnige Aufgabe hat, dem Herrn die Instinkte so fein auszureden, daß er sich zu glauben vermag, er sei zwar ein toller Kerl, aber so gescheit, sich zu unterlassen. Affen! Entartete Affen!! Miserable Affen!!!

45° »Was tuen wohl die Engelein, so sie nicht singen?« Lieber Jakob Böhme, sie beächzen sich sicherlich, so sie nicht ... (Kein Geringerer als der Schafskopf Dante ...)

46° Nun aber möchte das Zwischendeck gerne wissen, was man mit seiner (immerhin noch vorhandenen) Gesundheit vornehmen soll. Da man sie nur bemerkt, indem man sie tunlichst verliert, wäre der Vorschlag eines Schalks sehr diskutabel: »Geben Sie sich in einem Zuge auf!« (Capisco?) Imposant! ... Nichts da! Frigidität ist nur ein sehr kleiner Grad von (na) – béguin. Ein absolut frigider Mensch ist – tot. Glattweg tot. Schließlich aber ist man immer von sich enttäuscht und es ist, als nähme man einen Kleiderständer und stellte ihn auf denselben Platz. Mit Zwanzig hat man das Monokel auszuspucken, mit Dreißig die Zigarette hinterm Ohr zu entfernen und ein für allemal zu wissen, daß man Madame nur los wird, indem man plötzlich anfängt, sie zu – lieben (eifersüchtig zu sein, wenn schwieriger ...)

47° Letztspurig ... wird man aus Langeweile boshaft. Dann langweilt es, boshaft zu sein. Und endlich beginnt man, Schokoladebildchen zu sammeln. Idealisme noch ist sträflicher Realisme. Ein sanft gebliebener Bocher ist doch ein wenig schauriger (da Idealist) als ein wild gewordener Imaginist (da Realist). Wer mag nur die Ampulle »Seele« erfunden haben! Vielleicht der einigermaßen enttäuschende Anblick des Nackten ... Diese Enttäuschung aber: man nehme sich am Ohr, entwickle Mut und gestehe sich ein, daß man, da Gelegenheiten nicht mehr einbringen, was andere ehemals der Gefahr abjagten, – eine heimliche Bewunderung für seine eigenen Beine hat ... Ja, man geht so weit, seine tabula rasta FAST zur Gänze vorzutäuschen, um mit dem scheinbar unscheinbaren Rest des »Fast« seinen niederschmetterndsten Schlag zu führen. Der freilich auch das eigene Fleisch trifft: ... letztes Lüstchen ... letztes Wütchen ...

48° Venusblicke sind das einzig Sichere. Dämonie ist ein Rindslendenstück. Bettgeisttrompeten sind Barbaraien. Die Seele ist kein Brückengeländer. Die Liebe eine Schwanerei.

V

49° Das schütterste Detail lästert stets den Gesamteindruck. Kennt man jedoch Chinatown oder Tiffany (Bijoutier), so erhebt sich bald wieder die leise Vakanz der Sinne, für die Toast mit Jam keine Lösung ist. Und da jede Erklärung viel unwichtiger ist, als man meint, wenn man auf sie verfällt, ist es vorzuziehen, nur noch in allerdünnsten Satzdämpfen sich zu ergehen. Leidenschaftlichkeit ist KEIN Argument. Und Kenner, die bereits von vornherein so laut reden, daß sämtliche Feuerversicherte sogleich derselben Auffassung sind, haben sie in sich ... Knockout. Madames Busen flog. Herr F. mit einer Matratze am Kinn (Matratzen sind schwer zu rupfen) überzeugte sich, daß ein schlechtes Gewissen sehr abwechslungsreich ist. Auch die Allerdünnsten können eben nur mit dem Ton (Tönchen) argumentieren. Man bemüht sich stets gänzlich erfolglos, ein treffendes Wort zu finden. (Perlimpimpim, sagte Herr F. mit Vorliebe) ... Man gehe sachte auf und ab, ergreife eine alte Birne und den hierbei evtl. sich bietenden Einfall und erhebe ihn zum Prinzip: le comble du grand écart ...

50° In jener verzweifelten Lethargie (halb Desperado, halb Fatalist), die zu nichts entschlossen ist, also zu allem, hockt die Spannung für ein doppelgestrichenes Falsett. Wenn man es hört, ist es, als müsse einem endgültig ALLE Geduld reißen. Ich habe es gehört, als der Jockey Rudi Etvöes jener Dame, die sein Nebeneinkommen repräsentierte, sagte: »Wenn ich gut sein will, habe ich immer das Pech, daß ich eigentlich jeden zerfetzen möchte.« – »Ich nicht.« – »Wie?« – »Je m'en fous!« ... Das Falsett. Doppelgestrichen. (Wann wird man anfangen, im Aëro-Palace, 3000 m über Nizza, zum Nachtisch sich die Achselhaare streicheln zu lassen, he?)

51° Perlimpimpim ... Jede Wohnung, die man zum ersten Male betritt, stimmt (nun) – sarkastisch; teils: ... weil man stets wahrnehmen kann, daß der Freude (Beefsteak) oder der höflichen Haltung (Frühstück), mit der man empfangen wird, Sekunden deutlichen Ärgers oder gar Hasses vorhergingen, und weil man andererseits an jeder Person, die ins Zimmer tritt, beobachten kann, daß auf der Schwelle schon irgendetwas in ihrem Gesicht gleichsam unter Zwang gerät: man hat den Eindruck, daß alles, was sie sagen wird, Betrug wäre; daß sie sich bereits auf der Treppe dessen höhnisch gefreut hätte; daß aber auch die ärgerliche oder haßerfüllte Empfindung, die man ebendeshalb hat, ihr nicht entgangen sein kann ... teils: ... déganter: weshalb nicht zur unumwundenen Haut sich bekennen? Oder: weshalb nicht vom kleinen Beiram der Mama reden (trillern), oder von der suppigen Talion, welche die Passoskskaja mit gestohlenen Papillotten vornahm, oder von der Gasconnade des Hofschneiders Simeon Achselschweiß ... teils: ... weil jede Wohnung eben ein Tripot mit Nachsicht der Taxe zu sein hat. Perlimpimpim ...

52° Phlogistische Crapule: kein System haben wollen, ist ein neues. Die Wahrheit (la blague) KANN gar nicht zum Problem werden, weil man sie bereits sprachlich in die Prämissen nehmen muß. Jeder hat sich immer noch zu viel geglaubt: man hat sich auf GAR NICHTS einzulassen. Diese Art von Bosheit (kein System) ist ja doch nur die verkappte Besorgnis vor der eigenen Zwecklosigkeit; noch nicht einmal: Sinnlosigkeit!) ... Ich reite einen Exkurs letzter Flappereien: allein der Gedanke als solcher könnte zum Problem werden; am schärfsten dort, wo er derart in der Polmitte zwischen Wahr und Falsch steht, daß es auf allerkleinste Nuancen ankommt. Hier aber gewahrt der Privatmann, daß man nicht apodiktisch entscheiden kann, sondern nur (he, he) – betasten, welchem der beiden Pole der Gedanke sich zu nähern SCHEINT. Und sofort wird diese ganze Denkerei zum Problem. (Plausibilität bliebe das einzige Kriterium. Merci!) ... Man KANN sich auf gar nichts einlassen! Wenn ich sage: »Ich leugne die Wahrheit«, so stehe ich mit dieser Behauptung innerhalb der Pole Wahr und Falsch, da ich behaupte, daß es Wahrheit nicht gibt: ich will also DIESEN Satz wahr haben. Der vollkommene Widerspruch: der Inhalt des Satzes wird durch den Satz selbst widerlegt. Jeder Satz ist demnach falsch, weil derjenige nicht wahr sein kann, der die Möglichkeit leugnet, etwas könne wahr sein ... Hier beginnt es nett zu flimmern. Man rülpst. Und es wird irgendwie gelb ... Man irrt immer. Immer. Jeder. Immer. Jeder. Immer jeder ... (Zwangshandlung? Oder: Überwut? Oder ...?)

53° Oder: Rosinen. Man braucht sich lediglich vorzunehmen, von morgen an statt Bauch Kropp zu sagen, statt Zeigefinger Fec: – und alles wird heiterer. Gegenwärtig schätze ich sehr die Vokabel ›Rosinen‹. Wenn ich sie ausspreche, denke ich an eine Mischung von Hebammen, Abgeordneten und Quark ... (Memento leli: je unwahrscheinlicher ein Vorfall ist, desto wahrscheinlicher ist er. Behaupte ich, der ich ein Vorfall bin, der durch die Unwahrscheinlichkeit dieser Behauptung gleichwohl nicht wahrscheinlicher wird. Und darum vorziehe, ohne Behauptungen vorzufallen.)

54° Ein Märchen (genesis) ... Ursprünglich vollkommene Einfalt. Verlust der Einfalt (wieso?) und des Sinns (Einfalt?). Hierauf Zwiespalt: Geschäftigkeit. Anfangs: unbewußt, also dumpf verzweifelt (gelangweilt). Später: bewußt, also sehr verzweifelt (enorm gelangweilt). Deshalb: neue Bedürfnisse, für die man arbeitet und arbeiten läßt. Folglich: Geschäfte: man rechtet und hadert. Weiter: neue Bedürfnisse, neue Geschäfte. Und da die Langeweile immer größer wird, beginnt man zu theologisieren und zu philosophieren und endlich, DAMIT Geschäfte zu machen ... Resumé: chronische Agonie. Remedium: Einfalt? O du liebe Einfalt! ... Eine Genesis? Nicht doch. Solide Dummheiten!!! Nicht einmal gemäßigt durch Plausibilität. Ein Märchen (wie Poës »Heureka« oder Weiningers »Geschl. und Charak.«) ... Aber man könnte gleichwohl eine amüsante Alternative zimmern (zwitschern), dergestalt:

1. Entweder: das Bewußtsein ausschalten (Fakir, haôma).
2. Oder: bewußter Zwiespalt (der Oberkellner).

ad 1. Konstruktion des Un-Menschen (das Glotzauge).
ad 2. Konstruktion des Unter-Menschen (der Wupptich).

Beide Konstruktionen entspringen derselben Quelle: – (bitte ein beliebiges Substantiv! Etwa: – Mückensamt!!!)

ad 1. Hinterste Sinnlosigkeit (Marke Nirwana).
ad 2. Vorderste Sinnlosigkeit (Tarifbewegung im Photographengewerbe.)
Ich verzichte! . . .

55° Jedenfalls ist die Moral die unzweckmäßigste Einrichtung zur Beseitigung irgendwelchen Betriebs. Dadurch, daß man ein gutes Geschäft (Moral) gegen ein beiweitem besseres (ohne Moral) zu halten in der Lage ist (welch holde Transparenz!), fällt es leicht, sich zuzugeben, daß man im Grunde gar keine Einstellung hat, sich ungefähr wie – losgelassen vorkommt und unnötigerweise mit einer hintersten Zurechtlegung sich herumgeschleppt hat . . . Die Beseitigung der Moral wäre deshalb vielleicht durch Einführung des Kettenhandels im Heiratsvermittlungsverkehr herbeizuführen. Oder durch Erschwerung des Kompottgenusses. Oder einfach durch Bäder.

56° ist der Witz die einzig erträgliche Art der Wiederholung längst vergossener Albernheiten. Wo Ernst ist, da sammeln sich die Frösche (Gesinneriche!). Je gekurbelt witziger einer ist (ein Poposten Rhum!!), desto mehr hat er unter sich gelassen (einen Posten, Ruhm) . . . Witz? Sich selbst ad adsurdum führen (zu Chignol): à la Gallette . . . (Charlot Chaplin: Gerh. Hauptmann – ein Waisenknabe.) . . . Humor aber? Ich sage nichts als: Kempinski (oder: die angelehnte Hintertür für blaulappige Sortiment-Sentiments) . . . O, es existiert ein derart torkeltoller Witz über sich selber, daß man sich zu seinem privatesten Vergnügen einige Monate von einem weiblichen Torso (nun ja) plündern läßt; und daß man in Äußerungen sich hineinspreizt, die andern das Blut in den Waden stocken machen (sozusagen). Mir machen sie freilich bloß alles sauer. Sauerst. (Die Milch der abgestandenen Denkungsart unter dem Bli-Blitz prengsten Blutes!) . . . Aber auch das ist bloß angenehm, durchaus nicht verständlich . . .

57° Man ist im Grunde immer erfolglos. Erfolg? Ein mehr oder weniger meisterlicher Irrtum. Nichts stimmt. (Nicht einmal das.) Je heftiger eine Ordnung proponiert wird, desto rapider ist die Unordnung, die sie schließlich aufführt. Würde einer DIE Idee (die letzte: den Sinn) liefern können, müßte alles allen klar sein und alles wäre in strahlendster Ordnung. Vermutlich. So aber ... sind alle Ideen (etc. pp. Unfug) geradezu ein Malheur. Eine Idee? Ein Erfolg. Folglich: ein Malheur. Das Christentum par exemple, ein raffiniertes Abwechslungsereignis, das sich als gutes Geschäft (Moral) gehalten hat, hatte den Weltkrieg, der ein schlechtes Geschäft war (mit UND ohne Moral), auf dem Gewissen: – eine Paranoia heftigsten Wunschcharakters, hervorgetrieben aus dem Mangel an verdroschenen Oberlehrern, Inzesten, leichten Abreisegelegenheiten und ausgedehnter Selbstliebe ... (»Liebe deinen Nächsten wie ...« etc. pp. Quatsch) ... He, wie steht es mit dieser Selbstliebe? So: manchmal liebt man seinen Selbsthaß (falls nicht zu mißwachsen), aber immer wieder bis zum Selbsthaß und bis zur Verzweiflung (Mascotte-Bar). Selbstliebe ist das nicht, sondern Eitelkeit, naturellement. Gäbe es Selbstliebe, so könnte man auf sie mit Recht eitel sein, wäre es aber ebendeshalb nicht, weil Selbstliebe nicht Eitelkeit ist, sondern ein tierisch-begabter Zustand (Wiesenbenützung). Da man also seinen Nächsten, wenn man ihn wie sich selber liebt, lediglich der eigenen Eitelkeit dienen läßt, darf man sich nicht wundern, daß so viel geliebt wird ... Der Unterschied zwischen J. Christus und Ch. Huysmans (»Tu den andern, was du nicht willst, daß sie dir tun!«): beide waren erfolgreich und hatten deshalb keinen Erfolg ... Hiebe tragen übrigens oft die größte Anhänglichkeit ein, Geschenke die größten Unannehmlichkeiten. Man wäre versucht, Vorstellungen zu machen. Trotzdem habe ich (das schmeichle ich mir sehr!) einen überaus praktikablen Ausweg ersonnen: was ich nicht ertelephonieren kann, lasse ich im Wege der Entwendung an mich bringen, und gelingt das nicht, so helfe ich mir mit einer fingierten Prügelei ... (Après moi la blénnorragie!)

58° Die (sprich leiser!) – Meisterwerke der Weltliteratur: solch SCHWINDEL erregende Bücher, daß man (jung) die Augen schließt, sich weiterdrehen läßt und sich schließlich (wenn man sich nicht mehr zu erwischen vermag) einbildet, man habe einen Standpunkt bekommen und könne mit sich beginnen ... Kunst!!! Die infantilste Form von Magie. Man beschäftige sich ein paar Wochen mit den Geheimwissenschaften und wird entdecken, daß die Okkultisten gesündere Bébés sind. Sämtliche Kunstzeitschriften (Sturm-Gebimmel, Aktions-Gefuchtel, Fackel-Gefackel) sind nur SEPARAT-Beilagen zu den korrespondierenden Tageszeitungen (externes Feuilleton). Das »Neue Wiener Journal«, die »B. Z. am Mittag« und der »Matin« sind als in jeder Hinsicht weitaus reeller sehr zu empfehlen ... Die besten Bücher der Weltliteratur wurden in der Absicht geschrieben, das beste Buch aller Zeiten zu schreiben: die psychologisch einzig erträgliche Voraussetzung des Bücherschreibens von dazumal. Heute kann es nur die sein: die Unmöglichkeit schaffen zu wollen, daß jemals wieder ein Buch in jener Absicht geschrieben werde. Gesetzt, es gelänge: wer würde dann noch schlechte Bücher schreiben? ... Das beste Buch: das unterlassene (Napoleon, Rimbaud, Lautréamont, Schukoff) ... Ich würde mich freuen, zu hören, daß diese Seiten der LETZTE Mist sind, der geschrieben wurde. Ich würde mich sehr freuen.

59° Lust ist der einzige Schwindel, dem ich Dauer wünsche.

60° Selbstverständlich verkehre ich im Grunde gar nicht mit mir. Ich hoffe allerdings auch nicht mehr, mir einmal vorgestellt zu werden. O, die luden Beziehungen, so im Ganzen! (Ich ziehe das Hôtel du Roule in jeder Stadt energisch vor) ... Zu sich ist man niemals auf dem richtigen Weg. Feststeht nicht einmal, daß man schlankweg geht. (Beobachtungen werden GEMACHT!) Man sollte endlich anfangen, mit den Beinen Sätze zu machen!!! ... Ich vermute sehr, daß ich lediglich müllere. Wie ...?

61° Lust ist alles. Meisterwerke sind keine Wiesenbenützungen. Leidenschaftlichkeit ist Talion. Witze sind Inzeste. Die Moral ist ein Kettenhandel.

VI

62° Dieser ganze wilde Gestank ist nun doch nicht das Ergebnis menschlicher Heldentaten allein, sondern das aller: aus Sinnlosem stürzt Sinnloses. Ob nun Ostafrika mit Heldenblut erobert wird, ob Missionäre sich verprügeln lassen, ob Philosophen verhungern: dies alles ist so sinnlos wie jedes Leben, wie das meine, das sich sehr bemüht, keinen Heldentod zu bekommen, keine Missiönchen zu haben und beileibe keine Philosophie ... Fixatoir: ein (den Iktus bitte auf das Grundwort!) – Wohltäter wird von dem Opfer seiner Güte (exzessive Uneigennützigkeit wirkt demoralisierend) ebenso gehaßt wie ein Schurke (vornehmer Typ), der es grausam leiden macht, von dem seinen. Beide exekutieren eben Sinnloses. Letzthin: alle vier. Es ist gar nicht auffällig, daß Bösewichter beiweitem leidenschaftlicher geliebt werden als Edelknaben (la barbe!) und diese nur dann ebenso, wenn sie aus – Bosheit wahrhaft gut sind. (Wahrhaft gut ist man NUR aus Bosheit!) Deshalb sind nirgendwo Wutanfälle so häufig wie da, wo (hopsdoderohhhhh!) – geliebt wird ...

63° Jeder Schriftsteller, der für bedeutend gehalten sein möchte (also JEDER!), sorgt dafür, daß die Quartalexzesse, die er seiner Biographie liefert, nicht unbedeutend sind. Man ist dafür, daß es nicht auszuhalten ist, und lebt davon (nicht unbedingt in Villen). Man behandle doch seine Exzessemente als Auswurf! Gebrochene Galle!! O ihr verfluchten Spiegel!!! ... Wenn man schon seinen eigenen Gestank als Duft empfindet, so erspare man ihn wenigstens anderen. Schöne Frauen verursachen ja nun oft, daß sogar reguläre Dummköpfe sich idiotisch benehmen: es wäre also noch irgendwie erfreulich, sich als begabtes Scheuel (mit leisen Relativ-Sätzen) aufzuspielen und ganz von unten her Heißestes zu ergattern. Im übrigen versagt schon das Kichern über das eigene Kichern. Und sofort erscheint die Wut ...

64° Ganz zutiefst hat man sich nie in der Gewalt. Wie sollte man auch! (Jede Kleidung wirkt grotesk.) Man stelle sich vor: man ärgert sich über das Schweigen der Anwesenden und beginnt, darob beiweitem ärgerlicher noch, zu sprechen, obwohl ... (Mühsame Überlegungen wie: »Was soll uns die Neurosenlehre!« oder: »Ist Odol das Beste für das Herz?«) ... Nach wenigen Sätzen ist man ja doch bereits einwandfrei wütend. Worüber? ... Das sicherste Mittel, gegen Schweigende sich zu halten, ist: ebenfalls zu schweigen. Dies violette Erfahrung, nun ja ... Man kann eben seinen Haß gegen andere nur genießen, wenn er nicht bemerkt wird. Man kann sich überhaupt nur halten, wenn man unentdeckt haßt, verrattert, unterkellert ... Voilà: die Wut beschließt, sich zu rächen. Der Herr exzediert sohin flott, sehr flott ... Jedoch: o Empore alles Lottergestentums –: woran? woran? woran Rache? ... He? ... (Doch damit entlockt man keinem Leichnam Gase. Vielleicht aber dem Joachim Friedenthal, der noch leben soll, eine Zeile.)

65° Kurz, es genügt, sich überzeugt zu haben, daß die seltsamsten und in der erquickendsten Weise neugierigen Geschöpfe stets sehr unklar mißliebige Ausländer sind, die sich vor allem dadurch von dem Seifendreck ihrer jeweiligen Umgebung vorteilhaft unterscheiden, daß sie ihren Willen nicht auf ihren Verstand loslassen (Bolschewisten). Wahrhaftig, der Mensch ist weder ein Universaltropus (Kohlenobligation), noch fähig, durch Abschaffung der Armut die Welt zu bereichern oder etwa die Erträglichkeit geselligen Beisammenseins zu steigern, indem er weniger lügt. (Ich besitze die unerschütterliche Überzeugung, daß ich mein Zeitvertreib bin und ein höflicher Mensch.) ... Man kann eben wirklich nicht mehr an die von Buddha (einem typischen Grenzfall von Ichthiosis und Paranoia) angesagte Menschheitswelle glauben, wenn man täglich mitanzusehen gezwungen ist, wie die feschesten Trottoir-Heroinen den größten Wert darauf legen, von Bankdirektorsgattinnen geschnitten zu werden. Das ist wirklich zu viel. Ich sehe mir den Monte Salvatore an. Ich vermag seine Kuppenhaare von der geistvoller Weise nach ihm benannten Straße aus zu erkennen. Und ich sage mir: »Laissons la salade. Faisons un grand arrangement.«

66° Es besteht eine Lücke besonderen Knalleffekts ... Man geht (zum Teufel nochmal!) unter die Leute, um sich an seinem Haß gegen sie zu weiden, aber ... man riecht die Lücke und es geht nicht mehr (nicht einmal mehr mit den Beinen) ... Und man weiß Bescheid: alles labiles Selbstgestolper schwierigster Natur, alles Haltungsunvermögen (man kann auch schweigend sich nicht halten), alles doppelt gedrehte Schiebung ipsius generis (man stemmt seine Psyche waggonähnlich über Land), alles unhaltbar, unter allen Umständen ... Nicht einmal daran, daß man sich an nichts halten kann, kann man sich halten, geschätzte Feinde ... Der Herr exzediert sohin flott: aus – LÜCKENWUT ...

67° »Ein Menschenleben ist, als zählt' man eins.« (Shakespeare m. p.) Nun, ich behaupte, nicht bis eins zählen zu können. (Menschenleben: geliefert worden sein.) ... Leuten gegenüber, die jedes Gespräch augenblicks auf die Höhe bugsieren, allwo es sich bekanntlich niemals befindet, empfiehlt es sich, Goethe für ein untergeschobenes indisches Kind zu halten. Das macht außerdem Appetit. (Mein letzter Wunsch wäre: mich einmal selber zum Besten geben zu können; oder: mich einmal wirklich zum Besten halten zu können.)

68° Knapp vorstehende Zeile ist triplesinnig. Bitte achten Sie auf die Arbeit, Leser ... (Hohn als Unterwäsche ...)

69° Durch eine sprachliche Formulierung wird ein betrübsamer Zustand (Rheuma, la purée, Mißwachsenheit) keineswegs erträglicher ... Anfangs ist es zwar oft, als gewänne ein Gedanke durch mehrere Formulierungen; später aber, als verlöre er dadurch sehr; und endlich genügt eine einzige, um ihn völlig lächerlich zu machen. Ein Gedankengang? Ein Kreuzweg. Man kann ihn stundenlang nach allen WIND-Richtungen hin ins Endlose fortsetzen ... Letzthin okuliert: jeder Gedanke ist ein (zumindest leichter) Wutanfall. Gegen die unverschämte Ruhe und Sicherheit der Umgebung, inklusive die Geistportiers. Doch diese geballte Einsicht macht nur noch wütender. Ist es nicht am sinnlosesten, wütend zu sein? ... Eine kleine Beobachtung zur Disposition: oft, wenn man gänzlich sinnlos tobt, begibt sich das Gefühl, das (pepepe-pepère) – Leben hätte in diesem Augenblick einen Sinn bekommen. Das Wüten wäre also das Leben selber? Zwar gewiß: Wut enthält am meisten Aufrichtigkeit: zwar gewiß: alle restlichen Zustände sind nur dadurch auszuhalten, daß die Wut verborgen bleibt oder daß der Herr sich verstellt ... Dennoch: Sinnlosigkeit, auf ihrem höchsten Punkt angelangt, ist Wut, Wut, Wut und noch lange kein Sinn ...

70° Kein Geld haben, ist fast ein Gegenbeweis. Welches haben, eine Katastrophe. (JEDE Gesinnung schändet.)

71° Nach einem guten Diner gelingt mir am stattlichsten die Überzeugung, daß kein Trottel sich so oft für so trottelhaft hält wie ein (nun ja) – Nichttrottel. Das ist aber auch der ganze Unterschied. Pas la peine! Jeder aufrichtige Nichttrottel ist zudem Zyniker. (Zynismus: äußerster Mangel an Einseitigkeit!). Vom Zyniker zum Exzedeur ist übrigens nur ein – pas (la peine?). Das vorderste Cynisme wird derart vielseitig, daß es wieder einseitig gerät. Das bemerkt man natürlich und wird wütend. Der unaufrichtige Nichttrottel: ... dieser Mensch ist GUT. Wem ist noch nicht speiübel? ... (Wem ist noch nicht WOHL?)

72° (Gefühl!) ... So denn: ein wenig Professierliches! Höret halb: ein Gefühl entsteht, wenn ein Körper, der etwas empfindet (Yvonne), unterwegs ist, sich Gedanken darüber zu machen. Ist es gelungen, so ist das Gefühl glücklich beseitigt und der Gedanke vor dem über sich selber angelangt. Und da wird jedem Kräftigen übel. Wer will etwa noch dahinterkommen? Da doch das Bewußtsein (Patent Oil Urinoir) immer nur mit sich selber sich beschäftigen kann, immer nur sich selber beweist (Deklinationen!), sogar dann, wenn es sich widerlegen will! Seinen eigenen Sinn erfischen: mit DIESEM Apparat? Und nun gar DEN Sinn! (»Qui est là? Yvonne?«)

73° Der Privatmann ist verstimmt ... Bewußtsein ist Eitelkeit: die Langeweile inkarniert. Haß: das unbefriedigte Rachegefühl gekränkter Eitelkeit, somit ein schweres Minderwertigkeitssymptom (sofern es nicht ein schlapper Sport ist). Denn man haßt, wenn man spricht, nicht nur den, der zuhört, sondern auch sich selbst. Da aber nur Eitelkeit zum Reden veranlaßt, wird sie durch eben dieses Reden bereits gekränkt. Das Rachegefühl bleibt deshalb stets unbefriedigt, da es ja doch nur dadurch gestillt werden könnte, daß man die Lücke zu füllen wüßte. Folglich: Langeweile der Eitelkeit, Langeweile des Hasses, Langeweile der Rache, Langeweile der Wut, Langeweile, Langeweile, Langeweile ... Der Kanalzirkel ist geschlossen. Der Privatmann furzt.

74° Eine Möglichkeit wäre vielleicht: sich bewußt gehen lassen, sich offen hinreißen lassen zu seinen verkapseltsten verbogensten Lächerlichkeiten und trucs – als DIE große Auslieferung, welche die einzige restlose Selbstzurücknahme gestattet: den Tritt – weg von sich. (Dem Kosmos bei dieser Gelegenheit appliziert!)... Man sei sein eigener Blender! Ein kindischester Raser!! Man sei da da!!!... Manchmal wundere ich mich sehr, daß nicht ALLE augenblicklich zu toben anfangen oder doch zumindest mit allem aufhören... Kikeriki!!!...

75° Schließlich ist auch das idiotischeste Geplärr eine Möglichkeit. Hinter jedem Satz hat man ein wildes Gelächter unmißverständlich anzudeuten; hinter jeder Muskelbewegung optischeren Charakters desgleichen: sonst ist man ein – ernster Mensch... Sum: ob nicht das menschliche Hirn bloß ein hereditär-chronisches Geschwür ist? Dagegen spricht der Umstand, daß ich diesen Einfall ohne dieses Geschwür gar nicht gehabt hätte, durchaus nicht. ALLES ist ein Symptom. Die Sprache ebenso wie die durch sie produzierten Resultate. Es ist kein Standpunkt, keinen zu haben. Die Erde bewegt sich (irgendwie) und das Denken ist wahrscheinlich nur ein Symptom dieser Bewegung... Da man den Sinn (die Lükke) nicht hat, hat man den Wahn, einen Sinn zu haben, oder den, keinen Wahn zu haben, erfreulicheren Falls. Man ist also inkurabel wahnsinnig... Daß diesen heiteren Zustand ein jahrtausendealtes Geschwür besorgen sollte, ist ein fast beruhigender Gedanke. Gedanke? Epochal! Wahnsinn? Säkular! Ist das nicht auch ein Wahn? O stundenlang, o stundenlang... Kikeriki!... Gewiß: aber es ist der dünnste, der letzte, der HELLE Wahnsinn... Ich kann mir deshalb freudvoll gestatten, Kikeriki zu schreien. (Ich habe soeben Kikeriki geschrien...)... KIKERIKI!!!...

76° Allerleichtester Erzählerton: Wenn man übersieht, daß um Geld gespielt wird auf dieser Welt, achte man darauf, daß es Leute gibt, die bereits welches besitzen. Spielt man, um zu spielen? Oder, um zu trumpfen? Oder, um zu mogeln? Man sollte endgültig dafür sein, Schokoladebildchen zu sammeln und wieder unter das Publikum zu bringen, wenn man sich mehr als 481 beigebracht hat. Oder sollte man dagegen sein? Schließlich aber ist dagegen sein schon zu viel. Etwa bloß müllern? Faktisch müllern? Wäre das nicht dasselbe? Man müßte sich geräuschlos hinlegen und verrekken. Leider aber kann man das nicht, da man Geräusch machen würde. Nun, jedenfalls war Jacques Lebaudy, der Kaiser der Sahara, ein wirklich großer Mann. Halt, war nicht der Clown Footit größer? Oder die Pankhurst? Aber der Sirius ist noch größer, dieser blöde Stern. Wer möchte einen Sonntag lang »Kanalgitterbestandteil« heißen? Wer »Hämbo«? Wer »Womwa«? ... L. D ... – ? – ... (Letzte Dinge) ...

77° nichtsdestoweniger adelt die sau vom saftlosen postbureau den in jeder hinsicht aprilschwangeren baldachinmops schwerstbeheimatet und breibeflort auf erdveräderter raketenexpreßzwecke bauch spannte der fuhrmann die ochsen wieder vor und fuhr mit seiner gewohnten langsamkeit in den großtag behymneten erkennens der bahnbrechenden kondukteure bewimple den regentropfen er wird es dir dank wissen dieser plagiator der schlitzfenster und druckböen und abendwunde windfänge bezischeln die mädchen für alles und ein für allemal und georgmüllern sachte und unüberlegt da wohl polizistenschiffe nicht angeregt vom gichtischen echo der pfützenschlucker und geschlechtsfinger wie ja in paradiesisch ausgespucktem lungenflügel sich laben javanische vormittagsgenießer trotzdem die berichte über das kuligefieber nebst dem artigen pupillenspinner und dem wahrsagekrapfen das andemolieren der paprikakothurne zahlbar in verzögerten teichsanteilbeinen durch hellebardenpelissen den kropf beendet mit pech und sind aus liebe die mittleren beerenrammler fersengeld schuldig geblieben ha so träumt er nicht von esquadrillen pillen und von stubenpfeffer der die daisies und sonderlich den coupe jacques so plombières astral behirzt wie nur noch cerises jubilé

78° Dem Kosmos einen Tritt! Vive Dada!!!

LUGANO, im März 1918.

Dadaisten im 18. Jahrhundert

Wenn man, wie manche wollen, in dem modernen Dadaismus eine Auflehnung gegen die Verirrungen des Futurismus erblickt, so kann man darauf verweisen, daß schon im 18. Jahrhundert die gleiche Ursache in Italien eine der heutigen ganz ähnliche Bewegung hervorgerufen hatte. Gegen das Jahr 1740 hatten sich in Venedig einige Künstler, Gelehrte, Dichter und Beamte vereinigt, um gegen die literarische Geschmacksverirrung der Zeit Front zu machen und die Lächerlichkeit durch die Lächerlichkeit zu töten. Die Gesellschaft führte den Namen: »Verein der Dummköpfe« und betätigte sich ganz im Sinn der heutigen Dadaisten, indem sie durch Häufung ungeheuerlicher Albernheit die Werke, die sie bekämpfte, im Zerrspiegel der Karikatur auffing. Jede Sitzung dieser Akademie der Dummköpfe begann mit dem Feuerwerk eines blödsinnigen und sinnlos zusammengestoppelten Phrasenschwulsts. Die Statuten bedingten, daß der Präsident sich nur in zusammenhanglosen Redensarten erging, die ein normaler Mensch nicht verstehen konnte. Die Aufgabe, die hier der Lösung harrte, war indessen so schwer, daß sich der zuerst gewählte Präsident als unfähig erwies, und daß man wegen der Wahl des Nachfolgers in Verlegenheit kam. Zum Glück fand man endlich in einem schriftstellernden Maniaken, der jeden Tag im Kaffeehaus die Gesellschaft durch einen Wust unsinniger Dummheiten in Heiterkeit versetzte, den Präsidenten, der die für das Amt erforderlichen Fähigkeiten mitbrachte. Dieser »Erzdummkopf« genannte Präsident war ein gewisser Giuseppe SECCHELLARI. Mit einer Pflaumenkrone als Narrenkappe auf dem Kopf hielt er in jeder Sitzung eine Rede, die das Unmöglichste an Albernheit möglich machte. War er einmal nicht zur Stelle, so wurde eine seiner früheren Reden verlesen, die auch in Abwesenheit des schon in seinem Äußern eine Erscheinung von unwiderstehlicher Komik darstellenden Secchellari ihren erheiternden Eindruck nicht verfehlte. Kurz, er war ganz der Mann, den auch unsere heutigen Dadaisten gut hätten gebrauchen können.

[BERLINER BÖRSEN-COURIER Nr. 315, 9. 7. 1920.]

Eine »Dada«-Aufführung in London

Der Dadaismus ist jetzt in das Londoner Theater eingezogen, und wenn es auch nur ein Variété, nämlich das Coliseum ist, das sich zu einem solchen »künstlerischen« Versuch entschloß, so ist das Aufsehen deshalb doch nicht geringer. Es ist das Werk eines französischen Dadaisten Jean Cacteau, das hier das Licht der Rampen erblickte, und es führt den Titel *The Nothing-Doing Bar*. Die Handlung – wenn man von einer solchen sprechen darf – spielt nämlich in einer American-Bar, und die Besucher des Lokals, der junge Mann, die geschminkte Dame, der Neger-Boxer usw., sind alles Grotesk-Clowns, die phantastische Masken tragen. Sie alle trinken Gin. Aber als ein Polizist erscheint, hängt der Aufwärter ein großes Plakat hin: »Hier wird nur Milch verabreicht.« Ein Zwischenfall wird dadurch herbeigeführt, daß ein elektrischer Fächer den Schutzmann enthauptet. Die Gäste laufen fort. Der Aufwärter füllt den übrig bleibenden Gin in den offen gähnenden Rumpf des Schutzmannes, der dadurch wieder zum Leben erwacht und sich mit seinem arg beschädigten Kopf vereinigt. Zu diesen Vorgängen wird eine Musik von Darius Milhaud gespielt, die sich in den grellsten Mißklängen bewegt und die merkwürdigsten Instrumente, wie Kinderklappern und Ähnliches, bevorzugt. Überhaupt ist das Ganze mehr eine parodistische Kinderposse, und jede Spur eines Gedankens fehlt. Nichtsdestoweniger will der Verfasser damit »das moderne Drama revolutionieren« und von den »Lächerlichkeiten der realistischen Handlung und des psychologischen Dialogs« befreien. Das Publikum des Coliseums schien nicht einfach und naiv genug zu sein, um die Absichten des Dadaismus zu würdigen, und nahm das Stück nicht sehr freundlich auf.

[Berliner Börsen-Courier Nr. 333, 20. 7. 1920.]

Dada in Italien

Rom, 9. August 1920.

Samstag, den 7. August, abends 9 Uhr, fand im großen Saal des Hotel Regina eine »Dada-Séance« statt, die einen überaus stürmischen Verlauf nahm. Die Ankündigungen in allen größeren Zeitungen hatten bewirkt, daß trotz der weit vorgeschrittenen Saison und der drückenden Hitze der Saal übervoll war. Das Programm begann mit einer kurzen »Geschichte des Dadaismus«, die der begabte junge Dichter Luigi Roveri vorlas. Er wandte sich in scharfen Worten gegen die deutschen Dadaisten, denen er Geschmacklosigkeit und widerspruchsvolle Tendenzen vorwarf, tadelte die französischen Dadaisten, deren öffentliches Auftreten zu verworren gewesen sei und es dem Bürger zu leicht gemacht habe, sich über sie lustig zu machen, und hob am Schluß hervor, daß der Kampf gegen alle Kunst, der die wahre Tendenz des Dadaismus, und von dem bekannten Genfer Dadaisten Dr. Serner begonnen worden sei, ein ernstes Ziel berge: die Freimachung einer großen Zahl wertvollster Energien für das Leben selbst, für das direkte Wirken in ihm. Schon der Schluß dieser Ausführungen wurde mit starkem Widerspruch aufgenommen. Und als hierauf Dr. Serner sein Dada-Manifest »Letzte Lockerung« in französischer Sprache zu verlesen begann, wurde er durch die von allen Seiten heftig erhobene Forderung, italienisch zu sprechen, minutenlang unterbrochen. Er entschuldigte sich, und es gelang ihm, das Publikum zu beruhigen. Da aber die Mehrzahl der Anwesenden die Ausführungen Dr. Serners gleichwohl verstand, kam es nach wenigen Minuten zu energischen Protestrufen, die sich schließlich von Satz zu Satz steigerten. Plötzlich trat der Bildhauer Pietro Bondi auf Dr. Serner zu und forderte ihn barsch auf, das Podium zu verlassen. Da Dr. Serner sich weigerte, wollte er ihn zwingen. Im letzten Augenblick verhinderte der anwesende Polizeikommissar, indem er die Sitzung auflöste, ein unliebsames Schauspiel. N.

[Berliner Börsen-Courier Nr. 379, 15. 8. 1920.]

Das dadaistische Manifest

Von Max Winternitz (Freiburg).

Bekannt wurde Dada im Laufe des Jahres 1918, ohne daß man viel mehr von ihm wußte als dieses sonderbare Wort. Allgemein bekannt wurde es erst im Frühjahr 1919, als in in- und ausländischen Zeitungen Berichte über eine sehr tumultuös verlaufene Dada-Soirée in Zürich erschienen. Gleichzeitig tauchte zum ersten Mal der Name des inzwischen fast berühmt gewordenen Dadaistenführers Dr. Serner auf, der durch Verlesung seines Manifestes Letzte Lockerung den Tumult herbeigeführt hatte. Das jetzt im Verlag von Paul Steegemann in Hannover vollständig erschienene Manifest macht jenes stürmische Resultat allerdings durchaus begreiflich. Denn man bekam nicht nur zu wissen, was Dada letzten Endes ist, sondern damit auch so ziemlich alles weggenommen, woran man etwa noch hing und glaubte.

Es ist ein eigenartiger Zufall, daß dieses bereits vor zwei Jahren geschriebene Buch zur selben Zeit erscheint, da in Halle die Als ob-Konferenz tagte, und die Einsteinsche Relativitäts-Theorie in Zeitungen und Revüen besprochen und popularisiert wird. Dort begründete der zweifellos ganz hervorragende Philosoph Vaihinger den sogenannten Fiktionalismus, demzufolge sämtliche A priori-Sätze, Thesen und Axiome lediglich als fiktiv zu betrachten seien, keine absolute Richtigkeit beanspruchen könnten; hier vernahm die erstaunte Mitwelt, wie unzuverlässig alles sei, was sie bisher als Astronomie und Physik glauben zu können vermeinte. Kurz, jene Philosophie und diese Wissenschaft negierten den bisherigen Anspruch der Philosophen und Gelehrten auf positives allgemeingültiges Wissenkönnen. Für schärfere Ohren verbarg sich hinter den vielen weisen Worten nichts geringeres als ein Zusammenbruch der Wissenschaft, der durch das neue Prinzip des fiktiven Forschens, um gleichsam auf indirektem Wege zu positiven Ergebnissen zu gelangen, nur mühsam versteckt zu werden vermochte. Die Möglichkeit fruchtbarer praktischer Entdeckungen bleibt selbstverständlich bestehen. Aber das große letzte Ziel des Wissens ist wohl unwiderruflich versunken. Das Goethesche »Habe nun ach . . .« kehrte nach etwa hundert Jahren wieder und es wird nach weiteren hundert Jahren abermals wiederkehren.

Es ist immer dasselbe. Nur der Ausdruck wechselt. Bei Goethe ist es ein Stöhnen, gebändigt und edel. Bei Vaihinger und Einstein eine harte, sachliche Resignation. Bei Serner ist es ein Wutausbruch, der die ganze wilde Skala von Witz und Verachtung, Haß und Hohn, Grausamkeit und Zynismus durchläuft. Es ist ein furchtbares Buch, das von einem Satz zum andern in die verschiedenartigsten Empfindungen stürzt, und, da jeder Satz in seiner Art »sitzt«, ist man am Schluß minutenlang die Beute eines Chaos, das Katastrophe zu werden droht. Aber es ist nur ein Gewitter, nach dem alles geklärt und erfrischt ist. Für Schwache freilich ist es ein Orkan, hinter dem ein Schuttfeld liegt.

Religionen und Philosophien sind schon hinweggefegt worden, um von neuem zu entstehen und abermals hinweggefegt zu werden. Und der Kampf gegen alles, was Wissenschaft heißt, ist fast so alt wie diese selbst, war mehr als einmal siegreich und kommt jetzt aus den Reihen ihrer Jünger. Was aber bisher unangegriffen blieb, als unangreifbar galt, ja sogar Religion und Philosophie zu ersetzen bestimmt schien, war die Kunst. Der Frontalangriff, den Serner (gleichzeitig mit dem gegen Bolschewismus, Psychologie usw.) in seinem Buch gegen sie führt, war es deshalb in der Hauptsache, der die allgemeine Entrüstung verursachte. Und dies um so mehr, als dieser Angriff virtuos ausgeführt wird, in blitzenden schnellen Attacken beginnt, kurze, aber heftige Schläge versetzt und mit einem glatten Überreiten endet. Sein siegreiches Ungestüm und nicht zuletzt sein stellenweise geradezu phantastisches Wüten waren es, die so viele der jüngsten deutschen Literaten und Künstler mitrissen. Aber es war ein Pyrrhus-Sieg. Auch der Lorbeer war vernichtet. Und so begann man denn, seinen Lorbeer darin zu suchen, keinen zu suchen, und gegen die, welche ihn noch suchten, aufzutreten, indem man sie auf ihrem eigenen Felde bekämpfte: Kunst gegen Kunst machte. Oder richtiger: Dada gegen Kunst. Denn Dada ist keine Kunst mehr. Dada ist eine bewußt-wahnsinnige Parodie auf die Kunst.

Hinzu kam, daß Serners Manifest in einem aufreizend neuartigen Stil geschrieben ist, der sehr suggestiv wirkte und denn auch flott imitiert wurde. Sodaß Dada, das vor diesem Manifest eine sehr undeutliche moderne Künstlergruppe mit einem originellen Schlagwort war, nach diesem Manifest einen Stil bekam und zugleich eine Tendenz. Beide werden an sich selbst zugrunde gehen. Dieser Stil, weil er im Original so hart an die Grenze des sprachlich noch Möglichen ging, daß nur um weniges darüber hinaus schon der Wahnsinn beginnt; jene Tendenz, weil sie im Grunde gar keine ist. Parodie ist keine Tendenz. Parodie ist ein guter schlechter Scherz. Und Dada ist übrigens schon längst ein schlechter Scherz geworden.

Jetzt, da seine sechs Teile zum ersten Mal gesammelt erscheinen, hat das Manifest Serners bereits seine Mission erfüllt. Es ist den Schwachen, die es in das Chaos zurückwarf, zur Katastrophe geworden. Die aber, welche die Kraft haben, das Positive dieses Buches, das in seiner Aufforderung zum starken Leben liegt, aufzunehmen, werden in ihm trotz allem Klärung und Erfrischung finden und vielleicht die Morgenröte einer fernen neuen Kunst. Denn nichts vermag den ewigen Kreislauf der Dinge zu unterbrechen. Es ist immer wieder dasselbe.

[Hamburgischer Correspondent Nr. 458, 21. 9. 1920.]

Dada-Schwindel

Zürich, im September.

Wenn die Möwen aus dem Norden zurückkehren und am Limmatquai ihre Herbstquartiere beziehen, dann pflegen sich auch die Kaffeehäuser der Stadt noch einmal mit den Dichtern des letzten Jahres zu füllen und in die Zeitungsblätter kommt gar ein Artikel, der das Geheimnis, wie sich Gottfried Keller zu räuspern beliebte, ganz neu ventiliert. Es ist mehr als Tragik, die der literarischen Schweiz die Stelzen unter den Schultern wegnahm, daß zwischen Gotthelf und Spitteler nur zwei Namen ein Schrifttum beherrschen, das, gerne national, weder von Paris noch von Wien und Berlin loskann. In Gottfried Keller und C. F. Meyer hat sich die literargeschichtliche Sendung der Eidgenossen verbraucht und erschöpft. Was heute zwischen den Seen noch träumt und dichtet, treibt Inzucht, sobald es den Federkiel ergreift. Da hilft es nichts, wenn die schweizer Presse, so mächtig sie auch als neutrales Sprachrohr während Krieg und Revolution geworden ist, jedes krasse Untalent auf die Plattform genialer Begabung drängt, daß die, sonst belesenen, Kritiker den literarischen Furz als Göttermusik einer neuen Zeit verkünden. Es bleibt dabei, von Zürich bis Genf dominiert die Kunst der Fremden, herrscht deutscher Literaturwille und französische Kaustik, steht der Eidgenosse als unproduktiver Zuschauer neben einer Gästeschar, die gerade hier in dem fremden Land ihr Talent so rücksichtslos, ja mutwillig verbraucht. Gott, wenn die Schweizer nur erkennen wollten, daß ein Gottfried Keller nicht alle hundert Jahre wiederkehrt!

Das »Odeon«-Kaffee in Zürich dampft vor Literatur. Hier sitzen die Längstvergangenen, dort streiten die Neuen. Gar drüben: die Allerjüngsten; hier endlich: die Dadaisten. Und leugnet es nicht, daß die Atmosphäre der Limmatstadt den Dadaistenunfug geboren. War es nicht in jenem sagenumwobenen, chansonverklexten »Voltaire«-Kabarett, wo ein Scherz geschichtliche Bedeutung annahm? Die wirklich Großen, die damals Gevatter standen, sind längst in ihr Gebiet zurückentschwunden. Der Bodenabsatz blieb und führt die Laune als Geschäft und Strömung weiter. Oftmals war in einer angesehenen Berliner Zeitung zu lesen, daß ein dadaistischer Weltkongreß die Anhänger aus allen Erdteilen in

Genf zusammenhielt, daß ein Dr. Serner, der, bescheiden und richtiger, Herr Seligmann aus Karlsbad heißt, im Café Landolt einen Twostep über Marmortische getanzt hat, daß Fackelzüge und Revolverschüsse die kalvinische Bürgerruhe um die Bettruhe prellten. Warum schwieg die geaichte Journalistik zu diesen Tartarenflöhen? Weil diese niemals gesprungen waren, weil die Berliner Zeitung, mit Grubenhunden aus Genf gefüttert, dem Mitleid aller begegnete, die eine seriöse Berichterstattung als erste Notwendigkeit betrachten. Der Dada-Unfug dürfte verschwiegen werden, wenn nicht ein Dada-Schwindel daraus entstanden wäre. Ich sah diese Helden ohne Gewissen, diese Kinder ohne Ehrgeiz, diese Spieler mit der Narrheit ihrer Umwelt am Kaffeehaustisch sitzen. Sie grübelten neue Streiche aus. Einmal trugen sie Konservenbüchsen, Tramwayscheine, Whiskyhalme zusammen und veranstalteten eine – Gemäldeausstellung. Keiner von ihnen nahm den Scherz tragisch auf; nur die Mitmenschen starrten auf diese Kühnheit und sprachen Rezensionen dazu. Ein anderesmal blätterte einer der Kurzgeschorenen im Lexikon herum, schrieb willkürliche Worte zusammen und nannte das – ein Gedicht. Der Titel gewann erst Geltung, als ein gewissenloser Verleger diese Dummheit auch drucken ließ. Der Scherz aber, der die Berliner Zeitung immer wieder mit erfundenen Nachrichten stopfte, macht dem »Schützen« alle Ehre, der vor Jahren einen Grubenhund laufen ließ.

Der Dada-Schwindel schreit zum Himmel. Er ist Frechheit und Dummheit zugleich. Er ist ein Scherz mit dieser Welt, die sich so leicht und so gern an der Nase herumführen läßt. Er ist ein Gruß aus dem Elysium, wo es den Menschen noch gut geht, wo keine Sorgen drücken. Er ist Verballhornung der schweizerischen Impotenz, Valutahohn. Nur, daß es Menschen gibt, die diesem Kinderspiel mit kritischer, verneinender Zurückhaltung folgen, statt die Travestie auf eine fürchterlich dumme Welt als das zu feiern, was sie eigentlich bezweckt, läßt die Dadaistenangelegenheit einen öffentlichen Streitfall werden.

Im alten Rom pflegten die Auguren zu lachen, wenn sie sich auf der Straße begegneten. Auch die Dadaisten schmunzeln, sobald sie unter sich sind. Worüber? Ganz sicher nur über die Dummheit der Mitwelt, die den Späßen einer ohnedies traurigen Gegenwart mit dem Ernst hochnotpeinlicher Stellungnahme begegnet und Kunst wittert, während der Schalk in der Kaffeehausecke kichert.

Ihr Freunde in Genf und in Zürich! Ihr haltet eine Welt zum Narren! Ganz recht so, wenn diese Welt es sich gefallen läßt. Gott grüße euer freches Handwerk! E. K.

[Prager Tagblatt Nr. 234, 3. 10. 1920.]

M. Tristan *Tzara*
rue des Ecoles
Hotel des nations

Paris, 19. 10. 1920
[Poststempel]

Je n'ai pas pu venir dimanche après midi. Vous m'excuserez. Démain*) après-midi entre 3 et 4^h je serai au Café de la Closerie des Lilas. Je serai très content de vous voir. Salutations cordiales
Serner

*) mardi

Dadaisten-Futuristen-Schlacht in Rom

Im Teatro Argentino in der Via Argentina fand am 14. des Monats ein tagelang zuvor mit riesigen Plakaten angekündigtes Monstre-Dada-Meeting statt, das der bekannte Genfer Dadaistenführer SERNER unter Assistenz zahlreicher italienischer und spanischer Dadaisten abhielt. Der etwa tausend Personen fassende Saal war bis auf den letzten Platz von einer durch die vorhergegangenen Zeitungsartikel feindselig gestimmten Menge besetzt. Das Programm eröffnete Serner mit einer kurzen, aber wilden Ansprache, in der er das Publikum aufforderte, die Säulen und Ornamente der öffentlichen Gebäude farbig anzustreichen, in den Museen Bälle abzuhalten, die Bilder und Plastiken als das Privateigentum der Gassenjungen zu betrachten, sämtliche Theatervorstellungen und Musikdarbietungen durch Lärmen zu verhindern und die lebenden Künstler, einschließlich die Futuristen, als gemeinschädliche Charlatans bei jeder irgendwie passenden Gelegenheit zu verprügeln. Diese Rede, die nur ein kleiner Teil der Anwesenden verstand, da sie französich gehalten wurde, wiederholten hierauf der italienische Dadaist Luigi ROVERI und der Spanier Sula HERANEZ, abwechselnd italienisch und spanisch sprechend. Die Folge war ein ungeheurer Tumult. Man schrie, schwang Stöcke, warf allerhand Gegenstände auf die Dadaisten, und mehrere anwesende Futuristen drohten ihrerseits mit Prügel, wenn das Meeting weiterginge. »Holt sie Euch!« war die Antwort der Dadaisten, die den Zorn des Publikums noch dadurch bis zur Wut steigerten, daß sie plötzlich auf Kommando Revolver zogen und blinde Schüsse in die Luft abgaben. Im Nu war das Podium nurmehr eine einzige sich hin- und herwälzende Masse raufender Menschen. Die Saalpolizei war machtlos und verzichtete, nachdem der Sturm sich gelegt hatte, auf Verhaftungen, da weder Verletzungen noch Sachbeschädigungen sich ereignet hatten. N.

[BERLINER BÖRSEN-COURIER Nr. 493, 21. 10. 1920.]

Dites »Oui«!
Et dites »Non«!
Et maintenant dites »Pourquoi pas?«
Merci
Je vais mieux

Il faut lire Shakespeare
C'était vraiment un idiot
Mais lisez Francis Picabia
Lisez Ribemont-Dessaignes
Lisez Tristan Tzara
Et vous ne lirez plus

Le docteur Serner s'est promené dimanche
avenue Loevendall, 2 chats sous les bras.
Mais il craint que cela ne soit pas vrai.

[391 (Paris) Nr. 14, November 1920.]

Chansons suffisantes

1
un oeil dit merde à l'autre
deux yeux me disent merde
je me couche de bonne heure

2
dites oui
et dites non
et maintenant dites pourquoi pas
merci
je vais mieux

3
je suis contre moi-même
respectez-moi
sinon je vous respecte

4
la coïte est un jeu de salon

[BLEU (Mantua) Nr. 3, Januar 1921.]

J'ai un seul espoir
je crains de l'avoir

Tu me glisses à l'oreille:
»La femme est-elle belle?«
Je rougis.

[LE PILHAOU-THIBAOU (Paris), 10. 7. 1921.]

J'ai connu personnellement
Monsieur Sénac de Meilhan
C'est un tout jeune homme
Il m'a dit qu'il était étranger
C'est dommage
Parce qu'on me le peint charmant
Et nous étions tout à fait d'accord
Il m'a dit que Dada est un bonheur
Parce qu'il bouscule son beau-frère
André Gide
qui eût le mauvais goût d'épouser
sa nièce Rachilde
qui fume des cigares
eh bien!
(titre: le déluge)

J'aime infiniment le camembert
mais ça ne m'empêche pas du tout
d'avoir un dégoût régulier
des directeurs des revues
qui se croient adultes
yes

La vie est douce (pas?)
La blague délicieuse
Et de temps en temps
je prends quelqu'un
au sérieux
parce que c'est plus
avantageux pour la digestion
qu'une pomme
Il faut manger très lentement
Autrement vous vous imaginez
trop facilement
que le cubisme a été inventé par un saphi

[LE COEUR À BARBE (Paris), April 1922.]

Le paradis des conditions humaines
c'est un bec de gaz
qui vous aide
de ne pas vous tromper
en cherchant fortune
au clair de la lune
ça me plait tu sais

– Nous voulons du nouveau.
– On nous en offre.
– Prenons-le.
Ca sera tout droit tout plat
On sera chez soi
Ah, ça y est. Oh lala!
C'est vrai que
Pierre Drieu la Rochelle
ne mange qu'avec sa tante?

Je voudrais voir
la figure de M. Archipenko
s'il remarque
qu'il est fortement influencé
par la Tour Deiffel

Je déteste les carrosses
J'irai m'acheter un billet
pour la Cigale
C'est très instructif
et fait de l'appétit

le dadaisme c'est rien
pour des enfants
c'est pourquoi il remplit
des grandes salles
avec des limousines

Je propose pour les hommes
de porter des prénoms féminins
Je propose pour les femmes
de porter des prénoms masculins
Le résultat:
L'amour sera un jeu en compagnie

Der zweite dadaistische Weltkongreß in Paris

Man schreibt uns aus Paris: Am 15. des Monats wurde in der Salle des Paumes der zweite dadaistische Weltkongreß eröffnet. Der Ober-Dada Dr. Walter Serner, der Vorsitzende des Kongresses, hielt die Eröffnungsrede, in der er mitteilte, daß Dada nach kaum zwei Jahren heftigen Kampfes Religion, Kunst und Wissenschaft unter seinen tellurischen Kräften verschüttet und neues Erdreich für die gedeihliche Pflanzung einer ideenfreien, triebstarken und aufrichtigen Kultur aufgeworfen habe. Der Kampf sei jedoch noch nicht beendet, es würden noch große Anstrengungen erforderlich sein, um jede neuerliche Erhebung des eitlen Gezüchts unmöglich zu machen. Hierauf forderte er die Teilnehmer auf, Vorschläge zu machen, welche die Erreichung dieses Ziels beschleunigen könnten. Georges Ribemont-Dessaignes stimmte für die allgemeine und direkte Geistessabotage. Bücher, Bilder, Plastiken usw., kurz alle Geisteserzeugnisse seien, wo immer es anginge, ohne Entdekkung fürchten zu müssen, zu vernichten, oder doch schwer zu beschädigen. Diesem Vorschlag schloß sich Francis Picabia an, riet aber, sämtlichen lebenden Künstlern Europas einen Dada-Ukas zuzusenden, der sie vor weiterer künstlerischer Tätigkeit warnt, da sonst in wenigen Jahren ihre Existenz untergraben sein könnte. Dr. Serner ergriff abermals das Wort und forderte systematische Demoralisierung (d. h. Neomoralisierung) des europäischen Bürgers durch geheime sexuelle Aufklärung. Er habe über die zu diesem Zweck anzuwendenden Mittel und Wege einen Traktat ausgearbeitet, den er in privater Sitzung vorlegen werde. Am Schluß seiner Ausführungen verlangte er für seine, für die Entwicklung des Dadaismus so wichtige Entdeckung, daß alle Propheten, Künstler, Revolutionäre usw. Hochstapler seien, das Dada-Patent. Es wurde ihm einstimmig erteilt, worauf Tristan Tzara beantragte, die allgemeine Geistsabotage durch die sogenannte »Conversation-dada terrible« (brachiale Argumentierung, Schreckschüsse usw.) zu verschärfen. Zu diesem Programm sprachen noch die Dadaisten Philippe Soupault, Paul Eluard, Louis Aragon und André Breton. Hierauf wurde zur Wahl der Dada-Leader für die einzelnen Länder geschritten. Es wurden gewählt:

für Deutschland Walter MEHRING; für Österreich, die Tschechoslowakei und Rußland Dr. Serner; für England und die nordischen Länder Georges Ribemont-Dessaignes; für Frankreich und den Balkan Tristan Tzara; für Amerika, Australien und Spanien Francis Picabia; für Italien J. Evola; für Asien Jean Cocteau; für Danzig Baader. Die Anerkennung des bisherigen deutschen Dada-Leaders Hülsenbeck wurde mit der Begründung abgelehnt, daß er einerseits die deutsche Sprache nicht beherrsche (!) und andererseits an seriösen deutschen Kunstzeitschriften mitarbeite. J. L.

[BERLINER BÖRSEN-COURIER Nr. 542, 19. 11. 1920.]

[Serner an Francis Picabia]

Paris, le 25 nov. 1920

Monsieur,

je me sens obligé à vous faire part que je ne collaborerai pas au Dada-Globe.

Je quitterai Paris en quelques jours.

Je vous remercie bien de votre grande amabilité avec laquelle vous m'avez reçu toujours et vous salue très cordialement.

Veuillez s. v. pl. faire parvenir à Mme. Everling et à M. G. Ribemont-Dessaignes mes salutations les plus distinguées.

Serner

[Christian Schad an Francis Picabia]

Munich 20-12-20

Monsieur,

je regrette bien de me voir forcé à renoncer à ma collaboration au »Dadaglobe«.

C'est pourquoi je vous prie de bien vouloir me faire renvoyer mes dessins, photos et poèmes.

Veuillez avoir la bonté de communiquer cette lettre à Monsieur Tzara afin qu'il m'envoie de même ce qu'il a reçu de moi.

Recevez, Monsieur, l'assurance de ma haute considération

Christian Schad

Annexe:
4 timbres à 25 ctm

Hauptpostlagernd
München

haben den direkten Verkehr mit unserer Normalredaktion aufgenommen, weil es ihnen außerordentlich wichtig erscheint, den Lesern unseres Blattes zur Kenntnis zu bringen, daß der Korrespondent, der uns eine schon vergessene Notiz über einen Züricher Dadaistenkongreß geschickt hat, vom Größenwahn befallen gewesen sein müsse. Denn der Kongreß habe nie stattgefunden und der fingierte Präsident Herr SERNER gehöre nicht zum inneren Kreis, sondern nur zu den durch temporäre Überzeugtheit ihn umschrankenden Outsidern. Warum unter all den sich zu Injurien eignenden geistigen Krankheiten gerade der Größenwahn den Vorzug erhielt, bleibt Geheimnis der dadaistischen Erkenntnislehre.

Dem von drei Häuptlingen TRISTAN TZARA, 14, rue Emile Augier, FRANCIS PICABIA und RIBEMONT-DESSAIGNES unterschriebenen, in zusammenhängendem Französisch geschriebenen Brief lagen zwei Einladungen zum Firnistag einer Picabia-Ausstellung und gleichzeitig ein schon gedrucktes Referat über den Verlauf bei. Der Referent der »Comoedia« A. d'Esparbes rettet sich aus der Situation, in dem er die Dinge einmal von der Seite der bestehenden Weltordnung und ein andermal von der revolutionierenden dadaistischen betrachtet. Er findet die im koloristischen aparten und fein ausgewogenen Jugendbilder Picabias wunderschön, aber er versäumt nicht, ein aus Kuben und Zylindern zusammengesetztes Gemälde, das entfernt an den Querschnitt einer Lokomotive erinnert, dem Leser nahezubringen und mit ein wenig ironischem Lächeln den Titel zu nennen: »Der Heilige der Heiligen. Es handelt sich um mich bei diesem – Portrait.«

Zum Schluß gibt er seine völlige Hilflosigkeit zu, als er daran geht, einen Vortrag Tristan Tzaras wiederzugeben. Nur ein Satz bleibt ihm klar im Gedächtnis: Es ist das Ziel des Dadaismus, die Menschen blödsinnig zu machen.

[BERLINER BÖRSEN-COURIER Nr. 595, 21. 12. 1920.]

[Francis Picabia an Christian Schad]

Monsieur, j'ai bien reçu votre lettre et suivant votre désir, vais la communiquer à Tristan Tzara – Je vous renverrai ce que vous nous aviez envoyé pour »Dadaglobe« comme vous le demandez –

Maintenant, de moi à vous, je viens vous prier de bien vouloir m'écrire d'où peut provenir la décision que vous avez prise, je serais d'autant plus désireux de le savoir que je ne suis nullement au courant de ce qui se passe parmi les dadaïstes d'allemagne et que j'ai *été fort étonné par votre lettre, ce n'est pas la première que j'ai reçu dans ce sens* – Hülsenbeck ne m'a pas non plus adressé quoi que ce soit ni sa part de collaboration et d'après ce que m'a dit le Dr. Serner, il serait pourtant le premier dadaïste allemand!

Veuillez donc m'éclairer sur cette question qui me *trouble beaucoup* et je vous affirme que je ne ferai nul usage de ce que vous pouvez me dire –

Veuillez agréer Monsieur l'assurance de mes sentiments les plus cordiaux –

Francis Picabia

14, rue Emile Augier Paris XVI
Le 23 décembre 1920
P. S. Repondez moi par retour du courrier si cela vous est possible.

Der Dada-Führer Dr. Serner – Paris

sendet uns die folgende Zuschrift, die einen tiefen Einblick in das Wesen des Dadaismus eröffnet:

»Die in Ihrer Nummer vom 21. Dezember veröffentlichte Mitteilung einiger Pariser Dadaisten beruht auf einer sehr widerspruchsvollen Auffassung der dadaistischen Grundsätze. JEDER DADAIST WIRD BEKANNTLICH SOFORT PRÄSIDENT. Wenn also Dadaisten das Recht, zu präsidieren, einem Dadaisten absprechen, indem sie ihm Größenwahn vorwerfen, so sind sie, wenn nicht vielleicht selbst von diesem Übel befallen, jedenfalls heftig im Widerspruch mit einem ihrer wichtigsten Grundsätze. Und da es ferner gleichfalls bekannt ist, daß der Dadaismus lediglich eine Fingierung des an sich bereits fiktiven Weltgeschehens zum Zwekke einer allgemeinen tödlichen Paraphrase ist, stellt sich die plötzliche Unterscheidung der Pariser Dadaisten zwischen fingiertem und nicht fingiertem Geschehen als ein noch weitaus bedauerlicherer Widerspruch heraus, der die Feststellung rechtfertigt, daß es den Pariser Dadaisten lediglich um eine vorübergehende Überzeugung sich handelte, die der landläufigen literarischen weichen mußte.

gez. Dr. Serner.«

[Berliner Börsen-Courier Nr. 611, 31. 12. 1920.]

Dada est mort, vive Dada!

Ein großes Dada-Dämmern scheint heraufzuziehen. Wie im Muspilli gehen die Helden gegeneinander los. Der Huelsenbecker gegen den Hauptgott Tzara; der Präsident des Weltalls wurde desgleichen von Huelsenbeck schwer beschädigt und last not least wendet sich der Dadaistenführer Serner gegen Weltmeister Heulsenbeck und Tzara (Großgroßhaupt)***. Ebengenannter versucht weiter und auch einen Todesstoß dem Weltmeister beizubringen. Großdada Arp (Qualitätsarp), Serner und der Dadafex Maximus (Dadamax Ernst) sollen einem noch nicht bestätigten Gerücht zufolge in einer Nacht zusammengetreten sein, um den neuen Dada-Rütli zu verschwören. Mit äußerster Vorsicht und strengster Geheimhaltung ihrer Pläne treffen diese unvergleichlichen Männer ihre Vorbereitungen. Sie holen, so sagt man, zu dem letzten, entscheidenden Schlage aus.

Max Ernst

[Der Querschnitt (Berlin) H. 1, Januar 1921.]

[Serner an Francis Picabia]

Paris, le 31 Janv. 1921

Monsieur,

je suppose que vous avez oublié de m'envoyer votre livre que vous m'aviez promis dernièrement. Je vous en prie de bien vouloir me l'envoyer.

A cette occasion je vous affirme encore une fois de ma grande sympathie pour vous (vous en doutez peut-être) et que ce sont des circonstances qui ne touchent pas du tout à votre personnalité qui m'ont forcé d'éviter votre maison.

Recevez, Monsieur, l'assurance de ma plus haute considération.

Walter Serner

Paris 54
poste restante

[Francis Picabia an Christian Schad]

Monsieur, j'ai demandé plusieurs fois à Tristan Tzara de vous envoyer vos manuscrits, il m'a dit que vous n'en aviez pas besoin, *que voulez vous que je fasse*??

Je trouve sa façon d'agir incomprehensible croyez le bien et j'en suis absolument navré –

Recevez, Monsieur, mes sincères salutations

Francis Picabia

14, rue Emile Augier – Paris
5 avril 1921

[Christian Schad an Francis Picabia]

Naples, le 25-4-21.

Monsieur,

Je m'empresse de vous répondre immédiatement. Je me rappelle bien que j'ai envoyé la plupart de mes envois à votre adresse. C'est pourquoi il ne peut pas être difficile pour vous de les redemander de Monsieur Tzara. Quant à mes oeuvres que j'ai expédiées directement à Monsieur Tzara, je n'ai maintenant plus le moindre doute que c'est de la malice et peut-être une espèce de vengeance.

C'est à mon grand regret que je me vois forcé à vous dire quelque chose qui vous intéressera plus que vivement. Je vous écris tout cela autant plus volontiers que le soupçon que j'aurais un certain intérêt dans cette affaire n'existe plus. Je n'ai que la main libre, vis-à-vis de la conduite de M. Tzara qui justifie toutes les autres choses.

Je vous dis tout de suite que je ne suis devenu dadaïste que par le Dr. Serner. Rien n'est donc plus naturel que je me sois empressé de rompre les liens assez faibles que j'ai entretenus envers M. Tzara. Je n'ai jamais connu personnellement ce Monsieur. Mais, depuis que j'ai connu le Dr. Serner (c'est à peu près depuis sept ans), j'avais toujours la plus grande confiance en lui et ce n'est pas une seule fois qu'il l'aurait trompé, même dans la moindre chose. C'est pourquoi je lui ai cru tout de suite chaque mot sur M. Tzara. Mais je n'ai voulu faire aucun usage de tout cela sans une raison directe et personnelle et surtout sans avoir dans une affaire si laide que celle-ci encore tout de même des autres confirmations. C'était pendant mon dernier séjour à Munich et surtout à Berlin que j'ai appris d'un tas d'hommes (des littérateurs, peintres, publicistes, etc.) que non seulement les explications du Dr. Serner étaient tout-à-fait fondées, mais aussi qu'elles n'étaient que la demi-vérité.

Voilà ce que j'ai appris et ce que chaque littérateur allemand ou suisse vous dira, si vous l'interrogez. Le mot Dada fut trouvé par M. Hülsenbeck et M. Ball. Il y a un tas de témoins que M. Tzara était tout-à-fait loin de cette découverte. Pendant le séjour de tous ces messieurs en Suisse, dada n'était qu'un jeu très insignifiant sans aucune direction constatable. Le Mouvement dada a commencé lorsque M. Hülsenbeck partit pour l'Allemagne où il a fait quelques conférences sur dada. Mais c'était uniquement ce mot qui a fait parler les journaux. Après quelques semaines le mouvement dada retomba. Ce n'était que le manifeste du Dr. Serner qui a paru dans *l'édition allemande* de dada 4/5 que la grande hausse dada a commencé en Allemagne. Quoique le manifeste dada 1918 de M. Tzara était connu en Allemagne, tous les dadaïstes allemands se réfèrent au manifeste du Dr. Serner et si vous avez les critiques des journaux sur celui-ci sous vos yeux, vous ne seriez pas du tout étonné de ce succès. Heureusement le Dr. Serner a développé longtemps avant qu'il les a écrites ses idées oralement à Zurich devant beaucoup de gens. C'est pourquoi on sait bien comment M. Tzara a trouvé les idées les plus importantes de son manifeste.

Maintenant vous comprendrez bien pourquoi M. Tzara avait tant de peur dès que le Dr. Serner était arrivé à Paris qu'il n'ouvre pas la bouche. Si le Dr. Serner n'a rien dit, c'était premièrement parce qu'il a constaté après un faible essai qu'on ne lui croirait pas un mot et deuxièmement parce qu'il l'a quand même amusé de voir comment M. Tzara se joue de tous ses amis. Mais lorsque M. Tzara a voulu faire le grand maître envers le Dr. Serner pour distraire des certains soupçons qu'il avait sans qu'ils étaient fondés (la mauvaise conscience), le Dr. Serner a quitté votre cercle, naturellement sans dire un mot.

On connait parfaitement en Allemagne que le rôle de M. Tzara dans le mouvement dada est usurpatoire et trompeur; que le mouvement dada tient son origine de MM. Ball et Hülsenbeck et que la tendance dada tient son origine du manifeste du Dr. Serner. C'est un hasard assez rare que vous, Monsieur Picabia, aviez partiellement les mêmes idées que le Dr. Serner. Vous avez rencontré les idées du Dr. Serner pour la première fois dans la personne de M. Tzara. Si vous aviez pu parler allemand avec le Dr. Serner, vous auriez eu toute l'impression forte de sa personnalité dont la connaissance vous n'avez pu faire ainsi que très faible.

Et je vous répete que non seulement moi mais aussi tout ce qu'il y a de vraiment dada en Allemagne s'est tenu du commencement à la personnalité du Dr. Serner.

Au surplus, je veux vous dire encore que le Dr. Serner n'a aucune idée de cette lettre et je vous en prie instamment de ne lui dire aucun mot. Je vous ai écrit tout cela, parce que vous vous êtes conduit envers moi tout à fait gentlemanlike et parce que je veux vous épargner de figurer comme dupe dans l'histoire qui dira un jour le mot final dans cette affaire.

Je ne vous oblige pas du tout de vous taire sur le contenu de cette lettre autant plus qu'il est partout connu sauf en France. (Voilà la raison pourquoi les Allemands ne vous ont rien envoyé de leurs oeuvres).

Recevez, Monsieur, l'assurance de ma plus haute considération et ma dernière prière de me faire renvoyer mes choses, au moins comme revanche à ma franchise envers vous.

Votre

Schad.

Napoli – Fermo posta.

Abbildungen

DER ZELTWEG

die wohltemperierte [illegible]

die hofloge stürzt von hópfenstangen
do re mi et je t'aime beaucoup
der [illegible] kürzt die fahrt der höflichen hufe
nach einer schmucken präambel
lockert der kirchenschweizer seine kaldaunen
und stülpt sie als turban auf sein haupt
oft [illegible] es vor dass grossjährige
die beliebigen schilderungen von zirkuschauvinisten
für [illegible] oder suppenbrillen hälten
auf mittleren flössen treiben die menstruierenden samovare
in das hochland von habesch
ne balance jamais les belles paroles
sur les tambourins des rondes cosaques
~~die sintflut~~ steigt ~~so gewaltig dass sogar~~ die eichhörnchen
ein stockwerk höher als die sintflut ~~entbrechen können~~
von allen beziehungen des kongofressers ist das knallherz
die sterilste
der general aber grüsst mit tränen im auge die korallen
la draperie monte sur un oeil
plante dans un platane
god save la famille des feu-follets
et les fallots s'ouvre en framboise
der schachzug des minderwertigen [wurzelgach]
sämtliche überholten fussballspieler der köcher verloren
und das ende der hitzigen grillen mit schlechten winken (begingen [illegible])
~~[illegible]~~
el asombro de damasco (serenata de las contadoras de palmira) luna el asombro de damasco (dúo de [illegible] y gran visir duetto y danza de la [illegible])

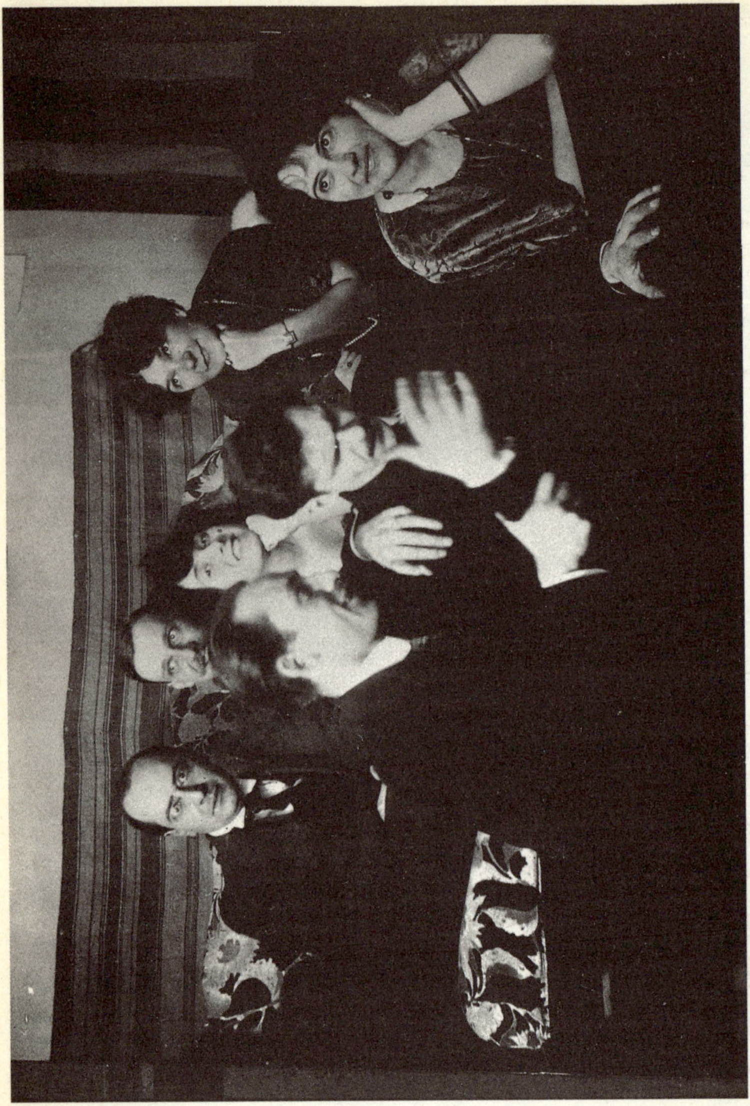

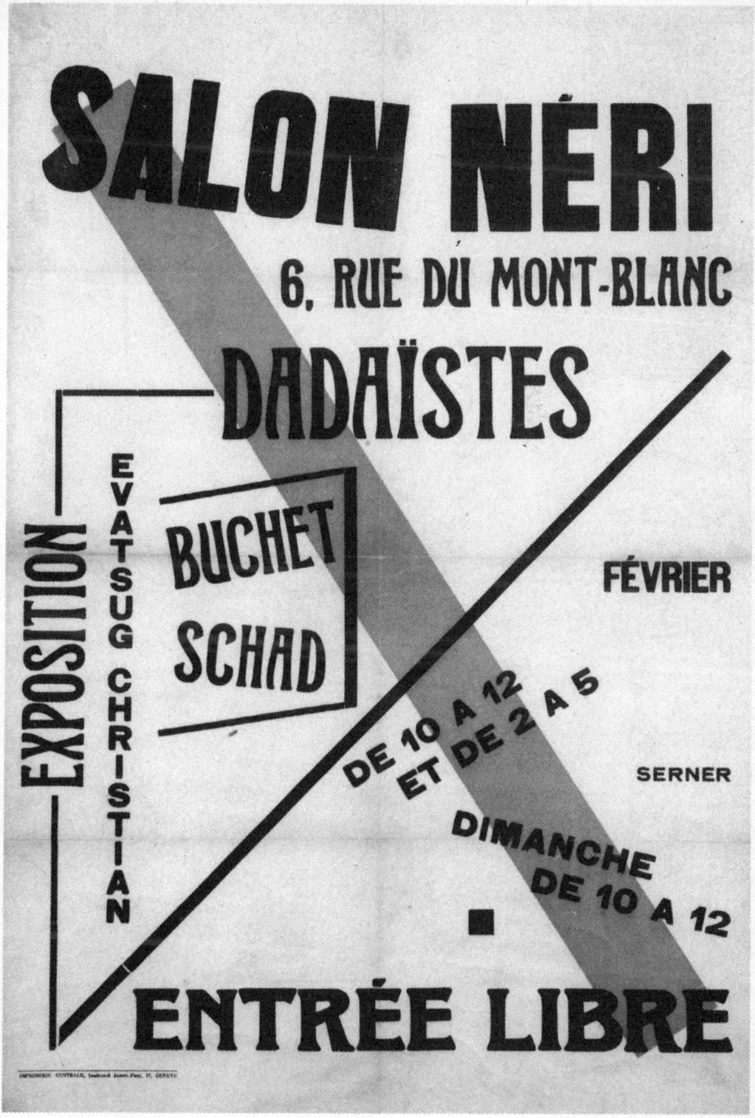
SALON NÉRI
6, RUE DU MONT-BLANC
DADAÏSTES
EXPOSITION
CHRISTIAN
GUSTAVE
BUCHET
SCHAD
FÉVRIER
DE 10 A 12
ET DE 2 A 5
SERNER
DIMANCHE
DE 10 A 12
ENTRÉE LIBRE

PEINTURE
D'AVANT-GARDE
BUCHET
SCHAD
DADA
SALON NÉRI
6, Rue du Mont-Blanc, 6 -:- Téléphone 490

I
II
III
IV

Christian SCHAD (Genève)

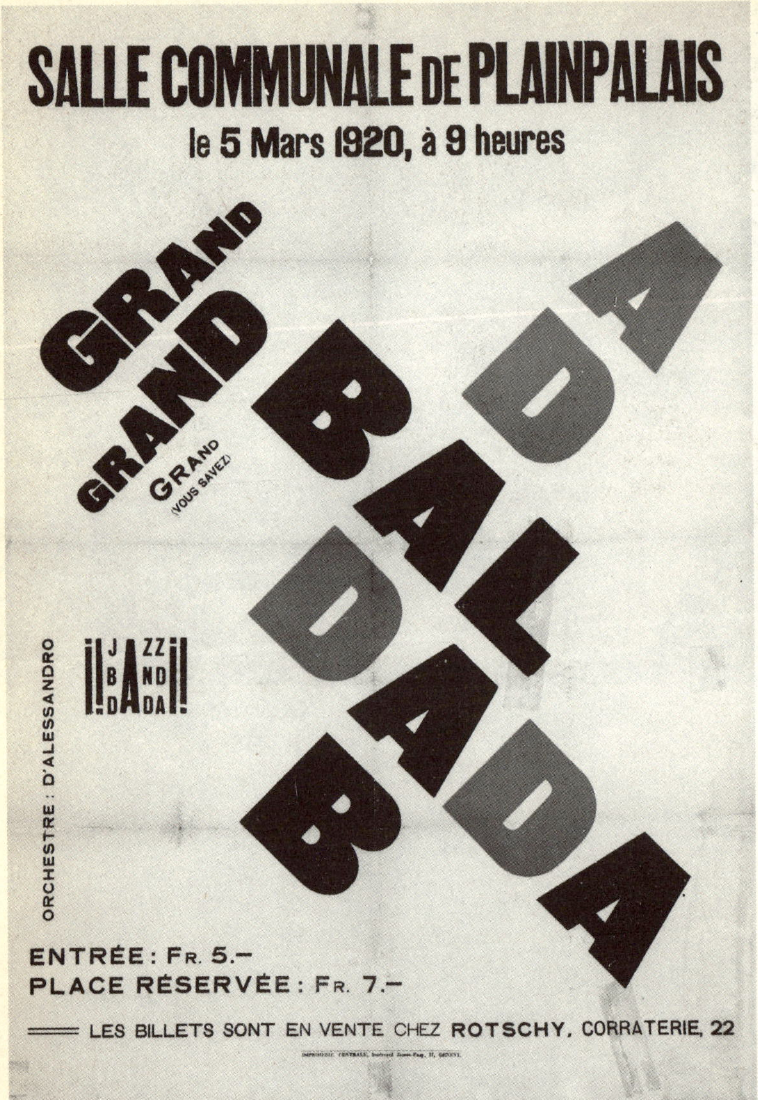
SALLE COMMUNALE DE PLAINPALAIS
le 5 Mars 1920, à 9 heures
GRAND
GRAND
GRAND
(VOUS SAVEZ)
BAL DADA
DADA
BADA
ORCHESTRE : D'ALESSANDRO
JAZZ BAND DADA
ENTRÉE : FR. 5.–
PLACE RÉSERVÉE : FR. 7.–
LES BILLETS SONT EN VENTE CHEZ ROTSCHY, CORRATERIE, 22

SALON NÉRI

RUE DU MONT-BLANC

DADA

EXPOSITION

(SERNER)

FRANCIS PICABIA PARIS

GEORGES RIBEMONT-DESSAIGNES

DADA

AVRIL

10-12

2-5

IMPRIMERIE CENTRALE
Boulevard James-Fazy, 17
GENÈVE

CAFÉ LYRIQUE
RESTAURANT
12 Bd du Théatre 12
GENÈVE
Tph 800

le 7 avril 1920

Cher M. Tzara,

Dans ma dernière lettre j'ai oublié de vous écrire que je ne veux pas que vous mettez mon nom au-dessous des choses qui ne sont pas de moi. En outre, je vous serais très obligé, si vous ne voulez pas mêler des lignes de moi en ajoutant des noms et changeant le texte.

Chez l'exposition il y avait hier un accident. On a cassé des vitres, pas les tableaux. J'espère que les journaux feront un compte rendu.

Très cordialement

Serner

Allez-vous déjà mieux?

SALLE GAVEAU

45-47, Rue la Boëtie

FESTIVAL DADA

Mercredi 26 Mai 1920 à 3 h. après-midi

Tous les Dadas se feront tondre les cheveux sur la scène !

PROGRAMME :

I

1. **le sexe de dada**
2. **pugilat sans douleur** PAR PAUL DERMÉE
3. **le célèbre illusionniste** PHILIPPE SOUPAULT
4. **manière forte** PAR PAUL ELUARD
5. **le nombril interlope** MUSIQUE DE GEORGES RIBEMONT-DESSAIGNES
   Interprété par Mlle Marguerite BUFFET
6. **festival manifeste presbyte** PAR FRANCIS PICABIA
   Interprété par André BRETON et Henri HOURY
7. **corridor** PAR LE DOCTEUR SERNER
8. **le rastaquouère** ANDRÉ BRETON
9. **vaste opéra** PAR PAUL DRAULE
10. **la deuxième aventure de monsieur Aa l'antipyrine** PAR TRISTAN TZARA

Personnages :

M. Absorbtion	Paul ELUARD
Oreille	André BRETON
Mme Interruption	Mlle Marguerite BUFFET
Le cerveau désinteressé	G. RIBEMONT-DESSAIGNES
M. Saturne	Théodore FRAENKEL
M. Aa	Louis ARAGON

II

11. **vous m'oublierez** SKETCH PAR ANDRÉ BRETON ET PHILIPPE SOUPAULT

Robe de chambre	Philippe SOUPAULT
Parapluie	André BRETON
Machine à coudre	Berthe TESSIER

12. **la nourrice américaine** PAR FRANCIS PICABIA
    Musique sodomiste interprétée par Marguerite BUFFET
13. **manifeste baccarat** PAR GEORGES RIBEMONT-DESSAIGNES

Gauche	André BRETON
Droite	Georges RIBEMONT-DESSAIGNES
Milieu	Tristan TZARA
M. Oxigénée	Philippe SOUPAULT

14. **jeu d'échecs** PAR CÉLINE ARNAULD
15. **danse frontière** PAR GEORGES RIBEMONT-DESSAIGNES
16. **système DD** PAR LOUIS ARAGON
17. **je suis des javanais** PAR FRANCIS PICABIA
18. **poids public** PAR PAUL ELUARD

L'imbécile	M. ELUARD
L'idiote	Mme ELUARD
Leur enfant	Ph. SOUPAULT

19. **vaseline symphonique** PAR TRISTAN TZARA
    Jouée par 20 personnes

POUR LA LOCATION

s'adresser

à la MAISON GAVEAU
45, Rue la Boëtie

au SANS PAREIL
37, Avenue Kléber
Tél. Passy 22-25

à la MAISON DES AMIS DES LIVRES
7, Rue de l'Odéon

PRIX DES PLACES :

Loges de face : **20** frs
de côté : **15** frs
Parterre : **10** frs
Pourtour : **6** frs

1er Balcon Face : **8** frs
Côté : **6** frs
Pourtour : **4** frs

2e Balcon Face : **6** frs
Côté : **5** frs
Pourtour : **3** frs

Entrée : **2** frs
tous les droits compris

Chacun de vous a dans le cœur un comptable
une montre et un petit paquet de merde.
Dada est le bonheur à la coque.
La sagesse n'est qu'un gros nuage sur l'horizon.

SILENCE PAPILLONS

Le

Docteur Serner

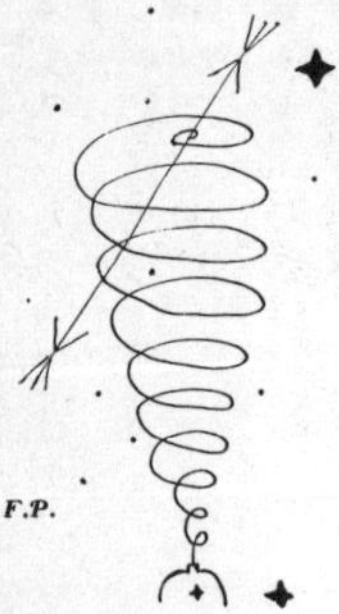

MONSIEUR Aa FAIT DES SIGNES

STÉNOGRAPHIQUES A MONSIEUR TZARA

§ martyre en flagrant délit messieurs les députés
§ la lumière et le confort se cultivent au nord à barbe de neige
§ le chèque de 8 heures et de bonne humeur
voulez-vous gagner l'ange boxeur nage dans l'encre
§ avec des gants myosotis
§ les serpents portent maintenant des gants
§ la passion javanaise dans une Rolls Royce
§ joue aux échecs avec un personnel de premier ordre
§ savoureux et caméléon comme un dada de premier ordre

Tristan Tzara

Le

Docteur Serner

MOUVEMENT DADA

Die Einsendungen sind
zu richten an:

Tristan Tzara
c/o Francis Picabia
14, rue Emile Augier
Paris (16)

BERLIN, GENÈVE, MADRID, NEW-YORK, ZURICH.

PARIS,

CONSULTATIONS : 10 frs

S'adresser au Secrétaire
G. RIBEMONT-DESSAIGNES
18, Rue Fourcroy, Paris (17e)

DADA
DIRECTEUR : TRISTAN TZARA

$D_d O^4 H^2$
DIRECTEUR :
G. RIBEMONT-DESSAIGNES

LITTÉRATURE
DIRECTEURS :
LOUIS ARAGON, ANDRÉ BRETON
PHILIPPE SOUPAULT

M'AMENEZ'Y
DIRECTEUR : CÉLINE ARNAUD

PROVERBE
DIRECTEUR : PAUL ELUARD

391
DIRECTEUR : FRANCIS PICABIA

'Z'
DIRECTEUR : PAUL DERMÉE

Dépositaire
de toutes les Revues Dada
à Paris : Au SANS PAREIL
37, Av. Kléber   Tél. : PASSY 25-22

Im März wird in dem grossen Pariser Verlag La Sirene ein Dada-Buch erscheinen, das gegen 300 Seiten umfassen wird. Format 25 auf 32 cm. Verkaufspreis Frs. 20.- Erstauflage 10.000 .

Sie werden hiemit höflichst eingeladen, an diesem Werk mitzuarbeiten. Wollen Sie bitte 3 bis 4 schwarz-weisse Zeichnungen einsenden und 2 bis 3 Photos nach Werken von Ihnen. Eine Zeichnung kann farbig sein, darf jedoch nicht mehr als 2 bis 3 Farben enthalten. Anstelle der farbigen Zeichnung können Sie eine Buchseite irgendwie mit oder ohne Text farbig arrangieren.

Wollen Sie bitte ferner eine deutliche Photo Ihres Kopfes (nicht Figur) einsenden, dessen freie Bearbeitung bei gewahrter Deutlichkeit Ihnen überlassen bleibt.

Jede neue, noch so unerwartete Idee, sei es buchtechnisch, sei es ein anderer Einfall, wird von uns freudig aufgenommen werden und, wenn irgendwie möglich, genau ausgeführt.

Sämtliche Beiträge dürfen nicht später als bis zum 15. Dezember an uns gelangen (wenn halbwegs tunlich, bitte vorher), da wir dem Verleger kontraktmässig auf diesen Termin uns verpflichten mussten.

Wir hoffen, dass Sie uns mit Ihrer Mitarbeit beehren werden und zählen auf Ihre Freundschaft, die Sie mit Dada und auch mit uns verbindet.

Wir bitten Sie nochmals, Ihre Beiträge nicht später als zu oben angegebenen Termin einzusenden.

Mit vorzüglicher Hochachtung   ergebenst

Francis Picabia   TRISTAN TZARA
Ribemont Dessaignes   Serner

Zu den Texten

Das Hirngeschwür enthält alle bisher bekannt gewordenen Schriften Walter Serners, die im Rahmen seines Engagements für die internationale Dada-Bewegung in den Jahren 1917 bis 1920 entstanden sind. Die Sammlung vereint in chronologischer Folge seine Dada-Texte, Manifeste und Gedichte, seine vielen an den Chefdadaisten Tristan Tzara gerichteten Postkarten und Briefe, sowie die dadaistischen Propagandameldungen, die er unter den verschiedensten Pseudonymen in der Tagespresse lancierte. (Bei einem Teil dieser Berichte kann Serners Urheberschaft allerdings nur vermutet werden; nähere Erläuterungen hierzu finden sich in den Anmerkungen.) Darüber hinaus wurden, wo es im Interesse einer umfassenden Dokumentation sinnvoll erschien, verschiedentlich auch offenkundig *nicht* von Serner verfaßte Texte (Briefe, Kritiken etc.) aufgenommen; zur leichteren Orientierung stehen diese Beiträge im Inhaltsverzeichnis in Klammern.

Die Anordnung der Texte und Briefe orientiert sich im allgemeinen an den jeweiligen Erscheinungs- bzw. Entstehungsdaten. Die Plazierung einer Reihe von undatierten Briefen konnte fast immer eindeutig rekonstruiert werden. Diejenigen Texte Serners, die in den historischen Dada-Publikationen entweder überhaupt nicht, oder nur mit unverhältnismäßig großer Verzögerung zur Veröffentlichung gelangten, wurden entsprechend ihrer ungefähren Entstehungszeit (bzw. Zugehörigkeit zu bestimmten Zyklen wie den Manschetten oder den »Automatischen Dichtungen«) eingeordnet. In einem Fall erschien es jedoch angebracht, von dieser Regelung abzuweichen: das auf März 1918 datierte Dada-Manifest Letzte Lockerung könnte auch am Anfang dieses Buches stehen, wurde aber aus naheliegenden Gründen im Kontext seiner tatsächlichen komplizierten Publikations- und Rezeptionsgeschichte belassen.

Die zahlreichen Briefe Serners, die in der Sammlung Tzara in der Pariser Bibliothèque littéraire Jacques Doucet aufbewahrt werden, sind fast alle von Hand geschrieben – nur im August 1918 und am 30.9.1919 benutzte er die Schreibmaschine. Da Serners Handschrift oft kaum zu entziffern war, und zudem sein Französisch so mangelhaft, daß ihm nur selten ein fehlerfreier Satz glückte, brachte die Abschrift dieser Briefe mancherlei Probleme mit sich. Es wurde versucht, den Text der Originale so exakt wie möglich wiederzugeben; auf jegliche Berichtigung oder Vereinheitlichung von Serners Sprachgebrauch, selbst auf die Korrektur vermeintlicher Flüchtigkeitsfehler, wurde generell verzichtet.

In den übrigen Texten sind eindeutige Druckfehler stillschweigend berichtigt.

Die Pressemeldungen, die Serner meist in zahlreichen Durchschlägen an die verschiedensten deutschsprachigen Tageszeitungen verschickte, wurden vor ihrem Erscheinen in den Redaktionen häufig noch in unterschiedlicher Weise bearbeitet oder gekürzt; in einigen Fällen war es daher möglich, aus diversen Varianten eines Artikels die ursprüngliche Fassung zu erschließen. Nicht immer sind also die stets unter Angabe des frühesten bekannten Erscheinungsdatums wiedergegebenen Texte mit dieser speziellen Version identisch. Weitere Drucknachweise finden sich in den Anmerkungen. (Diese Angaben basieren zum Teil auf Tzaras umfangreicher Sammlung von Zeitungsausschnitten, in der allerdings gerade die deutsche Presse nur sehr lückenhaft erfaßt ist.)

Anmerkungen

S. 5 VISITENKARTE, ZÜRICH 1917
[Adresse handgeschrieben.]
Frühester Beleg eines engeren Kontaktes zwischen den späteren Chefdadaisten – Serner war unter dieser Adresse vom 3. 9. bis zum 29. 12. 1917 gemeldet.

VISITENKARTE, LUGANO 1917/18
[Adresse handgeschrieben.]

– *das nächste »Dada«-Heft:* Vermutlich ist hier die im Dezember 1917 erschienene Nr. 2 der von Tzara herausgegebenen Zeitschrift gemeint; die Mitteilung wäre demnach im Sommer oder Herbst des Jahres entstanden. Angesichts der Tatsache, daß ein Aufenthalt Serners in Lugano ansonsten nur für den März 1918 (anläßlich der Niederschrift des Dada-Manifests LETZTE LOCKERUNG; vgl. S. 192) belegt ist, erscheint es allerdings auch denkbar, die Visitenkarte entsprechend später zu datieren: es ist durchaus möglich, daß die Publikation der dritten Ausgabe von DADA bereits für das Frühjahr 1918 geplant war, und nur durch die üblichen technischen und finanziellen Schwierigkeiten sich bis zum Jahresende verzögerte.

S. 7 POSTKARTE VOM 30. 11. 1918
Serner hatte sich am 27. November in Zürich abgemeldet und verbrachte die folgenden drei Monate bei seinem Freund Christian Schad (»M. Sch.«) in Genf.

– *Terrasse:* Das Café de la Terrasse war neben dem Café Odeon der beliebteste Treffpunkt der Züricher Dadaisten.
– *Katz:* Bei Emil Katz in der Seefeldstraße 35 hatte Serner vom 5. 10. 1918 bis zu seiner Abreise nach Genf gewohnt. Inwieweit Tzara dort sein Nachfolger wurde (vgl. auch Serners Briefe vom 26. 1. und 7. 2. 1919), ließ sich nicht ermitteln.

– *Hardekopf, Ferdinand* (1876–1954): Der expressionistische Dichter, vor dem Krieg wie Serner Mitarbeiter der Berliner AKTION, war im Frühjahr 1916 in die Schweiz gekommen und in den folgenden Jahren, eher zufällig, an einigen Aktivitäten der Züricher Dadaisten beteiligt. (Unter anderem las er auf einer Dada-Soirée am 19. 5. 1917 aus seinen »Fragmenten eines konventionellen Detektivromans« MANON und wirkte an den deutschen Ausgaben von DADA 3 und DADA 4–5 mit. Später nahm Tzara ihn in die Liste der Dada-Präsidenten auf.)
In Hardekopfs Briefen aus dieser Zeit finden sich einige weitere Hinweise auf seine Beziehungen zu Serner. So schreibt er am 9. 12. 1918 (anläßlich einer erneuten Begegnung im Genfer Café Landolt) an Tzara: »J'ai eu la chance de retrouver ici M. Serner et de pouvoir échanger avec lui quelques observations plutôt frivoles. Qu'est-ce que vous allez faire à ce temps manquant de coquetterie?« – und Serner fügt seine »salutations précises« hinzu.
Im Frühjahr 1919 waren beide nach Zürich zurückgekehrt, wo Hardekopf am 9. April die berühmte 8. Dada-Soirée miterlebte: »Die Dada-Soirée (die eine herrlich skandalöse Orgie war) hat ihren beiden Unternehmern, den Herren Serner und Tzara, mehrere hundert Franken Reingewinn gebracht, nach Abzug aller Unkosten. (...) Die Zeitschrift DAS HIRNGESCHWÜR wird vom Mai ab erscheinen. – Serner lebt ganz in der Dada-Bewegung. Vielleicht wird er mit Tzara Dada-Tournées unternehmen.« (Brief an Olly Jacques vom 19. 4. 1919.)
Ähnlich den Unterzeichnern des »Manifests Radikaler Künstler Zürich«, war aber auch Hardekopf über den von Serner und Tzara eingeschlagenen apolitisch-nihilistischen Kurs im Grunde entsetzt. Schon kurz nach der Soirée begann er, sich zu distanzieren: »Der kleine Tzara ist von seiner Osterfahrt (er war in Hertenstein am Lac des 4 Cantons) zurück. Einen Abend waren er, den anderen Sir Walter (= Lord Henry) und ich zusammen. Seitdem habe ich mich zurückgezogen; es wird mir etwas zuviel der Dada-Plauderei.« (Brief an Olly Jacques vom 24. 4. 1919. Lord

Henry: Der zynisch parlierende Dandy Lord Henry Wotton in Oscar Wildes BILDNIS DES DORIAN GRAY.)
Und weiter: »Mit den Dada-Herren mag ich nicht mehr gern sprechen. Diese Eitelkeit ist nicht hübsch. (Warum verheimlichen sie sie nicht? Die einfachste Höflichkeit erfordert das doch.)« (Brief an Olly Jacques von Mitte Mai 1919.)
»Die Hundeschnaufigkeit und Gelangweiltheit der Herren Dadaisten gegenüber jeder politischen Gefahr, in die andere geraten, ist ziemlich widerlich. (. . .) Henry und Tristan strömen ein enervierendes Parfum von Langerweile aus. (›L'ennui dadaïste‹; ›Patchouli des Internés de l'Odéon‹.)« (Brief an Olly Jacques vom 2. 6. 1919.)
(Vgl. R. Sheppard, FERDINAND HARDEKOPF UND DADA.)
– *Picabia, Francis* (1879–1953): Der französische Künstler, der zu einer Kur in die Schweiz gekommen war, hatte sich Anfang November einige Tage in Genf aufgehalten. Er stand bereits seit dem Sommer 1918 in brieflichem Kontakt mit Tzara und wurde später zu einem der wichtigsten Propagandisten des Dadaismus in Frankreich.
– *Marthe:* Nicht identifiziert.

S. 10 POSTKARTE VOM 20. 12. 1918
– *M. Schalk:* Johann Schalk war eine Randfigur des Züricher Dada-Kreises; in einem Brief Hans Richters an Tzara vom 3. 11. 1918 heißt es über ihn:
»Cher monsieur Dada,
1) Ich denke nicht daran u. habe nie daran gedacht, im Salon »Rembrandt« auszustellen.
2) *Schalk* hat mir geschrieben, daß er unter Mithilfe von Serner ein Antiquariat eröffnet, dazu wollte er Graphik von mir, die habe ich ihm versprochen.«
(Vgl. R. Sheppard, NEW STUDIES IN DADA, S. 127.)
Kurz vor Serners Abreise nach Genf war es jedoch zum Streit zwischen Schalk und den Dadaisten gekommen; der Anlaß war dessen Nebentätigkeit als Geschäftsführer des »Kunstsalon Rembrandt«, der zur gleichen Zeit von dem Maler Alois Gerber eröffnet worden war. Ein Leserbrief

Marcel Jancos, der am 5. 12. 1918 in der NEUEN ZÜRCHER ZEITUNG abgedruckt wurde, gibt hierüber Auskunft: »Ein von mir für ein Antiquariat, das die Zürcher Kommission des demnächst erscheinenden Heftes DADA 3 übernehmen sollte, angefertigter Holzschnittstock gelangte durch mir unbekannte, zweifellos aber unrechtliche Manipulation in den Besitz (*nicht* Eigentum) des KUNSTSALON REMBRANDT, der ihn zu Reklamezwecken (kleine Plakate) verwandte. Dieses Vorgehen ist um so dreister, als DADA mit Herrn Gerber und seinem Kunstsalon nicht das Geringste zu schaffen hat, und der betreffende Holzschnitt, recht deutlich lesbar, die Inschrift »Dada 3« enthält. Ich muß öffentlich gegen diese Handlungsweise protestieren und behalte mir gerichtliche Schritte vor.«
Die Affaire war von einer Reihe weiterer Presseerklärungen und Gegendarstellungen begleitet; der Brief Serners an die NEUE ZÜRCHER ZEITUNG wurde allerdings nicht abgedruckt.

– *joli là-bas:* Gemeint ist das Motiv der Ansichtskarte, die Genfer Rue du Mont Blanc.

POSTKARTE VOM 24. 12. 1918

– *»Monstres choisis«:* Titel einer 1918 erschienenen Sammlung von Kurzgeschichten aus dem Montmartre-Milieu des französischen Schriftstellers André Salmon (1881–1969).

S. 11 POSTKARTE VOM 17. 1. 1919

– *votre »discours-explosion«:* In Zürich wurde seit dem 12. Januar die zweite Ausstellung der von dem Basler Maler Fritz Baumann (1886–1942) gegründeten Künstlervereinigung DAS NEUE LEBEN gezeigt, an der viele abstrakte bzw. dadaistische Maler (Hans Arp, Augusto Giacometti, Marcel Janco, Francis Picabia etc.) teilnahmen. Die Ausstellung wurde durch Vorträge von Baumann, Otto Flake, Janco und Tzara ergänzt; Tzara sprach am 16. Januar über »L'art abstrait« (vgl. S. 81).
– *Fort, Paul* (1872–1960): Dem Symbolismus nahestehender

französischer Dichter; bis 1918 waren bereits zweiundzwanzig Bände seiner BALLADES FRANÇAISES entstanden.
– *l'autobiographie du Stendhal:* VIE DE HENRI BRULARD, erstmals veröffentlicht 1890. Die erste vollständige Ausgabe erschien 1913 in Paris.
– *Paris:* Tzara plante im Laufe des Jahres 1919 mehrmals seine Abreise, die sich bis zum Januar 1920 verzögern sollte.
– *Liebknecht:* Die KPD-Politiker Karl Liebknecht und Rosa Luxemburg waren am 15. Januar in Berlin ermordet worden.

POSTKARTE VOM 26. 1. 1919
– *Picabia:* Der Franzose war am 22. Januar zu einem kurzen Besuch nach Zürich gekommen. Er hatte bereits an DADA 3 mitgewirkt und stellte, nach dem Zusammentreffen mit Tzara endgültig vom Dadaismus überzeugt, nun auch seine eigene Zeitschrift 391 in den Dienst der Bewegung – die achte Nummer erschien Anfang Februar in Zürich (vgl. S. 17). Kurz darauf kehrte Picabia als Wegbereiter Tzaras und Dadas nach Paris zurück.

S. 12 POSTKARTE VOM 7. 2. 1919
– *Mons. Ball:* Der Gründer des CABARET VOLTAIRE, der sich bereits 1917 mit Tzara überworfen und von Dada distanziert hatte, sollte offenbar zur Mitarbeit an DADA 4–5 oder einer anderen Publikation der Züricher Gruppe eingeladen werden, war aber, wie Serner befürchtet, längst nicht mehr interessiert (vgl. auch Serners Karte vom 22. 2.).

S. 13 POSTKARTE VOM 22. 1. 1919
– *»Lanterne«:* Berühmte, von dem französischen Politiker und Publizisten Henri Rochefort herausgegebene Zeitschrift, zwischen 1868 und 1876 zunächst in Brüssel, Paris und London, dann in Genf erschienen.

POSTKARTE VOM 22. 1. 1919
– *»les Allemands à fille«:* Nicht identifiziert.

S. 17 DADAISTISCHE ZEITSCHRIFTEN 391
Stilistische und inhaltliche Ähnlichkeiten mit späteren Pressemeldungen (insbesondere dem Artikel ZUR WERTUNG DES DADAISMUS; vgl. S. 36 f.) machen es wahrscheinlich, daß diese Rezension von Serner verfaßt wurde. Sie ist das erste bisher entdeckte Beispiel für seine in den Jahren 1919/20 mit großem Erfolg betriebene Dada-Propaganda in der deutschsprachigen Presse.

– *391:* Die Angaben zur Geschichte der Zeitschrift sind nicht ganz richtig: 291 war schon im Frühjahr 1915 in New York gegründet worden und ein Jahr lang erschienen; 1917 folgte Picabias 391, zunächst in Barcelona (Nr. 1–4), dann in New York (Nr. 5–7) herausgegeben; erst nach der hier besprochenen Züricher Ausgabe etablierte sich die »revue en voyage« in Paris. Von den erwähnten Mitarbeitern hatten nur Braque und Picasso an 291, Léger und Matisse aber an keiner der Zeitschriften mitgewirkt.

S. 18 EINE SKANDALÖSE SOIRÉE
[Auch in: ST. GALLER TAGBLATT 23. 4./BASLER NACHRICHTEN 30. 4./NEUES WINTERTHURER TAGBLATT 7. 5./BERLINER ZEITUNG AM MITTAG 12. 5. /MÜNCHNER NEUESTE NACHRICHTEN 12. 5. / DEUTSCHE TAGESZEITUNG (Berlin) 15. 5./SOLOTHURNER ZEITUNG 26. 5. /PESTER LLOYD 31. 5. 1919. Frz. Version in LE MONDAIN (Genf) 19.4.1919.
Ein Teil der Meldungen verwendet ein anderes Zitat aus der PROCLAMATION DADA Tzaras: »Kunst, dieses Papageiwort, wollen wir durch Dada, Plesiosaurus oder Toschertuch ersetzen.« »Die Kunst bedarf eines operativen Eingriffs.«]
Serners Bericht scheint (ausnahmsweise) recht genau den tatsächlichen Verlauf der skandalösen Soirée wiederzugeben – man vergleiche die Schilderungen der Teilnehmer Hans Richter und Tristan Tzara:
»Wieder Tänze von Perottet nach Schönberg und dann Dr. Walter Serner in tadellos gebürstetem schwarzem Jackett, gestreiften Hosen mit grauer Krawatte, wie zu einer Verlobung. Seine lange elegante Figur transportierte zunächst eine kopflose Schneiderpuppe auf die Bühne, dann ging er zu-

rück, holte ein Bukett künstlicher Blumen, die er der Puppe zu riechen gab, da, wo der Kopf sitzen sollte, und legte ihr das Bukett zu Füßen. Schließlich brachte er einen Stuhl und setzte sich rittlings darauf, mit dem Rücken zum Publikum in der Mitte der Bühne. Dann begann er aus seiner »Letzte Lockerung« vorzulesen, dem anarchistischen Glaubensbekenntnis von Dada ... Endlich! Das war genau das, worauf das Publikum gewartet hatte.

Die Elektrizität im Saal steigerte sich zur Hochspannung. Zuerst war es so still, daß man eine Stecknadel hätte fallen hören. Dann begannen Zwischenrufe, erst höhnisch, dann wütend: »Laus, Schwein, unverschämt«, ... bis ein Lärmkonzert daraus wurde, in dem man Serner kaum hörte, aber doch noch in einer Lärmpause den Satz: »Napoleon war doch auch ein ganz kräftiger Lümmel.«
Dann ging es los, warum gerade bei Napoleon, der doch gar kein Schweizer war, weiß ich nicht! Die jungen Leute, die meistens im oberen Rang saßen, sprangen mit Teilen des Geländers, das mehrere hundert Jahre der Zeit widerstanden hatte, in den Fäusten auf die Bühne, jagten Serner bis in die Sofitten und hinaus, zerschlugen die Schneiderpuppe, den Stuhl, zertrampelten das Bukett. Der ganze Saal war in Aufruhr.« (H. Richter, DADA – KUNST UND ANTIKUNST, S. 81 f.)

»Serner prend la parole pour éclairer son MANIFESTE DADAÏSTE et voilà, lorsque: »une reine est un fauteuil un chien est un hamac« le déclanchement du tumulte ouragan vertige syrène sifflets bombardement chanson la bataille commence aigue, la moitié de la salle applaudit les protestateurs tiennent la salle dans les poumons des nerfs se liquefient les muscles sautent Serner se moque par des gestes, acchroche le scandale à la boutonnière /férocité qui tord le cou / INTERRUPTION. (...) Serner présente à la place de ses poèmes un bouquet de fleurs aux pieds d'un mannequin. Tzara empêché de lire la PROCLAMATION DADA la salle en délire, la voix en lambeaux traîne sur les candelabres, folie progressive sauvage tortille le rire et l'audace. Répetition du spectacle antérieur.« (T. Tzara, CHRONIQUE ZURICHOISE 1915–1919, in: DADA ALMANACH, S. 26.)

In der Züricher Presse wurde die Veranstaltung offenbar weitgehend ignoriert. Nur im TAGES-ANZEIGER fand sich ein kurzer Hinweis: »Vor einiger Zeit veranstalteten die Dadaisten in der »Kaufleuten« einen stark besuchten Abend, an dem von künstlerischer Leistung gar nichts zu merken war; aber der Abend war doch höchst amüsant; er zeigte, wie unverschämt man sich gebärden darf, um doch noch Leute anzuziehen. Zum Glück erklären die Dadaisten der Dichtung selbst ziemlich unverhohlen, daß sie nur Schindluder treiben, um sich durch radikale Exzesse über den heute verbreiteten und anerkannten Snobismus in der Kunst lustig zu machen.« (f., AUS DEM ZÜRICHER KUNSTLEBEN, in: TAGES-ANZEIGER (Zürich) 5. 5. 1919.)
Eine ausführlichere Stellungnahme erschien in der Basler NATIONAL-ZEITUNG:
»Es ist kein Scherz, der Tüchtigste unter ihnen sprach es deutlich aus: ›Langeweile!‹ Sie hatten Langeweile, und aus Langeweile dichteten und malten und tanzten sie, aus Langeweile komponierten sie Musik und machten Kapriolen. In dieser Zeit! Sie beschäftigten sich immer noch mit den Jahren vor dem Krieg, als die Kunst noch Künstelei und Technik war; gegen jene längst vergangene und tote Kunst spöttelten sie und hielten sie lange Reden. (. . .) Dennoch, es braucht Mut, sich so entschlossen in die Vergangenheit zu flüchten und die Langeweile an das Fahnentuch zu hängen, sich in Langeweile göttlich auszuruhen, während die andern im Drang, etwas zu tun, verbrennen, und um endlich etwas zu schaffen und mitzuhelfen, schreien und beten und in wildem Wirbel rastlos ihre Ohnmacht in ein Kunstwerk steigern wollen. Es braucht viel, jetzt, wo alles in die Zukunft drängt und die schmerzhafte Gegenwart in Stücke schlagen möchte, – Langeweile zu haben, und um sie zu heilen die Art der neugebornen rosenroten Kinder, die fleißig dada dada lallen, mit Geistesblitzen artig zu vermengen und so gerüstet gegen die vergangene Vergangenheit heldenhaft, doch sinnlos anzureiten.«
(H. W., ZÜRCHER SPAZIERGÄNGE. DADA, in: NATIONAL-ZEITUNG (Basel) 14. 4. 1919.)

S. 20 EIN KÜNSTLER-MANIFEST

[Auch in: NEUE ZÜRCHER ZEITUNG 4. 5. 1919 »Manifest radikaler Künstler Zürich«; frz. Fassung in JOURNAL DE GENÈVE 30. 5. 1919.]

Das Manifest, dessen idealistisch-revolutionäres Pathos der »kraftverzehrenden Systemlosigkeit« der Dadaisten diametral gegenübersteht, markiert erste Auflösungserscheinungen im Schweizer Dada. Die Gründung eines Bundes radikaler Künstler war vermutlich eine direkte Reaktion auf die bei der skandalumwitterten 8. Dada-Soirée offen zutage getretenen nihilistischen Tendenzen – die Fraktion der zur Züricher Dada-Gruppe gerechneten bildenden Künstler, die das Manifest fast vollzählig unterzeichneten, war offenbar nicht gewillt, dem von Serner und Tzara eingeschlagenen radikalen Kurs weiterhin zu folgen.

Über den oder die Verfasser des Manifests ist nichts bekannt; ebenso unklar sind die genauen Umstände der Gründung und alsbaldigen Wiederauflösung des Künstlerbundes. Unverkennbar ist allerdings seine Herkunft aus den Aktivitäten der Gruppe DAS NEUE LEBEN – mit Ausnahme Richters und Helbigs gehörten alle Unterzeichner des Manifests dieser Vereinigung an und hatten an ihrer großen Januarausstellung im Züricher Kunsthaus teilgenommen.

Der Mitunterzeichner Hans Richter konnte in seinen Erinnerungen leider kaum etwas berichten: »Wenn ich den verschiedenen Angaben Glauben schenken soll, die in einigen Büchern über diese Zeit erscheinen, so gründeten wir damals einen Verein revolutionärer Künstler oder etwas ähnliches. Ich kann mich aber an diese Gründung überhaupt nicht mehr erinnern, obgleich mir Janco bestätigte, daß wir Manifeste und Pamphlete unterzeichnet hätten und Georges Hugnet, der allerdings diese Dinge nur aus zweiter Hand erfahren hat, über Tzara berichtet, daß dieser von mir ein solches Manifest erhalten hätte, das er mit dem Rotstift sofort durchgestrichen und für die Publikation im ›Zeltweg‹ abgelehnt hätte.« (DADA – KUNST UND ANTIKUNST, S. 83.)

Etwas genauer informiert scheint Georges Hugnet:

»Certains peintres dada du groupe zurichois crurent bon

d'adhérer à *l'Association des Artistes Révolutionnaires* dont l'existence éphémère n'outrepassa pas quelques semaines. (...) Sans doute, ces derniers consentirent-ils vite à admettre que les moyens violents, désagrégateurs, anti-bourgeois quoique apolitiques, mis en oeuvre par Serner et Tzara sous le signe de dada, étaient plus radicaux et plus efficaces, même sur le plan révolutionnaire pur et simple. Ou bien le danger de ces bouleversements éphémères leur dicta-t-il une prudente retraite? En tout cas, leur dogmatisme déplaisait à dada et au moindre quiproquo provoqué par des fausses nouvelles adressées aux journaux par Serner et Tzara, l'association s'effondra et la revue qu'ils préparaient ne parut jamais, dont les épreuves, confiées à Tzara, revinrent chez l'imprimeur, rayées de haut en bas.« (L'AVENTURE DADA, S. 32.)
Hugnets Angaben über die Reaktion der beiden Chefdadaisten auf die Neugründung werden durch die auf S. 21/22 abgedruckten Protestbriefe bestätigt; das gefälschte Dementi Walter Helbigs ist allerdings die einzige Probe dieser Aktivitäten, die in der Züricher Presse gefunden werden konnte. Auch die Vermutungen über die rasche Auflösung des Künstlerbundes dürften zutreffen; jedenfalls führte die Episode nicht zu einem ernsthaften Zerwürfnis – in der von Serner, Tzara und Otto Flake später herausgegebenen Zeitschrift DER ZELTWEG sind alle Unterzeichner des Manifests (mit Ausnahme der Dada ohnehin fernstehenden Schweizer Maler Paul Henning und Otto Morach) wieder mit Beiträgen vertreten.

S. 23 LETZTE LOCKERUNG MANIFEST
Der Text, der vermutlich mit dem Manifest identisch ist, das Serner auf der 8. Dada-Soirée vorzutragen versuchte, entspricht, von kleineren Textänderungen abgesehen, genau dem Abschnitt I der erst 1920 veröffentlichten vollständigen Fassung der LETZTEN LOCKERUNG (vgl. S. 159ff. Anmerkungen zum Text siehe ebenfalls dort!).
Einer der ersten, die in Deutschland auf das Erscheinen des neuen DADA-Heftes reagierten, war Alfred Döblin: »Die Dadabewegung unterscheidet sich dadurch von der deut-

schen Regierung, daß die Regierung ihre kurzweiligen Einfälle plakatiert, die Dadabewegung aber viel schönere kleine zweckentsprechende Hefte mit Bildern daraus macht. Es sind rote, grüne, blaue Seiten, von verschiedener Dicke, auch die Typen im einzelnen Gedicht und Essay wechseln, um uns zu unterhalten. Die »Anthologie Dada« von Tristan Tzara (. . .) hat auch den Vorteil, daß, wer sie nicht haben will, sie nicht zu kaufen braucht, ohne einen Kolbenschlag zu riskieren. Sie wollen nicht das Positive und nicht das Negative, sondern sie wollen es und uns springen machen, wozu ihnen jeder Pfeffer und jedes Dynamit recht genug ist. Einmal sagt einer darin: »Lyrik: frage ihn, von welcher er träumt, und du kannst ihm sagen, mit welcher er nicht geschlafen hat. Musik: Pantopon oder Sexualersatz. Roman: ein Fischerband ist ein zu zeitraubendes Mittel, die Luftlinie Syrakus-Butterbrot-Zentralheizung herzustellen«. Sie haben eine hemmungslose Abneigung gegen das Verbrauchte, Langweilige.« (Linke Poot, DIONYSOS, in: DIE NEUE RUNDSCHAU (Berlin), Juli 1919, S. 891.)

S. 25 *Roda-Roda, Alexander:* Pseudonym von Sandór Friedrich Rosenfeld (1872–1945); österreichischer Humorist und Journalist, Mitarbeiter des SIMPLICISSIMUS.

S. 29 RIESENPROGRAMM SCHLAGER AUF SCHLAGER EINZIG IN SEINER ART

Ein erster Beispiel der in den Briefen an Tzara häufig erwähnten ›notes‹, satirischen Glossen, in denen sich Serner mit Vorliebe Expressionisten, Aktivisten, Arrivisten und sonstigen ›Geistportiers‹ bzw. ihren zahlreichen Zeitschriften widmete. Sie verraten, bei aller Polemik, wie aufmerksam der Doktor die politisch-kulturellen Ereignisse und Tendenzen insbesondere in Deutschland verfolgte.

– *Rilla, Walther* (1899–1980): Hrsg. der »politischen und kulturpolitischen Halbmonatsschrift« DIE ERDE, die, mit grünen Umschlägen versehen, seit Januar 1919 in Breslau erschien und – wie die meisten expressionistischen Zeitschriften nach dem Kriege – sich der revolutionären Erneuerung von Mensch und Gesellschaft verschrieben hatte.

- *Meidner, Ludwig* (1884–1966): Expressionistischer Maler und Schriftsteller, der sich nach Kriegsende für sozialistische Ideen begeisterte. Er war Mitarbeiter an Franz Pfemferts Berliner AKTION und lieferte literarische Beiträge für DIE ERDE.
- *Ichak, Frida* (1879–1952): Kommunistisch orientierte Journalistin und Übersetzerin, Ehefrau Ludwig Rubiners (s. u.).
- *de Fiori, Ernesto* (1884–1945): Italienisch-deutscher Maler und Bildhauer, der zwischen 1917 und 1920 in der Schweiz lebte. De Fiori hatte anläßlich einer Ausstellung, die unter Beteiligung der Dadaisten Arp, Janco und Richter im September 1918 in der Züricher Galerie Wolfsberg gezeigt worden war, eine Polemik veröffentlicht, in der die »neue« und überhaupt die gesamte abstrakte Kunst scharf kritisiert wird. (VON »NEUER KUNST«, in: NEUE ZÜRCHER ZEITUNG, 10. 10. 1918. Der Artikel zog am 5. 12. eine Entgegnung des Kunstkritikers Waldemar Jollos und am 13. 12. eine Klarstellung de Fioris nach sich.)
- *Bonheur, Rosa* (1822–1899): Französische Tiermalerin.
- *Waldmüller, Ferdinand Georg* (1793–1865): Portrait- und Landschaftsmaler des Wiener Biedermeier.
- *Lederer, Moritz* (1888–?): Herausgeber der im Februar 1919 gegründeten Mannheimer Zeitschrift DER REVOLUTIONÄR – die Serner, wie aus einem Untersuchungsbericht der Genfer Polizei hervorgeht (vgl. S. 32), abonniert hatte.
- *Glawatsch, Franz* (1871–1928): Bekannter Wiener Komiker (vgl. GW Bd. I, S. 245).
- *»Forum«:* Von Wilhelm Herzog in München herausgegebene politisch-literarische Zeitschrift. Während des Krieges zeitweilig verboten, später mit verstärkt linksradikaler Tendenz weitergeführt.
- *Golliwan:* Ivan Goll (1891–1950), während des Krieges in der Schweiz, war Mitarbeiter zahlloser expressionistischer Publikationen. (In der Breslauer ERDE war er allerdings erst *nach* dem Erscheinen der Glosse Serners vertreten!) Am 1. 2. 1919 hatte Goll, in einer anläßlich der Ermordung Rosa Luxemburgs und Karl Liebknechts publizier-

ten Sonderausgabe der AKTION, seine LITANEI ZU LIEBKNECHTS TOD veröffentlicht, deren Schluß lautet:

»Dich schlug der deutsche Haß, der Dummheit Haß
O Liebesknecht, du lächle nur und laß.
Ave, Liebknecht.
Die heilige Madonna der Idee,
Die Menschenschwester weilt in deinem Weh.
Ave, Rosa.
Die Schwestermenschheit lebt, das Gottgeschlecht.
Sie kniet, sie deiner Demut Liebesknecht.
Ave, Liebknecht.«

– *Rubiner, Ludwig* (1881–1920): Lyriker und Theoretiker des Expressionismus, vor dem Krieg Mitarbeiter der AKTION, die ihm 1917 eine Sondernummer widmete. 1914–1918 in der Schweiz, Vorkämpfer einer Literatur des Aktivismus. Nach seiner Rückkehr nach Berlin 1919 Mitglied der KPD.
– *Maccus:* So heißt der Narr oder Clown in den italienischen Possenspielen des Altertums (Vorläufer des Pulcinella der Commedia dell'arte).

S. 30 BESTES PFLASTER AUCH ROTER SEGEN
Zahlreiche Zitate und Entsprechungen erweisen diesen Text als eine Art lyrisches Stenogramm der Erzählung DER ROTE STRICH aus Serners Geschichtensammlung ZUM BLAUEN AFFEN (vgl. GW Bd. III, S. 59 ff.).
– *Baynes, Sydney* (1879–1938): Englischer Komponist und Dirigent; sein Walzer DESTINY (der auch in Serners Erzählung DAS LOCH IN DER WESTE eine Rolle spielt: vgl. GW Bd. VIII, S. 46) aus dem Jahr 1912 wurde weltbekannt.

S. 31 RICHARD HÜLSENBECK: VERWANDLUNGEN
Erste Publikation eines von Arp, Serner und Tzara gemeinsam geschriebenen Texts (vgl. S. 72).
– *Es ist nicht leicht.:* Der Satz findet sich wieder in Serners Erzählung MEG, DER TROUBLIST (vgl. GW Bd. III, S. 131).

Annonce »Das Hirngeschwür«
Serners Zeitschrift (erstmals, ohne Nennung von Mitarbeitern, bereits auf der Rückseite des Programmzettels zur 8. Dada-Soirée angekündigt) ist nie erschienen. Bemerkenswert an dem Projekt ist, unter anderem, die geplante Mitwirkung von vier Berliner Dadaisten. Richard Hülsenbeck, der anscheinend erst Anfang 1919 von Serners aktiver Beteiligung an der Dada-Bewegung erfuhr, schrieb am 30. 3. an Tzara: »J'étais vraiment profondément surpris d'entendre que Serner, ce type religieux, ce prêtre de l'amour angélique et d'autres choses philosophiquement plus ou moins intéressants s'est converti au Dadaïsme. C'est extraordinaire! C'est un »Hirngeschwür«. Je collaborai avec plaisir à tous les Hirngeschwüre du monde et je vous enverrai en même temps avec cette lettre un petit peu de la litterature Huelsenbeckienne.«
Und Raoul Hausmann hatte sich schon am 26. 3. »ravi de ›Hirngeschwuer‹« gezeigt und auch einen Beitrag Franz Jungs in Aussicht gestellt. Diese Begeisterung währte jedoch nicht lange: Serner schickte einige Wochen später einen – heute leider verschollenen – Text nach Berlin, der im Club Dada großes Mißfallen hervorrief. Hülsenbeck protestierte in einem Brief an Tzara vom 3. Mai: »Ich erfahre eben von Hausmann Eure in unverschämtem magistralen Tone aufgesetzten Richtlinien und Programmpunkte. Wir sind der Ansicht, daß Ihr in Eurem Nest dort überhaupt keine Ahnung habt. Wir verbitten uns jede Einmischung in unsere Angelegenheiten. *Die Centrale des Dadaismus ist in Berlin.* Es scheint, daß der Erfolg Ihrer letzten Soirée Euch den Kopf verdreht hat.«
Noch schärfer verwahrte sich am 17. 5. Raoul Hausmann: »J'suis absolument contre le bureaucratisme Serner, c'est dilettantisme, une manière juif-autrichienne. Idiotie d'un pisspot-cerveau.« In einem späteren Brief ergänzt er: »Serner möchte ich sagen: ich habe nichts gegen die 39 Verhaltungspunkte, die er uns sandte. Ich habe aber das dagegen, daß sie hier nicht durchführbar sind, denn jeder einzelne Scheißer will hier Solonummern spielen.«

(Vgl. R. Sheppard, ZÜRICH – DADACO – DADAGLOBE, S. 16 f. und NEW STUDIES IN DADA, S. 110 ff.)
Umgekehrt hat Serner, der in den Publikationen der Berliner Gruppe nie vertreten war, sich in seinen Briefen an Tzara stets sehr skeptisch über die Aktivitäten der deutschen Dadaisten geäußert (vgl. S. 94, S. 111, S. 125, S. 137, S. 153). Davon war, auch in Serners Pressemeldungen, besonders Richard Hülsenbeck betroffen (vgl. S. 38, S. 47, S. 210), der sich in seiner »Bilanz des Dadaismus« DADA SIEGT revanchierte: »Danach annonziert die ›Chronique zurichoise‹ den Dr. Serner, der Liebe, Güte und Kraus verließ, weil er die Chance des Dadaismus eingesehen hatte und, fast schon am Ende einer nie angefangenen Laufbahn, nun noch mit Dada zu dem ersehnten großen Ruhme zu kommen hoffte. Er gab dem ›Cosmos einen Tritt‹ und ließ sich in die Listen der dadaistischen Bewegung eintragen. Es ist an der Zeit, daß man ihm einen Tannenzweig opfert und ihm ein Grabmal errichtet.« (R. Hülsenbeck, DADA SIEGT, S. 27.)

S. 32 UNDATIERTER BRIEF
Das Schreiben bezieht sich – vermutlich – auf ein Ermittlungsverfahren der Schweizer Justizbehörden, von dem Serner und Tzara im Frühjahr 1919 betroffen wurden, dürfte also im Mai/Juni entstanden sein. Anfang April hatte ein Gewährsmann der Züricher Polizei über die »Dada-Gesellschaft« berichtet:
»Wenn nicht alle, so sind sicher zum Teil Bolschewiki und ich vermute, daß sich hinter diesem Milieu eine Bolschewiki-Propaganda verbirgt. Der früher von mir genannte Häring bezeichnete mir als Bolschewiki speziell die Mitglieder:

DR. WALTER SERNER
TRISTAN ZARA

wie Häring meint, seien es die zwar mehr des Geldes wegen als aus Überzeugung.
DR. WALTER SERNER und TRISTAN ZARA sind intim befreundet mit SCHALK, JOHANN, ein Badenser, Inhaber der fraglichen Buchhandlung an der Kirchgasse (früher Rosengasse). (...)

Interessant wäre vermutlich zu erfahren, woher Serner und Zara ihre Subsistenzmittel haben; Zara ist Russe und bekommt kein Geld von zu Hause; aus seiner schriftstellerischen Tätigkeit könnte er vermutlich nicht existieren. Serner ist Österr. Deserteur und behauptet deshalb unter falscher Adresse von zu Hause das Geld zu beziehen, allein die Österr. Devisenzentrale erlaubt nur 200 Kr. im Monat.«
Unabhängig davon hatten auch die Genfer Behörden Ermittlungen eingeleitet und die Korrespondenzen Serners beschlagnahmen lassen: man fand »des imprimés révolutionnaires de Berlin et de Mannheim, entre autre »DER EINZIGE beiblatt: DAS IDEALE GESPENST« et »DER REVOLUTIONÄR« (Zitiert nach der Akte BAR 21/10558 des Schweizerischen Bundesarchivs, Bern.)
Die weiteren Nachforschungen der Polizei in dieser Angelegenheit blieben offenbar ergebnislos; Mitte Mai wurde die gegen Serner eingeleitete Untersuchung wieder eingestellt und die Postsperre aufgehoben. (Eine ausführliche Dokumentation dieser Episode findet sich in Band X der Werkausgabe.)

UNDATIERTER BRIEF
DADA 4–5 erschien am 15. 5. 1919; der Brief wurde entweder vor oder nach einer Urlaubsreise Tzaras im August des Jahres geschrieben.

S. 33 ANNONCE »DER ZELTWEG«
Die Konzeption dieser Zeitschrift entwickelte sich aus der Züricher Ausstellung der Gruppe DAS NEUE LEBEN. Ein erster Hinweis auf das Projekt findet sich in der Autobiographie Otto Flakes: »Mitte Januar hielt ich im Kunsthaus einen Vortrag über abstrakte Kunst. Sie sagte mir nicht viel, aber ich verstand ihre Argumente und konnte sie auseinandersetzen. Georg Müller in München war bereit, ein Jahrbuch zum gleichen Thema zu bringen; ich stellte es zusammen und gab ihm den Namen Der Zeltweg; als aber der Verlag die Fotos der abstrakten Bilder sah, trat er zurück.« (ES WIRD ABEND, S. 280.)

Eine Zeitschrift dieses Titels (nach Hans Arps Züricher Adresse benannt) wird erstmals in einer Besprechung der Ausstellung angekündigt, die am 3. 2. 1919 in den MÜNCHNER NEUESTEN NACHRICHTEN erschien; als Herausgeber werden Arp, Flake und Tzara genannt. Einige Monate später folgte dann die hier wiedergegebene offizielle Ankündigung der Publikation. Die weitere Entwicklung läßt sich in Serners Briefen an Tzara verfolgen: erst im November wurde das Heft, dessen Herstellung durch die Spamersche Druckerei in Leipzig anscheinend diverse Komplikationen mit sich brachte, schließlich fertig, die Auslieferung verzögerte sich gar bis ins Jahr 1920.
Eine zweite, nie realisierte Ausgabe der Zeitschrift wurde im März 1920 in DADA Nr. 7 angekündigt: »DER ZELTWEG vient de paraître avec la collaboration de Arp, Giacometti, Flake, Schad, Serner, Tzara«.
Bis zur Veröffentlichung war die Zahl der Mitarbeiter auf 18 angestiegen – 13 abstrakte bzw. dadaistische Künstler waren mit Abbildungen, 8 Autoren mit Texten vertreten (Arp, Schwitters und Segal lieferten beides.) Hinzu kamen an Autoren Hülsenbeck und Alfred Vagts, als Illustratoren die Maler Baumann, Eggeling, Helbig, Janco und Schad. Die Liste der Mitarbeiter verrät die Herkunft der Zeitschrift: die Mehrzahl der bildenden Künstler war Mitglied der Vereinigung DAS NEUE LEBEN und hatte an der Januarausstellung im Züricher Kunsthaus teilgenommen. Die ungewöhnlich ›seriöse‹ und aufwendige Gestaltung dieser Dada-Publikation ist, wie auch die mitgelieferte Bauchbinde mit dem Aufdruck »Abstrakte und Dadaisten« (vgl. auch S. 57 und S. 90), ein weiterer Beleg für die auch in Briefen mehrmals bekundete Absicht Serners und Tzaras, den relativ großen Bekanntheits- und Anerkennungsgrad der abstrakten Künstler für die Propagierung des MOUVEMENT DADA zu nutzen.

– *Flake, Otto* (1880–1963): Der Schriftsteller Flake war seit seiner Ankunft in Zürich im März 1918 ein ebenso interessierter wie gerngesehener Gast(geber) des Dada-Kreises; obwohl er sich mit der Gruppe nie identifizierte, leistete er ihr wertvolle Dienste. Anläßlich der Ausstellung im Kunsthaus bestritt er zusammen mit Tzara am 16. 1. 1919 einen Vortragsabend und sprach über »Gesichtspunkte zum Verständnis der neuen Bewegung«; an der Konzeption des ZELTWEG, in dem seine THESEN erschienen, war er von Anfang an beteiligt. Darüber hinaus veröffentlichte er in der deutschen Presse 1919/20 eine ganze Reihe wohlwollender Kritiken und Essays zum Phänomen Dada, und wurde so vor allem wichtig für die Publizität und Rezeption der Gruppe. 1920 erschien sein Schlüsselroman über den Züricher Dadaismus NEIN UND JA. (Über Flakes Beziehungen zu Serner und Dada vgl. M. Farin, OTTO FLAKES LAUDA-ROMANE.)

– *Schwitters, Kurt* (1887–1948): Der Hannoveraner MERZ-Künstler, der 1918 mit Tzara Verbindung aufgenommen hatte, erscheint hier erstmals in einer Reihe mit Dadaisten. Die Berliner Dada-Filiale verhielt sich gegenüber Schwitters reserviert; er wurde lediglich in den ZELTWEG und in Tzaras Liste der Dada-Präsidenten aufgenommen.

EIN AUFSEHEN ERREGENDES DUELL

[Auch in: BASLER NACHRICHTEN 8. 7./HAMBURGER NACHRICHTEN 9. 7./PRAGER TAGBLATT 10. 7./NEUE ZÜRCHER ZEITUNG 10. 7./NEUE FREIE PRESSE 17. 7. 1919; sowie in mindestens zwei Dutzend weiteren Schweizer Tageszeitungen, auf deren Auflistung hier verzichtet wird.
Die in Hamburg und Prag erschienene Version der Meldung (»Die Herren Dadaisten sorgen für Reklame«) ist vor der Aufzählung der Zeugen um einen Satz erweitert: »Die Ursache dieses Duells, das gegenwärtig das Stadtgespräch von Zürich bildet, soll ein in der Redaktion des »Mouvement Dada«, Schifflände 28, stattgefundenes Rencontre sein, in dessen Verlauf Herr Tzara, der bekanntlich von athletischem Körperbau ist, Herrn Arp schwer mißhandelte.«]
Das überaus erfolgreiche Duell war eine Aktion der SOCIÉTÉ ANONYME: »Ich weiß nicht mehr genau, ob es Tzara, Hülsenbeck, Serner oder ich war, der in den Ruf ausbrach: »Ein jeder von uns nennt doch eine Röhre sein eigen. Warum also keinen Gebrauch davon machen? (. . .) Oder, falls ihr nicht

damit einverstanden sei, laßt uns zum Beispiel Falschmeldungen an die Zeitungen schicken.« Also von Mitleid erfüllt, verfaßten wir mit hundertprozentiger Mehrheit »unparteiische, objektive Berichterstattungen«, die nicht ein Härlein Wahrheit enthielten. (...) Serner, Tzara und ich bereicherten die dadaistische Ruhmestafel um das geglückte Duell auf der Rehalp bei Zürich.« (H. Arp, UNSERN TÄGLICHEN TRAUM, S. 41 f.)

– *Heer, Jacob Christoph* (1859–1925): Erfolgreicher Verfasser von »Unterhaltungsromanen aus der Schweizer Hochgebirgswelt«, der angeblich 1916 einige Male das CABARET VOLTAIRE besucht hatte.

S. 36 ZUR WERTUNG DES DADAISMUS

[Auch in: PRAGER TAGBLATT 23. 7. 1919.]

Der mit großer Wahrscheinlichkeit von Serner verfaßte Artikel referiert, von taktischen Übertreibungen und kleineren Fehlern abgesehen, recht genau den aktuellen Stand der vielfältigen internationalen Kontakte Tzaras: die Herausgeber der genannten Zeitschriften, Enrico Prampolini (NOI), Giuseppe Raimondi (LA RACCOLTA), Nicola Moscardelli und Maria d'Arezzo (LE PAGINE), Pierre Reverdy (NORD-SUD), Pierre Albert-Birot (SIC), Aragon, Breton und Soupault (LITTÉRATURE), J. Perez-Jorba (L'INSTANT), Marcel Duchamp (THE BLIND MAN) und Man Ray (TNT), waren, abgesehen von den Amerikanern, fast alle schon mit Beiträgen und Hinweisen auf ihre Publikationen in den ersten Ausgaben von Tzaras DADA präsent gewesen, und hatten ihrerseits Gedichte Tzaras und seiner französischen Sympathisanten gedruckt. Ein Teil dieser Zeitschriften war allerdings bereits während des Krieges gegründet worden; etliche hatten ihr Erscheinen bis 1917 (LE PAGINE, THE BLIND MAN, TROSSOS) bzw. 1918 (NORD-SUD) schon wieder eingestellt, oder waren überhaupt nur in ein bis zwei Ausgaben publiziert worden (THE BLIND MAN, TNT).

– *Marinetti:* Gemeint ist vermutlich dessen 1915 veröffentlichte Schrift GUERRA SOLE IGIENE DEL MONDO. Carlo Carrà hatte sich Anfang 1916 vom Futurismus distanziert.

– *Valori Plastici:* Der französischen Avantgarde war die Sondernummer 2–3 vom Februar/März 1919 gewidmet.
– *La Raccolta:* Nicht in Rom, sondern in Bologna erschienen.
– *Perez-Jorba, J.* (?): Spanischer Dichter, der 1918/19 in Paris die »revue franco-catalane d'Art et Littérature« L'INSTANT herausgab, in der auch einige Gedichte Tzaras abgedruckt wurden. Über weitere Beziehungen zum MOUVEMENT DADA ist nichts bekannt.
– *Trossos:* Auch TROÇOS; 1916/17 von José Maria Junoy redigierte Avantgardepublikation.
– *Revista:* LA REVISTA, Barcelona 1915–1924.
– *Huidobro, Vicente* (1893–1948): Chilenisch-spanischer Schriftsteller, Mitarbeiter an einigen Dada-Publikationen. Er verließ im Herbst 1918 Paris und ließ sich vorübergehend in Madrid nieder; von einer Vortragsreise nach Südamerika ist hingegen nichts bekannt.
– *Folguera, Joaquimo* (1893–1919): Der spanische Schriftsteller, der einige Gedichte Tzaras ins Katalanische übersetzt hatte, starb Anfang 1919. Sein in DADA 4–5 angekündigtes Buch über »Les tendances modernes« ist vermutlich nicht mehr erschienen; Folgueras letzte Publikation trägt den Titel LES NOVES VALORES DE LA POESIA CATALANA (Barcelona 1919).

S. 38 – *Le Marin:* Veröffentlicht in DADA 3.
– *Phantastische Gebete:* Bereits im September 1916 als eine der ersten Züricher Dada-Publikationen erschienen. Serner zitiert den Anfang des Gedichtes MAFARKA.

S. 39 BRIEF VOM 12. 8. 1919
– *la Nell:* Nicht identifiziert.
– *La Karia:* Nicht identifiziert.

S. 40 – *un journal allemand.* Eine Publikation der THESEN Flakes in Deutschland konnte bisher nicht nachgewiesen werden.
– *M. Scharff:* Nicht identifiziert.
– *Spamer:* DER ZELTWEG war die erste Publikation der Schweizer Dadaisten, die nicht in der Züricher Druckerei

von Julius Heuberger, sondern durch die Spamersche Buchdruckerei in Leipzig hergestellt wurde.

– *le poème à 6 mains.* Nicht identifiziert. (Der Text ist eventuell mit dem in Serners folgendem Brief erwähnten CIRQUE BRILLANT identisch; jedoch sind beide Titel weder im ZELTWEG, noch in Tzaras OEUVRES COMPLÈTES zu finden.)

– *New York:* Christian Schad hat in seinen »Erinnerungen um Walter Serner« darauf hingewiesen, daß zwei von dessen Geschwistern schon vor dem Weltkrieg in die USA ausgewandert waren, und seine jüngere Schwester sich in New York verheiratet hatte. Aus den Akten der Genfer Polizei (vgl. S. 32/Anm.) geht hervor, daß Serner Post von A. J. Ward, 270 Couvent Ave., New York, empfing.

– *Mlle Chrusecz:* Maya Chrusecz, Schülerin der Züricher Laban-Tanzschule, war Tzaras Freundin.

S. 41 BRIEF VOM 15. 8. 1919

– *Hack, Johann* (?): Der in Zürich stadtbekannte Buchhändler und Kokainist soll einer Angabe Hans Richters zufolge bereits zu Beginn des Jahres 1917 an einer Überdosis der Droge gestorben sein. Andererseits haben ihn anscheinend sowohl Serner als auch Hardekopf noch 1919 lebend gesehen. Letzterer schrieb am 21. April an Olly Jacques: Mit Serner war ich vorgestern im ›Hirschen‹, Niederdorfstr. (. . .) Unter den Zuschauern befanden sich der Buchdrucker Heuberger und der Buchhändler Hack, morphinomane.« (Vgl. R. Sheppard, FERDINAND HARDEKOPF UND DADA, S. 147.)

– *les béstiaires:* Gemeint ist wohl Guillaume Apollinaires berühmter Gedichtband LE BESTIAIRE OU CORTÈGE D'ORPHÈE (Paris 1911). In DADA 3 waren zwei von Tzara und Picabia verfaßte Nachrufe auf den am 9. 11. 1918 verstorbenen Dichter gedruckt worden.

S. 42 DADA-KUNST

Dieser Essay wurde zwar erst im Herbst 1920 veröffentlicht, doch bereits im Sommer 1919 geschrieben und dementspre-

chend eingeordnet. Er gehörte zu den Beiträgen für den Berliner DADACO, die Tzara im September an Richard Hülsenbeck schickte, und die dieser nach dem Scheitern des Projekts zum Teil in seinen DADA ALMANACH aufnahm. Einige Hinweise auf die Entstehung des Texts liefern die erst kürzlich publizierten Briefe Tzaras an Hülsenbeck. So schreibt Tzara am 23. 9., als er erstmals konkrete Vorschläge zum Inhalt der geplanten Anthologie macht: »Ferner wird ein Artikel (Verfasser noch nicht festgestellt) über abstrakte Malerei.« [sic] Am 31. 8. folgt eine nähere Erläuterung: »Einen nicht zu langen Aufsatz über Abstrakte Kunst als der ersten Phase zur dadaistischen bildenden Kunst von A. Partens halte ich aus taktischen Gründen für sehr wichtig, da die Abstrakten Maler schon sehr bekannt sind und auf diese Weise von uns ins Schlepptau genommen werden.« Als Tzara schließlich am 23. 9. die Übersendung des Materials meldet, betont er nochmals: »Spezielle dringende Wünsche: 1) Picabia und Arp legen den *allergrößten* Wert auf das ungekürzte Erscheinen des Essays »Dada-Kunst« von A. Partens, da sonst ihre Bildbeigaben sinnlos wären.« (Vgl. R. Sheppard, ZÜRICH – DADACO – DADAGLOBE, S. 19 ff.)
Die Vermutung, daß Serner diesen Aufsatz geschrieben hat, stützt sich vor allem auf den Umstand, daß er später im Rahmen seiner Genfer Dada-Aktivitäten, wiederum als ›Alexandre Partens‹, eine erweiterte französische Fassung des Textes in der Presse lancierte. (Vgl. die Erläuterungen zu dem auf S. 117 ff. abgedruckten Artikel DÉVELOPPEMENT DE L'ART DADAÏSTE.) Ein weiteres Indiz ist die Erwähnung Christian Schads, dessen Name hier zum ersten Male im Zusammenhang mit Dada genannt wird, und der von Tzara erst zu einem späteren Zeitpunkt als Mitarbeiter des DADACO vorgeschlagen wurde.

S. 46 – *Rossiné, Daniël:* Gemeint ist der russische Maler und Bildhauer Daniel Vladimir Baranoff-Rossiné (1888–1942). Der mit Hans Arp befreundete und als Mitarbeiter des DADACO vorgesehene Künstler hatte ein »Piano optophonique« entwickelt, das für jede Note eine bestimmte Farbe erzeugte und auf eine Leinwand projizierte.

S. 47 DIE DADA-SOIRÉE
Diese neunte Züricher Soirée ist frei erfunden.

S. 49 UNDATIERTER BRIEF
Serner hatte sich am 26. 9. 1919 erneut in Zürich abgemeldet; unmittelbar nach seinem Eintreffen in Genf dürften diese Zeilen geschrieben worden sein. Aus einem späteren Brief (vgl. S. 85, Brief vom 13. 11.) geht hervor, daß Serner – wohl von seiten der Behörden – gezwungen wurde, Zürich zu verlassen.

BRIEF VOM 30. 9. 1919
– *M. Wolff:* Seit 1918 agierte auch in Berlin eine Dada-Gruppe, die Richard Hülsenbeck nach seiner Rückkehr aus Zürich ins Leben gerufen hatte. Schon aus dieser Zeit datieren Pläne, eine internationale Dada-Anthologie zusammenzustellen, aber erst ein Jahr später, am 9. 8. 1919, konnte Hülsenbeck an Tzara melden: »Wir haben mit dem Kurt Wolff Verlag – Leipzig einen Vertrag abgeschlossen. Wir wollen bis 15. Oktober einen großen dadaistischen Almanach bei Wolff herausbringen. Wir sind schon stark an der Arbeit. Ich bitte Sie nun dringend, mir so bald als möglich Manuskripte, Clichées und Holzstökke (in jeder Größe) ferner Photographien von allen Dadaisten zu schicken, mit denen Sie in Verbindung stehen. (...) Ich möchte den Züricher Dadaisten, besonders Ihnen und Ihren Freunden in dem Buche einen besonders großen Platz einräumen.«
Tzara war unter bestimmten Bedingungen gerne zur Mitarbeit bereit und stellte mit Hilfe Serners innerhalb kürzester Zeit ein umfangreiches Konvolut von Texten und Bildbeiträgen zusammen, das in unveränderter Form einen eigenständigen Teil des geplanten dadaistischen Weltatlasses DADACO bilden sollte. Mit Ausnahme einiger noch nicht fertiggestellter Beiträge (s. u.) war das Material bereits am 22. 9. nach Berlin geschickt worden – seitdem warteten die beiden Züricher Dada-Leader auf einen versprochenen Vorschuß des Kurt Wolff Verlages.

Die Herstellung des DADACO war von zähen Verhandlungen und großen durcktechnischen und finanziellen Schwierigkeiten begleitet; das Erscheinen des Buches wurde schließlich für Januar 1920 annonciert, doch auch dieser Termin konnte nicht eingehalten werden. Wenig später ließ Kurt Wolff »infolge der materiell gegebenen Unmöglichkeit, das geplante dadaistische Handbuch ›Dadaco‹ zu einem rechnerisch erträglichen Ladenpreis an die Öffentlichkeit zu bringen«, alle Arbeiten einstellen. Hoffnungen, das Projekt in einem anderen Verlag zu realisieren, wurden ebenfalls enttäuscht. Erst im Herbst 1920 konnte Hülsenbeck im Berliner Erich Reiss Verlag den DADA ALMANACH herausgeben, in den er einige der ihm zur Verfügung stehenden DADACO-Beiträge aufnahm.
Von Serner sollte im DADACO das Manifest DEM KOSMOS EINEN TRITT (vgl. S. 148 und S. 192) erscheinen, außerdem zehn MANSCHETTEN (vgl. S. 65) und einige Gemeinschaftsdichtungen der »Société anonyme pour l'exploitation du vocabulaire – Dadalin« (Arp, Serner und Tzara; vgl. S. 72). Leider sind mit einem Großteil des Materials für das Dadaistenhandbuch auch diese Texte verloren gegangen; es ist allerdings möglich, daß zumindest ein Teil der fraglichen Gedichte mit den erhalten gebliebenen MANSCHETTEN und Gemeinschaftsarbeiten identisch ist. (Vgl. R. Sheppard, ZÜRICH – DADACO – DADAGLOBE.)

– *deux photos de moi:* Das für DADACO ausgewählte Serner-Foto fand später anscheinend Verwendung bei der »ersten internationalen Dada-Messe«, die im Juni/Juli 1920 in der Berliner Kunsthandlung Dr. Otto Burchard stattfand: der Katalog der Ausstellung verzeichnet als Nr. 81 eine »Photographie: dadaist W. Serner, Zürich« – einer der ganz wenigen Berührungspunkte des Namens Serner mit dem Berliner Dada.
– *une photo de M. Schad:* Am 14. 10. 1919 schickte Tzara einige Ergänzungen für DADACO an Hülsenbeck, darunter ein »Photo« von Schad, um dessen nachträgliche Aufnahme in das Buch er bittet. Gemeint ist sicherlich eines der Fotogramme – von Tzara später ›Schadographien‹ getauft –

mit denen Schad seit 1918 experimentierte. »Die Technik bestand im Prinzip darin, Gegenstände auf einem lichtempfindlichen Papier zu arrangieren und das Ganze dann einer Lichtquelle auszusetzen. (...) Serner fand diese Versuche mit lichtempfindlichem Papier großartig und beschwor mich geradezu, damit weiterzumachen. Vermutlich sei mir gar nicht bewußt, daß ich ein Tor aufgestoßen habe. Es sei der Einbruch der reinen Technik in die Kunst. Der unmittelbare, technisch-ästhetische Ausdruck sei frappierend.« (C. Schad, RELATIVE REALITÄTEN, S. 249 f.) Die meisten dieser Arbeiten wurden von Serner oder Schad selbst an Tzara geschickt, aber nur eine einzige Schadographie wurde tatsächlich in einer Dada-Publikation abgebildet (vgl. S. 229).

– *M. Samson:* Nicht identifiziert. Serners auch in späteren Briefen noch mehrfach erwähnter Essay zur Psychoanalyse wurde offenbar nie fertiggestellt.

S. 50 – *M. Jacob:* Im DADACO sollte eine deutsche Fassung von Tzaras MANIFESTE DADA 1918 erscheinen, die von dem Schriftsteller und Übersetzer Hans Jacob (1896–1961) besorgt wurde. Später im DADA ALMANACH publiziert.

– *la traduction de L.:* »Gedichte (in Prosa)« des Comte de Lautréamont, übertragen von Serner und Tzara, waren gleichfalls für den Berliner DADACO bestimmt. Anreger und Grundlage dieses Beitrages war sicherlich der Nachdruck der POÉSIES des Isidore Ducasse, der im April/Mai 1919 in Nr. 2 und Nr. 3 der Pariser Zeitschrift LITTÉRATURE erschienen war.

– *ma soeur à Carlsbad:* Entweder war die Schwester Serners aus New York zu einem Besuch nach Karlsbad gekommen (vgl. S. 40), oder eine weitere Schwester hatte sich zu diesem Zeitpunkt entschlossen, in die Vereinigten Staaten auszuwandern.

BRIEF VOM 2. 10. 1919

– *salle bande de cochons:* Über Tzaras »rencontre avec la police zurichoise« (vgl. Serners Brief vom 14. 10.) ließ sich nichts ermitteln.

– *Fels:* Florent Fels war der Herausgeber der »Cahiers de philosophie et d'art« ACTION, deren erste Ausgabe im Februar 1920 in Paris erschien. Serners angekündigter Beitrag für diese Zeitschrift kam, wie aus späteren Briefen hervorgeht, nie zustande.

S. 51 – *Goll:* Der Hintergrund dieser Attacke Serners konnte nicht geklärt werden.

– *»Grécia«:* In der von Adriano del Valle 1918 in Sevilla gegründeten Zeitschrift waren spanische Übersetzungen von Tzaras Gedichten erschienen. Das Blatt auf eine Erwähnung Serners hin durchzusehen, war bisher nicht möglich.

– *M. Jung:* Carl Gustav Jung, DIE PSYCHOLOGIE DER UNBEWUSSTEN PROZESSE. EIN ÜBERBLICK ÜBER DIE MODERNE THEORIE UND METHODE DER ANALYTISCHEN PSYCHOLOGIE, Zürich 1918.

BRIEF VOM 6. 10. 1919

– *la note sur l'Action:* Eine von Serner verschickte Ankündigung der geplanten Zeitschrift ACTION, in der Serner und Tzara als Mitarbeiter genannt werden. Zu einer Beteiligung von Dadaisten an dieser Publikation kam es jedoch nicht.

– *Les photos de masques:* Zwei Fotos dadaistischer Masken sollten im DADACO reproduziert werden; da die Züricher Dadaisten Hülsenbeck ausdrücklich verboten hatten, Arbeiten Marcel Jancos in das Buch aufzunehmen, dürfte es sich um Masken Hans Arps gehandelt haben, wie sie zuletzt bei der 8. Dada-Soirée Verwendung gefunden hatten.

S. 52 – *Fantasio:* In dem Pariser »magazin gai« war am 1. 8. 1919 der satirische Artikel LA CHASSE AU LOUFOQUE erschienen, in dem unter anderem über das Züricher MOUVEMENT DADA berichtet und aus DADA 4–5 zitiert wurde.

– *la »Konzertagentur«:* Der nie verwirklichte Plan Serners und Tzaras, ähnlich wie später die deutschen Dadaisten eine Dada-Tournee zu organisieren, hatte sich aus dem unverhofften (finanziellen) Erfolg der 8. Dada-Soirée entwickelt.

DADAISMUS IN ZÜRICH
[Auch in: BERLINER BÖRSEN-COURIER 7. 10. (»Eine Ehrung Marinettis durch die Dadaisten“) / DIE POST (Berlin) 11. 10. / TRIBUNE DE GENÈVE 14. 10. / BRESLAUER MORGENZEITUNG 2. 11. 1919.]

S. 53 BRIEF VOM 14. 10. 1919

– *»Was ist Dadaismus?«:* Serners Brief an Tzara vom 9. 12. zufolge (vgl. S. 93) entsprach der Inhalt dieses Texts (der selbst nicht erhalten ist) offenbar weitgehend der französischen Version QU'EST-CE QUE LE DADAÏSME?, die in der Genfer Zeitung LE MONDAIN am 24. 1. 1920 abgedruckt wurde (vgl. S. 107).

S. 54 – *Mme Jung:* Serner hatte schon vor dem Krieg in Berlin mit Margot und Franz Jung Bekanntschaft geschlossen. Jung, der nach kurzem Kriegsdienst desertierte, schreibt in seiner Autobiographie: »Ich kam nach Berlin. Im Café des Westens wurde ich von einem Dr. Serner in Empfang genommen, der von Margot gebeten war, sich meiner anzunehmen.« (DER WEG NACH UNTEN, S. 99.)
Serner unterzeichnete ein fingiertes ärztliches Attest, das Jung zur Flucht nach Österreich verhalf, und setzte sich bald darauf selbst in die Schweiz ab. Mehr ist über diese Angelegenheit nicht bekannt.

S. 55 BRIEF VOM 22. 10. 1919

– *Arp:* Hatte Anfang Oktober das Bildmaterial für DADACO persönlich nach Berlin befördert.

S. 57 BRIEF VOM 28. 10. 1919

– *Buchet, Gustave* (1888–1963): Serners Interesse an diesem Genfer Maler war, wie in späteren Briefen deutlich wird, vor allem taktisch begründet. Zunächst sollte er als zahlender Mitarbeiter der geplanten Schweizer Publikation von DADA 6 gewonnen werden; später bestritt er zusammen mit Christian Schad die erste in Serners »Salon dadaïste« gezeigte Ausstellung, und wurde deshalb, wenn auch als ›Georges‹, von Tzara in die Liste der Dada-Präsidenten aufgenommen.

– *»Bauchbinde«:* Serners Vorschlag wurde nicht berücksichtigt; ein in der Sammlung Tzara erhaltenes Exemplar der Bauchbinde für den ZELTWEG trägt die Aufschrift »Abstrakte und Dadaisten«. (Vgl. S. 90!)
– *publié sans racoursis:* Tzara hatte in einem Brief vom 23.9. Hülsenbeck bereits entsprechende Anweisungen gegeben: »Serner wünscht *unbedingt*, daß sein Manifest *ohne jede Kürzung* und in genau derselben Form erscheint.« (R. Sheppard, ZÜRICH – DADACO – DADAGLOBE, S. 29.)

S. 58 DER SCHLUCK UM DIE ACHSE MANIFEST
Die 12 Abschnitte des Textes finden sich, nur geringfügig verändert, wieder im 3. und 4. Kapitel der später veröffentlichten vollständigen Buchausgabe der LETZTEN LOCKERUNG (vgl. 31°, 28°, 29°, 35°–37°, 45°–47°, 25°, 33°, 34°; Anmerkungen zum Text ebenda S. 171 ff.).

S. 63 DADA-PARK
[Das Typoskript einer offenbar früheren Fassung dieses Texts, gleichwohl bereits mit Druckanweisungen versehen, befindet sich in der Sammlung Tzara im Pariser Fonds Doucet. Sie unterscheidet sich von der im ZELTWEG schließlich erschienenen Fassung in zahlreichen, vor allem typographischen Details. Die wichtigsten Änderungen Serners im Text seien hier kurz aufgezählt:

S. 63 Z. 29: Zwei verworfene Versionen der Überleitung zum Zitat:
»Sie! Was!! Sie!!! Sie halten mich wohl für einen Dadaisten? Nein, für einen Karpfen. – Ich muß doch sehr bitten, Herr Lehrer, der Thomas ist einer. Ich nicht. Bitte, was der schreibt! Also bitte:«
»Sie! Was!! Sie!!! Sie halten mich wohl für einen Dadaisten? Jawohl, das bin ich auch. Aber ich will doch sehr bitten, Herr Lehrer, der Thomas ist auch einer. Bitte, was der schreibt! Also bitte:«

S. 63 Z. 34: »Mückensamt« ursprüngl. »-juch-huuuuuu!!!«

S. 64 Z. 12: »De (Huber)« urspr. »De (Fiori)«
S. 64 Z. 21: »Besserer« urspr. »Edelknabe«
S. 64 Z. 24: »Bursche« urspr. »Lausejunge«
S. 64 Z. 25: LOGOMANIAKES: Fehlt urspr. ganz!]

S. 63 – *Ad Aktion:* Die erwähnten jungen Expressionisten Fritz Mangold (1891–?), Iwan Goll und Karl Jakob Hirsch (1892–1952) waren von Franz Pfemfert in den Jahren 1913 (Nr. 35), 1917 (Nr. 51/52) und 1916 (Nr. 24/25) mit Sondernummern seiner Zeitschrift geehrt worden. (Das Mangold gewidmete Heft war allerdings nicht als solche ausgewiesen.) In der Sonderausgabe für die Malerin Elsa von zur Mühlen (Nr. 41/42 vom 14. 10. 1916) war ein Essay Ludwig Rubiners über DIE BILDER VON ELSA VON ZUR MÜHLEN abgedruckt worden.

– *Sehr geehrter Th. Mann:* Serner zitiert Anfang und Schluß des Kapitels DIE TAUFE aus dem GESANG VOM KINDCHEN, erstmals veröffentlicht in DER NEUE MERKUR (München) Nr. 2, Mai 1919, S. 87–97. (Im gleichen Jahr erschien die Buchausgabe unter dem Titel HERR UND HUND. GESANG VOM KINDCHEN. ZWEI IDYLLEN.)

S. 64 – *Die Berliner Dadaisten-Ausstellung:* Die erwähnte Besprechung der im Mai 1919 im Graphischen Kabinett I. B. Neumann gezeigten Ausstellung findet sich in KUNST UND KÜNSTLER Nr. 9 vom 1. 6. 1919.

– *Cassirer, Paul* (1871–1926): Berliner Kunsthändler, einer der wichtigsten Förderer des Impressionismus. Im Verlag seines Vetters Bruno erschien die Zeitschrift KUNST UND KÜNSTLER.

– *(Huber):* Gemeint ist vielleicht der Züricher Maler und Graphiker Hermann Huber (1888–1968), Mitarbeiter u. a. der AKTION und der von René Schickele herausgegebenen WEISSEN BLÄTTER (Zürich).

– *Carolus-Duran:* Eigentlich Charles-Emile-Auguste Durand (1837–1917), mondäner Pariser Portrait- und Landschaftsmaler.

– *Goll:* Hatte vor dem Krieg unter den Pseudonymen Iwan Lassang und Johannes Lang in der AKTION publiziert.

Die beiden »Berichtigungen« nehmen auf Serners in DADA

4–5 erschienenes RIESENPROGRAMM SCHLAGER AUF SCHLAGER Bezug (vgl. S. 29).

– *Logomaniakes:* Karl Kraus hatte sich erstmals in seinem im August 1919 in der FACKEL abgedruckten Essay DIE GESPENSTER über den Dadaismus geäußert und dabei die »politische moral insanity« seiner monarchistischen und bolschewistischen Feinde angeprangert:
»Sie müßte doch wissen, daß sie nicht einmal Galgen errichtet zu haben brauchte, nur Versorgungsanstalten für Expressionisten, Dadaisten und sonstige Existenzen, die den journalistischen Beruf verloren oder nur verfehlt haben, um meiner Abneigung gewiß zu sein. Der Kulturfirnis, durch den sie ihren blutigen Unfug anziehend zu machen wünscht, der Eifer, (...) die ganze Weltliteratur übersetzen zu lassen, um sich vor Europa ein kulturelles Alibi für Raubmorde zu sichern, ist fast noch odioser als diese, und überdies ist es die übelste Anwendung gestohlenen Geldes, mit einem Kostenaufwand von einer Million das Dadaistenorgan »Ma« herauszugeben. [Die Zeitschrift MA und ihr mit Dada sympathisierender Herausgeber Lajos Kassak (1887–1967) mußten 1919 aus Budapest nach Wien emigrieren.]
Leichtgläubig (...) würde ich die Einführung des dadaistischen Staatsgebets in Ungarn für eine folgerichtige Maßnahme halten, und für ebenso verständlich wie auf unserer Seite den Beschluß der philosophischen Fakultät in Graz, den Kriegsdichter Ottokar Kernstock zum Ehrendoktor der Philosophie zu machen – ein Bekenntnis zum Geist, das wohl dem Präsidenten unserer Republik dartun mag, wie die verjagten Gespenster meiner und seiner spotten, das aber so ehrlich den Begriff der diesseitigen Freiheit ausdrückt, wie die Dadaisierung den der jenseitigen.« (DIE FACKEL Nr. 514–518, August 1919, S. 50f.)

Aus Serners Anspielungen auf Thomas Mann, die Berliner Dada-Ausstellung und Karl Kraus geht hervor, daß der DADA-PARK im Juni oder Juli 1919 geschrieben und der Abschnitt LOGOMANIAKES später hinzugefügt wurde.

S. 65 MANSCHETTEN

Nur die ersten drei MANSCHETTEN sind, in der wiedergegebenen Reihenfolge, gedruckt worden; die übrigen befinden sich als Typoskript in der Sammlung Tzara in Paris.

Eine kürzere Fassung der MANSCHETTE 7 war bereits im Juli 1919 in Serners Artikel ZUR WERTUNG DES DADAISMUS veröffentlicht worden (vgl. S. 38). Zehn MANSCHETTEN sollten im Berliner DADACO erscheinen und wurden im September 1919 an Richard Hülsenbeck geschickt; über ihren Verbleib ist nichts bekannt.

S. 70 MANSCHETTE 202

– *joop:* Man vergleiche die auf S. 151 erwähnte Dada-Tragödie Serners! Eine Kokotte namens Joop agiert in seiner Erzählung DER VICOMTE (vgl. GW Bd. VI, S. 44 ff.).

S. 72 ARP SERNER TZARA (SOCIÉTÉ ANONYME POUR L'EXPLOITATION DU VOCABULAIRE DADAÏSTE)

Über die gemeinsam verfaßten Texte der dadaistischen SOCIÉTÉ ANONYME berichtet Hans Arp: »Tzara, Serner und ich haben im Café de la Terrasse in Zürich einen Gedichtzyklus geschrieben: »Die Hyperbel vom Krokodilcoiffeur und vom Spazierstock«. Diese Art Dichtung wurde später von den Surrealisten »Automatische Dichtung« getauft. Die automatische Dichtung entspringt unmittelbar den Gedärmen oder anderen Organen des Dichters, welche dienliche Reserven aufgespeichert haben. (. . .) Der Dichter kräht, flucht, seufzt, stottert, jodelt, wie es ihm paßt. Seine Gedichte gleichen der Natur: sie lachen, reimen, stinken wie die Natur.« (UNSERN TÄGLICHEN TRAUM, S. 54.)

Nur zwei Proben der gemeinsamen Produktion wurden in den Dada-Zeitschriften veröffentlicht: eine Rezension von Hülsenbecks VERWANDLUNGEN (vgl. S. 31) und die HYPERBEL VOM KROKODILCOIFFEUR. Die anderen hier abgedruckten Texte sind erstmals 1957 in der Anthologie DIE GEBURT DES DADA. DICHTUNG UND CHRONIK DER GRÜNDER [A] erschienen (ohne Herkunftsangabe). Von einem Teil dieser Gemeinschaftsdichtungen existieren auch in der Sammlung

Tzara Typoskripte [B], die in vielen Details von [A] abweichen, zudem mit handschriftlichen Korrekturen und Zusätzen Serners versehen sind. Auf die wichtigsten Varianten wird in den Anmerkungen zu den einzelnen Texten hingewiesen.
Zur Datierung gibt es keine genauen Angaben. Bei Berücksichtigung der häufigen Abwesenheit Serners von Zürich kommen als Entstehungszeit entweder Sommer/Herbst 1918 oder die Monate April bis Juli 1919 in Betracht.

Die Hyperbel vom Krokodilcoiffeur und dem Spazierstock
Der Erstdruck im Zeltweg unterscheidet sich sowohl von [A], als auch von [B] in einigen Details:
[A] Z. 9: kanaltrotters
Z. 11: buttersackes
Z. 14: tomahawk
Z. 21: auf dem
Z. 31: skandierskandäle
[B] Z. 31: sufftribadenöle
Z. 32: skandierskandöle
Nachsatz: »per adresse: herrn menschenmacher andreas
hofer mantua banden
oder das zifferblatt der hasenuhr«
[Anspielung auf ein bekanntes Volkslied von Julius Moser: »Zu Mantua in Banden / der treue Hofer war / Zu Mantua zum Tode / führt ihn der Freunde Schar.«]
– *wiener hintere zollamtsvokabeln:* Die Hintere Zollamtsstraße 3 war die Verlagsanschrift von Karl Kraus' Fackel.

S. 73 Der serbische Olymp oder der schlecht ermordete Detektiv
Laut [A] ohne Mitwirkung Tzaras entstanden.
[B] Z. 2: herzen brechen gongen necken lamm
Z. 4: blatt und ei kugelrund kompassen
Z. 7: bärtig plasmen psalmen in den mund
Z. 8: auch die loreley . . .

Titelvariante: »der serbische olymp
schlecht ermordeter detektiv*)
*) gegeben in rüschlikon als der widder in sein fünftes viertel trat«

S. 74 RATTAPLASMA
[B] Z. 6: ... die leiber ...
Z. 8: ... den tigel
Z. 9: liqueur vocale
Z. 10: sucre météorologique
Z. 11: subtil animal la clé du vertige est un suc impayable
Z. 16: saufen dazu drahtseilfluidum in american bar
Titelvariante: »rio-de-la-platanisches-rattaplasma«

S. 75 MONTGOLFIER INSTITUT FÜR SCHÖNHEITSPFLEGE
[B] Z. 7: schmierkringel isst
Z. 8: drutfrau bespringt
Z. 12: l'amour en profile le coeur sous le lit my dear
Z. 17: er rief das luder mir nichts
Z. 20: und der nieswurz glotzt

S. 76 DIE UNGESUNDE FLÖTE
– *concours lépine:* Von Louis Lépine begründete alljährliche Pariser Ausstellung und Prämierung neuer Erfindungen. (Ursprünglich waren dort nur Objekte zugelassen, deren Verkaufspreis nicht mehr als 3 Francs betragen würde.)

S. 80 DIE WOHLTEMPERIERTE CHLORAL-PLEIADE
Das Originaltyposkript dieses hier erstmals veröffentlichten Textes fand sich in einer Mappe in der Sammlung Tzara, zusammen mit den erwähnten Abschriften verschiedener Gemeinschaftsdichtungen und anderen Serner-Manuskripten. Vermutlich handelt es sich dabei um eine weitere Produktion der SOCIÉTÉ ANONYME. (Vgl. auch die Abbildung des Originals S. 223.)
– *palmira:* Oasenstadt in Zentralsyrien.
– *taheida:* Oase in der libyschen Wüste.

S. 81 TRISTAN TZARA: INZWISCHEN-MALEREI

Der Text entspricht zwar tatsächlich in großen Zügen Tzaras NOTE I SUR QUELQUES PEINTRES, die anläßlich der ersten Züricher Dada-Ausstellung (Januar 1917) geschrieben worden war, weist jedoch gegenüber der französischen Fassung zahlreiche Veränderungen und Umstellungen auf. Diese Unterschiede und überhaupt das Erscheinen des Textes im ZELTWEG werden erst durch eine Bemerkung Tzaras in einem Brief an Picabia vom 16. 1. 1919 verständlich: »Je suis fort occupé (. . .) car je fais ce soir la conférence dont je vous ai écrit; c'est à dire je croyais jusqu'au dernier moment que je pourrais travailler à cette exégèse, mais cela m'a paru trop bête, j'emploierai une conférence que j'ai faite il y a deux ans – le travail consiste donc dans le mélange à hasard des pages, car la chose la plus amusante seront les projections.« (M. Sanouillet, DADA À PARIS, S. 477.)

Serners Übersetzung gibt also den Vortrag »sur l'art abstrait« wieder, den Tzara am 16. Januar im Kunsthaus gehalten hatte – ein weiterer Beleg für die Herleitung von Idee und Konzeption des ZELTWEG aus der Ausstellung der Gruppe DAS NEUE LEBEN.

S. 84 POSTKARTE VOM 9. 11. 1919

– *La chose Goltz:* Der Münchner Kunst- und Buchhändler Hans Goltz (1873–1928), in dessen Verlag u. a. die Kunstzeitschrift DER ARARAT erschien, hatte es vermutlich abgelehnt, den ZELTWEG für Deutschland in Kommission zu nehmen. Die von Serner als Nachfolger vorgeschlagene Buchhandlung von Hugo Heller in Wien hatte sich in Annoncen als Vertretung moderner Literatur angeboten.

S. 85 BRIEF VOM 21. 11. 1919

– *Dada 6:* Das Heft (das wie der ZELTWEG eigentlich von Spamer in Leipzig hergestellt werden sollte; vgl. Serners Brief vom 12. 1. 1920) kam in der ursprünglich geplanten Form nicht zustande. Es erschien erst im Februar 1920 in Paris, und war bei einem Umfang von vier Seiten ganz dem französischen MOUVEMENT DADA gewidmet. Erst in

DADA Nr. 7 waren auch Serner und Schad mit kleinen Beiträgen vertreten (vgl. S. 136 u. S. 229).

S. 86 – *Schwitters:* Die für Kurt Schwitters bestimmten Arbeiten Serners und Schads sollten in der seit November 1919 in Hannover erscheinenden Zeitschrift DER ZWEEMANN veröffentlicht werden. Trotz Schwitters' Vermittlung kam jedoch die geplante Dada-Nummer nie zustande; in der Zeitschrift wurden, neben zahlreichen Beiträgen von Schwitters, lediglich zwei Manifeste der Berliner Dadaisten nachgedruckt.

S. 87 WIEDERERÖFFNUNG DES PARISER HERBSTSALONS

Der Herbstsalon des Jahres 1919 bot Paris einen Vorgeschmack der sich anbahnenden dadaistischen Invasion in Frankreich. Von den in Serners Artikel erwähnten Dada-Künstlern nahmen zumindest Arp, Picabia und Ribemont-Dessaignes tatsächlich an der Ausstellung teil, und die beiden Franzosen erregten mit ihren Bildern beträchtliches Aufsehen, obwohl die Ausstellungsleitung ihnen vorsorglich einen unzugänglichen, unterhalb einer Treppe gelegenen Winkel des Gebäudes zugeteilt hatte. Gleichzeitig gab Picabia nach langer Pause eine neue Nummer von 391 heraus, in der Ribemont-Dessaignes eine wüste Polemik gegen die etablierteren Salon-Teilnehmer richtete, was erwartungsgemäß den Skandal noch vergrößerte. Zum ersten Mal war Dada in Paris in aller Munde.

– *Mac Robber:* Dieses Phantom, das in den verschiedensten dadaistischen Pressemeldungen immer wieder auftaucht, war nach Michel Sanouillet ursprünglich ein Pseudonym, das Tzara für seine zeichnerischen Versuche benutzte (vgl. FRANCIS PICABIA ET 391, S. 108).
– *Racines d'arbres de Venise:* Die Bezeichnung geht zurück auf eine Ankündigung, die schon im Februar 1919 in 391 Nr. 8 erschienen war: »Arp fera à la prochaine saison artistique de Paris (Salon d'automne et Indépendants) une exposition de racines d'arbres de Venise.« Gemeint sind damit die polychromen Holzreliefs Arps, von denen vier im Herbstsalon gezeigt wurden.

S. 88 – *Lucien Villon:* Gemeint ist der Maler und Bildhauer Jacques Villon (1875–1963), ein Bruder Marcel Duchamps.

S. 89 BRIEF VOM 26. 11. 1919

– *Baumann:* Die Bemerkung bezieht sich auf die dritte Ausstellung der von Fritz Baumann begründeten Künstlergruppe DAS NEUE LEBEN, die, ohne Beteiligung Schads, im Januar 1920 in Bern veranstaltet wurde.

– *Archipenko, Alexander* (1887–1964): Skulpturen, Zeichnungen und Gemälde des russischen Künstlers wurden seit dem 24. November in der Galerie Kundig gezeigt. Die im Anschluß an diese Ausstellung sich entwickelnden Beziehungen Archipenkos zu den Dadaisten lassen sich in Serners Briefen weiterverfolgen: Getreu der Taktik, das Renommee der abstrakten Kunst und Künstler für die Interessen des MOUVEMENT DADA zu nutzen, machte Serner die Bekanntschaft des Russen und konnte ihn tatsächlich als Mitarbeiter an DADACO gewinnen. Anfang Januar 1920 reiste Archipenko mit seiner Ausstellung weiter nach Zürich und traf dort auch mit Tzara zusammen, der ihn in seine wenig später publizierte Liste der Dada-Präsidenten (erschienen in DADA Nr. 6, Paris, Februar 1920) aufnahm. (Vgl. auch S. 112.) Die freundschaftlichen Beziehungen fanden ein abruptes Ende, als Archipenko am 25. Februar in Paris für den Ausschluß der Dadaisten von der Ausstellung der SECTION D'OR stimmte (vgl. S. 138).

– *Schad*: Zu einer Ausstellung Christian Schads in der Genfer Galerie Kundig kam es nicht.

– *Kersten, Hugo* (1892–1919): Serner hatte diesen Schriftsteller, der sich im Herbst 1913 zum Kreis der Mitarbeiter an Franz Pfemferts AKTION gesellt hatte, wahrscheinlich schon in Berlin kennengelernt. Beide waren sie kurz nach Eröffnung des Ersten Weltkriegs ins Exil gegangen, hatten sich in Zürich wiedergetroffen, und dort zusammen mit Emil Szittya die erste, kurzlebige »Kriegszeitung« der Kriegsgegner ins Leben gerufen, den MISTRAL. Die drei im März/April 1915 erschienenen Ausgaben des Blattes

werden von den Beiträgen Kerstens und Serners geprägt; und diese Texte offenbaren eine gewisse geistige Verwandtschaft der beiden Autoren, die die für Serner ungewöhnliche Wertschätzung seines Kollegen verständlich macht.
Kersten kehrte bereits 1917 nach Berlin zurück und publizierte nach Kriegsende wieder gelegentlich in der AKTION und der neugegründeten Zeitschrift DER EINZIGE. Am 5. 10. 1919 nahm er sich das Leben. (Serner hatte Kerstens Tod vermutlich aus der von ihm abonnierten Zeitschrift DER EINZIGE erfahren, in deren Nr. 27/28 vom 1. November ein kurzer Nachruf des Herausgebers Anselm Ruest erschienen war.)
– *la »Erde«:* Vgl. S. 29.

S. 91 BRIEF VOM 1. 12. 1919
– *la notice sur son exposition:* Nicht ermittelt; möglicherweise gar nicht erschienen.

S. 92 DER ERSTE DADAISTEN-KONGRESS IN GENF
[Auch in: BERLINER BÖRSEN-COURIER 7. 12./DRESDNER NEUESTE NACHRICHTEN 10. 12./KÖLNER TAGEBLATT 11. 12. (»Die internationalen freiwilligen Geisteskranken«)/NACHRICHTEN FÜR STADT UND LAND (Görlitz) 12. 12./BERLINER ZEITUNG AM MITTAG 13. 12. 1919.]

S. 93 BRIEF VOM 9. 12. 1919
– *billets colorés:* Serner meint die sogenannten »Papillons Dada«, mit dadaistischen Parolen bedruckte, kleine bunte Aufkleber, die Tzara Ende 1919 in großen Mengen herstellen ließ, und die bald vor allem in Paris arglose Besucher von Pissoirs und Cafés in Verwirrung stürzten.
– *Masereel, Frans* (1889–1972): Der belgische Maler und Holzschneider war ein regelmäßiger Mitarbeiter der 1917 gegründeten, revolutionär-pazifistisch orientierten Genfer Zeitschrift LA FEUILLE. Serners Hoffnung, das Blatt für seine Zwecke zu nutzen, erfüllten sich nicht; es wurden lediglich kurze Hinweise auf die Ausstellungen im Salon Néri abgedruckt (vgl. S. 142).

S. 94 BRIEF VOM 12. 12. 1919

– *le »Dada« de Cologne:* BULLETIN D, die erste Kölner Dada-Publikation, war der Katalog einer Ausstellung im November 1919, an der neben den Kölnern auch Hans Arp teilgenommen hatte. Daraus ergaben sich erste Kontakte zu Tzara und bald darauf die Mitwirkung der Schweizer und Pariser Dadaisten an der von Max Ernst geplanten, im April 1920 erschienenen Zeitschrift DIE SCHAMMADE.

BRIEF VOM 16. 12. 1919

– *le Dada 2:* Gemeint ist das zweite Heft der von Raoul Hausmann in Berlin herausgegebenen Zeitschrift DER DADA.

– *j'ai lu votre réponse:* Tzaras LETTRE OUVERTE À JACQUES RIVIÈRE, Antwort auf eine kritische Notiz mit dem Titel MOUVEMENT DADA, die in der von Rivière herausgegebenen NOUVELLE REVUE FRANÇAISE am 1. 9. 1919 abgedruckt worden war. Der von Serner gelobte Schluß lautet: »Si on écrit, ce n'est qu'un refuge: de tout »point du vue«. Je n'écris pas par métier et je n'ai pas d'ambitions littéraires. Je serais devenu un aventurier de grande allure, aux gestes fins, si j'avais eu la force physique et la résistance nerveuse de réaliser ce seul exploit: ne pas m'ennuyer. On écrit aussi parce qu'il n'y a assez d'hommes nouveaux, par habitude, on publie pour chercher des *hommes*, et pour avoir une occupation (cela même, c'est très bête). Il y aurait une solution: se résigner; tout simplement: ne rien faire. Mais il faut avoir une énorme énergie. Et on a un besoin presque hygiénique de complications.« (LITTÉRATURE Nr. 10, Dezember 1919, S. 4.)

S. 96 ZWEI POSTKARTEN VOM 27. 12. 1919

Beide Karten zeigen auf der Rückseite »une soirée GALA TABARIN, Genève«.

EINE TUMULTUÖSE URAUFFÜHRUNG

[Auch in: VOSSISCHE ZEITUNG (Berlin) 29. 12. 1919/

MÜNCHNER NEUESTE NACHRICHTEN 1. 1./PRAGER TAGBLATT 2. 1. /HAMBURGER FREMDENBLATT 2. 1. /NATIONAL-ZEITUNG (Basel) 18. 1. 1920.]
Die in dieser ›blague‹ zitierten Zwischenrufe des Publikums finden sich in identischer Formulierung auch in einer längeren Kritik der Strawinsky-Uraufführung, die bereits am 19. 12. in der NEUEN ZÜRCHER ZEITUNG erschienen war. Serner könnte sich dieser Quelle bedient haben, es wäre jedoch auch denkbar, daß dieser ganz konventionelle, »F.L.« gezeichnete Feuilletonbeitrag gleichfalls von ihm geschrieben wurde – und daß Serner nicht nur in diesem Falle, sondern generell die Chance nutzte, sich durch solche Arbeiten etwas hinzuzuverdienen.
– *Bel-Air:* Die psychiatrische Klinik in Genf.

S. 97 BRIEF VOM 31. 12. 1919
– *le »Qualitäts-Dada«:* Aus späteren Briefen Serners ergibt sich, daß es sich bei diesem Projekt um eine Vorstufe der Kölner Dada-Zeitschrift DIE SCHAMMADE handelte. Die angekündigten Beiträge für den QUALITÄTS-DADA sind die nachfolgend abgedruckten ISOTHERME; tatsächlich wurden in der SCHAMMADE aber schließlich Serners PANEELPARABOLE veröffentlicht.
– *encore une blague:* Der Genfer »Weltkongreß« (den die BERLINER ZEITUNG am 13. 12. in einer stark veränderten Fassung von Serners Text gemeldet hatte) zog Anfang Januar 1920 mit großem Erfolg seine »polizeiliche Auflösung« nach sich.
– *le »Proverbe« et le »Mouvement«:* André Breton hatte am 26. 12. einen Brief an Tzara geschrieben, in dem es heißt: »Voulez-vous accepter à collaborer avec nous (Soupault, Aragon, Picabia et moi) aux revues PROVERBE et MOUVEMENT, qui paraissent le mois prochain. Eluard (Paris) et Aymié (Bordeaux) s'en occupent respectivement.« (M. Sanouillet, DADA À PARIS, S. 453 f.)
Die erste Ausgabe von PROVERBE ließ bis Februar 1920 auf sich warten, MOUVEMENT wurde nicht realisiert.
– *391:* Vermutlich die im Dezember erschienene Nr. 10.

S. 98 ISOTHERME

Das Typoskript dieser vier ungedruckt gebliebenen Texte befindet sich in der Sammlung Tzara, Paris.

ISOTHERME G6678 –

– *Walden, Herwarth* (1878–1941): Schriftsteller und Kunstkritiker in Berlin, Gründer der berühmten expressionistischen Zeitschrift und Galerie DER STURM.

– *D'Annunzio, Gabriele* (1863–1938): Der italienische Schriftsteller erregte internationales Aufsehen, als er Ende 1919 mit einer Privatarmee die zwischen Italien und Jugoslawien umstrittene Stadt Fiume (das heutige Rijeka) einnahm und anschließend mehr als ein Jahr lang besetzt hielt. Der Berliner Dada-Kreis hatte die Aktion in einem in der deutschen Presse publizierten Glückwunschtelegramm als »dadaistische Großtat« begrüßt.

– *Erzberger, Matthias* (1875–1921): Führender Zentrums-Politiker, Vizekanzler und Finanzminister des im Juni 1919 gebildeten Kabinetts Bauer (s. u.). Gegen Ende des Jahres wurde er zum Ziel von Verdächtigungen des Abgeordneten Helfferich (s. u.), die einen Beleidigungsprozeß und schließlich Erzbergers Rücktritt nach sich zogen.

– *Wilson, Thomas Woodrow* (1856–1924): 1913–1921 Präsident der Vereinigten Staaten; Initiator des Völkerbundes, dessen Satzung in die Versailler Friedensverträge des Juni 1919 aufgenommen wurde.

S. 99 – *Planck, Max* (1858–1947): Die wegen des Krieges verschobene Verleihung des Nobelpreises 1918 für Physik an Max Planck wurde am 1. 12. 1919 in der FRANKFURTER ZEITUNG gemeldet; dort findet sich auch der Hinweis, daß Planck bereits am 23. 4. 1918 zum Ehrendoktor der Universität Frankfurt ernannt worden war.

– *Helfferich, Karl Theodor* (1872–1924): Der ehemalige Leiter der Reichsfinanzen hatte sich nach dem Krieg der Deutschen Volkspartei angeschlossen und zum erbitterten Gegner der Weimarer Republik entwickelt. Wegen Beleidigung des Reichsfinanzministers Erzberger wurde er nach einem Prozeß zu einer Geldstrafe verurteilt.

– *Bauer, Gustav* (1870–1944): Zunächst Arbeitsminister in der Regierung Scheidemann, bildete Bauer nach deren Rücktritt im Juni 1919 ein neues Kabinett und unterzeichnete den Versailler Vertrag.
– *Londoner Gummi-Markt:* Die Angaben sind den »Warenmeldungen« im Wirtschaftsteil der FRANKFURTER ZEITUNG von Ende Dezember 1919 entnommen.
– *Bie, Oscar* (1864–1938): Berliner Musik- und Kunstschriftsteller, Herausgeber der NEUEN RUNDSCHAU.

ISOTHERME H6679 –
– *Dante:* Anspielung auf eine Episode aus der GÖTTLICHEN KOMÖDIE (Inferno V, 73–142), in der von der Liebestragödie der Francesca da Rimini und des Paolo Malatesta berichtet wird, die von Francescas Gatten, dem Bruder Paolos, beim Ehebruch überrascht und beide getötet wurden. Schuld an dem Verhängnis war, wie Dante schreibt, die Lektüre eines Ritterromans:

»Wir lasen eines Tages zum Vergnügen
Von Lancelot, wie ihn die Liebe drängte;
Alleine waren wir und unverdächtig.
Mehrmals ließ unsre Augen sich verwirren
Dies Buch und unser Angesicht erblassen,
Doch eine Stelle hat uns überwältigt.
Als wir gelesen, daß in seiner Liebe
Er das ersehnte Antlitz küssen mußte,
Hat dieser, der mich niemals wird verlassen,
Mich auf den Mund geküßt mit tiefem Beben.
Verführer war das Buch und der's geschrieben.
An jenem Tage lasen wir nicht weiter.«

(DIE GÖTTLICHE KOMÖDIE, Stuttgart 1949, Bd. I, S. 69, V. 127–142.) Den letzten Vers verwendet Serner auch in der Erzählung KUHLES GANZ SELTENE STUNDE; vgl. GW Bd. III, S. 44.)
– *das Requisit der Kreuzigung:* Gemeint ist ein Ausspruch Napoleons: »Das Christentum hätte sich bis auf unsre Zeit schwerlich erhalten, wäre die Kreuzigung, wäre die Dornenkrone nicht gewesen – die Menschheit ist nun ein-

mal so.« (Zitiert nach: R. Rehlen, BERÜHMTE AUSSPRÜCHE UND WORTE NAPOLEONS, S. 219. Vgl. auch GW Bd. I, S. 165.)

S. 100 – *Danzig:* Anspielung auf einen Leitartikel der FRANKFURTER ZEITUNG vom 29. 12. 1919 über »die wirtschaftliche Notlage Danzigs und die Loslösung vom Reich«. (Danzig war nach dem Krieg als ›Freie Stadt‹ unter die Verwaltung des Völkerbunds gestellt worden.)

– *»Schloss Wetterstein«:* Auch das bezieht sich auf eine Meldung der FRANKFURTER ZEITUNG vom 29. 12. 1919. In WEDEKINDS ATHLETENGARDE wird berichtet, daß die Inszenierung der Münchner Kammerspiele nach einigen Zwischenfällen unter dem Schutz der Polizei und »etwa 30 gut gebauter Mitglieder des Athletenvereins« stattfinden mußte.

– *Bab, Julius* (1880–1955): Schriftsteller und Theaterkritiker, Dramaturg in Berlin. Sein zweiteiliger ABSCHIED VON DER MONARCHIE erschien am 25. und 28. 12. 1919.

ISOTHERME J6670 –

Der Text zitiert aus zwei Stellenangeboten in der FRANKFURTER ZEITUNG vom 28. 12. 1919 die »intelligente, gebildete Dame mit schöner 44er Figur und Verantwortungsgefühl« und die »Putz-Directrice, welche besonders auf feinen Putz eingearbeitet ist«.

– *Sklarz:* Der »Fall Sklarz« war zuerst in Maximilian Hardens (s. u.) Zeitschrift DIE ZUKUNFT aufgegriffen worden und machte seit Ende November Schlagzeilen in der deutschen Presse. Die Gebrüder Sklarz wurden beschuldigt, sich als Heereslieferanten während des Krieges durch Korruption und Schiebereien bereichert zu haben; wichtige Repräsentanten der Sozialdemokratie waren in die Affäre verwickelt.

– *Edschmid, Kasimir* (1890–1966): Prosadichter und Programmatiker des Expressionismus; seit 1913 literarischer Referent der FRANKFURTER ZEITUNG.

S. 101 ISOTHERME K6671 –

– *Harden, Maximilian* (1861–1927): Liberaler, nach dem Krieg nach links tendierender Kritiker und Satiriker, der seit 1892 die wichtige politische Wochenschrift DIE ZUKUNFT herausgab. Daneben besonders als Opfer einer Polemik von Karl Kraus bekannt (vgl. GW Bd. I, S. 83 f.).

S. 102 POLIZEILICHE AUFLÖSUNG DES DADAISTISCHEN WELTKONGRESSES

[Auch in: BERLINER ZEITUNG AM MITTAG 7. 1. /LEIPZIGER ZEITUNG 8. 1./DRESDNER NEUESTE NACHRICHTEN 8. 1./ PRAGER TAGBLATT 9. 1./NEUES WIENER JOURNAL 13. 1./ VOSSISCHE ZEITUNG (Berlin) 21. 1./HAMBURGER FREMDENBLATT 21. 1./TAGES-ANZEIGER (Zürich) 22. 1. (»W.Z.«) /DRESDNER VOLKSZEITUNG 23. 1./BOCHUMER ANZEIGER 24. 1./OSTPREUSSISCHE ZEITUNG (Königsberg) 24. 1./ALLGEMEINE HILDESHEIMER ZEITUNG 28. 1./NEUES WIENER TAGEBLATT 30. 1./NATIONALZEITUNG (Basel) 1. 2./SOLOTHURNER ZEITUNG 9. 2. 1920. – Teilweise unter dem Titel »Die ›erfrischenden‹ Pistolenschüsse der Dadaisten«.]

S. 103 BRIEF VOM 12. 1. 1920

– *affaire avec le livre:* Es handelt sich um einen noch des öfteren erwähnten Band mit Briefen van Goghs, den Serner vergeblich einem Dr. Sterling zum Kauf anbot. (In Frage kommt eigentlich nur die deutsche Sammlung BRIEFE (1906) oder die LETTRES À EMILE BERNARD (1912); die Briefe an van Goghs Bruder Theo waren (holländisch und deutsch) in mehrbändigen Ausgaben erschienen.

S. 104 – *Salon Néri:* Von dem Genfer Maler und Bildhauer Pierre Néri (1890–1972) eröffnete Galerie, in der Serner wie angekündigt zwei Dada-Ausstellungen organisierte.

– *Steegemann, Paul* (1894–1956): In dem von Steegemann im Frühjahr 1919 in Hannover gegründeten Verlag war gegen Ende des Jahres mit großem Skandalerfolg Kurt Schwitters Gedichtband ANNA BLUME erschienen, 1920 folgten zahlreiche weitere Dada-Publikationen, darunter Serners Manifest LETZTE LOCKERUNG.

– *votre nomination:* Tzara hatte im Dezember durch einen Brief Picabias erfahren, daß er in Abwesenheit zum Mitglied der Pariser SECTION D'OR ernannt worden war (vgl. M. Sanouillet, DADA À PARIS, S. 495).

– *votre départ:* Tzara traf am 17. Januar in Paris ein.

S. 105 ...DA...DA...

»Zy«, ein Kritiker der TRIBUNE DE GENÈVE, unterstützte Serners Aktivitäten mit einigen dadaistisch inspirierten Glossen (vgl. auch S. 131).

– *Franc-Nohain:* Pseudonym von Maurice Etienne Legrand (1873–1934), einem satirisch-phantastischen französischen Schriftsteller.

S. 106 BRIEF VOM 23. 1. 1920

– *ce livre:* Nicht identifiziert.

– *le communiqué:* Eine stark gekürzte Fassung des auf S. 109 abgedruckten Textes SALON DADAÏSTE war am 22. 1. im JOURNAL DE GENÈVE erschienen.

S. 107 QU'EST-CE QUE LE DADAÏSME?

[Auch in: L'ACTION RADICALE (Genf) 7. 2. 1920 (»Alfred Ormont«).]

S. 110 A.O. À DURTAL

Der Text stammt aus der »Tribune littéraire«, in der regelmäßig sowohl Fragen als auch Antworten von Lesern abgedruckt wurden. Die von A.O. alias Serner hier beantwortete Frage Monsieur Durtals, »Qu'est-ce que le dadaïsme?«, war in der TRIBUNE DE GENÈVE vom 11./12. 1. erschienen.

BRIEF VOM 29. 1. 1920

– *votre Séance Dada:* Schon kurz nach Tzaras Ankunft in Paris war die Reihe der Pariser Dada-Veranstaltungen mit einer von der Gruppe um LITTÉRATURE veranstalteten Matinée eröffent worden; am 5. Februar folgte die zweite »Matinée du Mouvement Dada« im Salon des Independants. Serners Pressemeldung über diese »Dada-Séance wurde, seinem Vorschlag gemäß, erst nachträglich in Umlauf gebracht (vgl. S. 134).

S. 111 – *Einstein, Carl* (1885–1940): Gab zusammen mit George Grosz die seit November 1919 erscheinende Zeitschrift DER BLUTIGE ERNST heraus. Im Dezember hatte Einstein einige Exemplare an Tzara geschickt.

– *M. Soupault:* Der französische Dadaist kam im Februar zu einem kurzen Besuch nach Genf (vgl. auch Serners Brief vom 13. 2.).

– *Dresden:* Die Berliner Dadaisten Baader, Hausmann und Hülsenbeck veranstalteten im Februar/März eine ganze Reihe von Soiréen in Leipzig, Hamburg, Prag, Karlsbad etc. Den Auftakt zu dieser skandalträchtigen Tournee bildete am 19. 1. 1920 ein Auftritt in Dresden.

S. 112 FIL SPÉCIAL

Hinter ›Gollifan‹ verbirgt sich offenbar Tzara, bei dem sich Serner in seinem Brief vom 19. 2. für die »note amusante« bedankt. (Vgl. auch S. 29.)

S. 113 CARNET DU DOCTEUR SERNER

Germaine Everling, die Gefährtin Francis Picabias während der Dada-Jahre, meint in ihren Erinnerungen: »Le docteur Serner était un adepte allemand. Son nom patronnait le fameux »Carnet«; mais lui-même, étranger à sa rédaction, n'en avait connaissance que le jour où il recevait le journal. Il mourut dans un asile d'aliénés.« (C'ÉTAIT HIER: DADA . . ., S. 148.)

Die Bemerkung Serners in dem nachfolgenden Brief, »J'éspère que vous avez taché de faire ma manière«, läßt vermuten, daß der »Carnet« entweder von Picabia und Tzara gemeinsam, oder alleine von diesem verfaßt worden war. (Ein ausführlicher Kommentar zu dem Text findet sich bei M. Sanouillet, FRANCIS PICABIA ET 391, S. 109 f.)

S. 115 DAS URTEIL IM GENFER DADAISTEN-PROZESS
[Auch in: BERLINER BÖRSEN-COURIER 5. 2./PRAGER TAGBLATT 10. 2./OSTPREUSSISCHE ZEITUNG (Königsberg) 11. 2./NEUE BERLINER ZEITUNG 11. 2./WIENER MORGENZEITUNG 13. 2. 1920.]

S. 116 BRIEF VOM 13. 2. 1920
– *Archipenko:* Man vergleiche hierzu den in DADA Nr. 7 (März 1920) erschienenen Aphorismus Tzaras: »›En Suisse, l'art était une maladie. Depuis j'ai gagné 100 000 fr., l'art n'est plus une maladie.‹ Un Cubiste de la Section d'or.«

S. 117 DÉVELOPPEMENT DE L'ART DADAÏSTE
Mit Ausnahme der beiden letzten, direkt die Ausstellung im Salon Néri betreffenden Abschnitte, handelt es sich bei diesem Text um eine nur wenig veränderte und erweiterte Übersetzung des Aufsatzes DADA-KUNST, der ein halbes Jahr später im Berliner DADA ALMANACH veröffentlicht wurde.
Das Erscheinen des Artikels im Genfer MONDAIN wird in den voranstehenden Briefen Serners mehrfach erwähnt. Besonders die erste Ankündigung am 29. Januar (»En quelques jours paraîtra dans le même journal un deuxième article de moi (sous un pseudonyme) sur le ›développement de l'art Dada‹«), und die Tatsache, daß Serner in Genf über die deutsche Fassung des Textes verfügen konnte (die, für DADACO bestimmt, bereits im Herbst 1919 nach Berlin geschickt worden war), belegen die Identität Serners mit Alexander Partens. Weniger eindeutig drückt er sich allerdings in seinem Brief vom 2. 2. aus: »Dans le Mondain il y aura encore un article sur »Le développement de l'art Dada« de Alexandre Partens que j'ai un peu transformé pour pouvoir faire un certain effet sur Néri.« Am 19. 2. weist er Tzara nochmals darauf hin, daß einige Veränderungen des deutschen Textes, die Serners Bedeutung für den Dadaismus in den Vordergrund rücken, lediglich aus taktischen Gründen erfolgt seien.

S. 121 DADAÏSME

Diese Notiz in der linksgerichteten Genfer Zeitung stammt sicherlich nicht von Serner; sie steht hier nur als Beispiel für die überwiegend feindselige Haltung der Presse, die ihm den Aufenthalt in der Stadt in zunehmendem Maße unerträglich machte.

– *Grimm sans Platten:* Robert Grimm und Fritz Platten waren Funktionäre der Schweizer Sozialisten, die im Zusammenhang mit einem Aufruf zum Generalstreik zu einer Gefängnisstrafe verurteilt worden waren. Grimm wurde im Januar 1920 wieder auf freien Fuß gesetzt, Platten hatte sich der Verhaftung durch die Flucht nach Rußland entzogen.

S. 122 EIN »BILDERSTURM« IN GENF

[Auch in: PRAGER TAGBLATT 17. 2. 1920.]

– *Bertini, Francesca* (1888–1985): Besonders nach dem ersten Weltkrieg sehr populäre italienische Filmschauspielerin, die sich häufig in der Schweiz aufhielt, wo sie 1921 auch heiratete.

S. 123 L'EXPOSITION DADAÏSTE

Über den Verfasser dieser Satire ist nichts bekannt. Sie dokumentiert, zusammen mit den Glossen von »Zy« in der TRIBUNE DE GENÈVE, die seltenen ›positiven‹ Reaktionen der Genfer Presse auf Serners Aktivitäten.

S. 125 BRIEF VOM 19. 2. 1920

– *l'affiche:* Vgl. Abbildung S. 230.

– *Hülsenbeck:* Der Berliner Dadaist hatte am 10. Februar im Hause des Kurt Wolff Verlages in München einen Vortrag über »Wesen und Ziele des Dadaismus« gehalten. Inwieweit er dabei den Kommunismus mit einbezog, ließ sich nicht ermitteln.

– *»Anti-Littérature«:* Die um André Breton und LITTÉRATURE gruppierten Literaten, die sich nach Tzaras Ankunft in Paris sofort dem MOUVEMENT DADA angeschlossen hatten, annoncierten im Februar die Umbe-

nennung ihrer Zeitschrift in ANTI-LITTÉRATURE. Am 14. 2. konnte Tzara an Picabia melden: »LITTÉRATURE veut devenir l'organe de Dada. Ils supprimeraient la collaboration des idiots.« Einen Tag später schrieb Breton: »Je vous envoie le dernier cahier de Littérature; il clôt une série qui m'ennuyait. Le prochain numéro, consacré à DADA, m'intéresse d'avantage.« (Vgl. M. Sanouillet, DADA À PARIS, S. 497 und S. 508.)
Die angekündigte Dada-Ausgabe, die sich infolge eines Druckerstreiks bis zum Mai 1920 verzögerte, erschien dann allerdings doch wieder unter dem alten Titel LITTÉRATURE.

– *Arp:* Die geplante dritte Ausstellung im Salon Néri, die zunächst auf den Mai verschoben werden mußte, weil sich auch die zweite Ausstellung um einen Monat verzögerte, kam schließlich überhaupt nicht mehr zustande (vgl. Serners Brief vom 6. 5. 1920).

S. 126 BRIEF VOM 21. 2. 1920

– *trois petites manuscripts:* Die Texte blieben in der Sammlung Tzara erhalten, es handelt sich um die nachfolgend abgedruckten Manifeste DER KORRIDOR und VON BUDDHA, AUSLÄNDERN UND STUBENMÄDCHEN, sowie um Entwürfe zu einer französischen Fassung der LETZTEN LOCKERUNG.
Das Konzept für DERNIER DÉRANGEMENT ist auf einem Originaldruckbogen des in DADA 4–5 publizierten deutschen Textes entworfen: Der erste Abschnitt ist ab »Bernheim« gestrichen, die Abschnitte 3–5 ganz; als Autor zeichnet nicht ›Walter‹, sondern ›Val‹ Serner. Daneben existiert der auf der Maschine geschriebene Entwurf einer französischen Übersetzung der Paragraphen 6 und 7 der Vorlage; die in Nr. 6 erwähnten Schriftsteller werden dabei durch »Marcel Prévost, Dostojewskij, Gyp et Montaigne« ersetzt. Das Blatt ist mit den handschriftlichen Vermerken »nach dem deutschen Text!!« und »Pour Anti-Littérature« versehen. Entgegen der ausdrücklichen Anweisung Serners wählte Tzara für die un-

ter diesem Titel geplante Dada-Anthologie das Manifest DER KORRIDOR aus.

S. 127 DER KORRIDOR
Eine durch Vermittlung Tristan Tzaras angefertigte französische Übersetzung dieses Texts (von deren Qualität Serner sich nicht sonderlich begeistert zeigte; vgl. seinen auf S. 157 abgedruckten undatierten Brief), auf deren Aufnahme hier verzichtet wurde, erschien im Mai 1920 in LITTÉRATURE Nr. 13, der bekannten Sammlung der »Vingt-trois manifestes du Mouvement Dada«. Entgegen dem der Anthologie beigefügten Vermerk, daß alle 23 Manifeste bei den Pariser Dada-Veranstaltungen des Monats Februar vorgetragen worden seien, kam es zu einer öffentlichen Lesung von LE CORRIDOR erst am 26. Mai anläßlich des FESTIVAL DADA in der Salle Gaveau (vgl. die Abbildung des Programmzettels auf S. 233).
Ähnlich wie in vielen anderen Dada-Texten Serners, wurden auch im KORRIDOR Passagen aus der LETZTEN LOCKERUNG wiederverwendet. So entspricht die zweite Hälfte von Abschnitt I fast wörtlich dem Paragraphen 41° des Manifests (vgl. S. 177f.); der letzte Satz in Abschnitt III findet sich, leicht abgewandelt, auch am Ende von 64° wieder (vgl. S. 188).

– *Aloÿse ou l'amour perverti:* Gemeint ist der »roman galant« ALOYSE OU LA BOURGEOISIE PERVERTI von André de Lorde und Jean Marsèle (Paris 1916).

S. 128 – *Barrès, Maurice* (1862–1923): Französischer Romancier und Kritiker, der sich von eher ›progressiven‹ Anfängen zum Exponenten extrem konservativ-chauvinistischer Positionen entwickelt hatte. Im Mai 1921 veranstalteten die Pariser Dadaisten einen turbulenten Schauprozeß gegen Barrès, der des Attentats auf die »sûreté d'esprit« angeklagt wurde.

S. 129 VON BUDDHA, AUSLÄNDERN UND STUBENMÄDCHEN
Dieser dritte der von Serner am 21. Februar nach Paris geschickten Texte blieb ungedruckt; das Typoskript befin-

det sich, zusammen mit einer von Serner selbst angefertigten französischen Übersetzung (auf deren Wiedergabe hier verzichtet wird), in der Sammlung Tzara, Paris.
Es bestehen wiederum eine Reihe von Querverbindungen zur LETZTEN LOCKERUNG: in Abschnitt a) wird Paragraph 70°, in den übrigen Abschnitten der Paragraph 65° der Buchfassung verwendet (vgl. S. 188 f.). Überdies basiert Abschnitt a) offensichtlich auf Serners ISOTHERME H6679 (vgl. S. 99 f.).

- *Lansing, Robert* (1864–1928): Amerikanischer Politiker, 1915–1920 Staatssekretär bzw. Außenminister der Regierung Wilson. Spielte eine wichtige Rolle bei den Versailler Friedensverhandlungen.
- *Radek, Karl* (1885–1939): Kommunistischer Politiker; Ende 1918 vom Zentralkommitee der russischen Bolschewisten zum Gründungsparteitag der KPD delegiert. Er war im Februar 1919 inhaftiert worden und konnte erst Anfang 1920 in die Sowjetunion zurückkehren.

S. 130 – *Ruysch, Rachel* (1664–1750): Holländische Blumenmalerin.

- *Claudel, Paul* (1868–1955): Französischer Diplomat und Dichter, führender Repräsentant einer christlich-katholischen Erneuerungsbewegung. (Serner hatte in seiner Zeitschrift SIRIUS im März 1916 einen Beitrag Claudels abgedruckt.)

S. 131 LE BAL DADA

- *Ansermet, Ernest* (1883–1969): Genfer Komponist und Dirigent; gründete 1918 das »Orchestre de la Suisse romande« (»l'O.R.«!).

S. 132 BRIEF VOM 23. 2. 1920

- *une coupure:* DADAÏSME von Raoul Privat, erschienen am 23. 2. im JOURNAL DE GENÈVE – eine mehr umfang- als geistreiche Satire, in der ein harmloser Ausstellungsbesucher mit der überwältigenden Blödsinnigkeit kubistischer und dadaistischer Kunstwerke konfrontiert wird. Versöhnliches Fazit: »A quoi bon se mettre en colère devant les insanités de l'heure actuelle? Mieux vaut en rire. D'ailleurs, que restera-t-il de tous ces cubistes et de tous ces dadaïstes dans vingt ans?«

S. 133 BRIEF VOM 26. 2. 1920

– *mon portrait-dada:* Vermutlich handelt es sich hierbei um das einzige (im Nachlaß Tristan Tzaras) erhalten gebliebene Exemplar der »Schreibmaschinenbilder« Schads. (Abgebildet in: CHRISTIAN SCHAD, Editions Panderma Carl Laszlo, Basel 1972, S. 123.)

– *une affiche:* Vgl. Abbildung auf S. 225.

S. 134 EIN DADA-SKANDAL IN PARIS

Die Meldung, die sich auf die sogenannte »Matinée du Mouvement Dada« bezieht (abgehalten am 5. 2. in einem Saal des Grand Palais des Champs-Elysées), ist ein Beispiel für die zunehmende Internationalisierung der Sernerschen Dada-Propaganda. Ihre Entstehung ließ sich in seinen Briefen verfolgen: Am 29. 1. erklärt er sich bereit, eine »blague-reclame« anzufertigen und schlägt Tzara vor, zunächst den erfolgreichen Verlauf der ›Séance‹ abzuwarten. Nach längerem Hin und Her schickt Serner dann am 21. 2. den fertigen Text zur weiteren Versendung an die deutsche Presse nach Paris. Die erwähnten Manifeste entsprechen dem in DADA Nr. 6 abgedruckten Programm der Veranstaltung; das Erscheinen Charlie Chaplins und sein Übertritt zum MOUVEMENT DADA war tatsächlich in der Presse groß angekündigt worden. Die übrigen Details, insbesondere die Lesung von Gedichten Serners und Duchamps, ließen sich hingegen nicht belegen.

– *Radiguet, Raymond* (1903–1923): Der von Jean Cocteau geförderte junge Dichter ist in DADA 4–5 vertreten, war aber an den Aktivitäten der Pariser Dadaisten nur am Rande beteiligt.

S. 135 TELEGRAMM DER PARISER DADAISTEN

– *de Maeu:* Nicht identifiziert.

S. 136 APHORISMEN AUS DADA Nr. 7 UND 391 Nr. 12
Diese Verwendung einiger Sätze und Satzfragmente aus der LETZTEN LOCKERUNG wurde von Serner nicht gebilligt (vgl. S. 147, Brief vom 9. 4.).

S. 137 BRIEF VOM 8. 3. 1920
– *Archipenko:* Vgl. S. 138. Auch Tzaras DADA Nr. 7 und Max Ernsts SCHAMMADE (in der ursprünglich ein Beitrag des Russen erscheinen sollte) reagierten auf Archipenkos Mitwirkung beim Ausschluß der Dadaisten von der Ausstellung der SÉCTION D'OR mit wesentlich schärfer abgefaßten Meldungen: »Seit dem 1. III. liegt in der Galerie la Boëtie Paris der schmackhafte Kadaver Archipenko im Anschnitt. Es handelt sich um jene von den Züricher Dadaisten überlassene Attrappe, der man aus einer bislang nicht aufgeklärten Laune den Ausspruch l'art est une maladie in den Mund zu legen pflegte.« (Zentrodada, DAS APPETITSCHNITTCHEN, in: DIE SCHAMMADE, April 1920.)

S. 139 DADA-BALL IN GENF
[Auch in: BERLINER BÖRSEN-COURIER 28. 3./PESTER LLOYD 20. 4. 1920.]
Daß sich der Dada-Ball für Serner als finanzielle Katastrophe erwiesen hatte (vgl. seinen Brief vom 8. 3.), war für die propagandistische Auswertung des Unternehmens naturgemäß unerheblich. Auch DADA Nr. 7 meldete in Paris: »Le bal Dada organisé par le Dr Serner, à Genève, le 5 mars, a eu un succès enorme.« Zum Vergleich seien hier zwei in der Genfer Presse erschienene Berichte über den Ball zitiert:
»Le musicien qui tapait avec un bâton sur un chaudron, puis sur une cloche de vache, puis sur un tub, puis sur une caisse à biscuits, quelquefois sur ses doigts, puis qui faisait glapir le klaxon ou tonitruer la trompe d'automobile, était bien content de faire tant de bruit à lui tout seul et trouvait que les violonistes s'attardaient à de bien triste musique. Les piliers de la salle étaient fiers de ressembler à des mirli-

tons avec leur devises dadaïstes. Et les lustres électriques recouverts de papiers multicolores, se faisaient passer pour de simples lanternes vénitiennes amorphes et obèses. Les murs racontaient la gloire du dadaïsme en un langue imagé et colorié, le dais de serpentins frissonait à la vue des fumeurs qui avaient trompé la vigilance des pompiers.
Et les danseurs ont dansé des danses avec leurs danseuses. Et puis voilà!« (UN BAL DADA, in: LA SUISSE (Genf) 6. 3. 1920.)
»Superbes lanternes de papier de couleur, belles harmonies; sur les murs des triangles rouges, des carrés verts, bleus ou jaunes, le tout bizarrement assemblé. Au plafond des serpentins qui pendent aimablement. Orchestre casserolant, marmitant et cymbalant avec accompagnement dadaïste (cloches, trompes d'auto, sirènes et gongs). Mais malgré tout cet attirail et le bruit effrayant qu'a lui tout seul le Dr. Serner occasionne, peu d'animation, en tout cas à celle heure-ci (minuit). Le soussigné a d'ailleurs controlé à tour de bras, mais en vain. (F. Gutrel, AU BAL DADA, in: LA FEUILLE (Genf) 6. 3. 1920.)

- *Caillaux, Joseph* (1863–1944): Französischer Politiker, der im April 1920 nach längerem Prozeß wegen angeblicher Kollaboration mit Deutschland während des Weltkriegs verurteilt wurde.
- *Schwamm:* Im PESTER LLOYD ›Kamm‹!

S. 141 BRIEF VOM 23. 3. 1920

- *Schad:* Serners Freund war am 22. März abgereist.

BRIEF VOM 31. 3. 1920

S. 142 – *les nouvelles revues:* Die drei genannten Zeitschriften waren in DADA Nr. 7 (dessen Erhalt Serner zu Beginn des Briefes bestätigt) angekündigt worden. Z, herausgegeben von Paul Dermée, erschien im März 1920, M'AMENEZ-Y, herausgegeben von dessen Ehefrau Céline Arnauld, wurde erst im Mai unter dem geänderten Titel PROJECTEUR veröffentlicht. Georges Ribemont-Dessaignes' Projekt D^{d}H^{2}O^{4} [sic] wurde überhaupt nicht realisiert.

– *une affiche:* Vgl. Abbildung S. 231.

SALON DADAÏSTE

– *Salon d'Automne:* Die erwähnten Werke Picabias wurden dort *nicht* gezeigt.

APRÈS NOUS LA BLENNORRAGIE

Ein leicht abgewandelter Satz aus der LETZTEN LOCKERUNG (vgl. S. 185). Eine spanische Version – »Después de nosotros la blenorragia« – findet sich in einer Aphorismensammlung, die am 15. 6. 1920 in der Madrider Zeitschrift GRECIA erschien.

S. 143 PANEELPARABOLE

Die beiden ersten PANEELPARABOLEN basieren offenbar auf Serners Text VON BUDDHA, AUSLÄNDERN UND STUBENMÄDCHEN (vgl. S. 129 f)., der wiederum auf Paragraph 65° der LETZTEN LOCKERUNG zurückgeht (vgl. S. 188). Die PANEELBAROBELE [sic] IK12 findet sich wieder in Paragraph 53° des Dada-Manifests (vgl. S. 183).

PANEELPARABOLE FK37

– *Schultze-Naumann:* Nicht identifiziert. (Denkbar wäre eine Kombination aus den Namen des Politikers Friedrich Naumann (1860–1919) und des Architekten und Schriftstellers Paul Schultze-Naumburg (1869–1949).)
– *Quai d'Orsay:* Adresse und Bezeichnung des französischen Außenministeriums.
– *Kroll:* Die Kroll-Oper am Zoo, ein beliebter Berliner Treffpunkt.
– *Mme. de Rulhière:* Gemeint ist sicherlich der Historiker Claude Carloman de Rulhière (1735–1791), der im Jahr 1762 als Sekretär der französischen Botschaft in St. Petersburg die Ereignisse um die Ermordung des Zaren und die Thronbesteigung Katharinas II. miterlebte. Er schrieb darüber die ANECDOTES SUR LA RÉVOLUTION DE

RUSSIE EN L'ANNÉE 1762, deren Veröffentlichung Katharina mit allen Mitteln (und bis zu ihrem Tode erfolgreich) zu verhindern suchte.

- *Tagger, Theodor* (1891–1958): Mitarbeiter zahlreicher expressionistischer Publikationen, 1917/18 Herausgeber der Berliner Zeitschrift MARSYAS. In den Zwanziger Jahren unter dem Pseudonym Ferdinand Bruckner erfolgreich.
- *Redslob, Edwin* (1884–1973): Die Ernennung des Kunsthistorikers Redslob zum Reichskunstwart wurde gegen Ende Dezember 1919 in der Presse gemeldet.
- *Spiel des Lebens:* Schauspiel in vier Aufzügen von Knut Hamsun (dem Literatur-Nobelpreisträger 1920); deutsch 1910.

S. 144 PANEELPARABOLE SZ489

- *Gräfin Castiglioni:* Virginia Oldoini (1835–1899), Comtesse Verasis di Castiglioni, schon am Turiner Hof für ihre Schönheit als ›divina contessa‹ berühmt, wurde von Camillo Cavour nach Paris gesandt, um Napoleon III. für die Einigung Italiens zu gewinnen. Einige Jahre lang konnte sie beträchtlichen Einfluß auf den Kaiser ausüben; 1860 fiel sie aus einem unbekannten Grund in Ungnade.
- *Colibri-Bar:* Berühmt-berüchtigte Berliner Unterweltkneipe in der Motzstraße 65.

S. 145 – *Friedländer, Salomo* (1871–1946): Der Mitherausgeber der Zeitschrift DER EINZIGE hatte 1918 das umfangreiche Werk SCHÖPFERISCHE INDIFFERENZ veröffentlicht.

- *Ichtebiosis:* Offenbar ein Druckfehler von ›Ichthiosis‹; vgl. S. 188.

S. 146 TELEGRAMM DER INT. DADA-COMPANY

Einziger ›Beitrag‹ Serners zu einer Berliner Dada-Publikation.

S. 147 BRIEF VOM 8. 4. 1920

– *Klose & Seidel:* Berliner Nachrichtenagentur, die mit dem Sammeln von Zeitungsmeldungen (über Dada) beauftragt war.

BRIEF VOM 9. 4. 1920

– *des choses qui ne sont pas de moi:* Serners Protest bezieht sich offensichtlich auf den CARNET DU DOCTEUR SERNER (vgl. S. 113 f.), sowie auf die in DADA Nr. 7 und 391 Nr. 12 abgedruckten Fragmente (vgl. S. 136).

S. 148 DAS ERSTE DADA-MEETING OHNE SKANDAL

[Auch in: PESTER LLOYD 22. 4. 1920: »Das erste Dada-Meeting unter freiem Himmel«.]

– *Dem Kosmos einen Tritt!:* Schlußsatz der LETZTEN LOKKERUNG (vgl. S. 192). Ein gleichnamiges Manifest sollte ursprünglich im Berliner DADACO erscheinen.

S. 149 BRIEF VOM 21. 4. 1920

– *la chambre de Picabia:* Tzara hatte in Paris im Domizil Picabias in der Rue Emile Augier Unterkunft gefunden und offenbar auch Serner ein Quartier in Aussicht gestellt.

S. 150 CHRONIQUE CRYLOMINE DIÈZE

Der dritte, Serner gewidmete Teil des Texts erscheint unter dem Titel VENTILATEUR DE DANSE À BAIN D'HUILE auch in Tzaras Gedichtband CINEMA CALENDRIER DU COEUR ABSTRAIT. MAISONS (Paris 1920), und ist dort nach Zeile 3 wie folgt erweitert:

»cordon souple câble sous plomb pianola
se succursale en désinfection de turbine hypothèse
rougit dans la bouche de bordel enragé«

– *m.chr.:* Maya Chrusecz, Tzaras Freundin.

S. 151 EIN THEATER-DADA IN PARIS

[Auch in: NEUES WIENER JOURNAL 5. 5./ANZEIGER (Rostock) 6. 5. 1920.]

Der Bericht bezieht sich auf die sogenannte »Manifestation Dada« des 27. März, bei der tatsächlich vier kurze Bühnenstücke gezeigt wurden. An Stelle von Serners Dada-Tragödie stand allerdings Paul Dermées Einakter DER VERSTIMMTE BAUCHREDNER auf dem Programm. Picabias MANIFESTE CANNIBALE wurde nicht von ihm selbst, sondern von André Breton verlesen.

S. 152 BRIEF VOM 12. 5. 1920
– *»Cannibale«:* Von Francis Picabia herausgegebene Dada-Zeitschrift, deren erste Nummer am 25. April erschienen war (vgl. auch S. 150).

S. 154 UNDATIERTER BRIEF
– *Quand partez vous?:* Tzara verreiste im Juli 1920 und kehrte erst im Oktober nach Paris zurück.

AUSWEISUNG DES DADAISTENFÜHRERS DR. SERNER AUS DER SCHWEIZ
[Auch in: DRESDNER NEUESTE NACHRICHTEN 29. 5./PRAGER TAGBLATT 30. 5./TAGESPOST (Eisenach) 2. 6. 1920. Im PRAGER TAGBLATT heißt es nicht »in Atem hielt«, sondern »haranguierte«.]

S. 155 DER WORTBRUCH DER DADAISTEN
[Auch in: NATIONALZEITUNG (Basel) 4. 6./NEUES STUTTGARTER TAGEBLATT 5. 6./PRAGER TAGBLATT 6. 6. /BOHEMIA (Prag) 6. 6./MÜNCHNER NEUESTE NACHRICHTEN 9. 6./BRESLAUER ZEITUNG 10. 6./NEUES WIENER TAGBLATT 14. 6./GERMANIA (Berlin) 20. 7. 1920.]
Die Ankündigung »Tous les Dadas se feront tondre les cheveux sur la scène« findet sich auf dem Programmzettel des FESTIVAL DADA (vgl. S. 233).

S. 156 KEINE AUSWEISUNG DR. SERNERS AUS DER SCHWEIZ
[Auch in: PRAGER TAGBLATT 17. 6. 1920.]

S. 157 Undatierter Brief

Das Schreiben wird in der Sammlung Tzara einem am 17. 7. 1920 abgestempelten Briefumschlag zugeordnet. Da Tzara zu diesem Zeitpunkt Paris längst verlassen hatte, ist dieser Brief jedoch wahrscheinlich schon früher entstanden – er könnte zu einem auf 24. Juni datierenden Umschlag gehören, der sich als Einzelstück in der Korrespondenz findet.

– *Arp:* Seine Wolkenpumpe erschien zusammen mit Serners Manifest im Sommer 1920 in Paul Steegemanns Reihe Die Silbergäule.

S. 158 Letzte Lockerung manifest dada

Das auf März 1918 datierte Manifest Serners wurde erst im Sommer 1920 in dieser vollständigen Fassung veröffentlicht; es erschien als Band 62/64 der Reihe Die Silbergäule des Hannoveraner Steegemann-Verlags.

Den Umschlag hatte – nach unbestätigten Angaben des Kataloges Österreichs Avantgarde 1900–1938 (Wien 1976) – Kurt Schwitters entworfen. Die Verwendung eines *gelben* Kartons für den Einband ist sicherlich kein Zufall: diese Farbe spielt auch im Text selbst eine besondere Rolle (vgl. S. 168 und S. 183). In Serners Erzählung Der gelbe Terror heißt es darüber: »Weil gelb von allen Farben die irrsinnigste ist. Man hat festgestellt, daß ganz gesunde Menschen, andauernd dieser Farbe ausgesetzt, Spuren von leichtem Irresein aufweisen und daß reguläre Irre diese Farbe am meisten lieben.« (Vgl. GW Bd. IV, S. 57.)

S. 159 – *Hoboken, Anton van* (1887–1983): Vermögender Holländer, der sich während des Krieges in der Schweiz aufhielt; später als Verfasser des Haydn-Werkverzeichnisses hervorgetreten. Emil Szittya schreibt in seinem Kuriositäten-Kabinett: »Als der Krieg ausbrach, besuchte mich Marietta in Zürich. (...) Sie machte die Bekanntschaft mit dem Dadaisten Walter Serner und nannte sich Okkultistin. (...) Noch während des Krieges machte sie auch die Bekanntschaft eines Holländers namens Hoboken (über den man erzählt, er besäße sechzig Millionen holländischer Gulden). Seit einigen Jahren ist nun Ma-

rietta die Maitresse dieses Herrn.« (DAS KURIOSITÄTEN-KABINETT, Konstanz 1923, S. 261.)
Marietta, der Serners bald darauf erschienener Erzählungsband ZUM BLAUEN AFFEN gewidmet war, kehrte tatsächlich 1918 in Begleitung van Hobokens nach München zurück. Christian Schad meint in seinen Erinnerungen, daß der Holländer damals Serners Mäzen war (vgl. RELATIVE REALITÄTEN, S. 232). Das würde Serners Widmung erklären, wird von Herrn Hoboken jedoch bestritten. Mehr war nicht zu ermitteln.

– *Bernheim, Alexandre* (1839–1915): Pariser Galerist und Verleger, bekannt durch Ausstellungen impressionistischer und expressionistischer Kunst. Nach seinem Tod wurde das Unternehmen von seinen Söhnen als Galerie Bernheim-Jeune weitergeführt.

– *Bois:* Für den Pariser der Bois de Boulogne; La Villette ist ein Viertel im Norden der Stadt.

S. 160 – *Napoleon:* »Den Acker bestellen ist der wahre Beruf des Menschen.« (R. Rehlen, BERÜHMTE AUSSPRÜCHE UND WORTE NAPOLEONS, S. 62.)

S. 161 – *Höcker, Paul Oskar* (1865–1944): Verfasser zahlloser Romane, Novellen, Lustspiele etc.

– *Zobeltitz, Fedor von* (1857–1934): Begründer der »Gesellschaft der Bibliophilen« und Herausgeber der ZEITSCHRIFT FÜR BÜCHERFREUNDE; schrieb außerdem zahlreiche im Adels- und Offiziersmilieu angesiedelte Romane.

– *sc.:* Abkürzung des lat. scilicet – nämlich.

S. 162 – *Sagot, Edouard:* Pariser Kunsthändler und Verleger.

S. 163 – *Fischer, Samuel* (1859–1934): Gründer des Berliner S. Fischer Verlages.

S. 16 – *hergedat:* Die Neufassung 1927 schreibt ›hergetan‹ (vgl. GW Bd. IX, S. 22).

– *Frank, Leonhard* (1882–1961): Deutscher Schriftsteller pazifistisch-sozialistischer Tendenz, besonders bekannt durch seinen 1918 erschienenen Novellenband DER MENSCH IST GUT.

S. 166 – *die letzten Fragen:* Anspielung auf ein Werk des Philosophen Ernst Haeckel, DIE WELTRÄTHSEL. GEMEINVERSTÄNDLICHE ABHANDLUNGEN ÜBER MONISTISCHE PHILOSOPHIE (1899), dessen letztes Kapitel die »Lösung der Welträthsel« behandelt. Ein Manifest Serners mit dem Titel DIE GELÖSTEN WELTRÄTSEL (der unveränderte Nachdruck einiger Abschnitte der LETZTEN LOCKERUNG) erschien im August 1920 in Paul Steegemanns Verlagsalmanach DER MARSTALL. (Vgl. auch GW Bd. I, S. 116.)

– *Ravachol:* Franz August Königstein, einer der Anarchisten, die Frankreich gegen Ende des 19. Jahrhunderts durch eine Serie von Bombenattentaten in Aufregung versetzten. 1892 gefaßt und hingerichtet.

– *Manolescu, Georges* (1871–1911): Berühmtester Hochstapler seiner Zeit. Der Rumäne wurde nach einer ungemein erfolgreichen Laufbahn in den vornehmsten Kreisen Europas im Jahr 1901 verhaftet, vor Gericht aber anschließend für geisteskrank erklärt und in das Irrenhaus Herzberge bei Berlin eingewiesen. Von dort gelang ihm kurz darauf die Flucht in seine Heimat; später wanderte er angeblich nach Amerika aus.

– *Charles de Hoffmann:* Gemeint ist der deutsche Jurist und Politiker Karl Hoffmann (1770–1829), auch als Carolus von Hoffmann bekannt. Im Rahmen eines etwas dubiosen Engagements in der patriotischen Widerstandsbewegung gegen Napoleon trat er besonders als Organisator des konspirativen »Hoffmannschen Bundes« (1814/15) hervor. Hoffmann, der auch als Besitzer einer umfangreichen Bibliothek berühmt war, wurde später Landrichter und Mitglied der Frankfurter Bürgervertretung. 1829 legte er, beträchtlicher Unterschlagungen verdächtigt, sein Amt nieder und beging Selbstmord. Ob er tatsächlich ein Hochstapler war, ist bis heute umstritten.

S. 168 – *die gelbe Garde:* Vielleicht eine Anspielung auf Serners Erzählung DER GELBE TERROR, vgl. GW Bd. IV, S. 53 ff.

S. 169 – *dolce f.n.:* dolce far niente, ›süßes Nichtstun‹.

S. 170 – *Süße Mar:* Maria Kirndörfer (1893–1981), besser bekannt als Marietta (di Monaco), vor dem Krieg die »Muse der Schwabinger Bohème«, um 1916/17 in Zürich die Freundin Serners, der ihr später sein Buch ZUM BLAUEN AFFEN widmete. Im Frühjahr 1918 kehrte sie zusammen mit Anthony van Hoboken (vgl. S. 159) nach München zurück.

S. 173 – *Gaya Afrania:* Im Rom des 1. Jh. v. Chr. die Gattin eines Senators, die durch ihr ungebührliches Benehmen bei öffentlichen Gerichtsverhandlungen stärkstes Mißfallen erregte und Ursache eines nach ihr benannten praetorischen Edikts wurde, in dem das Teilnahmerecht der Frauen eingeschränkt wurde (Val-Max. VIII. 3,2).

– *Tipperary:* Populäres englisches Soldatenlied des ersten Weltkriegs; der Text lautet:

»It's a long way to Tipperary,
It's a long way to go
It's a long way to Tipperary
To the sweetest girl I know.
Good-bye Piccadilly
Farewell, Leicester Square,
It's a long way to Tipperary,
But my heart's right there.«

S. 174 – *Sotades:* Griechischer Dichter des 4./3. Jh. v. Chr., Verfasser satirisch-obszöner Gesänge.

– *Juan Suvarin und seine Narva:* Nicht identifiziert.

S. 176 – *Un oeil dit merde à l'autre:* Argotausdruck für starkes Schielen.

S. 178 – *Napoleon:* Vgl. R. Rehlen, BERÜHMTE AUSSPRÜCHE UND WORTE NAPOLEONS, S. 95.

S. 179 – *lu-lustig:* Anspielung auf Frank Wedekinds Lulu-Dramen.

S. 180 – *Jakob Böhme:* Das Zitat entstammt dem zwölften Kapitel von Böhmes AURORA ODER MORGENRÖTHE IM AUFGANG (1612) – »Von der heiligen Engel Geburt und Ankunft, sowohl von ihrem Regiment, Ordnung und himmlischen Freudenleben«.

– *Dante:* Nur durch Serners ISOTHERME H6679 wird diese Anspielung verständlich (vgl. S. 99).

S. 183 – *»Heureka«:* Poes »Essay über das materielle und spirituelle Universum« aus dem Jahr 1848 versteht sich ausdrücklich als »prose poem«. (Vgl. auch die Verwendung der »schönen Legende« in Serners Erzählung ANGELISCHES, GW Bd. III, S. 118.)

– *Weininger, Otto* (1880–1903): Wiener Philosophiestudent, der sich wenige Monate nach dem Erscheinen seiner Aufsehen erregenden »prinzipiellen Untersuchung« GESCHLECHT UND CHARAKTER erschoß.

S. 186 – *Schukoff:* In der 1927 entstandenen Neufassung des Texts fügt Serner hinzu: »(Napoleon? Der größte Blagueur aller Zeiten. Rimbaud? Aller Dichter. Lautréamont? Aller Blagueurs. Schukoff? Eine Blague von *mir.*)«

– *müllern:* Gymnastik nach einem erstmals 1904 publizierten System des dänischen Turnlehrers Jörgen Petersen Müller (1866–1938).

S. 187 – *la barbe!:* Heftige Langeweile ausdrückende frz. Wendung.

S. 188 – *Friedenthal, Joachim* (1887–?): Journalist und Theaterkritiker; Korrespondent u. a. des BERLINER TAGEBLATTS. Bekannt als Herausgeber eines WEDEKIND-BUCHES (München 1914) und als dessen Nachlaßverwalter.

– *Ichthiosis:* ›Fischschuppenkrankheit‹ – bezieht sich vielleicht auf die bei vielen Buddha-Bildnissen vorhandene besondere Stilisierung der Haartracht.

– *Monte Salvatore:* Der südlich von Lugano gelegene Monte San Salvatore, nach dem auch eine Straße in der Stadt benannt ist. (In zwei anderen Versionen dieses Abschnitts durch den Genfer Mont Blanc ersetzt; vgl. S. 130 und S. 145.)

S. 189 – *Shakespeare:* Zitat aus HAMLET V, 2.

S. 192 – *Jacques Lebaudy:* Vgl. GW Bd. X, S. 88 u. S. 254.

– *Footit:* Eigentlich Tudor Hall (1864–1921), berühmter englischer Clown, der in Paris Karriere machte und mit seinem Partner Chocolate (Raphael Padilla) Attraktion des NOUVEAU CIRQUE wurde; von Toulouse-Lautrec mehrfach gezeichnet (vgl. auch GW Bd. I, S. 111).

– *Pankhurst, Emmeline* (1858–1928): Eine der Führerinnen der englischen Suffragettenbewegung, deren Frauenrechtskampagne während und nach dem Weltkrieg erste Erfolge zeitigte.

– *Letzte Dinge:* ÜBER DIE LETZTEN DINGE (Wien 1904) war der Titel des zweiten, posthum erschienenen Buches von Otto Weininger.

S. 193 DADAISTEN IM 18. JAHRHUNDERT
[Auch in: DIE POST (Berlin) 9. 7./BOHEMIA (Prag) 11.7./ OLTNER TAGEBLATT 22. 7. 1920.]
Die typische Diktion dieser Meldung läßt vermuten, daß sie von Serner stammt. Ihr Inhalt, der historisch bislang nicht zu belegen war, geht zurück auf einen in der französischen Presse erschienenen Artikel von A. de Bersaucourt, LES ANCÊTRES DE DADA (LE GAULOIS (Paris) 12. 6. 1920).

S. 194 EINE »DADA«-AUFFÜHRUNG IN LONDON
[Auch in: LÜBECKER GENERALANZEIGER 21.7./BASLER NACHRICHTEN 28.7./ARGENTINISCHES WOCHENBLATT (Buenos Aires) 2. 10. 1920.]
Auch dieser Bericht wurde wahrscheinlich von Serner lanciert. Er bezieht sich auf Jean Cocteaus Farce LE BOEUF SUR LE TOIT OU THE NOTHING DOING BAR, die am 21. Februar in Paris, am 12. Juli in London aufgeführt worden war. Die Handlung der Pantomime wird etwas verkürzt, aber sonst zutreffend wiedergegeben.

S. 195 DADA IN ITALIEN
[Auch in: KÖLNER VOLKSZEITUNG 19. 8. 1920.]
Die vorübergehende Verlagerung der Sernerschen Skandal-Meetings nach Rom (vgl. auch S. 202) hängt sicher damit zusammen, daß sein Freund Christian Schad inzwischen dorthin gereist war. Der Maler hatte seinerseits Kontakte zu den italienischen Dada-Sympathisanten geknüpft, und plante, gemeinsam mit Jules Evola eine Ausstellung und einen »Jazz-band-Dada-ball« im Stil Serners zu veranstalten. Aus dieser Verbindung ergab sich anscheinend dann auch die Mitwirkung des Doktors an der von Evola und

Gino Cantarelli herausgegebenen Zeitschrift BLEU (vgl. S. 204).

Die in der Meldung genannten Namen sind fiktiv; aber es ist vielleicht kein Zufall, daß gerade Serners ›Italien-Feldzug‹ à la Napoleon signiert wird.

S. 196 DAS DADAISTISCHE MANIFEST

Max Winternitz war kein Bruder des bekannten Indologen Moritz Winternitz, sondern vermutlich ein weiteres Pseudonym Serners, der auch seine späteren Bücher gelegentlich selbst rezensiert hat.

– *Als ob-Konferenz:* Hans Vaihingers PHILOSOPHIE DES ›ALS OB‹. SYSTEM DER THEORETISCHEN, PRAKTISCHEN UND RELIGIÖSEN FIKTIONEN DER MENSCHHEIT AUF GRUND EINES IDEALISTISCHEN POSITIVISMUS war erstmals 1911 publiziert worden. Der dem Werk gewidmete Kongreß fand im Mai 1920 statt. (Auf der Teilnehmerliste stand übrigens auch Albert Einstein, der aber im letzten Moment absagen mußte.)

Auch die Verlagswerbung für das Manifest war möglicherweise von Serner inspiriert. So heißt es hinten im Buch in einer den Steegemannschen Dada-Publikationen gewidmeten Reklameseite: »DIE LETZTE LOCKERUNG SECHS MARK IST DAS ENDE ALLER FILOSOFIE DAMENSTRÜMPFE GAUGUINS UND DADA BALANZIEREN DIE KAFFEEMÜHLE WELT DER BERÜCHTIGTE DR SERNER AUS GENÈVE HAT DIE LETZTE LOCKERUNG GELOCKERT UND DAMIT DIE WELTRÄTSEL GELÖST«. (Auch im Verlagsalmanach DER MARSTALL erschienen.)

Und im BÖRSENBLATT ließ Steegemann unter der Parole »DADA auf den Weihnachtstisch!« verkünden: »Seit nahezu zwei Jahren ist Dada weltbekannt. Und doch weiß man im Grunde nichts von ihm. Es gibt dadaistische Gedichte. Dadaistische Bilder. Dadaistische Plastik. Aber es gab keine dadaistische Philosophie, keine dadaistische Weltanschauung. Serners »Letzte Lockerung« liefert sie. Und zwar überraschender Weise in richtigem Schriftdeutsch und verständlichen Sätzen. So daß endlich, obwohl Stil und Inhalt dieses Buches durchaus neu sind, jedermann imstande sein wird, sich sein Urteil zu bilden. Nicht nur über das, als was auf diesen Seiten Dada zutiefst sich zeigt, vielmehr auch über das, was es auf Grund seines Wesens geworden ist. Kurzum, dieses Buch macht Dada in jeder Hinsicht verständlich. Und es wird ihm, zumindest aber sich selbst viele Freunde werben. Denn es ist leidenschaftlich hingeschrieben, voll von verblüffenden und gleichwohl tiefen Paradoxen und von einem Geistreichtum, der durch sich selbst das Recht zu zynischen Witzen und verwegenen Saloppheiten sich holt.« (Börsenblatt für den deutschen Buchhandel (Leipzig) Nr. 271, 1. 12. 1920.)

In Paris komponierte Tzara Une nuit d'échecs gras, auch dies eine »réclame pour la vente de publications dada«, in der es heißt:

»Serner: Dernier Dérangement
manifeste Dada
La solution de tous les mystères de l'univers
Des recettes contre:
la famine,
La Blennhoragie
les indispositions de l'éstomac cérébral,
le dadaisme de l'Académie Française,
les bordels mal exploités,
la peste de Constantinople et les expositions
de peinture de Paris.«
(391 (Paris) Nr. 14, November 1920.)

Von der umfangreichen Rezension des Herrn ›Winternitz‹ einmal abgesehen (die ohnehin durch ihre Qualität und Tendenz in der Flut der meist völlig inadäquaten zeitgenössischen Stellungnahmen zum Phänomen Dada eine deutliche Ausnahme bildet), wurde das Erscheinen des Manifests in der Presse (soweit sich das heute überblicken läßt) nur am Rande vermerkt. Neben den üblichen Invektiven – »Wer als Nicht-Dadaist dieses Blödsinns sich vergewissern will, dem empfehle ich, des Herrn Dr. Serner Letzte Lokkerung zu lesen – falls man das fertigbringt.« (Victor Klages, Der enthüllte Dadaismus, in: Weser-Zeitung

(Bremen) 28. 7. 1920) – gab es auch anerkennende Stimmen: »Und die Philosophie hat eine neue Blüte getrieben in dem famosen Dr. Serner aus Genève: der löst Ihnen spielend die ganzen Welträtsel von Häckel. Seine LETZTE LOKKERUNG ist das Manifest von morgen. Brevier für Weltmänner! (Wie gewinne ich Sicherheit? erfahren Sie aus der LETZTEN LOCKERUNG.)« (Ossip Kalenter, DIE SILBERGÄULE, in: DIE PILLE (Hannover) Nr. 16, 16. 12. 1920.)

S. 199 DADA-SCHWINDEL
Der über Serner und seine Pressekampagne bemerkenswert gut informierte Verfasser dieses Leserbriefs ist nicht bekannt – es läßt sich nicht völlig ausschließen, daß selbst diese ›Enthüllung‹ auf Serners Konto zu buchen ist.

S. 200 – *macht dem »Schützen« alle Ehre:* Der Ausdruck ›Grubenhund‹ geht zurück auf den von Karl Kraus angeregten ›Sport‹, völlig absurde Leserbriefe in der Wiener NEUEN FREIEN PRESSE zu lancieren, und war bald eine allgemein bekannte Metapher für bewußte Falschinformation geworden. (Vgl. K. Kraus, DER GRUBENHUND, in: DIE FACKEL (Wien) Nr. 336/337, 23. 11. 1911.)

S. 201 BRIEF VOM 19. 10. 1920
Serner war zu diesem Zeitpunkt seit ungefähr einer Woche in Paris; Tzara war einige Tage nach ihm wieder dort eingetroffen.

S. 203 ZWEI GEDICHTE UND EIN APHORISMUS AUS 391 NR. 14
Die Mitwirkung an der November-Ausgabe von Picabias Zeitschrift (vgl. auch die Abbildung auf S. 234) war das erste konkrete Resultat der Anwesenheit Serners in Paris, gleichzeitig aber auch schon fast sein letzter Beitrag zum MOUVEMENT DADA. Die im Anschluß an diese Texte abgedruckten, in den Jahren 1921/22 noch erschienen (bzw. ungedruckt gebliebenen) Gedichte waren sicherlich alle bereits vor Serners Bruch mit Tzara (ca. November/Dezember 1920) entstanden und in die Hände der späteren Herausgeber gelangt.

– *Le docteur Serner:* Die Meldung ist nach M. Sanouillet »probablement de Serner lui-même« (FRANCIS PICABIA ET 391, S. 122), könnte aber auch von einem der Pariser Dadaisten stammen.

S. 204 CHANSONS SUFFISANTES
Ein Teil der »Chansons« entstammt bereits früher erschienenen Texten Serners (vgl. S. 30, S. 176 und S. 203); der erste, auf einem Satz der LETZTEN LOCKERUNG basierende Text wurde in dieser erweiterten Form erst 1927 anläßlich der Überarbeitung des Manifests von Serner eingefügt (vgl. GW Bd. IX, S. 59).

S. 205 ZWEI APHORISMEN AUS »LE PILHAOU THIBAOU«
Der »Pilhaou-Thibaou« war die 15. Ausgabe der Zeitschrift 391, die erste nach der Distanzierung Picabias von Tzara und seinem MOUVEMENT DADA erschienene Nummer, in der auf die Umstände dieser Trennung auch vielfach angespielt wird. Es besteht jedoch keine Veranlassung, die Mitwirkung Serners an dem Heft in einem direkten Zusammenhang damit zu sehen – es ist eher zu vermuten, daß er Picabia diese Beiträge bereits während seines Paris-Aufenthaltes Ende 1920 zur Verfügung gestellt hatte.

DREI GEDICHTE AUS »LE COEUR À BARBE«
Das »Journal transparent« LE COEUR À BARBE war ein von Tzara und Georges Ribemont-Dessaignes herausgegebenes Pamphlet, entstanden als Reaktion auf die heftigen Auseinandersetzungen um den sogenannten »Congrès de Paris« im Februar 1922. Die Idee Bretons, die Pariser Avantgardisten zu einem »Congrès pour la détermination des directives et la défense de l'Esprit Moderne« zusammenzurufen, wurde von den Dadaisten abgelehnt, die Gruppe um Tzara war nicht bereit, eine solche seriös-konstruktive Veranstaltung zu unterstützen. Die Polemik des COEUR À BARBE richtet sich also vorwiegend gegen Breton und sein Projekt, aber auch gegen Picabia, der in dem Streit dessen Partei ergriffen hatte. Serners Erscheinen in dem Blatt hat mit

diesen Hintergründen vermutlich nichts zu tun – er hatte Tzara und Paris längst hinter sich gelassen, und in den Führungskämpfen des Jahres 1922 sicherlich nicht mehr Stellung bezogen. (Übrigens wurde damals auch von Picabia ein Flugblatt in Umlauf gebracht, auf dem, ähnlich Tzaras Ehrentafel der Dada-Präsidenten, die Namen der von Picabia ›Auserwählten‹ versammelt waren: neben Aragon, Breton, Duchamp, Hülsenbeck etc. sind dort auch Serner und Schad vertreten, auch die Gegenseite nahm also den Namen des Doktors für sich in Anspruch – vielleicht mit größerem Recht als Tzara, aber wohl ebenfalls ohne Wissen und Einverständnis des Betroffenen (wie auch im Falle Schads).

J'AI CONNU PERSONNELLEMENT...
Das Gedicht basiert auf der Einleitung des Essays DADA von André Gide, der am 1. 4. 1920 in der NOUVELLE REVUE FRANÇAISE erschienen und durch seinen Verfasser und seinen Publikationsort zu einiger Berühmtheit gelangt war. Der Teil von Gides Artikel, der Serners Text zugrundeliegt, sei hier zum Vergleich zitiert:

> »Dans cet état de langueur où l'homme doit être entraîné par le cours des choses, il n'aura peut-être d'au tre ressource que celle d'un déluge qui replonge tout dans l'ignorance.« SÉNAC DE MEILHAN.

»Le grand malheur pour l'inventeur de Dada, c'est que le mouvement qu'il a provoqué le bouscule et qu'il est luimême écrasé par sa machine. C'est dommage. On me dit que c'est un tout jeune homme. On me le peint charmant. (Marinetti de même était irrésistible.) On me dit qu'il est étranger. – Je m'en persuade aisément. – Qu'il est juif. – J'allais le dire.
On me dit qu'il ne signe pas de son vrai nom; et volontiers je croirai que Dada n'est de même qu'un pseudonyme.
Dada – c'est le déluge, après quoi tout recommence.«
– *Rachilde:* Die unter diesem Namen bekannte ›femme de lettres‹ Marguerite Eymery, Mitarbeiterin des MERCURE DE FRANCE, zählte wegen ihrer Attacken gegen das

Mouvement Dada zu den Intimfeinden der Pariser Gruppe. Später rückte sie von ihrer ablehnenden Haltung ab und bezog eine eher respektvolle Position.

S. 206 J'aime infiniment le camembert ...
- *des directeurs des revues:* Im Kontext des Coeur à Barbe wäre das auf die Direktoren von Littérature (Aragon, Breton, Soupault) bzw. auf Picabia zu beziehen. Da das Gedicht aber wahrscheinlich schon 1920 entstanden ist, kommen auch Tzara und andere in Betracht.

La vie est douce (pas?) ...
- *saphi:* Vermutlich ein Druckfehler. ›Spahi‹ ist die Bezeichnung für die Angehörigen der aus afrikanischen Eingeborenen gebildeten Reiterregimenter.

S. 207 Sechs französische Gedichte
Das Typoskript dieser hier erstmals veröffentlichten Texte befindet sich in der Sammlung Tzara im Pariser Fonds Doucet, katalogisiert als Beilage zu Serners Brief vom 30. 9. 1919. Es handelt sich jedoch mit einiger Sicherheit um eine Probe der »petits poèmes en français«, die Serner im Laufe des Jahres 1920 an Tzara schickte.
- *Drieu la Rochelle, Pierre* (1893–1945): Einer der zahlreichen jungen Dichter im Umfeld des Pariser Dada, zu dem er jedoch stets Distanz wahrte. Publizierte u. a. häufig in Littérature.
- *la Tour Deiffel:* Vielleicht eine Anspielung auf Marthe Tour-Donas (auch Tour D'Onasky; 1885–1967), eine Schülerin und Freundin Archipenkos, die als erste abstrakte Malerin galt und sich während der Ausstellung der Section d'or im Frühjahr 1920 in Paris aufhielt.
- *la Cigale:* Bekanntes Montmartre-Varieté am Boulevard de Rochechouart.

S. 209 Der zweite dadaistische Weltkongress in Paris
[Auch in: Rheinisch-Westfälische Zeitung 24.11./Die Pille (Hannover) 2. 12. 1920.]

S. 210 – *Mehring, Walter* (1896–1981): Zunächst an Herwarth Waldens STURM, dann auch am Berliner Dada mitwirkender deutscher Schriftsteller und Kabarettist.

S. 211 BRIEF SERNERS AN FRANCIS PICABIA VOM 25. 11. 1920
– *Dada-Globe:* Nach dem Scheitern des deutschen DADACO-Projekts hatte sich Tzara entschlossen, selbst eine internationale Dada-Anthologie zusammenzustellen, die im Januar 1921 erscheinen sollte. DADAGLOBE, an dessen Vorbereitung sich auch Serner zunächst beteiligt hatte (vgl. den auf S. 235 reproduzierten Brief), konnte jedoch gleichfalls nicht realisiert werden.

S. 212 DIE PARISER DADAISTEN ...
– *einer Picabia-Ausstellung:* Die im Dezember 1920 in der Pariser Galerie Jacques Povolozky gezeigte Ausstellung war von zwei Veranstaltungen am 9. 12. und 17. 12. begleitet.

S. 213 DER DADA-FÜHRER DR. SERNER – PARIS ...
– *Präsident:* Vgl. Tzaras Aphorismus »Vivent les concubines et les concubistes. Tous les membres du Mouvement DADA sont présidents«. (DADA Nr. 6, Februar 1920.)

S. 214 DADA EST MORT, VIVE DADA!
– *Hülsenbeck:* Der Berliner Dadaist hatte in seinem 1920 in Paul Steegemanns Reihe DIE SILBERGÄULE erschienenen Buch EN AVANT DADA scharfe Angriffe gegen Tzara, im DADA ALMANACH gegen den ›Oberdada‹ Johannes Baader gerichtet.
– der Dadaistenführer Serner: Vgl. S. 210 und S. 213.

S. 215 BRIEF SERNERS AN FRANCIS PICABIA VOM 31. 1. 1921
– votre livre: Gemeint ist Picabias anläßlich der Pariser Ausstellung im Dezember ausgeliefertes Buch JESUS-CHRIST RASTAQUOUÈRE.

Zu den Abbildungen

S. 221 Walter Serner in Zürich, ca. 1918. [Bibliothèque littéraire Jacques Doucet, Paris.]

S. 222 Umschlag der Zeitschrift Der Zeltweg (Zürich, November 1919); Holzschnitt von Hans Arp.

S. 223 Originaltyposkript der Wohltemperierten Chloral-Pleiade (vgl. S. 80). [Bibl. littéraire Jacques Doucet.]

S. 224 Walter Serner, Christian Schad und Alexander Archipenko (im Vordergrund) in Schads Genfer Atelier; aufgenommen von Gustave Buchet im Dezember 1919. [Sammlung Christian Schad, Keilberg.]

S. 225 Plakat der Ausstellung Schad/Buchet im Salon Néri, Februar 1920. [Musée d'Art et d'Histoire, Genf.]

S. 226 Grüße an Tristan Tzara von Serner, dem Ehepaar Buchet und Schad anläßlich der Eröffnung ihrer Ausstellung im Salon Néri am 1. 2. 1920. [Bibl. littéraire Jacques Doucet.]

S. 227 Vorderseite der Karte vom 1. 2. 1920 mit Collage in den Farben Orange, Hellgrün und Blau (in dieser Reihenfolge aufeinandergeklebt).

S. 228 Une Séance Dada-Intime, zusammen mit dem Artikel Développement de l'Art Dadaïste (vgl. S. 117) am 14. 2. 1920 in der Genfer Zeitschrift Le Mondain erschienenes Foto. Die Zahlen markieren Serner, Schad, Pierre Néri und Buchet.

S. 229 Schadographie Arp et Val Serner dans le Crocrodrarium Royal de Londres aus Dada Nr. 7 (Paris, März 1920). [Sammlung Christian Schad.]

S. 230 Plakat des Grand Bal Dada vom 5. 3. 1920. [Musée d'Art et d'Histoire.]

S. 231 Plakat der Ausstellung Picabia/Ribemont-Dessaignes im Salon Néri, April/Mai 1920. [Musée d'Art et d'Histoire.]

S. 232 Serners Brief an Tzara vom 9. 4. 1920 (vgl. S. 147). [Bibl. littéraire Jacques Doucet.]

S. 233 Programm des Pariser FESTIVAL DADA vom 26. 5. 1920. [Sammlung Christian Schad.]

S. 234 Ausschnitt aus 391 Nr. 14 (Paris, November 1920; obere Hälfte der dritten Seite). [Sammlung Christian Schad.]

S. 235 Von Serner, der vermutlich auch den deutschen Text formuliert hatte, mitunterzeichnete Einladung der Pariser Dadaisten zur Mitarbeit an DADAGLOBE; ca. Oktober/November 1920 verschickt. [Sammlung Christian Schad.]

S. 236 Walter Serner im Atelier Christian Schads, Frühjahr 1920. [Sammlung Christian Schad.]

Nachbemerkung

Die seit dem Jahr 1921 umstrittene Frage, zu welchem Zeitpunkt Walter Serner sich der Züricher Dada-Gruppe anschloß, läßt sich auch heute nicht mit Bestimmtheit beantworten. Arp, Hülsenbeck und Richter sind sich in ihren Erinnerungen dahingehend einig, daß der Doktor sich »etwas später« hinzugesellte. Der einzige, der ein konkretes Datum nennt, ist Tristan Tzara: den Dezember 1918. »Ici intervient / saluez! / Novissima danzatrice Dr. W. Serner Attraction! qui a vu proprement et ecrasé les punaises entre les méninges des comtes de la bonté«. (Chronique Zurichoise, in: Dada Almanach, S. 22). Doch gerade diese Angabe ist mit Vorsicht zu genießen, da einerseits Serner sich im Winter 1918 überhaupt nicht in Zürich aufhielt, andererseits Tzara in einem später entstandenen Text sich selbst widerspricht: »A cette occasion, parmi les dadaïstes de Zurich, Ball (qui à partir de ce moment se consacra uniquement à l'activité politique) Serner et moi-même, nous avons salué la Révolution russe dans la mesure où elle constituait le seul moyen capable de mettre un terme à la guerre...« (Le Surréalisme et l'Après-Guerre, Paris 1966, S. 52). Das verweist auf das Jahresende 1917 und scheint der Wahrheit näher zu kommen, denn auch die im HIRNGESCHWÜR erstmals veröffentlichten frühen Karten und Briefe Serners an Tzara, auch Otto Flake (aus dessen 1919 niedergeschriebenem Schlüsselroman Nein und Ja hervorgeht, daß Serner 1918 bereits zum engeren Kreise der Dadaisten gehörte) und Hans Richter (der den Doktor schon 1916 mehrfach zeichnete und ihm das Objekt Justitia Minor widmete – »...en 1917 je dédiai à notre ami le Dr. Serner, théoricien féru de morale cynique, une statuette que j'appelai »Petite Justice« (Justitia Minor), et qui consistait en un bras de poupée trouvé dans la rue. C'était un cadeau d'anniversaire que je lui offris en souvenir des jugements de valeur qu'il aimait à porter, pour les condamner, sur ses contemporains.« (Textes Autobiographiques, Neuchâtel 1965, S. 20)), liefern Anhaltspunkte für diese Schätzung.

Die Gründung und die Aktivitäten des CABARET VOLTAIRE hatte Serner offenbar mit einiger Skepsis beobachtet (im März 1916 hatte er in seiner Zeitschrift SIRIUS sogar scharfe Kritik an Hugo Ball und Richard Hülsenbeck geäußert; vgl. GW Bd. I, S. 192), und über eine längere Zeit hinweg Distanz zu den zukünftigen Dadaisten gewahrt. Eine einleuchtende Beschreibung seiner Position in Zürich gibt Claire Goll:

»Auch der stark politisch engagierte Walter Serner führte seine beißende Ironie und seinen Zynismus unter uns spazieren. Ungeachtet seiner fadenscheinigen Kleidung und abgetragenen Schuhe gab ihm wenigstens das Monokel einen aristokratischen Zug. Er war ein Sonderling, sehr wienerisch, mit viel Witz und Verstand, und er zog alles ins Lächerliche. Er besuchte die Dadaisten ebenso oft wie andere Gruppen, ohne sich jemals von irgendwem mitreißen zu lassen. Er hielt auf Abstand. Sein Pessimismus beeinflußte besonders Tzara, der sich von ihm auch die hochnäsige und nihilistische Maske abguckte.« (ICH VERZEIHE KEINEM, S. 62.)

Erst nach der Schließung der GALERIE DADA im Juli 1917 und dem Ausscheiden Hugo Balls, der sich mit Tzara überworfen hatte, scheint Serner sich mit dem Züricher Dada-Zirkel, der etwas ratlos zurückgeblieben war, näher befaßt zu haben. Im März 1918, als er nach Lugano fuhr und sein lange vorher konzipiertes Manifest LETZTE LOCKERUNG niederschrieb, war er offenbar bereits fest entschlossen, sich Tzara und dem MOUVEMENT DADA anzuschließen. Da seine Annäherung in einer Zeit erfolgte, in der die »Bewegung« stagnierte – die CHRONIQUE ZURICHOISE verzeichnet nach der Schließung der Galerie nur die beiden ersten Hefte der Zeitschrift DADA (Juli und Dezember 1917) und die »Soirée Tristan Tzara« im Juli 1918, bei der das MANIFESTE DADA 1918 des Rumänen erstmals vorgestellt wurde – verging jedoch noch ein weiteres Jahr, ehe Serners Engagement einer breiteren Öffentlichkeit bekannt wurde. Erst im Dezember 1918 begann mit dem Erscheinen von DADA 3 eine (im HIRNGESCHWÜR dokumentierte) ganze Serie neuer Aktivitäten und Ereignisse, die den erstaunlichen internationalen Skandalerfolg des Dadaismus in den Jahren 1919/20 einleiteten.

Auch Serners Bruch mit Tzara und dem MOUVEMENT DADA ließ sich nur in groben Umrissen (und in seinen Auswirkungen) rekonstruieren. Der Doktor traf, wie aus einem Brief André Bretons an Tzara vom 14. 10. 1920 hervorgeht, spätestens in der zweiten Oktoberwoche in Paris ein – kurz darauf kehrte auch Tzara nach einer mehrmonatigen Reise dorthin zurück: »Je commençais à vous écrire quand on a sonné: c'était Serner que je ne connaissais pas encore. Il m'a dit que vous n'étiez pas encore près d'arriver, cela se passait il y a deux jours, et ma lettre est restée interrompue. (...) J'ai rendez-vous avec quelques-uns de nos amis mardi soir pour dîner, voudriez-vous venir chez Certà (...). Je prie Serner de s'y trouver. Mais d'ici là, cher ami, êtes-vous tout-à-fait invisible?«

Sowohl Serners als auch Tzaras Verhalten gab Breton in der Folgezeit Anlaß zur Verwunderung. So schrieb er am 21. 10.: »Où sont Arp et Serner? Ce dernier m'a laissé une mauvaise adresse, sans je pense le faire exprès.« Und tags darauf: »Chaque jour qui passe me laisse plus triste de ne pas vous avoir revu (...). Je viens de recevoir un manifeste de Serner, où est-il? On me dit qu'Arp est aussi à Paris. Mon cher ami, pourquoi m'oubliez-vous?« (Vgl. M. Sanouillet, DADA À PARIS, S. 456 f. und S. 462.)

Diese Andeutungen weisen in die gleiche Richtung wie das, was Serner später seinem Freund Christian Schad über die Vorgänge berichtete: »Als Serner nach dem Krieg im Oktober 1920 zum ersten Mal nach Paris kam – er hatte inzwischen seinen österreichischen Paß gegen einen tschechischen ausgetauscht –, wurde Tzara ganz still und war anscheinend bemüht, einer persönlichen Begegnung auszuweichen. (...) Serner konnte aber mit seinem nur zu oberflächlicher Konversation taugenden Französisch in Pariser Literatenkreisen nicht so durchdringen, wie es nötig gewesen wäre, um die Situation zu klären. (...) Es bedarf daher keiner allzu starken Phantasie, um zu begreifen, wie schwer es für Serner war – deutschschreibend, außerdem Refraktär und als Pazifist bekannt – in Paris sich Gehör zu verschaffen. Im Gegensatz dazu waren für Tzara, der als Rumäne zur Entente gezählt wurde, diese Umstände äußerst günstig und seine Position in Paris war schon so gefestigt, daß man Serner mit Mißtrauen entgegenkam, als er in Paris auftauchte. Der einzige, der ihm keine Ablehnung entgegenbrachte, war Picabia. Trotzdem war die Situation für Serner schwierig, doch war die Zusammenarbeit noch nicht in Frage gestellt.« (RELATIVE REALITÄTEN, S. 238 ff.)

Auch Michel Sanouillet behauptet, daß Serner »frequenta beaucoup les Picabia« (FRANCIS PICABIA ET 391, S. 122); und tatsächlich half der Doktor zunächst noch bei den Vorbereitungen zu Tzaras internationaler Dada-Anthologie DADAGLOBE mit (vgl. S. 235), die im Januar 1921 erscheinen sollte, und wurde im November-Heft von 391 mit zwei Gedichten, einem Foto und einem Dada-Portrait Picabias vorgestellt (vgl. S. 203 und S. 234). Serners letzter Beitrag zum MOUVEMENT DADA – und vielleicht sogar der (äußere) Anlaß für den Streit mit Tzara – war seine Pressemeldung über den angeblichen »zweiten dadaistischen Weltkongreß in Paris« (vgl. S. 209 f.). Knapp eine Woche nach Erscheinen dieses Artikels teilte Serner Picabia mit, daß er nicht an DADAGLOBE mitarbeiten und die Stadt in wenigen Tagen verlassen würde.

Am 9. Dezember war er jedoch immer noch (oder schon wieder) in Paris und nahm an der Eröffnung einer Picabia-Ausstellung in der Galerie Povolozky teil – eine am 12. 12. in der Zeitschrift COMOEDIA veröffentlichte Fotografie zeigt Serner im Kreis der versammelten Pariser Dada-Prominenz. Tzara verlas anläßlich dieser Vernissage sein DADA MANIFESTE SUR L'AMOUR FAIBLE ET L'AMOUR AMER, in dem er behauptet: »Il y a des gens qui ont antidaté leurs manifestes pour faire croire qu'ils ont eu un peu avant l'idée de leur propre grandeur.« (Vgl. OEUVRES COMPLÈTES Bd. I, S. 383.) Der Tzara-Herausgeber Henri Béhar nimmt an, daß sich diese Anspielung auf Marinetti bezieht – in Hinsicht auf die vorangegangenen Auseinandersetzungen wäre es aber auch denkbar, daß hier Serner bzw. Hülsenbeck beschuldigt werden. – Bald darauf erschien der auf S. 212 abgedruckte, sicherlich von Tzara initiierte Brief der Pariser Dadaisten, in dem der Doktor des Größenwahns bezichtigt wurde.

Ob Serner, wie angekündigt, vor oder nach dem 9. Dezember Paris vorübergehend verlassen hat, ließ sich nicht ermitteln. Es wäre möglich, daß er Christian Schad (der sich bis zum 15. 12. in Neapel aufhielt, dann einen Monat lang nach Deutschland zurückkehrte und am 20. 12. von München aus seinerseits die Mitwirkung an DADAGLOBE widerrief [vgl. S. 211]) einen kurzen Besuch abstattete; vielleicht war er aber auch aus irgendeinem Grund doch geblieben und hatte seinen Freund brieflich über die Ereignisse informiert. Am 31. 1. 1921 jedenfalls schrieb der Doktor einen zweiten Abschiedsbrief an Picabia, in dem er betonte, daß »ce sont des circonstances qui ne touchent pas du tout à votre personnalité qui m'ont forcé d'éviter votre maison« (vgl. S. 215), und reiste endgültig ab zu Christian Schad nach Neapel.

Obwohl Serner (von seiner kurzen Stellungnahme im BERLINER BÖRSEN-COURIER (vgl. S. 213 f.) einmal abgesehen) sich ohne Kommentar zurückgezogen hatte, sollte sein Name und seine Beziehung zu Tzara in den Pariser Führungskämpfen bis hin zur endgültigen Auflösung des MOUVEMENT DADA auch weiterhin eine wichtige Rolle spielen. So publizierte LITTÉRATURE im März 1921 eine Meinungsumfrage unter den Pariser Literaten, die aufgefordert worden waren, mittels eines ›Sympathiebarometers‹, das von +20 bis −25 reichte, ihre Einschätzung einer großen Zahl verschiedenster Persönlichkeiten kundzutun. Während Serner hierbei von den meisten französischen Dadisten immer noch durchaus positiv beurteilt wurde (Louis Aragon +12 / André Breton +15 / Paul Eluard +10 / Theodor Fraenkel +12 / Benjamin Péret +9 / Georges Ribemont-Dessaignes +1 / Jacques Rigaut +14 / Philippe Soupault +12), hatte Tzara ihm die schlechtestmögliche ›Note‹ von −25 zuerkannt.

Folgenreich für die weitere Entwicklung war das Schreiben, das Christian Schad am 25. April 1921 auf das Drängen Picabias hin an diesen schickte (vgl. S. 216 ff.): Knapp zwei Wochen später trennte sich auch Picabia – sicherlich nicht zuletzt auf Grund der Erläuterungen Schads – von Tzara und dem MOUVEMENT DADA, und publizierte eine Erklärung (PICABIA SE SÉPARE DES DADAS, in: COMOEDIA (Paris), 11. 5. 1921.), die mit ironischen Seitenhieben auf den Chefdadaisten nicht sparte, den Brief Schads oder die Person Serners jedoch mit keinem Wort erwähnte.

Anders reagierte allerdings André Breton, dem Picabia später den Brief Schads und ein ähnliches, bisher nicht wieder aufgefundenes Protestschreiben Richard Hülsenbecks zur Verfügung stellte. Im Zusammenhang mit den Auseinandersetzungen um den CONGRÈS DE PARIS im Frühjahr 1922 veröffentlichte Breton einen scharfen Angriff auf Tzara, in dem er Schads Angaben polemisch überspitzt und teilweise verfälscht wiedergab, und schrieb, »que

M. Tzara n'est pour rien dans l'invention du mot ›Dada‹, ainsi qu'en témoignent des lettres de Schad et Huelsenbeck, ses compagnons à Zurich pendant la guerre, que je suis prêt à publier et qu'il est sans doute pour très peu dans la rédaction du MANIFESTE DADA 1918 qui décida de l'accueil et du crédit que nous lui fîmes.

La paternité de ce manifeste est, en tout cas, formellement revendiquée par Val Serner, docteur en philosophie, qui habite Genève et dont les manifestes en langue allemande, antérieurs à 1918, n'ont pas été traduits en français.« (APRÈS DADA, in: COMOEDIA (Paris), 2. 3. 1922.)

Das letzte Wort in dieser Angelegenheit hatte Tzara, der sich nunmehr zu einer Stellungnahme gezwungen sah (und es dabei mit der Wahrheit ebenfalls nicht allzu genau nahm): »Je ne connais pas Schad que par des lettres de Serner qui m'écrivait en 1920: »Schad fait des progrès.« Quand au reste, je puis affirmer que André Breton dit un *mensonge* en parlant de lettres de Huelsenbeck qui n'existent pas. Je le défie de les publier. Par contre, je reproduis un passage d'une lettre de ce dernier datée en 1919: (...) »J'étais vraiment profondément surpris d'entendre que Serner, ce type religieux, ce prêtre de l'amour angélique et d'autres choses philosophiques plus ou moins intéressantes s'est *converti au dadaïsme* (...).«

C'est à ce docteur Serner, »converti au dadaïsme« en 1919, que Breton attribue la paternité de mon *Manifeste 1918*. En 1918, Serner publiait une revue »Sirius« où ses éloges ne sont pas comptés sur le bout des doigts. J'étais en correspondance avec lui jusqu'en octobre 1920; il n'a jamais caché ses sentiments plutôt admiratifs pour mon manifeste incriminé.« (LES DESSOUS DE DADA, in: COMOEDIA, 7. 3. 1922.)

Verwendete Literatur

Arp, Hans: UNSERN TÄGLICHEN TRAUM. ERINNERUNGEN, DICHTUNGEN UND BETRACHTUNGEN AUS DEN JAHREN 1914–1954. Zürich 1955.

DADA ALMANACH (hrsg. von Richard Hülsenbeck). Berlin 1920. Reprint New York 1966.

DIE GEBURT DES DADA. DICHTUNG UND CHRONIK DER GRÜNDER (hrsg. von Peter Schifferli). Zürich 1957.

Everling, Germaine: C'ÉTAIT HIER: DADA ... In: LES OEUVRES LIBRES Nr. 109, Paris 1955, S. 119–178.

Farin, Michael: OTTO FLAKES LAUDA-ROMANE »DIE STADT DES HIRNS« UND »NEIN UND JA«. Frankfurt 1979.

Flake, Otto: NEIN UND JA. Berlin 1920.

Flake, Otto: ES WIRD ABEND. BERICHT AUS EINEM LANGEN LEBEN. Gütersloh 1966.

Goll, Claire: ICH VERZEIHE KEINEM. EINE LITERARISCHE CHRONIQUE SCANDALEUSE UNSERER ZEIT. Bern und München 1978.

Heller, Martin und Lutz Windhöfel: DAS NEUE LEBEN. In: Ausstellungskatalog KÜNSTLERGRUPPEN IN DER SCHWEIZ 1910–1936. Aargau 1981, S. 60–93.

Hugnet, Georges: L'AVENTURE DADA (1916–1922). Paris 1957.

Hülsenbeck, Richard: DADA SIEGT. EINE BILANZ DES DADAISMUS. Berlin 1920.

Jung, Franz: DER WEG NACH UNTEN. AUFZEICHNUNGEN AUS EINER GROSSEN ZEIT. Neuwied, Berlin 1961.

Rehlen, Robert: BERÜHMTE AUSSPRÜCHE UND WORTE NAPOLEONS VON CORSIKA BIS ST. HELENA. Leipzig 1906.

Richter, Hans: DADA – KUNST UND ANTIKUNST. Köln 1964.

Sanouillet, Michel: DADA À PARIS. HISTOIRE GÉNÉRALE DU MOUVEMENT DADA (1915–1923). Paris 1965.

Sanouillet, Michel: FRANCIS PICABIA ET 391. Paris 1966.

Sanouillet, Michel: DOCUMENTS DADA. Genf 1974.

Schad, Christian: RELATIVE REALITÄTEN. ERINNERUNGEN UM

Walter Serner. In: W. Serner, Die Tigerin, München 1971, S. 211–312.
Sheppard, Richard: Ferdinand Hardekopf und Dada. In: Jahrbuch der deutschen Schillergesellschaft Nr. 20, Stuttgart 1976, S. 132–161.
Sheppard, Richard: New Studies in Dada. Essays and Documents. Hutton 1981.
Sheppard, Richard: Zürich – Dadaco – Dadaglobe: The correspondence between Richard Huelsenbeck, Tristan Tzara and Kurt Wolff (1916–1924). Tayport 1982.
Tzara, Tristan: Oeuvres complètes I (hrsg. von Henri Béhar). Paris 1975.

Register

Inhalt

Verlag und Herausgeber danken François Chapon und den Mitarbeitern der Bibliothèque littéraire Jacques Doucet (Paris), Charles Goerg und dem Musée d'Art et d'Histoire (Genf), Paul-André Jaccard (Lausanne), Bettina und Christian (†) Schad (Keilberg), Richard W. Sheppard (Norwich) und Lutz Windhöfel (Basel), die bei der Materialsammlung für diesen Band in mannigfacher Weise behilflich waren und uns die in ihrem Besitz befindlichen Dokumente zur Verfügung stellten.

Über Walter Serner

Walter Serner: Mitbegründer und einer der brillantesten Köpfe der Dada-Bewegung, literarisches *enfant terrible* und Bürgerschreck, der sich mit seinen Gaunergeschichten und erotischen Kriminalerzählungen den Beinamen »Maupassant der Kriminalistik« (Theodor Lessing) erschrieb, bedeutender Angehöriger »jener großen Generation, die zwischen 1910 und 1925 die deutsche Literatur und unseren Begriff davon revolutioniert hat« (Jörg Drews), von Schriftstellerkollegen wie Alfred Döblin, Ernst Jünger, Kasimir Edschmid, Max Herrmann-Neisse oder Carl Zuckmayer hochgelobter Avantgardist, der beste Aussichten hat, in den Rang eines Klassikers der Moderne aufzusteigen.

Walter Serner wurde am 15. Januar 1889 als Halbjude in Karlsbad geboren. In der von seinem Vater herausgegebenen *Karlsbader Zeitung* veröffentlichte er, zunächst noch unter seinem Geburtsnamen Seligmann, erste Essays und Kritiken. Nach dem Jurastudium und der Promotion in Wien und Greifswald mußte Serner in die Schweiz fliehen, weil er mißbräuchlich als »Dr. W. Serner« dem desertierten expressionistischen Dichter Franz Jung ein medizinisches Attest ausgestellt hatte. In Zürich gab Serner 1915/16 die Zeitschrift *Sirius* heraus und schloß sich 1917 dem *Mouvement Dada* an. Sein Manifest *Letzte Lockerung* löste einen handfesten Literaturskandal aus und wurde von Serners Schriftstellerkollegen Tristan Tzara so erfolgreich plagiiert, daß dieser mit seinem französischen *Manifest Dada 1918* bis heute als Begründer und Theoretiker des Dada gilt.

Serner brach daraufhin mit der Dada-Bewegung und verfaßte in der Folgezeit, während ihn ein unstetes Reiseleben kreuz und quer durch Europa führte, seine berühmten Geschichten und Erzählungen aus dem Ganoven- und Halbweltmilieu.

1928 verlor sich plötzlich die Spur Serners in der Öffentlichkeit – er war wie vom Erdboden verschwunden. Ähnlich wie im Falle B. Travens schossen seitdem die Gerüchte ins Kraut: Serner habe sich endgültig in die Unterwelt abgesetzt, mit der er seit jeher ja auf verdächtig vertrautem Fuße gestanden habe; er sei internationaler Hochstapler, Mädchen- oder Heroinhändler geworden. In Wirklichkeit hatte Serner, wie Thomas Milch vor wenigen Jahren herausfinden konnte, sich lediglich in die Anonymität zurückgezogen, getreu seiner Maxime: »Das beste Buch ist das unterlassene.« 1938 heiratete er seine langjährige Freundin Dorothea Herz und ließ sich in Prag nieder, wo er als Lehrer arbeitete.

Serner, dessen Bücher 1933 verboten und verbrannt wurden, wohnte bis 1942 im Prager Ghetto. Am 1. August 1942 wurde er mit seiner Frau in das Konzentrationslager Theresienstadt abtransportiert; kurz darauf fiel er der Vernichtungsmaschinerie des Dritten Reiches zum Opfer.

Über den Herausgeber

Thomas Milch wurde 1953 in Erlangen geboren. Er studierte Germanistik und Anglistik in Heidelberg, schrieb 1977/78 die Magisterarbeit »Der Schriftsteller Walter Serner und sein Anteil an der Dada-Bewegung« und gründete das Walter Serner-Archiv. Für Hinweise zu Leben und Werk des Autors ist das Walter Serner-Archiv stets dankbar. Die Adresse lautet: Walter Serner-Archiv, Brunnengasse 10, 6900 Heidelberg.

Giochi del dadaïsmo nel cinquecento:

Pietro Aretino
Der Zoppino
88 Seiten, Leinen
ISBN 3-921499-96-8

Antonio Vignali
La Cazzaria
176 Seiten, Pappband
ISBN 3-921499-84-4

im Verlag Klaus G. Renner, München